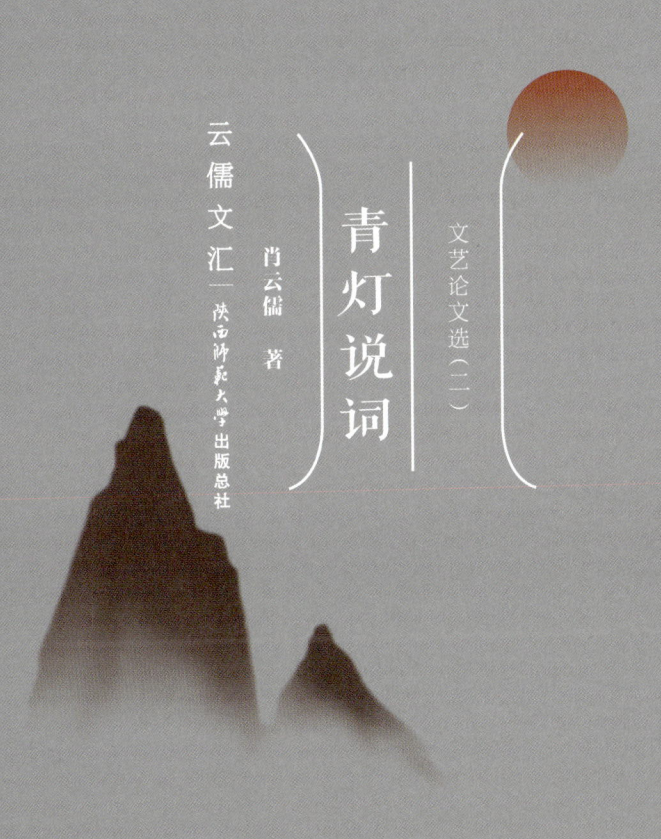

青灯说词

文艺论文选(二)

肖云儒 著

云儒文汇 — 陕西师范大学出版总社

图书代号　SK20N1754

图书在版编目（CIP）数据

青灯说词/肖云儒著. —西安：陕西师范大学出版总社有限公司，2020.8

（云儒文汇）

ISBN 978-7-5695-1776-7

Ⅰ.①青… Ⅱ.①肖… Ⅲ.①文艺理论—文集 Ⅳ.① I0-53

中国版本图书馆CIP数据核字（2020）第125184号

青灯说词

QINGDENG SHUO CI

肖云儒　著

出 版 人	刘东风
责任编辑	梁　菲
责任校对	刘存龙
出版发行	陕西师范大学出版总社
	（西安市长安南路199号　邮编 710062）
网　　址	http://www.snupg.com
印　　刷	陕西龙山海天艺术印务有限公司
开　　本	680mm×1000mm　1/16
印　　张	20.25
插　　页	4
字　　数	268千
版　　次	2020年8月第1版
印　　次	2020年8月第1次印刷
书　　号	ISBN 978-7-5695-1776-7
审 图 号	GS（2020）3326号
定　　价	88.00元

读者购书、书店添货或发现印刷装订问题，请与本公司营销部联系、调换。

电话：（029）85307864　85303635　传真：（029）85303879

肖云儒

形散神不散 / 1

关于《形散神不散》一文的通信 / 2

散文之"神"如何散法 / 5

形可散,神不可散
　　——关于《形散神不散》的一些话 / 7

关于散文散在的话 / 19

增强时代的活力
　　——散文创新小议 / 31

"大散文"小谈 / 34

我喜欢什么样的散文 / 36

关于西部文艺的若干问题 / 52

多维交汇的西部文化与两极震荡的西部精神 / 91

西部文学三论 / 113

就西部文学诸问题答《当代文艺思潮》
　　编辑部 / 127

拉出一道新风景
　　——序《中国西部散文精选》 / 135

全国格局中的陕西文学 / 140

论"陕军东征" / 145

只说一个指头 / 162

呼唤第二个高度
　　——在陕北题材创作座谈会上的发言 / 166

草色遥看近却无
　　——在"信天游"编辑部作品讨论会上的发言 / 178

《讲话》的基本思想是常青的

  ——关于评价《讲话》的几个问题 / 183

《讲话》的创造天地 / 198

论《讲话》的革命开拓精神 / 207

人民的生活是常青的

  ——坚持和发展《讲话》关于深入生活的论述 / 217

邓小平理论体系中的文艺思想 / 232

关于四个"并提"

  ——学习《邓小平文选》笔记 / 259

多维背景中的特性研究

  ——关于电视剧的两点思考 / 272

评论是有生命的学问

  ——《文艺报》访谈 / 280

人民，文艺的第一主题词 / 284

文艺评论不是什么？ / 288

保存生命记忆 / 291

戏剧当代性 ABC / 295

陕西电视文艺发展的特点 / 302

喜剧小品随谈录 / 307

陕西戏剧十年印象 / 315

形散神不散

师陀同志说"散文忌'散'"很精辟。但另一方面,"散文贵散"。说得确切些,就是"形散神不散"。

神不"散",中心明确,紧凑集中,不赘述。形"散"是什么意思呢?我以为是指散文的运笔如风、不拘成法,尤贵清淡自然、平易近人而言。"煞有介事"的散文不是好散文。会写散文的人总是在平素的生活和日常的见闻中有所触动;于是随手拈来,生发开去,把深刻的道理寓于信笔所至的叙述上,笔尖饱蘸感情,时而勾勒描绘,时而倒叙联想,时而感情激发,时而侃侃议论。鲁迅先生的散文是这方面最好的典范。他的散文,有的"大题小做",如《关于女人》《家庭为中国之基本》《战略关系》等等;有的"小题大做",如《论雷峰塔的倒掉》《论"他妈的!"》《从胡须说到牙齿》等等;有的"借题发挥",如《谈皇帝》《论照相之类》以及大部分的序跋;有的"无题有感",如《随感录》《忽然想到》《马上日记》《无花的蔷薇》等等。看起来,没有一篇紧扣题目,就题论题,"散"得很;实际上,是用自己精深的思想红线把生活海洋中的贝壳珠粒,穿缀成闪光的项链。虽然色彩斑驳,但却粒粒如数;虽然运思落笔似不经心,但却字字珠玑,环扣主题;形似"散",而神实不散。

我觉得这种"散"与不散相互统一,相映成趣的散文,方是形神兼备的佳作。

1961年5月,北京铁狮子胡同一号,中国人民大学新闻系

关于《形散神不散》一文的通信

肖老师：

  您好！

  请首先原谅一个陌生人的冒昧。从《文艺报》上得到你现在的单位，故决计写这封信，盼海涵。

  自从你在《人民日报》上发表《形散神不散》的大作后，许多评论、研究和讲解散文的同志，便相继以此论断为尺度和要求。但不知从何时开始（大概是1972年以后吧），一些大中学校正式或非正式出版的有关教材中，却把您作为对散文佳作的一种"要求"，当作散文的一大"特征"来谈论了，全国新编中学语文课本中也是这样讲的，有些论著、文章中还由此派生出诸如"形散神凝""形散神聚""形散神收""形散神圆"等说法。如果我对尊作理解不错的话，我以为您提出的"要求"是正确的，而以此作为"特点"却还值得讨论。因为您对"形""神"的理解主要是着眼于散文的结构笔法的灵活自由，而某些同志则理解成材料与主题的关系——若按后者，即任何作品都应做到"形散而神不散"，做到以形传神，形神兼备，这就无所谓散文的"特点"了。不知您的本意是不是这样，请简复数言，不吝赐教。

  谨颂文安，

并致敬礼！

四川大学中文系教师曾绍义
1982年6月1日于成都

曾绍义老师：

　　好！

　　大札敬悉之日，正是我起程去南方开会之时，复信拖到今日，想能见谅。

　　您对我二十年前的一点小感想，做如此周密的思考，许多老师和文艺评论界的同志至今在关注着"形散神不散"这个观点，都是我担待不起的。当时那篇几百字的小文，并没有想到要给散文的特点或要求定什么框框，只是从《人民日报·笔谈散文》专栏的具体情况出发来落笔的。此文之前，在笔谈中有人说散文忌散，有人说散文贵散，都有一定的道理。我感到，要确当地表述"散文"与"散"的关系，似乎将形与神分开为好，便想到了"形散神不散"。

　　现在想来，当时我只是想以此说明对某一类散文的要求，即那类"形散"的散文，那类用各方面生活和感情的素材，用写人写事写画面来表现一个意向、一个哲理、一个思想的散文。这类散文，素材之间因为似乎缺乏"形"的紧密联系，就必须格外重视它们之间"神"的联系，内在的联系。没有"神"的凝聚，"形"之散漫无边际，构不成感情或意向上的一个总的趋势，一堆散材料，能表达什么内容，打动什么人呢？有了"神"的凝聚，"形"之散围绕着一个哲理或感情的内核散开，有散有聚，形散实聚，散为了聚，这个"散"，便构成文章从多方面、多角度以丰富的材料表现主题的优点了。对这类散文来说，"形散"可以成为优点也可以成为缺点，全以有没有神之不散为转移。在这类散文的写作中，"形散神不散"可以如你所说的，"是着眼于散文的结构笔法的灵活自由"，似乎也可以解释为某些同志说的"材料与主题的关系"。这是对此类散文写作的一个要求，如果达到了这个要求，不也就构成它在写作上的一个特点吗？

　　不过，不好对所有的散文作品都做这样的要求。散文本身是一个宽泛的概念，以记事为主，或以写人、状物、抒情、议论为主，都可以构成散文的一个品类。其中记一人一事、写一景一物的散文，一般恐不宜以"形散神不散"来要求。对这类散文，用集中的材料，紧凑的结构，凝练的笔墨，未始写不出好文章来。从这个意义上，是不是也可以说，"形散神不散"或者形神均不散，都可以构成散文佳作。形和神的关系，在文章中表现为反向（散和不散）还是相向（都不散），取决于题材本身的特点和作家处理题材的特点。散文是个宽泛的概念，散文的手法自然不会是狭窄的。

隔行如隔山，因工作关系，对散文疏远多年。以上即兴的感想，恐怕要贻笑大方了。切望指教。

即问

教安

肖云儒

1982年7月2日，西安

散文之"神"如何散法

最近,收到《河北学刊》编辑部一封来信,勾起了一段绵延了二十多年的旧事。

二十六年前,我在《人民日报》副刊《笔谈散文》专栏里写了一篇五百字短文《形散神不散》,不想在文化教育界流布开来,也断断续续有过争论。写此文时我还是大学四年级学生,以后长期搞新闻工作,虽也研究一点文艺,兴趣并不在散文上,对这问题便一直取缄默的态度。

林非同志在1987年第3期的《文学评论》上写了一篇《散文创作的昨日和明日》的文章,从宏观的角度勾勒了建国以来散文创作的脉络,很有见地。其中有一段,结合对五六十年代散文创作的看法,提出:"当时流行过的有些带有片面性的提法,在今天的散文评论中依旧畅通无阻,象其中影响最大的'形散神不散'就是如此。"① 林非是中国社科院研究员,专攻散文,论述是诚挚的。他说:"也许短论的作者不曾预料到,他在六十年代初期提出的这个主张,竟连绵不绝地流传了二十多年,几乎被绝大多数的散文评论家所采用。为什么它有这么大的魅力呢?这要由历史来回答。因为这主张自觉或不自觉地表达了我们当时一种相当盛行的文艺思想:作品的主题必须集中和明确。"②《河北学刊》想就此展开讨论,要我写第一篇。看来我这个"当事者"再不能当"局外人"了。

前天晚饭后,给《河北学刊》回信,答应了约稿。文章写开来,竟有万

---

① 林非:《散文创作的昨日和明日》,载《文学评论》1987年第3期。
② 林非:《散文创作的昨日和明日》,载《文学评论》1987年第3期。

字，此处只能简约地说几句。第一部分，说明此文背景及本意，只是从一个侧面为当时的讨论提供一点意见，并没有给散文的特点下定义的意思。其实，写一人一事的散文，就不能以"形散神不散"要求，而可以"形神俱不散"。短文并不如林文所说是侧重谈"神不散"的，恰恰是侧重谈"形不散"。文章针对"散文忌散"，提出"散文贵散"，再以鲁迅为例展开论述。这一点和林文并无分歧。

第二部分，提出我和林文的分歧，在于对"神不散"的认识。他认为散文"形可散神亦可散"，我主张散文只能"散形不能散神"。人之为文，总是有感而发。这"感"，就是人对散在生活的一种提炼凝聚。"感"人文，则为文之"神"，"散神如散架"，已不成其为文，谈何艺术？

第三部分，我觉得当前散文创作的主要问题不在"提法之争"，而在时代生活给散文"输氧"。我们的散文，在表现自然美、哲理美和民俗风情美方面有很高的造诣；相比之下，发现和表达现代化工业、现代城市之美，就显出了差距。我们的散文更多地描绘了和自然经济联系在一起的各种生活形象和文化心态，且得心应手；表现和商品经济联系在一起的生活形象和文化心态不但少，艺术上也不成熟。故而散文突破性变化，最根本的还要从散文家内心世界的当代化中去寻求。

那篇文章起了个"形可散，神不可散"的题目，顺便借来此处，反请一句，用上。

1988年2月4日，西安岚楼

形可散，神不可散

——关于《形散神不散》的一些话

二十六年前，1961年5月12日，我在《人民日报》副刊《笔谈散文》专栏内写了一篇五百字短文《形散神不散》，文中提出的散文要形神兼备、形散神不散的观点，在散文舆论中流布开来，一些大中学教材或参考资料多有采纳者。有的还加了各种解释和阐发，也引起了各种各样的讨论。

最近，林非同志对这篇短文提出了批评（《散文创作的昨日和明日》，载《文学评论》1987年第3期），他在文中结合对五六十年代散文创作的看法，提出"形散神不散"是散文创作中的框子和格套。作为一直没有发过言的"当事者"，读了林文，我觉得有提供一些情况，也顺便谈一点看法的必要。

一

我的观点是怎么提出来，又是怎么阐述的？当然还是要从那篇短文谈起。好在那篇短文只有五百字，不妨全引在下面：

师陀同志说"散文忌'散'"很精辟。但另一方面，"散文贵散"。说得确切些，就是"形散神不散"。

神不"散"，中心明确，紧凑集中，不赘述。形"散"是什么意思呢？我以为是指散文的运笔如风、不拘成法，尤贵清淡自然、平易近人而言。"煞有介事"的散文不是好散文。会写散文的人总是在平素的生活和日常的见闻中有所触动；于是信手拈来，生发开去，把深刻的道理寓于信笔所至的叙述上，笔尖饱蘸感情，时而勾勒描绘，时而倒叙联想，时而感情激发，时而侃侃议论。鲁迅先生的散文是这方面最好的典范。他的散文，有的"大题小做"，如《关于女人》《家庭为中国之基本》《战略关系》等等；有的"小题大做"，如《论雷峰塔的倒掉》《论"他妈的！"》《从胡须说到牙齿》等等；有的"借题发挥"，如《谈皇帝》《论照相之类》以及大部分的序跋；有的"无题有感"，如《随感录》《忽然想到》《马上日记》《无花的蔷薇》等等。看起来，没有一篇紧扣题目，就题论题，"散"得很；实际上，是用自己精深的思想红线把生活海洋中的贝壳珠粒，穿缀成闪光的项链。虽然色彩斑驳，但却粒粒如数；虽然运思落笔似不经心，但却字字珠玑，环扣主题；形似"散"，而神实不散。

我觉得这种"散"与不散相统一，相映成趣的散文，方是形神兼备的佳作。

二十多年后重读这段旧文，虽感论述稍嫌简单，但这样两点还是清楚的：

第一，这篇短文并不想全面地来谈作者对散文创作的全部看法，当然更谈不上要给散文的特点做总的概括。它只是从一个角度为当时报纸的《笔谈散文》专栏提供一点小小的意见。短文是接着讨论中有人认为"散文忌散"的意见来谈的，通篇只是在散与不散这一点上，摆了一些看法。丝毫没有要给散文创作定规矩方圆的意思。20世纪60年代初一度是"双百方针"贯彻得较好、文化界争鸣蔚成风气的时候。1961年又曾被称为"散文年"。作者完全是以一家之言来参与散文创作的争鸣的。1982年6月，四川大学中文系老师曾绍义来信问及我当时是将"形散神不散"当作写散文的一种要求，还是当作散文的基本特征？他同意前一种理解，并具体谈了自己的想法。我复信做了答复，现原文引在下面，作为一种见证吧。

曾绍义老师：

好！

大札敬悉之日，正是我起程去南方开会之时，复信拖到今日，想能见谅。

您对我二十年前的一点小感想，做如此周密的思考，许多老师和文艺评论界的同志至今在关注着"形散神不散"这个观点，都是我担待不起的。当时那篇几百字的小文，并没有想到要给散文的特点或要求定什么框框，只是从《人民日报·笔谈散文》专栏的具体情况出发来落笔的。此文之前，在笔谈中有人说散文忌散，有人说散文贵散，都有一定的道理。我感到，要确当地表述"散文"与"散"的关系，似乎将形与神分开为好，便想到了"形散神不散"。

现在想来，当时我只是想以此说明对某一类散文的要求，即那类"形散"的散文，那类用各方面生活和感情的素材，用写人写事写画面来表现一个意向、一个哲理、一个思想的散文。这类散文，素材之间因为似乎缺乏"形"的紧密联系，就必须格外重视它们之间"神"的联系，内在的联系。没有"神"的凝聚，"形"之散漫无边际，构不成感情或意向上的一个总的趋势，一堆散材料，能表达什么内容，打动什么人呢？有了"神"的凝聚，"形"之散围绕着一个哲理或感情的内核散开，有散有聚，形散实聚，散为了聚，这个"散"，便构成文章从多方面、多角度以丰富的材料表现主题的优点了。对这类散文来说，"形散"可以成为优点也可以成为缺点，全以有没有神之不散为转移。在这类散文的写作中，"形散神不散"可以如你所说的，"是着眼于散文的结构笔法的灵活自由"，似乎也可以解释为某些同志说的"材料与主题的关系"。这是对此类散文写作的一个要求，如果达到了这个要求，不也就构成它在写作上的一个特点吗？

不过，不好对所有的散文作品都做这样的要求。散文本身是一个宽泛的概念，以记事为主，或以写人、状物、抒情、议论为主，都可以构成散文的一个品类。其中记一人一事、写一景一物的散文，一般恐不宜以"形散神不散"来要求。对这类散文，用集中的材料，紧凑的结构，凝练的笔墨，未始写不出好文章来。从这个意义上，是不是也可以说，"形散神不散"或者形神均不散，都可以构成散文佳作。形和神的关系，在文章中表现为反向（散和不散）还是相向（都不散），取决于题材本身的特点和作家处理题材的特点。散文是个宽泛的概念，散文的手法自然不会是狭窄的。

隔行如隔山，因工作关系，对散文疏远多年。以上即兴的感想，恐怕要贻笑大方了。切望指教。

即问

教安

肖云儒
1982年7月2日，西安

自然，以我现在的认识，这样的答复似乎也不是无懈可击，但至少证明我自己并不主张将这样一点意见绝对化，或"上纲上线"为整个散文创作的特征。

第二，这篇短文侧重要说的并不是散文要不散，恰恰想着重强调散文要散，要不拘成法。它是从师陀同志说"散文忌'散'"的"另一方面"落笔，开宗明义提出"散文贵散"，然后综合两方面意见，提出"形散神不散"的。在短文的主体段，一笔撇过"神不散"不谈（"不赘述"），而去说形如何散——不要"煞有介事"，而要"不拘成法""清淡自然""平易近人"。要在日常生活中有所触动，"随手掇来，生发开去"。叙述要"信笔所至"。

所举鲁迅先生一些篇目的例子，虽有不准，也都是要说明散文写作贵在以形之散来表达神之不散，以"没有一篇紧扣题目，就题论题"，以"运思落笔似不经心"，来表现神之不散。认真回忆起来，当时我是喜欢读那种自如松动、活泛随意的散文的，也希望散文写得散一点。因此，在别的文章中，从散的角度强调得比较多。比如我在1962年1月12日以"学步"的笔名为《陕西日报》文艺副刊的散文专页所写的一篇编辑手记，题为《忍不住拿起笔》，又一次谈到散文要散的意思（这篇东西也被几个省的中学语文参考资料选入，离上文才半年）。现摘几句，以为证明：

> 顾名思义，散文者"散"，是最没有成规拘束的一种文学样式，所以很多人只好通过种种比喻来说明它。比如，它可以是白刃战中的匕首和投枪，也可以是发着乡土气息的风俗画或风景画，还可以是恬静轻妙的小夜曲……其实，说穿了只一句话：把你的所见、所闻、所感写出来！在生活中，你听到一点，看到一点，或者听到许多，看到许多，你有了感受，心里有话要告诉别人，你就大胆写吧！不管是写一个人，记一件事，还是论一点理，抒一曲情，描一幅画，也不管是欢呼、歌颂、论辩，还是漫谈、絮语、忆念，只要你的见闻反映了我们对时代的吉光片羽，只要你产生了由衷的激情，你就能写出散文来。

透过这些，大概可以看出我在当时实际上是偏重于散文要散的吧。如果将我的这些看法和林文中的一段话对照着读——"千万不要给散文这种文学样式设置任何框子和格套，让它在生活的长河里，用广阔的触角去自由地探索，让它用各种各样的艺术手法，表露出整个的宇宙客体和内心中的主观世界。哪一种写法能够更好地感动和启迪读者，能够给予读者更具魅力的审美感受，就去寻觅和保持它旺盛的生命力吧。"[①]——可以说，在散文要散这

[①] 林非：《散文创作的昨日和明日》，载《文学评论》1987年第3期。

一点上，我的看法一开始就和林非同志的看法没有多大的分歧。如果说有什么差异，主要是60年代和80年代认识水平和表述语言在深度和准确度上的差异。以此故，林文说短论《形散神不散》主要是具体地发挥了"神不散"的主张，表达了当时相当盛行的文艺思想——作品的主题必须集中和明确，而这又是一种"古典主义式"的艺术趣味①，恐怕和实际不甚相符，是笔者不敢苟同的。

二

那么，有没有分歧，分歧又在哪里呢？我以为，真正的分歧在于如何看待散文写作的"神不散"。

林非同志在文中设问："为什么'神'只能'不散'呢？事实上一篇散文之中的'神'，既可以明确地表现出来，也可以意在不言之中，这有时甚至比直白地说出来，还要能强烈地震荡读者的心弦。为什么'形'只能'散'呢？形式上十分整齐的近似诗的散文，为什么就不能写呢？事实上这种佳篇是很多的。"②后一问，如前述，没有多大分歧（见所引给曾绍义信倒数第二段）。至于前一问，窃以为实在可讨论一番。我认为凡写文章，扩而大之，凡搞创造性的艺术劳动，那"神"都是不能散的。散文自不例外。人之为文，总是有感而发。这个"感"，就是人对散在的生活的一种提炼，通过思考或通过感受的提炼。生活中的"感"就是后来文章中的"神"。写文章、搞创作既是有感而发，这"发"，不论采用什么方式——形可散也，必然会不自已地围绕着"感"来展开——神不可散也。而当将自己心中之感以语言文字的符号"发"出来，也就是将感受纳入既定符号系统的过程，不也是一种逻

---

① 参见林非：《散文创作的昨日和明日》，载《文学评论》1987年第3期。
② 林非：《散文创作的昨日和明日》，载《文学评论》1987年第3期。

辑化和准逻辑化的过程么？这种逻辑化，当然不只是指单层的线性逻辑，而包括人类心理、情绪、感情等各种丰富的逻辑形态。有的作者在表达时有意打乱事件或心理的原有逻辑，或有意保留事件或心理逻辑的模糊性，甚至有意去表现事件或心理的非逻辑性。这种"打乱"，这种"模糊"，这种"非逻辑性"，这种"有意"，不正体现出作者在写作中的一种新的逻辑设想，表现出事物与心态的一种新的逻辑关系么？只要写作是有目的的（这目的自然不光是政治的思想的，也包括情绪心理的），只要写作不是呓语，不是扶乩，文章内在的"神"就存在着，就会对全文起着一种或隐或现的吸聚作用。

　　应该特意说明的是，语言并不总是和思考联系在一起，语言除了表达思维成果，还表达包括感情、思绪在内的人类各种精神成果。我想，我们说的文章的"神"，自然包括思想主题，但并不就是简单指思想主题，它至少包括情、理、意、绪，即作者在生活中产生的感情、理念、意会、心绪。我们说的"神不散"，恐怕也不是简单指写作时要"集中""明确"地表达某种理念，它也应该包括许多层次。譬如，从散文的内容看，文章的意神和文章的素材，一般意神更要求不散，而素材更允许散；从散文的内容与形式看，一般内容更要求"不散"，而形式更允许"散"；在内形式（如构思）和外形式（如语言）中，一般内形式更要求"不散"，外形式更允许"散"。这当然都是相比较而言。但不论对"神"、对"不散"的理解多么丰富多样，那种"形散神也散"的作品却很难设想。就是那些现代主义的带有荒诞色彩的作品，即便不是人人都能读懂，即便作者强调写作中的下意识，也总能在文字的迷魂阵中感觉到某种特定的心态和意绪。在此类作品中，荒诞手法不是散化、淡化了这种意绪，恰恰是以荒诞的形态强化、集聚了作者心中的感受。这种强化、集聚甚至到了需要离开常态生活，只有以异态和变态生活的画面才能表达的程度（如卡夫卡的《变形记》、宗璞的《我是谁》）。正因为荒诞、象征本身是一种集中、凝聚，才使这类作品有时产生比其他作品更大的艺术冲击力和思想启动力。

如果散文的"神"也可以散，文章没有了主旨，不围绕一定的感情、道理、意蕴、心绪来传达，那样的散文将是怎么个样子？以笔者有限的阅读范围，似乎还找不到具体的创作和理论的例证。

已有的散文和文章写作理论都说的是文章要有主旨。"主旨是构成文章必不可少的因素。古今中外的文章，不管是鸿篇巨制，还是数言小品，都要有主旨。没有主旨就是一堆杂乱的材料，就达不到写作的目的。"[①]古代的刘勰说赋（可算作散文之一种）时，有"情以物兴，故义必明雅"的句子。现代的秦牧谈散文，也很明白："哪怕是短短的一篇文章吧，一定得灌注崇高而健康的思想感情，才能够使它真正具有生命力"[②]。并且将文章的思想（可宽泛地理解为"神"）比成线，生活比成珍珠，"没有这根线，珍珠只能够弃散在地"[③]。

假若嫌这些论述和体会都还陈旧，还只是"一面之词"，那么，不妨看看当代青年散文家贾平凹的作品。他和林非同志一样，是不同意"形散神不散"的说法的。虽然他没有具体涉及"神"是否可以散的问题，但在前几年《文学报》的一篇文章中提出过这种说法太陈旧，无须再拿出来了这样的意思（一时找不到原文，恕不能引原话、注出处）。平凹是当代成绩卓然的青年散文家，我是他散文的热心读者。从我读过的他的大量（不是全部）散文中，有的形神都集中，大量的是形散神不散，却没有遇到那种形散神也散的篇章。我倒是很同意一位论者对贾文这样的评价："你跟随作者的眼光，平常、散乱、粗笨、浑浊的山，就会象一本禅机深藏的大书，让你读得出神入化；它有贯通流动的气势，只是内敛了；它有节奏，只是骤然凝固了；它无

---

① 张寿康：《文章学概论》，山东教育出版社1983年版，第74页。
② 秦牧：《花城》，花城出版社1982年版，第188页。
③ 秦牧：《花城》，花城出版社1982年版，第187页。

序，其实有团聚的精神，原来，浑沌是表现大智的，骚动寓于静寂，散乱正是天然自在，无规律正是规律。"① 很清楚，这里说的是贾文在天然自在、散乱无序中，凝聚着一种内敛的深藏的精神、意蕴、气势，即不散之神。贾文的特点之一，不正是以散之形布达不散之神么？

还可以从林非自己的解释和他用以说明论点的那些名家之言来看。林文在问"为什么'神'只能'不散'呢"之后，紧接着说："事实上一篇散文之中的'神'，既可以明确地表现出来，也可以意在不言之中，这有时甚至比直白地说出来，还要能强烈地震荡读者的心弦。"② 这段话并没有回答上面的问题。散文之神，可以直白地传达，也可以隐蔽地暗示，"事实上"说的是如何表现"神"的问题，仍属于形之散的范围，而不是说"神"（意蕴、主旨）是否可以散或如何散法的问题。论题转移了。

下面，林文便顺着这个已经转移了的论题，用苏轼和鲁迅的话来论证散文要自由自在地抒写，从而似乎也就当然证明了散文不但可以散形，也可以散神。苏轼在《答谢民师书》中所说的，作文"如行云流水，初无定质，但常行于所当行，常止于所不可不止"。照我的理解，恰恰说的是散与不散的辩证统一。"初无定质"，"行于所当行"，如林文所说，是指行文要自由自在和无拘无束，即形散。而"常止于所不可不止"，则是指对这种自由自在、无拘无束的一种控制。这控制来自多方面，或是理的论述，或是情的流泻，或是意的营造，或是绪的氤氲，或是理、情、意、绪综合的需要，而使文不可不止。这种"不可不止"中透露出来的对散文写作自由度的控制，不就是神对形的控制吗？当然，在具体创作过程中情况是很复杂的。有时，对这种控制的长期适应所产生的自为和自觉，常使这种控制在一些作者身上以

---

① 李振声：《贾平凹的散文世界：情致与启悟》，载《读书》1986年第4期。
② 林非：《散文创作的昨日和明日》，载《文学评论》1987年第3期。

不觉其控制的自由状态体现出来。这时的"不可不止",虽然表现为"顺其自然而止",骨子里仍是散之形对不散之神的适应。这种情况主要表现在那些对散文艺术驾轻就熟的作者身上。大概也就是我们常说的,作者对内容和形式及其关系吃得越透,在创作中的自由度就越大吧!自由是对必然的认识,而不是对必然的蔑视。

至于鲁迅在《怎么写》一文中"更为斩钉截铁"(林语)地说:"散文的体裁,其实是大可以随便的,有破绽也不妨"。也主要是从散文不要做作的角度提出来的。鲁迅的下文是:"做作的写信和日记,恐怕也还不免有破绽,而一有破绽,便破灭到不可收拾了。与其防破绽,不如忘破绽。"①联系《怎么写》全文,我理解鲁迅的意思,既含有对胡适等人做日记给人传阅,板桥写家书却又刻出来给许多人看,因而不免有些装腔的讽刺,也含有提倡散文保持其"随便"之美、"毛边"之美,写散文时不妨"忘破绽"、放松自己,而不要因求精致、高超而拘谨做作,失去了天真。实在说明不了鲁迅也主张散文之神也是可以散的。

形散神不散,可以;形神俱不散,也可以;形神俱散,已不成其为文,散神如散架,何谈艺术?是不是可以,是不是值得提倡,恐怕应该认真讨论。也许确有此类散文,如果能拿出例子做切实的分析,未始不是对散文创作的一个贡献。

三

对《散文创作的昨日和明日》,林非同志提出了不少经过研究的看法,大都极有见地,给我以教益。我对散文的昨天和今天缺乏系统的了解研究,对散文的明天也就没有、也不应有太多的发言权。只是有一点想法,既已信

---

① 鲁迅:《鲁迅全集·第四卷》,人民文学出版社 1973 年版,第 38 页。

笔至此，不想欲说还休。

　　散文的解放，散文的出新，关键不在哪种提法，而在散文家自身的解放和更新，特别是他们内心世界的解放和更新。这又依赖于作家所处的时代的变化，以及作家吸取新时代生活信息和心灵信息的能力。散文在新时期十年中，如果说主要完成了从五六十年代的固有观念和习惯写法中走出来这样一个突破，而初步呈现了繁花似锦的景观，那么，我们要看到的是，这种突破大体上还是走出旧圈子，而不是全面走向新境界，这种繁花似锦也大多是旧品种的恢复，而不是新品种的培养。二三十年代的散文精华，古代和外国的散文传统，对多年闭锁的散文园地和它如饥似渴的观赏者来说，是新风，是美食；但做历史的纵观，这还不是真正的创新。其中的上品，可能做到了推陈出新，而平庸者，只是借助审美欣赏的中断所造成的陌生感、新奇感而风行一时罢了，精神气质并没有大变。从一个较封闭单调的散文时代，向全新的散文境界过渡，出现这么一个借助他力的阶段，符合事物发展的规律。但在这个阶段过长的滞留，则容易销蚀掉新时期到来之初那种创新的锐气，而满足于在过去的散文峰峦之下，支起自己小小的帐篷。如果我们不迅即开始第二次突破，即总体上从前人的散文精神中走出来，从书斋中走出来，从盆景中走出来，从小家子气中走出来，从一己悲欢的吟唱中走出来，散文创作很难打开新的局面，甚至可能引起新的窒息。因此我以为，目前至关重要的问题是散文要接受时代的输氧。这当然不是指又要提倡写中心或急功近利地反映现实生活。尽管对目前的散文创作来说，有从题材上加强对时代新生活的反映这样一个问题，但我的着眼点，却主要是指通过这种反映，通过散文家投身于时代大潮，通过更多的生活实践者进入散文创作领域，使散文的气质在整体上能有所变化。比方说，能不能在散文园地被文人气质长期鳌头独占的局面中，出现更粗犷、更雄浑、更世俗、更奇诡、更幽默、更忧患、更野趣、更哲学化、更情绪化、更历史宏观、更有人生感命运感文化感、更有密度和节奏、更能充分传达当代生活内在活力的各种各样的散文风度？时代生活的活力是散文艺术不断向新境界突进的不竭的、最强大的原动力。这种活力要变成散文创新的动力，归根到底在于作者自身的时代气质、时代感悟、时代情绪，和时代的心理结构、心理节奏。我们的散文，在描绘自然美、哲理美、生活风情美方面有了很高的造诣；相比之下，在捕捉、提炼和表达现代工业、现代城市美方面，就有了高下轩轾。我们的散文更多地表现了和自然经济联系在一起的生活形象、文化心态、观念意识和感情意绪，在这方面显得得心应手；而表现和商品经济联系在一起的各种生活形象、文化心态、观念意识和感情意绪的散文，却比较少，艺术上也还远不能说纯熟。最近读了台湾作家余光中的几篇写现代城市生活的散文《登楼赋》《高速的联想》《尺素寸心》《记忆和铁轨一样长》《咦呵西部》，那恢宏的全球视角，崭新的城市意识，对工业社会景观之美的感受和提炼，对现代生活音响、节奏、力度和速度的捕捉和再现，中西文化心态的强烈对峙和衔接，中西艺术手法、艺术语言的交融和反差等，使人鲜明地感觉到中国散文在气质上的变化。这是和30年代的朱自清、60年代的杨朔完全不同的气质和风度。这种气质和风度，不是作家在题材上简单地转变所能构成的，而是当代生活在作家文化心理、思想感情、审美和审美表达方式、艺术思维和语言等各方面长期积淀、结晶的结果。

  这位台湾作者是不是给我们以这样的启发：散文不反映新时代是不行的，散文简单地反映新时代也是不行的。当代散文的突破性变化，最根本的，还是要从散文家内心世界的当代化中去寻求。

  不妥处，切望方家有以教我。

1987年10月，西安岚楼

关于散文散在的话

想起了《跳蚤之歌》

记得俄国经典作曲家莫索尔斯基,曾经给德国大诗人歌德的一首叫《跳蚤之歌》的诗谱过曲,后来成为流传各国的世界名曲。四十年前,20世纪60年代初,我曾在北京音乐厅每周一次的星期音乐会上听过上海音乐学院温可铮教授演唱这首名曲。温可铮是我国首屈一指的男低音歌唱家,直至今天,他那低沉的带着嘲弄的声音和浑厚的闪着调笑的目光,仍然烙在我心里。《跳蚤之歌》意思和《皇帝的新衣》有些相近,说的是国王宠养了一只跳蚤,让裁缝给它做了一件大龙袍,封了宰相,挂了勋章,很得意了一阵子,最后被人捏死了。

《美文》杂志从梳理散文写作历史的角度出发,约我就"形散神不散"写点文字,顺便也对当前散文创作谈点看法,却之既然不恭,不如应命。正琢磨着如何开头,不知怎的就想起了这首《跳蚤之歌》。

真相及本意

四十四年前的5月,我是大三的学生,斗胆投稿《人民日报》副刊《笔谈散文》专栏,写了那篇五百字短文《形散神不散》,接着别人的意思说了几句即兴的话。在名家林立、百鸟啁啾的散文界,这几句话是连"灰姑娘"和"丑小鸭"也够不上的,不过就是一只跳蚤吧,不想渐渐在文坛、课堂和社会上流布开来。

20世纪60年代后期和整个70年代,处在"文革"运动中的我下放在农村、工厂，辗转于县以下的基层单位，离文坛何止十万八千里，对于这句话广为流传，并作为散文的"特征"，上了各种教材，还选为1982年高考试题，一概浑然不知。后虽有所耳闻，也只是微风过耳，并不在意。直至1982年6月四川大学中文系曾绍义老师从《文艺报》上逮住了我的地址，专门就这件事给我来信，我才知道了较为确切的情况。接着便开始有了争议，陆续读到了一些文章和报道，也应邀浅尝辄止地参与了一点讨论。在1982年7月给曾绍义老师的回信和1987年10月发在《河北学刊》的文章中，大致可以看出自己当时的态度，归纳起来主要是这么几点：

第一，说明自己对于这点小感想能引起如此长久的反响和不大不小的风波，实在始料未及，而且"担待不起"。也就是文章开头说的"跳蚤"心情吧。

第二，说明那篇小文并无给散文写作提要求、定规矩之意，只是在参与《人民日报·笔谈散文》讨论时，从一个侧面提供一点感想而已。在中国，散文的水太深了，各种类别、写法太丰富多彩了，谁吃了豹子胆，敢用三五百字来给它总结特征？比如那种记叙一人一事的散文，就可以采用形神都不散、都聚焦的写法，用"形散神不散"怎么能概括散文的百态千姿呢？我的本意，主要是针对"形散"一类的散文来说的，提醒一下作者，形散可以，但神不能"散"。

第三，澄清那篇小文的重点并不是后来有人说的，是主张散文不能写散，要写得集中。恰恰相反，我是接着老作家师陀说散文"忌散"，开宗明义提出散文"贵散"，主要谈散文"贵"散的。文章开始，关于神不散，只用"不赘述"一笔带过，后面便以鲁迅的文章为例，谈形要散，又如何散法。

第四，但我仍然坚守"形可散，神不可散"。如何对待"神不散"，这是我在《河北学刊》文中与林非先生讨论的焦点。我们的分歧，主要为：一是如何理解"神"？林非先生是立足于20世纪60年代对散文之"神"的狭隘理解（即主题和中心思想，这也是我当时的理解），来批评"神不散"的；

我则觉得随着时代的变化，应对散文之"神"做更宽泛的解释（如意蕴、情绪，甚至一种心理场），从这个意义上，"神"是不能散的。二是如何理解"散"？林非先生说，"为什么'神'只能'不散'呢？事实上一篇散文之中的'神'，既可以明确地表现出来，也可以意在不言之中"①，也就是说，他认为"神散"属于表述范畴，即可以用多种不同的方式来表现"神"，因而"神散"可以成立。而我则认为，"神散"是散文精神层面的问题，是文章的神韵已经消散，实质是"有神"还是"无神"的问题，而不是如何表现神的问题。消解"神"是不可以的。恕我在这里不再详说。

争议是必然的

"形散神不散"在20世纪80年代引发争议是必然的。

首先是80年代初社会思想解放和文艺思想解放的必然，是散文观和散文写作实践在新的春天萌动、苏醒、要求自由空间的必然。任何一种解放，有一个前提要求，便是明确要挣脱的束缚是什么，"形散神不散"便历史地成为那个时代散文写作要挣脱的一个词语。为什么它会成为60年代束缚散文写作的标志词语呢？

一是因为它的确没有跳出特定时代"左"的和形而上学文艺思想的阴影。比如，开始我把"神不散"，形而上学地理解为"中心明确，紧凑集中"，从举的几个鲁迅的例子也能看出我对散文形、神理解的肤浅和简单。这都有着那个时代的烙印。

二是因为它表述得明快和传播得广泛，使它事实上成为那个时代关于散文写作极具代表性、因而可以作为靶子的一句话。当然又正因为它只是一句

---

① 林非：《散文创作的昨日和明日》，见曾绍义：《散文论谭》，四川大学出版社1989年版，第368页。

话、一篇几百字短文，作为科学论断远不充分，先天地为批判留下了空间，留下了便捷。

三是因为那个很强调社会功利、政治功利的时代给它增加了一些负面的附加值，赋予它一些原文没有的内涵，而这些内涵正是改革开放后散文写作要冲破的一些东西。比如原文主张"散文贵散"误传为主张散文不能散，又将"神就是主题"强加于那篇短文。而原文强调"神不能散"又误传为要为政治服务，要直奔主题、图解政治、配合中心等等。这还不应该批判吗？

四是还因为这个说法在当时已经客观地和一些当局提倡的、成为当时样板的散文作家群体，如杨朔、刘白羽们连在了一起，成为一种理论和创作互相印证的散文现象。杨朔那种特定的创作现象补充了、也又一次朝"左"的方位上引申了这个简单的论断。

跳蚤一旦被人强制穿上龙袍、戴上勋章，"形散神不散"的命运开始发生变化，被人认为是散文写作旧秩序的反映，被人认为是束缚新时期散文写作的框框，也就十分必然而且合理了。

那以后，西方种种新的文化哲学、美学、文学、散文的思潮和创作长驱直入，极大地改变了我们的散文观和散文写作面貌。前卫思维和新锐写作，更是以它私人话语的情致、特立独行的反思和放任不羁的写法，大幅度突破了原有的精神秩序和散文方式。市场经济时代物质主义、消费主义对群体人文素质和个体精神追求的冲击，散文的消闲化、娱乐化和某些领域的功能化、趋利化（如广告散文）都导致了单一的"形散神不散"时代的终结。到了网络散文，写作的那种私密性、互动性、随机性和青春感，那种和最新的日常口语丝毫不隔的"说话文体"，不但早已冲决了"形散神不散"，也几乎冲决了所有的传统散文章法和写法。

所有这些来自新的生活和创作实践的冲击，无疑都是散文顺应时代的新尝试、新探求，都给中华散文增添了新的营养，是一种时代进步。但也要看到，所有这些新的实践，又无疑都只是散文写作多元格局中新的一种，它们不可能取消、取代中华散文文化丰厚的传统和多彩的积累。散文告别了一统江山，进入了多元共存的时代。在这个时代，每一种散文方式都会有自己的市场，因而都会有作者去耕耘，也都会有各自感到满意的收获。

恐怕正因为如此，近二十年来虽然不断质疑、排拒"形散神不散"这个说法，直至今日，采用"形散神不散"老写法的散文（当然只是指写法，而不包括"左"的时代加于它的那些内容）仍然不衰，相当一批"形散神不散"年代的作家作品至今也还有读者，一版再版，在散文发展史上依然有着应有的地位。各种写作方式都拥有自己的读者，散文也才会拥有最大多数的民众，才会满足广大民众对散文之美多方面的需求。其实，这也是"大散文"的一个含义，在这个全局性的、接受学的维度上，散文也的确有大、小之别。

因而，我总觉得问题主要不在写法上，而在思想意蕴方面；不在神要不要散上，而在你那文章里泛漫的是什么样的神，这神又是怎么个表达法。

有意义，也有坚守

上面谈了一些关于《形散神不散》的背景和研讨情况，也谈了它受到质疑的必然性，要特别指出的是，我虽然澄清了一些具体情况，但从宏观上看，新时期的这场讨论无疑具有积极的意义。它的意义主要表现在——

通过研讨，廓清了附着在这个论断身上的60年代文艺思潮对散文写作的影响，颠覆了杨朔式的用政治矫情替代生命实感，用人物、事件、场景、抒情来图解主题的写作路子，整体上把散文写作从千人一面、定于一尊、为政治服务的阴霾下拉了出来，中国的散文进入一个开阔而自由的天地，艺术家的创造生命得到了极大的解放。

有人说，这场关于《形散神不散》的讨论，是"文革"后散文创作拨乱反正、更新观念的重要事件之一，是中国当代散文创作由传统向现代转型的重要标志之一,的确有一定道理。

在散文写作蓬勃发展的今天,这一切都过去了,"形散神不散"说完成了它的历史任务,应该让它进入历史了,还是让它沉淀到历史的烟尘之中去吧。

但就这五个字本身论,我还有一些东西要坚守。

当洗尽涂在它身上的"60年代色彩",一切时过境迁之后,其实,散文的神能不能散的问题,正像一位散文家说的,"是一句寡话",是说了差不多等于没有说的话。王祥夫是这样说的:"形散神不散是句寡话,小说难道能令其神散?什么文章能令其神散?""神非主题也——起码对散文而言,神不单指主题。"[①]说得真好!

在当下的散文家中,有多少人都表述了散文得有"神","神"不能散的意思,这里我随手从河北大学出版社2001年出版的《散文研究》中摘出几段:

贾平凹:"智慧是人生阅历多了,能从生活里的一些小事上觉悟出一些道理来。这些体会虽小,慢慢积累,就能透彻人生,贯通时事。而将这些觉悟大量地用到作品中去,作品的质感就有了。""这种散文看似胡乱说来,但骨子里尽有道数。我觉得这才算好散文。"

南帆表示同意贾平凹这种看法。他还说:"大散文似乎又要回到文史哲浑然一体的时代"。"罗兰·巴特的卓越之处在于,深刻的理性与日常景象天衣无缝交汇在他的笔下。中国当代散文思想含量的增加与这些大师的作品有关。"

林贤治:"散文是人类精神生命的最直接的语言文字形式。……失却精神,所谓散文,不过是一堆文字基础,或者一个收拾干净的空房子而已。"

---

① 王祥夫:《与文体一起漫步》,载《美文》1994年第3期。

他还谈到了形与神的关系:"形式的革新,原本便是精神鼓动下的文字哗变。"不但形式会积淀为精神,而且首先是精神引发形式与文字的革新。

高建群:"散文家要从这一堆素材中,寻找的是立意,是命意,是新鲜的意境和道理。"

杨文丰:"欲写散文,必先学会思索。散文之境界,全赖深刻的思考出之。"

刘谦:"散文在很大程度上就是这样,发乎心止乎神。"

当然,今天这些认为散文得有"神"、不能散"神"的看法,是建立在对散文之"神"更宽泛、更深湛的理解基础上的。"神"不完全是主题,是文章的意、蕴、情、气、韵、场,也包括哲理和潜感觉。时代的进步开拓了我们对散文之"神"的理解,这种认识的提升,反映了中国人精神生活日渐开阔和丰富的历史进程。

如若以对"神"这样的理解,我们来说散文不能散神,可不真是一句众所公认、无须说的话,一句寡话!

一句寡话,一个不成问题的问题,竟然引发了整整四十年的议论!原因在我们前面说的,争论这个议题,其实争论的不是议题本身,而是附着在这个议题中的时代思潮、时代散文风尚和散文观念、欣赏观念。从这个角度来说,讨论它、反思它、抛弃它都是应当的,有意义的。一切为了散文的前行,为了散文的自由和提升。

散文的发展繁盛使它苍白

看看新时期以来的散文发展的步伐吧:从政治思想上的拨乱反正,到人文人道人性的宣泄;从人人都用那种本质化的群体人称来写作,到具有生命真实的个体人称的写作,即由"我们"到"我"的转变;从精致华丽的唯美唯情的小资写作,到简洁明快即时随心的网络写作、短讯写作;从玄示思考、卖弄文化、狂欢语言的写作到说话散文、对话散文、视听散文的流行……

看看今天的散文创作实践吧，语言——在校园散文和网络散文中，新语汇、新句式是那样层出不穷，像"风俗得一塌糊涂""沉思的气味有一点淡淡的苦"这样的句子，对语言的意蕴、张力、弹性、通感和文化心理内涵的发掘和发现是那样的深广。

写法——吴亮那篇几乎在每句话后都用括号添加内容的《咖啡馆》，如洁尘和穆涛们那种以一支极为散漫的笔去写散漫的城市生活，只是不经意地置放到一定的关系中，平淡中就有了一点寻味，有了一点心不在焉的经心，有了一点捉摸不定的感觉的妙文。

还有贾平凹那永无穷尽的、饶有深意的比喻。还有前卫散文中那些把事物推向极致、推向异态、推向负数、推向不可能，然后烙在你心里的各种恶喻，像"女人的鞋跟在安静的小巷里踩出勃朗宁手枪的射击声"之类。

还有，你觉得那些和散文根本无缘的东西，现在都成了绝好的原材料，写出了绝好的文章。"炒股智慧""符号逻辑"等等题材且不去说它，连《入厕阅读》（方方）和《美臀》（方希）都写得叫你拍案叫绝。除了题材还有情趣——煞有介事、正襟危坐的文章愈来愈少了，现在的人活得有滋味，文章也便有了滋味。特别有几种情趣，像幽默和狡黠，像玩世不恭，像傲骨嶙峋，还有另类玩的各种酷。创造的闸门一旦打开，那真是汪洋恣肆！

各种新的散文类型和样式也都涌现出来：社会批判散文表现出来的叛逆勇气和否定精神；文化散文由社会批判转向沉静的民族文化追寻和本土文化反思；生命状态散文将人回归到生存坐标上来审视，同时将环境由客体转化为主体，在宇宙生命体系中展示人生。

潜意识、潜情绪散文在不屈不挠、不依不饶地捕捉自己的影子。将无形却有影的精神世界用文字符号精细地、艺术地表述出来，将以前文字符号没有表述和无法表述的许多生命状态，甚至一些目前还处在生命晦暗地带的精神状态和感情状态，艺术地记载下来，给人类提供了认识生命的新的素材，空前地激活了散文艺术潜在的创造力、拓展了散文话语全新的可能性。

在大众散文、市民散文和小资散文中，平民精神、精英情结、后现代情结通过不同渠道得到展示，酷与俗在发展中合流。而消闲娱乐散文，又使散文由不可承受之轻变成无孔不入之轻。

这一切，绝不只是形式，所有的语言方式和写作方式背后，是价值标准，是人生和艺术的追求，是精神状态，是"神"！

二十来年的散文写作，随时代生活的变迁，随一代一代作者观念的变化，早已超出了"形散神不散"那个时代的话语场和欣赏场。在鲜活的、日新又新得叫人讶异的散文写作实践面前，关于这个问题的争论显得那么苍白。

没有一种以不变可以涵盖万变的说法或主张，总是在蓬蓬勃勃万千变化的创作实践中不断产生新的说法或主张。

大散文和大众散文

大散文把"大"和"散"两个字组合到一起，很有意思。大即有散，散亦有大。回归社会，回归大众，不是清理门户，而是开门揖友；不是孤芳自赏，而是平民情怀，尤其是重视行动着的生活、底层的生活、弱势群体的生活，像《美文》这几年致力的那样。在这个层面，大散文和大众散文有交叉之处。但大散文绝不只指题材之广，不只指视角、写法之大，更是指思想之博大精深，这思想之博大精深又不是说一味去宏观思考，而是说要提升思考的质地和质量，是说思考所依托的理念坐标的广大，精神格局的宏大。这其实也就把社会的、精神的大承当作自己的题中之意了。这当然是一种宏观要求。

从这个意义上说，大散文和大众散文，虽一字之差，所指，特别是能指，其实完全不同，有时甚至抵牾。

前者提倡、重视散文之神，后者不自觉地消解散文之神。前者提倡关注最大多数平民日常的生存状态，关注社会最广大的底层生活疾苦，在"神"

的层面，流贯着一种平民精神、平等精神、人道精神和社会实践精神。也可以说，它所提倡的是世俗化与人文化在散文中的两极活跃，并构成了生气勃勃的两极震荡效应。后者则往往流于只关注平民生活的浅薄情趣和物质表象。

近年脱颖而出一批平民散文家，他们将平民身份、平民心态、平民口气、平民话语提炼、强化，发展为一种新的散文艺术风格。这种风格捅破了多少年来隔离百姓和文人、隔离说话和文章的那层窗户纸，使长期限于文化人专利的散文有了新意，有了生气。但他们的内心，他们的旨归，我以为仍是人文化的。关注、促动平民生活的人文提升，是他们基本的精神朝向。

常常可以看到这样的写法：用理性辐射生活，让文章以一种精神境界在文化层广有知音；又用生活熔冶理性，让文章以可读性在现代大众中拥有读者。沉潜着理性的生活流追求并没有耗散了个性，在这里，个性常常不表现为生活细节或语言特征，而是表现为大而化之的眼界、身份、口气、致思方式和感情熔冶方式。

五四散文的"高门槛"和今天的缺失

有人感到，五四散文是我们今天仍然没有迈过的高门槛。这种感觉我也有（要作为一种论断当然有待论证和完善）。起码从散文和当时时代的关系看不无道理——五四散文对那个时代社会精神和文化精神的凝聚和激扬，至今令人怦然心动。

叫我们怦然心动的东西，最为强烈的恐怕是字里行间表现出来的那种自由精神的喷薄和作者自由的精神状态。忽中，忽西，忽史，忽今，忽民众，忽神贤，忽社会，忽人文，忽"德先生"，忽"赛先生"，窒息千年的民族精神借着他们的笔端大解放、大奔涌、大驰骋。那种气吞万里的气派、博古通今的知识、通达睿智的心态、幽默犀利的笔触，写尽了历史转轨时期中华民族的情怀、中国文人的情怀，是何等的酣畅淋漓。直至今天，还对当前散文构成一种俯瞰之势。

再有便是五四散文中的人文精神。对人的关注、对人的个性的关怀总体上进入现代层次。有对人生遭遇和命运纠葛层面的关注，不但关注民族的、大众的共同命运，也关注个人的，甚至是异态命运、异态人性。既关注"大写的人"，关注那个神圣者、崇高者、先进者、成功者系列，也在那个时代允许的范围内，尽可能关注"小写的人"，关注平民百姓。有时更超出了状写人性美和人性恶的层面，即观察和展示的层面，而着重以一种深虑思维洞烛幽微、深入腠理地对民族文化人格进行反思和建构。这些散文在人性的美丑面前褒贬鲜明，充满扬善抑恶的激情，又有着文化积淀带来的宽容。宽容背后是冷静到冷峻的思索和剖析，节制出于素养而入于境界。

在激扬自由精神和对人性、对生命的体察和思考上，五四散文可以说是和五四时代交相辉映，同步辉煌。

这是五四散文所以门槛高的原因，从中我们多少可以看到当下散文的缺失。缺失提示着希望。

要警惕"伪我"，要"我"中有"们"

原生态散文近年有发展，伪经验、伪情感、伪想象的问题比小说要好，生态散文、行走散文、底层状态散文以及一些私人话语的散文，都是散文界追求文学真态的表现。但也要警惕集体经验对个我精神的挪移和置换。时兴的小资散文、娱乐休闲散文、身体写作散文、私密散文常常出现这样那样的雷同，其中便埋藏着集体经验在个人心理中复制的倾向。当下中国的许多时尚，不仅有这块土地上的集体经验，还大量隐藏着西方的集体经验。西方的集体经验通过"文化普遍主义"开路，蚕食我们的民族精神，甚至取代部分人的内心世界。本来是"我们"的、"他们"的，有人却误信为自己的、"我"的。这个"我"其实是"伪我"。创作出现伪经验、伪感情、伪想象，其因概源于此。

  这个问题至关重要。散文家一定要积累亲身体悟过的、原生的文化心态、感情意绪、理性意识,用来作为自己文章的"神"。这种"神"是只属于"我"的,但"我"中又必然融解着"们":或是优秀民族传统文化的结晶,或是时代发展和世界进步最优秀的精神成果,通过"我"的有个性的生命体验和艺术体验表现出来,使我们的散文具有精神的和文化的质地。我想,再怎么说这也比挪移和置换他国、他地、他人的理性和感性经验,以"伪神"为神、以"伪我"为我要有价值得多吧。

          2005年4月9日,星期六,西安不散居,春游时节

增强时代的活力

——散文创新小议

我想对新时期散文创作的突破问题说点意见。

散文的解放，散文的创新，关键在散文家自身的解放和更新，特别是他内心的解放和更新。散文家内心的解放，又依赖散文家所处时代的变化及其吸取新时代生活信息和心灵信息的能力。

新时期头十年的散文，如果说主要是完成了从五六十年代的固有观念和习惯写法中走出来的突破，初步呈现了繁荣，那么，我们要看到的是，这种突破，主要还是走出"旧圈"了，而不是迈向新境界；这种繁荣，也大多是旧品种的恢复，而不是新品种的培育。二三十年代的散文精华，古代和外国的散文传统，对多年闭锁的散文园地和它贫乏饥渴的观赏者来说，是新风，是美食，但历史地宏观地看，这些还都不是真正的创新。其中的上品，可能做到了推陈出新，而庸庸者，不过是凭借审美的中断所造成的陌生感和新奇感而风行一时罢了，精神气质并没有大变。或者说严重点，只是一种新的复现和在前人基础上的小发展。

从一个比较封闭单调的散文时代，向全新的散文境界过渡，出现这么一个借助他力的阶段，符合事物发展的规律。但在这个阶段过分滞留，则容易销蚀新时期到来之初那种创新的锐气，而满足于在过去前人的散文峰峦之下，支起自己小小的帐篷。如果我们不迅即开始第二次突破，总体上从前人的散文精神和笔墨中走出来，从书斋和盆景中走出来，从小家子气中走出来，从一己悲欢的吟唱中走出来，散文创作很难出现新的局面，甚至可能引起新的窒息。

因此，目前至关重要的，还是散文家们在继续写自己熟悉的生活和个人感受的同时，从知识界的圈子里走出来，去感应新的时代大潮。关键是时代生活给散文输氧的问题。这自然不是指又要简单地提倡写中心，或急功近利地反映四化建设。虽然对目前的散文创作来说，有从题材上加强反映新时代生活这样一个问题，但我的着眼点，则主要是通过这种反映，通过散文家投身于时代大潮，通过更多的生活实践者进入散文创作领域，使散文的气质在整体上有所变化。譬如说，能不能在目前独占鳌头的文人气质之外，出现更粗犷、更雄浑、更世俗、更奇诡、更幽默、更忧患、更野趣、更哲学化、更情绪化、更有人生感命运感文化感、更有密度和节奏、更能充分传达当代生活活力的各种各样的散文风度。时代生活的活力是散文艺术不断向新境界突进的最强大的原动力。我们的散文，在描绘感悟的自然美、哲理美和日常生活之美方面有了很高的造诣，相比之下，在捕捉提炼和表达现代工业、现代城市之美方面，就显出了差距；我们的散文更多地描绘或流露出和自然经济联系在一起的生活形象、文化心态、感情意绪，而且显得得心应手，而表现和商品经济联系在一起的各种生活形象、文化心态、感情意绪的散文却较少，艺术上也不够纯熟。

最近读了台湾作家余光中的几篇写现代城市生活的散文，如《登楼赋》《高速的联想》《咦呵西部》（载《港台文学选刊》1987年第3期），那恢宏的全球视角，崭新的城市意识，对工业社会景观的美的感受和浓缩，对现代生活音响、节奏、力度和速度的捕捉和再现，中西文化心态的强烈对峙和衔接，中西艺术手法、艺术语言的交融和反差等等，鲜明地感到了中国散文在气质上的变化。这是和30年代的朱自清、60年代的杨朔完全不同的气质和风度，不是作家在题材上简单地转变所能形成的，而是当代生活在作家心中已经化为感情和心理状态，化为心理节奏、审美方式和表达方式的结晶。

这位台湾作者是不是给我们以这样的启发：散文不反映新的时代是不行的，散文简单地反映新的时代也是不行的。当代散文突破性变化要从散文家的内心世界，特别是文化心理和感情意绪的当代化中去寻求。

1988年1月，西安岚楼

"大散文"小谈

散文的这个"散"字,本已有"大"的意思。现在,《美文》封面标明"大散文月刊","散"而嫌其不足,再加以"大",我猜想那本意恐不是要另立什么新帜,倒是要反过来提醒、强调那个"散"字,还走入狭路的散文以本来的宽阔吧?

大散文就要大包容。什么都可以写(题材),什么人都可以写(作者),什么体裁都可以用,什么写法都可以试,只有一条:内容形式上须是美的。其中有几点,刊物似应更予重视。

要跳出文艺圈子,跳出艺术美文圈子。思辨的美文,知识的美文,实用的美文,文既美,都应"请君入瓮"。《古文观止》除了收纳艺术散文的各个品种,不但收有政论、史论、文论、人物传论、经济科技散论以及调查札记,还收有谏书、诏书、檄文这样的政治性应用文。骆宾王《为徐敬业讨武氏檄》,那义愤那豪情那文辞,甚至倾倒了被讨伐者本人。创刊号登的张艺谋《〈红高粱〉导演阐述》和张伯海《关于期刊的讲话》,又是一种职业性应用文,士农工商皆可为文,三百六十行都有自己最佳的文学表达途径。其中结晶为美文者,都应请上我们编辑部的案头。

要跳出流派、风格的局限,发扬艺术的宽容气度。少考虑什么文章我们不要,多想些什么文章我们要。按中国美学路子,望取象外之境,直贯宇宙和生命"道、气"的妙品,欢迎。按近代美学的路子,反映的现实主义,感应的现实主义,现代和后现代主义,也欢迎。每个人都有理性、感性、灵性。物象反射到作者心里,引发种种理象、形象、意象、灵象。写理或理写,写形或形写,写意或意写,写灵或灵写,再或者通统结合起来写,一律欢迎。

成熟老到的人爱写成熟老到的文，淡泊超达的人爱写淡泊超达的文。有的人喜好鲜冽艳丽，有的人喜好素静平实。中年老年愿意带一点苦涩回味人生，少男少女则出于天真而惊惊诧诧、哀哀怨怨、死死活活。人生不同阶段有不同的心理倾向和情绪关注点，百人又有百十种爱好、百十种情结，只要是真情流露，每一种真情到了极致，美必生焉，美文就翩然而至，应该一一请来做刊物的座上之宾。

还有一点，要跳出中国散文和自然经济的田园风光、恬适心态自古结缘的老路，提倡运动笔墨去开辟写商品经济动态风景和繁复心态的新途，两者当然都要有。

说到最后，"大散文"作为一种主张，它的真义，怕是在于从名目繁多的主张中突围出来，渐趋那种无主张或兼容各种主张的大境界吧？

1992 年 9 月 25 日夜，西安岚楼

我喜欢什么样的散文

各位从各地来的作者朋友们，为了文学你们真是不畏辛苦！盛夏这么大的太阳，从各地赶来秦岭山下蓝田桐花沟乡约民宿讲习所参加这个讲座，我想这表明大家心中文学的热度早已超过了三十七八度。我也是第一次来到这里，为了祝贺孙亚玲女士主编的那么厚一本《蓝田青年美文选》的出版。来到这儿是想讲散文，但朝周边一看，这山这林子这河川，这农舍田畴不就是散文吗，一篇多么好的写秦岭的美文！

今天就在这种散文的环境下，来谈谈我对散文的一些感受和想法。

我在散文面前是两个业余。一，我是散文的业余作者。几十年中我没有间断过写散文，也出过散文集子，但都是业余的。大家都知道我的主业是搞文艺评论和文化研究的。二，我还是一个散文的业余读者。近十多年来，我读散文、读小说都少，主要搞了丝路文化的研究。以两个业余的身份来给在座的一百多位散文作者讲散文，非常惶恐。所以我的题目不敢定为怎么写散文，而是以一个读者的身份，谈《我喜欢什么样的散文》。这就有很大的余地，我不喜欢的散文不见得不是好散文，我喜欢的散文里面不见得没有不好的散文。给自己留点后路吧。

一、喜欢有密码的散文

我喜欢有密码的散文。一篇散文，你读下来，显在的文字背后，如若没有潜在的内容，没有隐藏，没有密码，便索然寡味。我喜欢那些可以容你细细品味，可以深掘文字背后作者有意或无意埋藏的文化密码或社会密码的散文。

比方说鲁迅的《药》，虽是小说，作为一篇散文来读，它就有密码。它显在的文字告诉我们的是：一个革命党人被抓了以后要处死，有些愚昧的老百姓为了治病，拿着馒头去蘸革命者的血。就是这么个事。鲁迅并没有像他的杂文那样对这显在的情节去展开深度的论述。但是，在它的情节场面中埋藏着轻易感觉不到的密码，这就是当革命者没有发动底层群众，老百姓不觉醒的时候，革命是很难成功的。当老百姓还愚昧地认为革命者的血可以治肺结核病，革命的流产就几乎是必然的了。这就是密码。文章里面一定要有作者自己对生活独到的思考和观察，然后以不同于别人的密码展示出来。这样的散文读起来耐人寻味，我比较喜欢。

二、喜欢有个性的散文

这个话太普通了，谁都喜欢有个性的散文。我想说的是，作者的个性对散文写作的意义。你的个性决定了你的目光、角度，然后决定了你对材料的取舍，决定了你展开这个故事时的构思，最后还决定了你的文字表达。就是说，这个个性贯穿观察生活，记忆生活，表述生活的全过程。

我记得贾平凹三十年前给我说的话，他说他的文章总是改好多遍，我说自己写的为什么还要改那么多遍？他说我看看看着就觉得那口气不像我。请注意这个词——口气！就是说，文章的个性不但在于素材的发现、组织、构思角度，最后一直到口气都要独特。口气可不只是文字风格，它还是潜藏在作者笔墨中的一种语气、语态、心态、情态。

个性化的散文都是有新意的。为什么？因为每个人的个性都有着"胎里带"的不可重复的特色。因而，不要去学哪一位名家的个性来"定位"自己的个性；这种学习恰恰相反，其实是学习到了别人都在学的共同性。要尊重自我，尊重自己对生活的第一发现，第一感受。把这种非常个人化的东西写出来，才能给社会生活和精神世界提供新的资源。真正个人化的感受，是别人没有的、不可重复的。你写出来，别人读了就会增添一份对这个世界的新的认识，和对社会心理、个人心灵新的开掘。

每一个散文作者，哪怕只写一篇千字文，都要对自我极端尊重。一个没有自尊的散文家极容易趋同。写到这儿，你想，朱自清怎么写的？写到那儿，又想，鲁迅怎么写的？不能这样！阅读过程可以这样，写作过程不能这样！总想着别人怎么写，其实是在扼杀自己的想法和写法。在写作过程中，应该只有你自己，你经历了什么，你怎么看的，你想怎么写，怎么表达。尽可能把个性化的东西鲜活地保存下来。像我这个年龄的人读你们年轻人的文章，如果是非常有个性的，常常会让我对生活、对生命有新的发现，新的惊喜，最少也会有新的陌生，这也就是给读者提供了新的生活精神资源。所以我喜欢有个性的、个性化的散文。

三、喜欢有意外连接的散文

我喜欢能将看似关联不大的两个端点做意外连接的散文。别人发现不到连接的地方，你能发现连接点，并且用审美的方式把它连接起来。这样的散文常常会有发现和创造。电能和声能是两个东西，常人不知道它们有什么连接关系。但贝尔发现电能通过簧片的振动可以转化为声能，便将它们连接到了一起，发明了电话。常人感觉不到电能和光能有什么关联，怎么关联，但爱迪生用电阻丝把二者连接到一起，便发明了电灯泡。所以，一位作者如果能在别人发现不了连接的地方，发现事物之间的意外连接或深层联结，你就可能写出有新意的文章。

从社会生活的角度来说，社会不同端点的连接，也常常激发大的创新。鲁迅写出了阿Q这个不朽的典型，阿Q的原型是一个叫阿桂的赤贫农民。最早认识并且最熟悉阿桂的当然并不是鲁迅，而是阿桂的父母，还有土谷祠周边的乡亲。鲁迅是在许多人之后才认识阿桂的，为什么偏偏只有鲁迅创造了阿Q这个典型呢？那是因为鲁迅找到了一种连接，社会两极两个端点的连接。一个是赤贫的阿桂的精神胜利法，打得过你你叫我老子，打不过你我叫你老子。叫你老子了心理也很平衡，唱着"一马离了西凉界"，在忘却中高高兴兴地走了。

这种自我消解心理压力的精神胜利法，是当时中国人很普遍的一种"能力"。鲁迅在谈创作时，谈到一个非常值得我们注意的事情。他说，最上层的慈禧太后的精神状态不也是这样吗？英法联军打败了我们，她可以签订丧权辱国的条约，但外国使臣面见她时必须下跪。大清的面子，朝廷的面子很重要，比里子更重要。土地可以割让，白银可以送你，但是面子不可丢。这是什么？不就是阿Q吗？鲁迅发现了中国社会土谷祠边的阿Q跟故宫里的慈禧太后原来有那么相似的精神结构，因此创造出阿Q这个形象。阿Q写出来后，许多阶层的人都怀疑这是在写他们自己。因为我们心里都有一个阿Q这样的"鬼"，这个叫作典型性格、典型精神状态的东西。

意外连接太重要了。大家要格外注意那些别人发现不了连接的地方，或者别人发现了连接，但没有写好、没有写充分的地方。如果你能抓得住，能把它连接起来，强化地、浓烈地、有审美意味地把它表达出来，这样的散文就有了创造性。它会叫你眼前一亮，就像爱迪生把电能和光能连接到一起，一下子电灯亮了一样。

作为一个读者，我喜欢看这样的东西。这样的散文使读者掩卷沉思可以享受到审美惊喜，你就成功了。

四、喜欢有求异思维的散文

我喜欢有异向思维的文章。一个有出息的作家、散文家，坚决不要跟着别人的路子走，坚决要走出别人没有走过的路子！哪怕在别人走出的路上，你撇出两个脚印，走到别人的脚印之外也好。这是写作者的一种尊严，也是写作者对于自身经历的一种尊重。

近四十年来，散文是一阵风换一阵风，一会儿礼赞性、歌颂性散文，一会儿小男人、小女人散文，一会儿后现代的散文。从众之风太盛。从众、盲从、跟风是写作的大敌。"语不惊人死不休"，指语言；也可以说，"思不惊人死不休"，指思维，"文不惊人死不休"，指文章。一定要有强烈的求异思维。

举个我自己的例子，并不是说我的文章写得好，是我一时想不出别人的例子来了，大家姑妄听之吧。比如我跑丝路，到过中亚三个国家的华人——东干族的故乡，就是我们说的陕西村、甘肃村、宁夏村。一百四十年前，左宗棠受清廷的指派，把关中、宁夏、甘肃地区的将近十万回民赶过天山，从黄河流域赶到了中亚的楚河流域。现在分居在乌兹别克斯坦、哈萨克斯坦、吉尔吉斯斯坦三个国家。其实三地很近，隔着楚河，相距就一二百公里吧！他们还会说中国话，而且说的是陕甘老话。"饼干"是五四以后的新词，他们依然叫"花馍"，把开汽车叫"仫车"。他们中有一位学者告诉我，他住的东干村里还住着土耳其人、韩国人，但是不像中国来的人，坚持说自己的语言，都已改说当地话了。这时他突然说了一句震惊我的话："没有语言，哪还有民族呢？"这是我们华人的尊严，文化的尊严！但是，你若深思，问题另一面就出来了。一百四十年来，中国话他们已经忘掉了很多，一些很微妙的感情已经没有办法表达。这种忘却还将继续下去。我蓦然有一种悲从中来的感觉。预感东干人保存中华文化这样一个事实，不可能万代永续。再过三百年，中国话恐怕也保存不下来了。这恐怕反而是一篇新颖而有深度的好文章，所以我写下了自己的深虑。这种历史文化的悲怆、悲壮、悲剧，可能比写现实的交流的喜悦更为深刻。这就是异向思维的力度和深度。

有多少作家作品称赞了水城威尼斯美丽的水韵。那里整个城市建筑在几百万根木桩上。游人如织，都是喜悦和陶醉的面孔，完全是一种欢悦感。开始我想写西安应该学习人家，把旅游搞得更大。后来我接触了一些资料。不对啊！这几百万根木桩已经在水底下埋了几百年，它们每天都在锈蚀之中，寿命越来越短了。本地居民知道危机将至，纷纷逃离，原有的五十万人只剩五六万人了，每天却要接待十多倍从世界各地来的旅游者。一个收获金钱，一个收获美丽，双方都高兴。岂不知，本地居民的逃离和外来游客无节制的消费，正在使这个城市加速沉入海底，而世人浑然不觉，依然沉醉于巨悲哀中的享乐。

这就是异向思维！这种思考激发了我创作的兴趣和创造力。我后来写了一篇长文叫《威尼斯回望西安》。能想到别人没有想到的问题，特别有成就感。

异态行踪，异态观察，异态发现，是非常重要的。大家一道去旅游，一定要走别人不去的地方，想别人想不到的问题。别人不去的地方，可能就有新发现。别人想不到的问题，可能就有深刻性，起码有新颖感。

五、寻找测不准的艺术表达

散文写作，精准、精细的描绘非常不容易，测不准的模糊的描绘可能更难。因为准确的描绘，只是寻找属于对象的句子，而测不准的模糊的描绘，既要不离开对象，又要像陈忠实老师说的"寻找属于你自己的句子"。准确地表达你要描绘的事物和你本身的性格，这个当然也不容易，但最难的就是那个测不准的表达。在座的散文家孔明先生很懂这个，散文有时完全不用精确表达。精确表达是西方思维，中国思维是囫囵表达，测不准表达，模糊表达，悟觉表达。它用一种通感，用一种出其不意的比喻，把你要精确表达的东西说得更精确。

记得我在初中时期看高尔基的长篇《我的童年》，一个流浪孩子，有一个扁平的脸，脸上有雀斑，高尔基用了两个感觉形容他：当这个孩子从娘胎呱呱坠地的时候，上帝给他脸上撒了一把炸药。——一下就把雀斑写出来了。然后上帝很亲昵地在他的头和下巴上压了压，说，孩子，到人间去吧！——

又把扁脸写活了。多好呀！这是作家的感觉，而不是精细观察。它是高于观察的一种感觉。有过知青生涯的阿城怎么写饥饿呢？他说，我真切地感到我和我的祖祖辈辈都没有见过的那个叫馋虫的东西，它就在我肚子里，啃噬着我的肠壁，然后一点点往上爬。当那盘饭端上来的时候，馋虫突然羞涩了。它想冲出来吃那个饭，却在喉咙里羞涩地拐过来拐过去。它想，这是真的吗？这可能吗？竟然有香喷喷的白米饭吃？你看这个描绘，没有非凡的悟觉思维行吗？

悟觉思维有时候是天生的。有些人天生能够会通悟觉。有一年，省上组织一些文艺界骨干，重温马克思主义的文艺观和延安文艺座谈会讲话。请了北京的教授来讲，讲完之后座谈，报纸要登一整版，几个代表性人物必须发言，我也算一个。我们都是正常思维，就说我们学到了什么，要为人民服务呀！要深入生活呀！要怎么怎么样呀！但贾平凹老师与众不同，他悟觉性思维发达，只用了一个比喻，说这个学习班太好了，信息量像壶口瀑布的水冲决而来，但是我水平差，只有一个小调羹去接大水，可惜留下的不多。这是不是一种智慧？悟觉思维是能力，是技巧，更是智慧。有时候是与生俱来的，虽然也不是不可以锻炼的。

六、喜欢有情绪和意绪场域的散文

还有，我觉得好的散文有时候还需要一点感情的不明晰性。散文要有感情，当然有感情的散文是好散文。朱光潜先生有过"移情"说，你把你的感情移到山川万物，让树也有生命，天也有生命，这是好散文。

但是更好的散文，不仅仅是一味地加强感情浓度能够解决的，得追求一点意绪和情绪。给大家再举一个贾平凹的例子，我写过他很多评论，比较熟悉他。贾平凹写的《废都》，大家知道当年受了一点批评，后来有一次陕西电视台要我跟平凹去做节目，我就是从情绪、意绪角度来谈的《废都》，说作品写情绪意绪最有可能切入时代生活的腠理，后来还整理成文章发表了。文章叫《非史之史　无律之律》，不是历史的历史，没有规律的规律。说《废都》写的是民间史，写一群文人的日常生活，却反映了历史很内在的动向。一切行动是即兴的、无规律的，下棋呀，写字呀，做爱呀，但是其中有一个共同的规律，那就是苦闷，在那个时代的孤独和苦闷。《废都》里面有一个场景，后来被很多人引用，就是在城墙上吹埙。月夜的长安城头，有几个落寞文人在那里吹埙。大家知道，埙的声音类似于西方的木管乐，闷闷的，内敛的，带点悲凉。这场景说了什么？没说什么，就说有几个人在那儿吹埙。但它说了很多，说了文人们的精神状态，说了那个时代的环境，说了压抑，说了孤独，都说了。所以有情绪场域的文章，常常是好文章。

　　大家读过朱自清的《背影》，意蕴很清晰，写父爱。他还有一篇散文《谈抽烟》，就不那么清晰了，是写情绪的。由烟雾腾腾，写到"烟士披离纯"，灵感。一个人那么孤独着，傍晚待房子里不停地抽烟，看着烟卷在那儿冒，百无聊赖的孤独。这个文章其实更值得我们咀嚼。

　　所以，不要总是要求散文做非常明晰的表达，这只是初学写作者努力的层面。而要考虑到三方面的复杂性：一是你所描绘的客观事物的复杂性，复杂得它不可能清晰表达。二是作者自己内心世界的复杂性，有时连你自己也不能说得很清楚。三是还要尊重读者内心世界的复杂性，他对生活复杂性的理解可能高于你，因而不见得喜欢读你用明晰文辞规定的东西。他更需要作者对内部和外部世界提问，营造一个情境，好让他去思考、追寻，得出答案。这样读者便有了一个大的再创造空间，在咀嚼品味追问中去做审美再创造的空间。

七、在事件背后埋藏历史或时代的信息

　　我们的散文，不管你是写家务事还是儿女情，写风花雪月，都是可以的。

但是如果你能够在非常细小的前景背后，透露出某些历史或时代的信息（注意，一定是透露出来的，而不是分析、议论出来的），文章的分量会是不一样的！二十多年前我曾经在《上海文学》上主持过一次研讨，谈中国当代文学的"最后现象"。那时候出现了一批作品，《最后的渔老》，写最后一个按照传统道德卖鱼的人。《白鹿原》又写了鹿三，最后一个好长工；朱先生，最后一个好先生；甚至于白嘉轩，也是最后一个好族长。

我觉得这个里边透露出一种时代深处的东西。一个时代，当它的"最后现象"开始进入审美范畴的时候，表明另一个时代"最先现象"就开始露头了。"最后"成为一种现象，表明"最初"、新的太阳快出来了。《白鹿原》不是写了白灵吗！那便是革命的先行者。那个研讨的长篇纪要在《上海文学》理论头条发表了，《新华文摘》还转载了。这些作品，便有意无意透露了历史文化信息。

这个历史文化信息有时作家是自觉捕捉到的，有时候则是作家、评论家和读者共同营造的文学舆论创造的。俄罗斯有一部很著名的长篇小说《奥勃莫洛夫》，作者冈察洛夫写了一个破落地主的慢生活。没落了，没有什么钱了，只与一个奴隶查哈尔相依为命。虽然只有一主一仆，他还要摆农奴主的谱，每次他都会很隆重地宣布：查哈尔，上晚宴！还要摆餐巾，刀叉匙一样不少。小说细致地描绘了这个破落农奴主的生活状态，写他骨子里的慵懒、寄生，甚至懒得连爱情都坚持不下来。这本书一开始就写他在冥想中慢慢起床，写了好几十页，还有一只袜子没有穿上。就这么慵懒，没救了的慵懒。

书出来以后并未轰动。一个年轻的评论家杜勃罗留波夫发掘了这本书的意义。他认为作者入骨地写出了农奴制灭亡的必然性。正是那个制度使得它的寄生者如此不堪救药，它是非灭亡不可了。《奥勃莫洛夫》于是成为俄国文学史上一部著名的小说，列宁都提到过，说布尔什维克党内决不能有奥勃莫洛夫这种人。

散文要尽可能在风花雪月、百态人生的前景中，透露出历史深处的东西。比如说，韩愈的诗"云横秦岭家何在？雪拥蓝关马不前"，就是写他从咱们蓝田的蓝关过秦岭的，其中有浓郁的凄凉，因为反对礼佛，被唐宪宗贬到广东的潮州去当刺史。此刻离开长安，何日是归期？"云横秦岭家何在？"便寄寓着内心的感慨唏嘘。秦岭虽好，我却没有家园了！我觉得蓝田的作家就可以写这个题材，他可能有怨恨，有孤独，有凄凉，有失落，也有前路茫茫的无措。但从他到南方后的作为看，更有为民办事报效朝廷的志气。这些历史信息，如果我们捕捉得好，就可以写出很深刻的东西。

八、探索新时代下文明冲突

我们所处的这样一个时代，文明冲突已经表现出多种新的形态。我们的作家，特别是我们的乡土作家，千万不要仅仅陶醉在农耕文明、乡土、乡愁题材的汪洋大海中，要跳出来！

现在的变化太大了！高铁、高速、航空、网络，速度的提升，改变了我们所有人的时空观。有了今天的速度，才有可能构建大城市群。对于这种新的时空观给予人们心理的影响，我们能不能捕捉到它？城乡出现了多少新的生活群体？一方面，新进城的农村人将会成长为新市民。另一方面，留守的农民在新的扶贫机制和智能机制输入的情况下，又可能转化为新农民。再就是，愈来愈多的企业家和文化教育工作者离城还乡，在经济、文化上投资农村农业，保护营造绿水青山，使之变成金山银山。有的还长期进驻农村，演变为新农民阶层。

那么在这种新情况下，我们的文化心理已经有、应该有哪些变化？我们不能再一味地写上一代的乡愁了，还应该感应、捕捉当下新的社会动向和心理动向。

还有，人际关系也在变。原来我们是在一种纵向的关系中生活，就是行政和企业的纵向管理系统。现在不一样了。每一个人都同时处在纵向网络和横向网络的交织之中。我们谁没有朋友圈？谁没有参与很多公众号？我们在原先纵向人际系统中，一下子打开了好多辐射四面八方的窗口。跑了丝路回来，我跟丝路各国的朋友有好些朋友圈，天天能知道布拉格、伦敦、德黑兰、莫斯科的朋友在干什么，同一个瞬间就能够知道。人处在纵横交错的文化信息网络中间，言行、感情、思维都在变化。捕捉、感知、研究这些变化，才可能得风气之先，写出又新又好的东西。

九、喜欢有气场的散文

我喜欢有气场的散文。而不太喜欢看那个实打实，描绘得非常精致、奢华的那种散文。这个爱好可能跟年龄有关，我这个年龄，是生命的冬季了，对那些月季花呀，牡丹花呀，那些非常艳丽、奢华的色彩，不太感兴趣。我喜欢文章朴素、自然，里边却流动着一股气，形成似有若无的气场，让读者感知到。

说到气场，我们中华文化有一个非常大的气场，便跟蓝田有关。这就是玉，玉的气场。蓝田是中国古代名玉之乡。玉是中国和合文化的象征。自古以来，中国人便有一种崇玉精神。玉象征着和平、和合、和谐，还有心灵的和宁。珠圆玉润，玉洁冰清，君子如玉呀。蓝田籍的或者写蓝田的作家，一定要涵养自己心中的崇玉精神，崇玉气场。我们面对秦岭，秦岭的树千百年来就那样绿着，秦岭的水千百年来也就那样流着，这是多大的气场。

中国的崇玉精神是崇让精神，礼让；西方骑士精神是崇争精神，竞争。所以奥林匹克运动会最早在古代西方的希腊发源、兴盛，通过不停竞赛、示强，激发人的生命力。而中国人是通过示弱，水的、月亮的、女性的示弱来传输力量。我比较喜欢这样的气场，当然也不排斥西方的那个气场。

养玉于心，散对天下，散说天下，这就是散文。写散文要在意一切，又不要太在意一切。秦岭是中国的龙脉，不是人人都能当秦岭的。如果你硬要那样想，你就太痛苦了。满足于只当秦岭山上的一棵小草，一朵小花，那是多么惬意！所以文学氛围应该有玉气场，玉精神。

十、用三只眼看世界

我再说一点：用三只眼看世界。明代有一个哲学家叫方以智，从禅宗里得到启发，说：一个人一定要用三只眼看世界。前面一只眼看前边，后面一只眼看后边，这都叫"半提"，你看到的都是部分。前面那只眼看到一棵菩提树，你说有；后面那只眼看不到这棵树，他说无。这都不全面，人还要开天眼，要有一个飞行器把你的眼睛带到天上，你就能看到，菩提树的确是在前面，后面的确没有，那叫亦有亦无，这就看全面了。这叫三只眼看世界。看事物要这样，写文章也应该这样。三只眼叫一目提，前眼半提，后眼半提，天眼一目提，这不就是三维视野嘛！

一个人该激愤的时候不激愤，那叫没有血性，社会何以进步？一个人该超脱的时候不超脱，心灵又何以安妥？记住三只眼，一目提！换一个角度看世界看人生，事物呈现的可能是新面貌，换一个角度看，你一下子就想通了！

十一、要儒、道、释并重

作为一个散文家，尤其是逐步走向成熟的散文家，我希望大家能够非常重视构建自己的精神世界。用大家熟知的比喻性说法，就是在精神世界，还是要儒、道、释并重。

文学是一个矛盾的东西。你写文章，某种程度就是一种入世的作为，没有入世有为的儒家精神你为什么写，又为什么希望自己的作品影响社会人生？路遥也好，陈忠实也好，很多作家都谈到过，写长篇就是跟自己做斗争，写不下去了，又激励自己一定坚持下去。我神经啊，为什么给自己找这么多麻烦。但我不能不干，一定要写下去。创作过程是要靠坚韧的入世有为精神支撑的。但是，文学艺术在整个社会生活和精神世界中的坐标，又常常是道文化。他帮助你消解，鼓励你超脱。它写切实的眼前生活，却引领你超越急功近利，走向诗和远方。用儒家精神来传递、涵养的常常是一种道家境界。这是文学创作的内在矛盾。

还有了，释也是这样，佛教是管心的，处理人跟心的关系。

儒文化管人跟人的关系，人跟社会的关系，是精神的动力系统。道文化管人跟天的关系、人跟自然的关系，是精神的平抑系统。释文化呢？管人跟心的关系，是精神的救赎系统，救赎你的灵魂。所以，这三个文化坐标（不是指宗教），让中国人的精神状态有了安妥之地。我希望大家儒、道、释并重。儒重善，用道德来协调社会。道重真，用真相、真情、真行、真诚来协调生命。释重美，以缘，以一个彼岸世界的完善标尺来协调内心。儒文化追求理想人格，要你内圣外王，涵养仁义礼智信、温良恭俭让。道家文化追求理想生命，要活得真实、自在。佛教文化呢？追求理想境界：那最美的境界，这辈子达不到也会永远追求。中国的这个精神坐标，大家要好好琢磨。当然在这三个坐标中你可以倚重倚轻，可以更倾向于哪个坐标，以给自己的生命找到稳固的支点，对著文做人都有大好处。

我大概就讲到这里，非常感谢大家在这么一个大热天，大老远来听我这个不怎么精彩的报告。让我们共勉！

附：与听众互动

牧云：一直在认真地听肖老师讲课，很有心得。我想请肖老师再能讲讲散文写作要形散神不散的观点。谢谢。

肖云儒：这是一个非常老的问题，老得跟兵马俑一样。如果在七十九岁的时候，还提出我十九岁说过的事情，只能说明这个姓肖的在十九岁之后，没有任何作为。其实这些年我都很少说这个事。

"形散神不散"其实就是当时对散文写作的一点感受，但是后来大家把它推得很高，争论也很激烈。原因很多。这是1961年我在《人民日报·笔谈散文》专栏中发表的一篇短文。之前，著名散文家秦牧在这个专栏中有篇文章，说"散文贵散"。30年代老作家李健吾先生也有篇文章说：散文像背包一样，不宜捆得太结实，要松动。另一位也是30年代的老作家叫师陀，接着写了一篇短文，说"散文忌散"。接下来我便写了这篇《形散神不散》。意思是：散文忌散，但是也贵散。散文忌不散，也贵不散。确切地说是：形散神不散。然后举了鲁迅的文章为例：有的大题小做，有的小题大做，有的无题有感，有的是离题万里，当然也有的题文相符，各种情况，都是形散神不散的写法。这篇文章在《人民日报》登出来后，我正在毕业实习。得了大概二十块钱稿费，我跑到一个川菜馆，吃了一碗麻婆豆腐犒劳自己。

开始没有什么反响，几年后"文化大革命"开始，我下放到大巴山一个山村。陆续有好多信从《陕西日报》转给我。我才知道，这篇文章不断被人引用开了。但也发生了一点误解，认为这是我在给散文下定义。我知道后就解释：这不是要给散文下定义，只是我对散文写作的一点体会。

但是我还坚持我的观点。虽然新时期散文的发展早已冲破了这个简单的理解，我们读到过形不散神不散的散文，主题、素材都很集中的散文，现在这可能已经沦为二流散文。也有形散神不散的散文，这是比较大量的。但真是没有读到过形散神也散的散文。不只散文，一篇小说，一幅画，一部交响乐，形是散的，神也散了，甚或没神了——好像没见过这样的作品。因为文章的神不只指主题，也指意蕴、意绪。有连意蕴都散掉了的文章吗？

漠然：感谢肖老师能在38度高温下，来咱们秦岭山乡讲学。我想请您谈谈对文化散文的看法。

肖云儒：我突然感到，好像今天是我的"博士"论文答辩，大家都是我的"博导"，提的问题好难答！文化散文在余秋雨先生开始弄的时候，当然是一种创新。它把历史的文化的思考跟形象的审美的描绘结合到一起，这在当时绝对是花开一枝。它把历史思考转化为故事，好读，增加了传播面；又把故事深掘为历史思考，启思，提升了读者的境界。它给读者的审美愉悦和哲理追问是双重的，我觉得非常好。

  但说句实在话，余秋雨的散文好像有点端架子，思者与文士的架子放不下来。每一篇都力求惊世骇俗，都力求有非常深刻的道理，那就太沉重了。读他的散文会觉得累，作者累，读者也累。非要发掘出一个新而又深的哲理，非要保持那么长的篇幅，才能显出分量吗？我想文化散文也需要革命，革"重"的命。后来有些散文把历史文化写得很俏皮，很下里巴人。但下里巴人只能是其表，阳春白雪才应该是其质。这是个人意见。再有便是革"长"的命。文化散文普遍太长，可以适度亮点化、碎片化。一件小事，一个小点，从三五百字写到三五千字，就可以了，不见得动辄上万字。篇幅太长了，读者会越来越少。

  李文雅：我有一个问题比较疑惑。您刚才谈的乡愁和乡愁的变迁，即时代新内容问题。我也感到乡愁应该是不断变换新内容的。比如说，农村土地越来越少了，有的已经不是传统的耕种方式的农业。好多农民没有了土地，造成了潜在危机。这涉及有关政策和经济结构全局，期望肖老师从文化角度谈谈看法，谢谢。

  肖云儒：这问题我思考得很不够，看来今天这个"博士"答辩很难过关了。乡愁是什么？的确是一种怀念、眷恋，好像不属于现代化范畴。但是乡愁的浓烈程度与现代化的进展有关，甚至成正比。越现代化，我们离农业文明越远，乡愁会越浓烈。不是乡愁变了，是乡村变了。乡村变得越来越不像我们记忆中的老家了，这时乡愁会慢慢沉淀为一种文化符号，一个过去的梦，留在我们记忆里。它还是传统的，自给自足的那种农村，但已经被虚化为一个概念、一个符号，成为当下现代化智能化新农村的一个文化参照物。过去中国人生存方式与现代中国人生存方式通过现实与记忆相互比照。

从这个角度讲，乡愁越浓烈，表明乡愁所代表的那个时代离我们越远，现代化进程越深入。越远，越是梦幻化，才越想起它。我刚刚强调的是要关注现代化农村，写变化了的农村。但是没有变化的乡愁，将永远是文学的对象。不过我们可能慢慢会用新的视觉和感受、新的笔墨来写。这个是需要我们在创作实践中探讨的。

2018年6月15日—28日，蓝田九间房镇桐花沟乡约民宿讲习所

关于西部文艺的若干问题

> 希望人们不要把它看作一种意见,而要看作一项事业,并相信我们在这里所做的不是为某一宗派或理论奠定基础,而是为人类的福祉和尊严……
>
> ——弗兰西斯·培根

1983年以来,中国社会主义西部文艺(包括西部文学、西部电影、西部戏剧、西部美术、西部音乐),渐渐成为文艺界的一个热门话题,滥觞于理论界。西北各省区文艺理论界的同志几乎不约而同地在思考:在中华民族历史和时代的坐标上,中国大西北,中国西部的实际生活,有没有形成自己相对稳定的特色?它又怎样凝聚着我们国家历史和时代的精神?作为反映这种生活的文学艺术,是否在长期的实践中形成了自己的特有传统?在生活和艺术的新世纪降临之际,它是否有,或者应该有哪些新的追求?有没有必要通过我们的努力使这些追求明确化、自觉化、群体化?如果这样做,对中国西部文学艺术的繁荣发展,对西部文艺在社会主义文艺事业中做出新的更大的贡献,有否好处?

这前后,新边塞诗和塞上诗的讨论,西部开发者文学的讨论,西部电影的讨论,西部文学的笔会此起彼伏,在西北各省区的文艺报刊上敲起了锣鼓。关于西部乐舞和戏剧的研究介绍,那就更早。这些讨论,一方面和过去,和中国文学史特别是当代文学史、少数民族文艺史的研究相衔接;另一方面向当前和未来伸展:在新时期提出的西部文艺,不是对已有历史的被动回顾,而是站在历史和现实文化堆积的顶端,用新的观念和意识,处理新的题材,创造出新的西部文艺来。

随着这些讨论，随着在这场讨论中《中国西部文学》《西部电影》《西部美术》等杂志的改刊或创刊，以及好几个关于这个问题的研讨会的召开，许多在这方面有着自觉意识的作品开始出现。西部文艺之河正在开辟一段新的风景线。而同时，创作实践和理论研究的深入，既提出了不少更有深度的问题，又敦促我们从更深的层次上对原有的问题进行再思考。

一

西部文艺的提出，最初开始的层次，是从地域上、题材上将已有的写西部的作品画出来，从纵横两方面进行归纳分析。我曾经做过这样的表述：

纵看，西部文艺的创作和研究，大约有三个阶段。一是历史文化积累阶段。从古代开始，我国西部地区各民族的文化，包括汉民族的文化，在描绘西部生活、表现西部人民精神面貌和心理性格方面的持久追求，为我们在思想艺术上积累了一笔丰厚的财富。这个阶段可以直接到建国前夕。

二是宏观自在和微观自为交叉阶段。这是指从建国到70年代末。这时期对西部文艺创作上的探索和追求开始走向自觉。这种自觉性主要表现在作品个体、艺术家个体或小群体身上。这种个体的自觉追求，对于描绘西部人民的思想性格、情绪状态以及西部生活，做了许多可贵的探索，对西部文艺的发展，做出了许多可贵的贡献（如李季、闻捷的诗，黄胄和以石鲁为代表的"长安画派"的画，以及电影《天山的红花》《生命的火花》《哈森与加米拉》，等等）。应该说，整个地区宏观的、整体的自觉意识还不能算明确和强烈。或者说，某个时期、某个阶段有一定程度的群体上的自觉，但在文学发展的绵延上却仍然是盲目的；也许在具体创作所涉及的思想、生活、艺术问题上，有这样那样的追求，但从发掘、探索、提炼中国西部的历史文化特质和社会心理结构方面，从发掘、提炼中国西部精神和时代精神的深层联系方面,以及探索中国西部的艺术意识方面,都还不能说是自觉的、明晰的。

三是自觉探索阶段。80年代以来,西部文艺引起了全国的注意,西部的作家、作品构成了中国新时期文学艺术的一个重要方面军。生活正在变新,观念正在更新。创作的探索和追求更自觉了,而且不约而同地提出了发展西部文艺的口号,有的叫西部文艺,有的叫大西北文艺,有的叫西部乡土文学或开拓者文学。这种不约而同,导源于生活和文学发展的客观要求,表现了趋势的不可回避性。这个阶段可以称之为创作和理论上的自觉探索阶段。1985年7月在伊宁召开的第一次中国西部文艺研讨会,可以说是这个阶段的一个标志。西部文艺的内涵和规律不是哪个人凭空想出来的,而是从生活与艺术的历史过程中,在马克思主义指导下,用新的方法思考艺术实践的结果。

横看,西部文艺的创作和理论实践,我以为大约由以下各部分组成。创作方面——西部民族文艺。中国西部是少数民族聚居的地区。这个地区的三十多个少数民族,自古以来就有自己独立的、自成格局的文化传统和文明积淀。许多民族有着自己的经典作家和经典作品,其中被誉为东方艺术明珠和东方艺术之花的可谓不少。中华民族和世界的文化养育了她们,她们为中华民族乃至世界艺术宝库增添了宝贵的财富。

西部乡土文艺。系指生活在西部地区的汉族作家的作品。这些汉族作家和少数民族作家一起,为西部文化的开发建设做出了贡献。西部是他们的家乡,他们将自己的生命、感情融化在这块土地上。在他们的作品中,西部之美云蒸霞蔚,西部之爱凤鸣龙吟。

西部开发文艺。主要是指建国以后西部各省、自治区生产建设兵团的同志,还有在各历史时期因为各种原因而投进西部阔大胸怀,将自己的青春、生命献给西部的同志,反映他们生活和业绩的作品大致可以归入这一类。

西部行旅文艺。这些作品的作者虽然不是西部人,他们只是在西部短暂地羁留过,或者来这里旅游、采访,却写出了很多好作品。陌生而新颖的西部风情启动着他们敏锐的艺术感受和思考，外地人的眼光和从整个国家的格局中感受、认识问题的角度，往往使他们的作品具有新意。

评论方面——对西部作家作品的评论研究。近年来，在对单个作家作品进行评论的同时，对西部文艺思潮、创作趋势、艺术特点的宏观评论，以及在国内国际的横向联系中进行比较研究的文章正在增多。

对西部文艺有关理论问题的研究。如对西部文艺这个口号的内容、界说、根源、意义以及涉及的各种创作问题，都出现了不少有见解、有内容的文章。这方面的研究，正在由艺术领域向社会历史、文化心理背景等更大更深的领域拓展。

对西部文艺历史、现状的纵向研究以及预测性研究。西部文艺可以由建国以来的文艺上溯到西域文化以及汉唐文化。对此，我们的文学史一直在进行研究，并且取得了成果。但是应该说，从发展当代西部文艺着眼，运用新观念、新方法来认识历史现象，发掘古代西部文化在反映和形成西部社会心理特质中的深刻作用，以及它们对当前西部文艺创作所发生的潜在的影响方面，是研究得不够的，还有许多文章要做。预测性的文章虽有一些，但因为还没有能够从充分的历史和现状的分析中去引出规律性结论，也就影响了对未来预测的实在性。

这可以算作对开始阶段一些情况的回顾。随着西部文艺研讨的频繁和思考的深入，大家发现，西部文艺的含义，虽然包括地域问题、题材问题、风格流派问题，但又远不至于此。它是社会主义新时期中国西部各民族、各地区、各种风格流派的文艺作品在一种共同的新的美学意识和艺术追求的指导下所汇成的艺术河流，是所有有志于此的作家、艺术家在相近的实践中所组成的一种群落性的文艺生态，一种处在不断发展中的历史过程。这个共同的追求就是，在马克思主义指导下，在西部文学艺术历史发展的基础上，用80年代社会主义的生活观和艺术观，并吸取新的创作方法和艺术技巧，来表现新时期的西部生活和西部精神，塑造新时期的西部人，传达新时期的西部美。历史生活也是完全可以反映的，但也要寄寓当代的精神，发掘历史现象中的新层次的美。这个口号要求创作者有马克思主义的西部观和当代的西部意识，并且能在创作中运用这种观点和意识去反映西部生活，发现新的西部精神在生活中的觉醒及时代精神、民族精神的内在联系。既看到西部生活的特点，又有充分的有机整体意识，将西部生活放到整个中华民族历史的、现实的、文化心理的三维空间中去观察、感受、理解，从而自觉地进入一个文艺群落的新的创作实践中去。

现在我们所谈的西部文艺，远不是一个回顾性、归纳性的消极口号，而是一个崭新的文艺主张和文艺实践运动。它是80年代中国社会主义文艺运动的一个有机部分，是一个创造开拓中国西部文艺新境界的积极口号。很明显，对这样一个口号来说，上述的经验归纳式的研究是远远不够的，它只能作为一个基础、一个前提。我们的任务是从这里起步走向未来。

二

西部文艺的概念，我以为首先是从社区文艺的角度提出来的。社区和一般的行政区划、经济区划不完全相同，它虽然也包含政治、经济、地理的因素，但主要立足于社会文化地理的角度，包含着一定的地区"道德上的整合和互属、感情上的投入和联系，以及亲属关系、团结契合等意思"①。它比仅仅从政治、经济和地域的角度来看问题，更能反映社会生活的复杂性，也和文学艺术描写生活的特殊角度更贴近。无须说明的是，社区生活的特点是在一定的自然环境和社会文化环境中体现出来的，是在一定的物质生产过程

---

① 司马云杰：《论文艺社会学中的社区文学与艺术》，载《内蒙古社会科学》1984年第4期。

和经济关系中形成的。

我认为，中国西部自然地理、人文地理（包括政治、经济和社会文化地理）的特点和社会主义的时代精神、新时期开发西部的生活实践相结合，是决定西部文艺各种特点本质上的原因。

在中国的自然地图上，气候的层次是南高北低，南北走向；而地形的层次则是东低西高，东西走向。这两个因素相结合，再加上近代经济开发由东南而西北的走向，就在这三个意义上，形成了中国西部和东部传统上的分界线，一条由东北（内蒙古）向西南（西藏和川西）倾斜的弧线。这个地区占到整个国土的一半以上，等高线显示出由浅褐到深赭的大色块，辽阔险峻，人烟稀少而资源丰富，在各方面形成了自己独有的特色。本文仅从对文学艺术有影响的角度谈几点。

第一，是地球的至高点，亚洲的山之父、河之母。欧亚大陆是地球上最大的陆地，高矗在这个大陆中心的地球制高点——帕米尔山结就在中国西陲。帕米尔山结向四方辐射出许多山系，构成了亚洲山脉的伞形结构。在东面中国境内，除了东北和闽浙地区的一些山，几乎所有的山都是帕米尔山结的延展。黄河、长江，还有流经邻国入海的雅鲁藏布江、怒江、澜沧江等等，就从这些山脉中发源出来，横贯东亚、南亚大陆。山与河从空间上将中国和世界广大地区结为一体。从时间上又将过去、现在、未来汇为一流，使我们的思绪感情有着阔大的驰骋天地。这为象征性、历史感、崇高感和高屋建瓴的气势，奠定了自然景观的基础。请看毛泽东词："横空出世，莽昆仑，阅尽人间春色。飞起玉龙三百万，搅得周天寒彻。夏日消溶，江河横溢，人或为鱼鳖。千秋功罪，谁人曾与评说……"但同时，这里又是地理上的一个封闭区。苍凉无涯的大山和荒漠将西部和各文化发达地区远远地隔离开来，成为西部落后闭塞的一个原因。

第二，是一个多民族的聚居区。这里有三十多个民族。新疆被称为世界人种的展览馆。而新、青、宁的汉人，又大多是内地各省、区的移民，也呈现出杂居的状态。多民族、多地区人群聚居的交流、竞争，构成复杂而激烈的矛盾冲突，并且常常演化为征战。这是西部地区社会发展内部运动活力的一个重要来源，也是西部文化具有活力的根本原因。西部在历史上形成了自己相对独立的、多民族的文化艺术群落。每一个民族文化都自成格局，自成历史，都有自己的作家群、文艺圈、文化区，它们之间又都近距离地影响着，折射着，形成斑斓驳杂的色彩。以德国的格拉勃纽和奥地利的什密特为代表的文化历史学派，有一个主要观点，认为世界各地存在着由不同的文化特质构成互相关联的复合素，转辗传递影响。属于同一复合素的社区文化则被称为文化圈。这种文化圈既包括地理上的明显文化关系，也包括文化内容上的相似与相关。这种观点后来在美国发展为"文化区"论，以此来研究一个区域经济的、文化的、艺术风格的以及社会价值体系的特征。这种研究的立足点和方法论，脱离不同社会经济基础的发展，片面强调文化事实发生的时序和个别历史人物对文化传播的作用，不能说十分科学，但它对我们从文学艺术区域性的横向影响和从对类似地区文艺的比较研究的角度来思考、研究西部文艺问题是有启发的。

第三，是自然和人文地理上的一个结合部、交汇区。这里是欧、亚两洲的陆上走廊，又是我国中原地区和印度次大陆、中东、西伯利亚的一个交汇区。同样，西部的文化也不是一个单色的同一体，而是亚洲几个大的文化板块的多色晕染区。从社区文化板块看，这里是西亚文化（如波斯文化）、南亚文化（印度文化）、中亚文化（并通过中亚文化接受了俄罗斯文化的信息）和东亚文化（我国中原文化）的结合部；从宗教文化板块看，这里是伊斯兰教文化、佛教文化和儒教（或儒道互补）文化的交汇区；从经济形态对文化的影响看，这里又是土地文化之河和游牧文化之河的"两河口"，守土为业的"守"和游牧就草的"游"，这两种文化心理既矛盾又衔接。各个层次上的文化板块，在中国西部各地以不同比例调和成不同色彩，使西部文化成为整个中华民族文艺百花园中的一个繁茂的花圃。而它本身在大体的一致中，又是多色的、多流派的、百花齐放的。

第四，上述特有的自然环境和社会文化环境，就要通过各种渠道影响人的性格、行为和心理特征，影响行为规范、价值取向和思维方式，使得西部的文化心理结构表现出自己的特色来。比如——

自然是人的"无机的身体""形影不离的身体"，它既构成人的生活环境，养育了人类，又是人劳动、思考和审美的一个重要对象。人和自然互相进入，人在和自然长期的搏斗中，同时接受了它那粗犷的抚慰，而获得了自然的品格。自然又是人的本质力量的对象化，也通过象征成为人类审美活动中的对应物。因而西部苍凉古老、辽阔高远的自然景观，便十分容易激起人们的历史感、崇高感，使他们具有博大的胸怀。日本画家东山魁夷曾经说，他在中国山水画中能看到中国人的民族精神。中国艺术在这里成为中国民族精神的对应物。

世世代代在艰苦环境中的开发和搏斗，使这里的人民命运多舛，具有坚忍不拔的气质。这种气质有时候表现为含蓄内忍，有时候表现为乐观自信。不论其表现形式如何，实质上都闪射着凝重的历史忧患意识的光彩。这种忧患意识促使人具有自身价值的自觉，促使人确认自身的社会责任。后面将要谈到，在这里，坚毅和机智，宏大的命运感、无涯的历史感和乐观精神，是在一个深刻的层次上交融一体的。

深厚的文化沉积使这里的人民习惯于理性的追溯历史，进行回顾性思考。无疑，深浸在烂熟文明中容易失去对新生活方式的追求，宽容了惰性，却也在沉缓中表现出与浮泛急躁相径庭的稳健成熟。

人烟稀少，生活艰难，个人的力量微不足道，群体的力量成为维持生存的支柱。这使得人们互相的需要更迫切，互助互爱，多情重义，伦理重于功利，道德超越历史，成为西部文化心理的一个特点。而大自然对人的直接的启悟，又铸就了这里社会心理中的纯洁朴质，但也使得这里内向的、狭隘的、稳态的社区意识（民族、地区、部落、村落意识）较浓重，而不利于交流、变革。

但是，地理上的偏远和前沿（这里有漫长的国境线），又形成反差。宗教、民族在这里的国际性，使得西部各省有可能利用同教、同族和共同的经济发展需要，以及古代文化方面的优势，大力发展国际交往。多民族、多地域人群杂居所形成的交往也和民族、地区的内向封闭形成反差。这又使得中国西部的文化心理具有开拓、开放的一面，他们在建设、创作生活的斗争中，精神状态是昂奋的、进取的，乐于也善于汲取外来文化中的新东西和好东西，使之变成自己民族的精神财富。这里的落后和封闭，激发着开发和开放的急切愿望。这种开拓、开放的气质，有时凝聚为热情豪放、豁达幽默的性格。这恐怕就是西部各民族民间文学中都有各自的阿凡提形象的原因吧。① 西部人民是在这些精神产品中汲取民族再生的力量。这里我们看到了自然环境、文化环境、社会生活、社会心理和人的精神素质等等，这一切，特别是后者，是怎样构成了文学艺术描写的对象，并决定了这种文艺的特点的。但对新时期的西部文艺热来说，这些还只是条件，只构成了客观的可能性。它的直接原因，则是时代的。

从时代生活的流向看。党中央明确提出了开发大西北的奋斗目标，提出21世纪我国经济开发的战略重点西移的设想，并要求特别要加速新疆、青海等广大地区的开发步伐。生活指向的变化，在一定程度上会引起时代情绪、时代兴趣的变化，并通过这个途径来影响文学艺术的流向。德国的文化社会学家马克斯·韦伯认为文化价值是时代兴趣所决定的。这种时代兴趣构成历

---

① 参见高深：《我国少数民族文学与我国西部文学》，载《中国西部文学》1985年第3期。

史的一般目标，比单纯的个人兴趣更具有客观历史性。在党领导的社会主义国家，党中央的每项战略决策对舆论的影响都非常大。当各种传播工具和社会舆论经常地谈论开发大西北、战略西移的时候，西部就成为社会的、时代的兴趣关注的一个目标。人们对西部生活、西部精神、西部人了解的欲望，与之交流并参与其中的欲望，与日俱增。作为这种了解、交流手段之一，西部文艺的文化价值也就相应提高了。这主要还只是在题材的层次上来谈的。

从时代精神的对应看。20世纪80年代的中国，是开拓的中国、开放的中国、振兴的中国。在挣脱"左"的桎梏后，党带领我们以加速度告别贫困落后、封闭保守而走向高度民主、高度文明的社会主义国家。中国的西部不正是今日中国的缩影么？凝重的历史感、坚毅的奋斗精神，落后却又不甘落后，保守却又不安现状，封闭却又急切地要求冲破封闭走向开放，这既是我们的时代精神，又是中国西部精神的精髓。时代精神需要通过文学艺术提炼凝聚起来，反映出来，并且反馈回社会，促进社会变革。西部生活、西部精神正是可以充分寄寓时代精神的最好对应物之一。任何一种文学艺术中，都存在着、包含着、流动着特定时代的社会意识和群众情绪，这种意识和情绪在社会变革时期更为明显。哪一方面的生活形象和人物形象能够更多地寄寓、传达这种社会意识和群众情绪，就会被社会所关注。

从艺术意识的觉醒看。现代中国西部的文学艺术和它的经济一样，不能说是先进的。但是，在我们国家伟大的历史转变面前，在新时期生活的催动下，在当今社会发展的牵引下，西部的文学艺术产生了一种和时代相呼应的急切心情，它希望在新的水平上担负起自身的责任，回答时代和生活的挑战。西北各省文艺界的同志之所以不约而同地提出西部文艺问题，正是这在新时代阳光下共同的艺术意识的觉醒和艺术上自信心使然。它表明跃动在西部文艺家心中的开放、开拓、振兴、起飞的创造情绪，已经结晶为理论和创作的实体。

时代的生活实践和内在精神、觉醒了的艺术意识，激发了西部生活之钿的裂变，形成了西部文艺强大的推进力。

三

社会心理变化的一系列不封闭的圆圈，一系列否定之否定，文艺创作的一系列的生态平衡，一系列的起伏和逆反，使西部文艺的发展具有许多有利的因素。

接受美学把文艺作品的接受者（欣赏者）在文艺发展中的地位和影响，提到了举足轻重的地步。社会对文艺作品的接受程度，主要受社会心理（包括社会审美心理）的制约。社会经济和各种意识形态对文艺欣赏的影响，常常在演化为社会心理之后起作用。粉碎"四人帮"已经近十年，在新的历史时期，我国的社会心理是以清晰的不封闭圆圈的轨迹不断深化着的。

十年动乱给我们国家、我们民族的肌体留下了深深的伤痕。受伤之初的反应，首先是"哎呀"一声痛苦的呼喊，这种社会情绪和社会心理就凝聚为文艺创作中的"伤痕文学"。随之便是回顾和思考：林彪、"四人帮"是怎么乘虚而入"咬"我们的？这么伟大的一个党、一个民族为什么会陷于如此令人哭笑不得的境地、酿成了一出历史悲剧和闹剧？这种社会性的思考又凝聚为文艺创作中的"反思文学"。反思是多方面的，其中有一个思索的流向，就是要"寻根"，追根究底。不但上溯十七年，而且上溯到民族历史发展的上游，于是写开了小生产思想、封建思想、愚昧落后同极左思潮的关系。这样，有一部分作家的眼光就转向了中国的腹地，转向了探究民族本源精神的优劣利弊，希图在久经离乱的心境中积淀出理性的结晶，在众多混杂的信念中寻求民族精神复兴的支柱。这是一种深化。

创伤和屈辱使弱者哀鸣，却使强者勃起。十年的历史歧路转化为要改革要振兴的时代强音，在文学艺术上的表现便是改革题材，强者精神和硬汉子形象的大受青睐。这是社会心理的又一个流向。当"伤痕时代"和"伤痕文学"告一段落之后，不但文艺界产生了分化，整个社会的群众社会心理和情绪也发生了分化。一部分历史责任感较强、知识层次比较高的升华到反思勃起的高层次；另一部分历史感稍弱、知识层次稍低的，则沉醉于娱乐性较强的各类通俗文艺，作为对极左路线统治下的肃杀气氛和审美气氛的逆反，在一种市民趣味、软性精神中寻找心理平衡和情绪补偿。文艺的娱乐作用正是因为文艺的创作者和接受者中有这样的分化，在相当一部分人中提到了较高的地位。而振兴的时代精神，雄风壮美的社会审美心理，却往往能在西部的自然和社会环境中，在西部人民自古以来改造自然和改造社会的宏伟实践中找到可以纵马驰骋的空间。张承志的创作就给人这样的印象：狭小的自然和社会空间已经容纳不了他作品中宏大的心灵空间，容纳不了他对历史和现实的深入思考。在这种情况下，选择西部题材，写《北方的河》《大坂》那样的作品，对他来说，几乎是一种必然。

还有，我们在"假、大、空"中生活了多年，假行、假话、矫情、矫态已经使群众不堪其害，也不胜其烦。社会心理渴望着对真朴、真态、真心、真情的回归。当一部分人（包括作者）在潜在的心理和感情上还不能完全将"假、大、空"现象和正在克服这种现象的社会主义社会剥离，而今天的现实生活中又不可能使"假、大、空"完全绝迹，在这种情况下，他们愿意选择自然景观或遥远而古老的土地作为对应物，以寄寓自己对现代生活的思考，用古朴纯真的生活形态来装填对未来的情思，使当代性和历史感在这一类作品中接壤，不也是十分自然的吗？这中间，或者还不能排除这样的可能性，即一部分读者和作者，由于还不能正确地运用马克思列宁主义来分析生活的复杂性，比如辩证地看待经济改革后出现于繁荣之中的混乱，经济开放后随风而入的精神尘埃，而自觉不自觉地产生一种对现代化，特别是现代文明的失望。这种心情使他们在审美的客体、主体两方面走向自然，走向苍凉古朴的西部，去描写、去欣赏那些节奏比较舒缓、空间比较辽阔的生活。这也是一种逆反。

以上主要是从社会心理的角度来谈的，有的地方涉及审美心理，也是将其放在社会心理之中来谈的。就审美心理本身看，这些年也在不断逆反中逐步深化。审美心理本身的规律也是一方面不断对习以为常的对象产生疲劳，另一方面又不断追求新鲜和陌生的感受，而呈现为否定之否定的波形曲线。某种美学风范的作品，在社会审美市场上流行过久，而且非常单一，社会审美心理就容易产生疲劳感，就会出现需要变化的要求。比如，十七年中，由于我们简单、片面地理解群众化、民族化，那些平面、线性的戏剧结构的作品，仅仅将心理活动作为刻画人物的一种技巧而忽视塑造内部形象。一味由外写到内的作品，就使欣赏者和创作者中一些创新欲求强烈的人感到疲劳，于是，一度逆反为不加选择、不加消化的西化。这类作品一时在诗歌、小说、电影、戏剧等各种艺术部类风行。但由于它们脱离了我国的民族文化环境，脱离了中国社会目前的审美水平，不久又走向逆反，这恐怕是通俗文艺风起云涌的一个审美上的原因。又过了一段，这类作品又使欣赏者产生了疲劳，功夫片、侦探片上座率开始下降，而从审美内容和审美形式上"寻根"的作品则开始崛起。这类作品，由于力图在深层次上用当代观念展示民族文化心理，很快受到社会关注。

又如，建国以来的作品大多仅仅从社会斗争这一角度来揭示人生、揭示人物，这当然是对的。但人生和人物远不是这么单调，只有社会的一面，只有斗争的一面而没有其他。和由言行构成的可见的外在的生活相对应，还有一个由思想感情意绪构成的不可见的内心生活，而内心生活又是多层面的。纯粹从一个层面表现生活的作品太多了，哪怕是正确的，甚至是精彩的，社会审美心理上也会出现疲劳，在疲劳中产生新的渴望，如渴望从自然环境以及经济生活、精神生活（包括感情生活，直到潜意识）各方面来揭示人生和人物的作品。

这样一些社会心理和审美心理的变化都是有利于西部文艺的发展的，可以说是文艺接受市场对西部文艺的一种呼唤。

文学创作的发展除了受现实生活以及社会和审美心理的左右，自身也要求一种生态的平衡。当一种创作思维和创作现象发展到破坏艺术生态平衡的地步，就会出现相反的倾向，出现和原有的追求相悖的意外的结果，正像大量开荒种地最后带来的是大地的荒凉一样。也许这也可以说是霍雷斯·瓦尔坡发现的"不虞现象"吧！文学艺术也是"不虞王国"的领地，在这里，事情常常走向和愿望相反的方向。这个运动过程，从客观上看，是文学创作在汲取了生活、思想、艺术以及社会欣赏各方面的信息之后，通过内部自我调节机制实现的。在微观上，它总是通过一些有识见、有创新能力的作家在自己的创作实践中来实现。

文艺创作在发展中的哪些不虞现象可以用来作为发展西部文艺的助力呢？比如，在极左思潮影响下，我们原来总是有意无意要求文艺作为某种精神的号筒，这是造成不真实的根本原因之一。结果，正是这种创作现象培养了一大批要求写真实的读者和作者。文学进入新时期以后，社会舆论和文学舆论都要求直面人生，真切入微地写出生活中的弊病、遗憾，就是在写生活的光明时，也要求写出这种光明中所包含的各种色彩。所谓杂化、淡化、小化、非英雄化，一度成为许多作者的追求。但又正是当这种追求成为新时期文学的一种趋势时，另一种声音也就出现了，这便是对文学阴盛阳衰的感慨，对表现我们时代的磅礴大气、雄风壮美的呼唤，对过分拘泥于生活现象的写真实的疑虑，对象征哲理、写意神似的向往。可不可以让原先完全再现式的描写，到多少有一点表现式的描写，在探索那种浸透着当代观念的中国小说美学中迈出更大的步子呢？可不可以由原来的直露、白实，到艺术形象的包容性更大一点，在更大程度上使作品的内涵超越作品的主体描写，让审美欣赏的"空筐"更大一点，欣赏者再创造的空间更大一点呢？新边塞诗，作为一个流派或准流派所以能够和传统的自由诗、现代的朦胧诗三足鼎立于新时期诗坛，当然是一个合力支撑着，但不能不认为这种创作要求是这股合力的一个重要组成部分。

又比如，粉碎"四人帮"之后，我们的文艺创作在艺术上由粗糙简单愈来愈走向精致，由粗糙地甚至粗暴地（如十年浩劫中的帮派文艺）描写生活的表象，到细致地描写人物微妙的内心活动和比较深刻的生活哲理，现在又转化为对粗犷风格（当然不是粗糙和粗暴）的某种兴趣。

这几年，作为对以前写工农兵生活狭隘、片面理解的平衡，文艺的表现内容向着生活中文化层次较高的人物靠拢。文化人在作品中的地位有了明显的改善，人物活动的场景也日益向着现代化程度比较高的城市集中。高雅的谈吐、豪华的设备，全新的现代文明生活得到了大量的描绘。许多作品中的主人公都爱好或者懂得现代科学、现代哲学、古典或现代艺术。① 这种趋势又为最近一个时期回到大自然，或回到和大自然十分贴近、打上了鲜明的大自然烙印的社区生活中来，在人与自然、文明与愚昧的冲突中去表现当代生活和当代人做了铺垫。很明显，这方面，西部文艺又具有难得的优势。

这里谈到了近年来审美心理和创作的一些流向。在文学艺术和审美趣味愈来愈多样化、多元化的今天，在实践过程中它们并不表现为单一的流向，而是多种流向、趋势的丰富的交汇。这里只是从利于西部文艺繁荣的角度，有选择地来谈这个问题的。至于准确地表述出近年来文艺创作发展趋势的丰富性和规律性，由于本文题旨所限，需要专文来完成。

以上文段，我们谈到了发展西部文艺的客观社会条件和在社会审美心理、文艺创作趋势各方面的有利因素。我们许多作者已经在这块土地上有了耕耘的辛劳，也有了收获的喜悦。但毕竟还没有出现无愧于生活、无愧于前人的

---

① 谢冕：《文学性格的抉择》，载《当代文艺思潮》1985 年第 3 期。

划时代的作家作品。在西部民族文学和乡土文学中，表层的猎奇和民俗的铺陈常常远胜于对西部生活的历史内容的发掘。在西部开发文学中，宏伟业绩的记叙、英雄品格的讴歌和个人命运的描绘又往往掩盖了对屯垦戍边、社会历史本质和文化心理影响的思考和表现。西部行旅文学似乎也应该在风光民俗的描写中更少一点浮光掠影，而更多地发挥行旅者的优势，从大范围的纵横比较和对照中来显示西部生活的特质，这方面的描写是西部本地作家的深层开掘所不能代替的。

这些不足，可以从思想、生活、艺术各方面去找原因，而且原因人人不同，篇篇相异。从总体上看，我感到有一个很重要的共同性的原因，就是作家的西部艺术意识不清醒、不强烈，在以马克思主义的立场、观点（其中也包括马克思主义的西部观）、方法对西部生活做社会历史的、文化心理的把握，对西部精神做深入堂奥的体察方面，相当一部分作家还处于自在阶段而没有进入自为阶段。没有西部艺术意识的洞烛幽微，西部生活的瑰丽画面，如列夫·托尔斯泰说的那样，就像是没有点亮蜡烛的彩灯，灯罩上的彩画总是平面的、灰暗的、缺少生命的。

以西部艺术的自觉意识表现西部生活的内在精神，使我们的作品显示出不同于别的地区作品的西部风骨来，是摆在西部作家艺术家面前历史性的也是开拓性的任务。我以为风骨在这里的含义，是指作品的生活内容、艺术形式以及创作主体的思想艺术追求浑然天成的熔铸体。有同志说这个问题是西部文艺之魂，实在说得好！

我们接着要谈的就是这个问题。

四

有两个概念：西部精神和西部意识。有必要将它们的含义区分开来。

什么是西部精神？有同志认为这主要是指流贯在西部生活和西部生活实

践者身上的精神气质，他们主要从客体的角度来理解。也有同志认为西部精神是指主体的精神气质，指作者在认识、感受和再现西部生活时的思想艺术追求，即作家的艺术精神。由于理解不同，在研究讨论中便产生了这样那样的混乱。我个人倾向于从客体的角度来谈西部精神，或曰西部生活精神。西部生活精神决定了西部文学的内在品格，这是首先应该谈的。不谈，西部文学的特点云云，就成了无本之木，无源之水。

但是，艺术家主体的精神气质也需要谈，任何艺术作品都是特定生活在特定作家头脑中的反映，在特定作家意识中的感应、感情中的和鸣。不经过创作主体对象化的客观生活，不能直接构成任何作品。创作过程，是主客体互相进入和融化的过程。而就作品风格的形成来看，艺术家主体的精神气质可以说起着决定作用。我想，用西部意识或西部艺术意识来表达它，是不是比较贴切。西部艺术意识，主要是指创作主体在题材选择、思想提炼、素材取舍、人物塑造以及结构、语言各方面，在生活、构思、写作的全过程中，对表现西部生活特点，发掘西部精神内涵，再现西部人的气质，追求艺术上的西部色彩、西部的独得之美，有比较明确的自我意识。简单地说，就是作家随时随地意识到自己是在写西部，写西部文艺，是在走自己的路。

西部精神就是蕴含在西部社区生活中的精神，西部意识就是意识到这种精神的自觉程度。

黑格尔曾经把一个民族、一个地区的文化心理总称为民族精神、民族性格。我们可以把它看成是一个民族、一个地区人民群众的精神合金。斯大林指出民族的四要素中，共同的地域、经济是民族性格形成的客观条件，共同的语言和文化则是民族性格的两种表现形态。长期的特定的社会实践养成并锻炼了一个民族、一个地区人民对现实事物的稳固态度，亦即对客观世界的心理反映。其中包括大致相近、相同或者有密切联系的价值体系、习惯的行为方式和思维特色，并表现为鲜明的心理面貌和精神个性。这是同一社区的群体成员世世代代在相近的地域环境和相近的生产生活方式中生存繁衍、相互作用、相互适应所发生的类化过程和趋同过程的必然结果。在影响群体行为动向的各种因素中，民族精神所构成的群体心理气氛和内部情境力场，和群体的利益、群体的意识形态一道，是三个主要的因素。而文学艺术是民族精神的一个重要表现渠道。它将特定民族生活实践的和文化精神的成果，以有意味的形式永久固定下来，使之成为文化实体，不断衍续下去；它又是民族精神一个重要的呼吸器官和舒张渠道，可以多方面平衡和满足民族心理，疏通和补偿民族情绪，并且通过各种不同样式、不同形态的艺术典型，强化民族的感情。因此，文学艺术是民族和社区群体认同感和内聚力的重要力源。

每个民族或社区群体的精神都是丰富而复杂的，但它的各个分支在经过复杂的力的组合之后，常常表现出一种主导倾向，它的各种色彩在经过丰富的叠合、晕染之后，也常常呈现出一个主调。它远不是几句话可以说清，却又不是不可以用几句话来表述。恩格斯曾经指出，19世纪德国民族致命的弱点是小市民的胆怯、狭隘、束手无策、毫无首创的能力。这些弱点在德国所有的阶层身上都打下了烙印，成为带普遍性的民族性格。而挪威的小资产者比起这种堕落的德国小市民来，显得分外健康、生气勃勃。易卜生的社会问题剧就是这种进取的、首创的、独立的民族精神的生动写照。马克思、恩格斯也比较过英法两国的民族性格：英国人雄浑有力，长于阴郁的幽默；法国人则更加"文明"而富于机智，有血有肉，具有优雅风度。在一个国家内部，各民族由于自然、人文地理和历史命运的差异，其精神气度也不相同。爱尔兰长期遭受英国人的压迫剥削，艰难的处境给这个民族造成了一种特异的心理素质。他们生来就勇敢，落落大方，受到侮辱就马上报复或立即宽恕，交朋友快，绝交也快，天才横溢，判断力却差得可怜。感情和热情无疑占优势。他们的歌谣作为这种民族情绪的表现，大都是民族命运的悲歌，基调是深沉的忧郁,同"主子"英国人比,爱尔兰人反映了一个弱小民族的心理特质。①

在西部文艺的讨论中,对西部精神的理解出现了两种几乎对立的意见。一种认为"这是凝固而持重、保守而自足、质朴而沉稳的"。"它排外,不求变化,它过于倚重人伦关系的净化而压抑了人的自然禀性和求新欲","它不可能是开拓性的","它不可能是个人冒险的","它也不可能是首创的"。②另一些同志则认为西部精神是开拓的、开放的,是乐观精神,具有浪漫色彩。这两种看法,我以为在各自的理论环境中都有一定道理。在形成一种全面的科学的认识时,完全可以互相补充。前一种认识,主要针对西部受儒教深重影响的土地文化地区、汉族地区,即我们通常说的"东西部"(例如陕、甘)而言,又主要出自外地一些评论家的印象。他们的立论自然地受着中国东部和西部文化横向比较的影响。后一种认识,主要针对西部受伊斯兰教深重影响的游牧文化地区、少数民族地区,即我们通常说的"西西部"(例如新疆)而言,主要出自这个地区的评论家的印象,他们立论不能不自然地受着对本地区历史纵向比较的影响。

我认为西部精神、西部文化心理结构是以一种两极震荡的形态表现出来的。就是说,它既具有深厚的历史感,又具有强烈的现实感(此岸性、当代性);它既表现为忧患意识,又表现为乐观精神;它既是封闭的、守成的,又是开放的、开拓的。这两极使西部精神成为一个矛盾统一体。矛盾的两极不是平列的、静态的、叠加式的共存,而是在不停顿的内部运动中做周期性的震荡。正如阴电和阳电的对立转化为能量一样,任何一种对立都埋伏着转化的契机,而这种对立越是激烈,表现得越充分、越丰富,转化的契机也将越成熟、越迅速。

---

① 梁一孺:《"民族性格"试析》,载《民族文艺报》1985年第2期。
② 吴亮:《什么是西部精神?》,载《当代文艺思潮》1985年第3期。

西部精神的这种两极震荡、这种辩证统一，是由西部社会政治、经济、文化各方面的矛盾运动所造成的。所举上述三种矛盾，在性质和形态上都不尽相同。历史感和现实感是一种纵向反差，忧患意识与乐观精神是一种横向反差，这两种反差，并不具有鲜明的进步与落后的分野。而封闭性与开放性的矛盾，则属于进步与落后的性质。我们要在客观上把握这种两极震荡现象，但又要看到，它所表现出来的具体情况很复杂。三对矛盾在各个不同时期、不同地区以各种不同的比例、不同的形态对立统一着。比如从时间上看，汉唐就比明清要更开放，而到了社会主义时代，在开放、开发方面，西部又大踏步赶了上来；从空间上看，西部和外国、外地接壤的边缘地区，常常比西部腹地封闭性更小，而城镇和知识、工业密集地区、民族聚居地区，一般地则更为开放。有时候，大地区开放的优势又会和小范围封闭的现状呈交错状态。比如新疆，内部民族聚居，外部与许多国家交界，历史上一直是中华民族开发的重点，又是西部文化板块交汇的典型地区，可以说在开拓方面具有优势。但是，历史上形成的各民族、各部落以至更小的社区群体在辽阔而又交通不便的大地上那种世代相传的封闭的生产生活方式，却又凝聚为一种小群体的内向稳态文化心理结构，例如狭隘的民族意识和地域意识，这又构成了封闭自守的最好社会土壤。

这些还都只是两极震荡的一些较为外在的表现。更深刻的表现，在于每对矛盾统一体内部，在又斗争又同一的运动中不断出现的对立面转化。这是我们需要详细谈的。

中国西部生活的历史感，主要表现在这个地区各个民族几千年的生活实践以口头或文字的形式凝结为古老而成熟的社会文化心理和社会意识形态。汉唐文化和西域文化是它的两个高峰，这是和美国西部、苏联西伯利亚文化的不同之处。这两个地区，由于开发的历史短，没有形成本地区的独立而丰厚的文化传统。近代以来，它们经济、文化的发展，主要有赖于先进地区的输入，主要是外来者的开发。这种输入，在资本主义的美国，带着强烈的殖民色彩，近代、现代文明的西进和超经济的、野蛮的阶级压迫、种族歧视搅拌在一起，使美国西部文明的发展成为一部血和泪的历史。而中国古代和现代的西部文明，却是由这个地区的汉族和各少数民族人民共同创造的。中国西部历史感的主体，是本地区各民族人民群众的创造性的历史活动。这是一个特点。

而人民群众实践活动从总体上看，它的终极目的总是改造和建设生活，推动社会的发展，这就决定了中国西部精神的又一个特点：它的历史感是和现实性结合在一起的，不是出世的，是入世的，不是彼岸的，是此岸的。它和阿拉伯古代文艺显示的生活情调不大相同，古老而新奇，新奇而不神秘。它也和美国晚期的西部片即心理西部片所表现出来的情调不同，有时虽有感伤和忧郁，却少有逃世的颓废。它在总体上是充实的、明朗的、积极参与现实生活的。也许古代的贬谪诗和游仙诗中的某些篇章稍有例外，但此类诗中的大多数，感伤仍是想有作为而不得的感伤，或在现实生活中受到压抑后的精神舒张，或以彼岸的画面来寄寓自己在此岸的感受，隐喻实际生活中的问题。这和入世的儒家哲学及其文学主张的影响不无关系，但最根本的，还是因为中国西部生活的主体是历代人民群众创造历史的实践活动。

可见，西部精神的历史感与现实性的两极，主要是因其内部的有机联系而组成的一对矛盾，并在震荡中出现两极转化的。历史感不但给它的现实性以凝重的底色和丰裕的滋养，而且考验着现实性的正误、真伪和成熟程度。

忧患意识，不能表面地理解为忧愁、忧伤、忧郁。我以为应该从"生于忧患，死于安乐"，"勤而不怨，忧而不困"，"先天下之忧而忧，后天下之乐而乐"（范仲淹），"人无远虑，必有近忧"（民谚）等方面去理解。实际上，这仍是一种积极入世、以天下为己任的历史意识，是对人生深长的思考。这种忧患意识，构成了中华民族优秀精神传统的一个有机部分。在忧患意识中，社会责任感升华为社会情绪，理性精神和人格自由、伦理学和美学得到了交融，是民族性格和社会心理趋于成熟的表现。

生活环境和人生道路的严酷，磨砺出西部人坚强、内忍的气质。他们要承受起人和自然、人和社会、现实和理想的分离所造成的各种精神压力。有时，又被笼罩在广阔的地域、稀疏的群落和个体劳动所造成的孤独感中，被笼罩在游离于社会生活核心之外，不被现代社会所理解的孤独感中。有时，则是粗犷的外部性格和沉郁、内向的心理特质的矛盾，外部生活的缺憾和内心追求的美好所交织起来的欢乐与痛苦。有时，沉浸在炎凉世态和纷纭人生的况味之中。而开发、征战、流放、民族的大迁徙、政治地图的频繁变动，使得在通常情况下千百年或好几代人才能感受到的那种人世的沧桑变幻，集中在较短的时间里呈现出来。从这个意义上说，中国西部像一个粒子加速器，使生活浓缩、加速而变得强烈、集中，人生的思考和感喟，也就从中生发出来……人民奋斗了世世代代而不能够根本改变自己命运的历史轨迹，却仍然在不息地奋斗。以主体的坚强，承受各种各样人生的苦难和坎坷而不丧失勇气，不终止奋斗，最终达到崇高。这构成了西部生活中沉雄苍凉的忧患意识的底蕴。忧患从人生的广阔背景中升华出来，形成一种特殊的美感。

所有这些，又可以在西部的高天远云、荒漠峻岭、绿洲碧湖的自然环境中找到带悲凉苍茫色彩的合适景框。而在当它们社会文化（不论是文化心理还是意识形态）的层次上得到反映时，便浸润着一种深厚的人道精神，使社会责任感带上伦理道德的感情色彩而显得分外亲切。这种忧患意识在不同的时代和环境中，催化着各式各样的进步的实践活动。在当代，它集中表现为一种变革现状、开拓西部的精神渴求和历史责任，而汇进祖国新时期的社会主义运动之中。

西部人民群众又是豁达乐观的。这是在长期的改造自然和社会的搏斗中磨砺出来的一种奋发昂扬的精神状态，又是在漫长历史道路上开拓前行的一个重要精神支柱。人在自然面前，群众在统治阶级面前所表现出来的精神优势，常常升腾为文艺作品中的浪漫主义气质，结晶为人物形象的幽默性格。前面我们谈到西部各少数民族都有自己的阿凡提，其实在土地文化、儒道互补的汉族地区，乐观和幽默也是古已有之的。孔老夫子的形象，以道貌凛然而流传千古，其实《论语》上也清楚地记载着他的幽默："子之武城，闻弦歌之声。夫子莞尔而笑，曰：割鸡焉用牛刀？"孔子对武城弦歌以迎，内心有几分得意，却偏要说何必小题大做。弟子子游没有领会孔子微妙的心理，却认真地提出抗议，搞得孔子只好又面不改色地说：这不过是一句玩笑话罢了。一个"莞尔而笑"，一个"面不改色"，绝妙地创造出一种幽默的情境。至于在出土文物和民间艺术中保留下来的西部汉人的幽默更多了。陕西出土的仰韶红陶残片，其双眼及口只扼要地以三画表现，一副愁苦尴尬相，长沙出土的周—汉年代的胡人笑俑，满脸憨容傻笑，汉代说书的优伶俑手舞足蹈而得意忘形，都令人捧腹喷饭而万斛愁消。① 这种豁达乐观远不是一般的取巧俏皮，浮谑油滑，也不仅是一种单纯的性格表征，而是融进了这一地区的民族精神、宗教教义、人生态度。西部汉族人的乐观幽默，就反映了历来主张的"寓庄于谐"的人生态度。即使阐述哲理，也"以天下为沉浊，不可与庄语"，因此先秦诸家的主要流派在论证观点时，也是通过有趣的寓言、敏捷的讽喻，"在拈花微笑中领悟色相中微妙至深的禅境"（宗白华语）。汉族的乐观幽默中，还融进了儒家的中庸、冲和和道家的超脱、逍遥。

我认为，忧患意识与乐观精神是在这个较深的层次上构成矛盾的统一体的。从对待生活的态度上，忧患与乐观，一个是冷峻之热，一个是灼人之热，一个表现为切实的负重远行，一个则表现为机智的圆融无碍。它们作为西部人民精神之美的两个侧面，在形成反差的同时，不是又在更深的内涵上，在

---

① 李霖灿：《论中国艺术上的幽默感》，载《美术杂志》1985 年第 4 期。

诸如坚韧、执着、昂奋、自信、自强等方面紧密联系着，具备着互相转化、两极震荡的内在根据吗？《孟子·尽心上》曾这样表达了忧患和达观的相通："其操心也危，其虑患也深，故达。"忧患愈深愈达观，从这个意义上来看，张承志《大坂》中的"他"和阿凡提，都是强者，都是硬汉子，他们以性格形态的两极通向西部精神的内核。

封闭和开放的两极震荡，也导源于西部历史生活的内在特征。政治上，在小农小牧自然经济基础上封建王朝的大一统和多民族部落的小割据并存。前者构成的宗法一体化超稳态社会结构的强控力，是中国西部封闭落后的重要政治根源。小农小牧的分散经济虽然和这种大一统有矛盾，但正如马克思指出的：小农经济，"他们的生产方式不是使他们互相交往，而是使他们互相隔离"。他们"便是由一些同名数相加形成的，好像一袋马铃薯是由袋中的一个个马铃薯所集成的那样"[①]，不能形成有效的政治经济联系，不但不能冲破封闭，而且构成它的经济基础。但中国西部同时存在的多民族、多部落的小割据，却使这里有别于中原地区，而和中世纪初期欧洲的政治地图——像有的历史学家比喻为"一条政治上杂乱拼缝的坐褥"有些相似。由此产生的竞争、交流、迁徙、征战，又给开放、拓展提供了有利因素。

文化上，高度发达的本土古代文化所形成的大阴盖和多层次、多色彩的文化板块共存。古代文明的优越，有效地遏止着新潮流的出现，使这里后来文化的发展隐蔽在历史的阴影中，缺少日照和空气，或多或少呈现出固化状态。但前述的本地区文化多层次、多色彩的板块结构，又有利于互相交流、渗透、借鉴、竞争，提供了开放、开拓的客观条件。同时，发达的古代文明一方面以自己强大的精神力量造就了稳态的、内向的文化心理结构，阻碍着

---

① 中共中央马克思恩格斯列宁斯大林著作编译局编：《马克思恩格斯选集·第一卷》，人民出版社1972年版，第693页。

新东西的输入和汲收；另一方面，也因这种优势，带来了较为博大的胸怀、敢于开放的气魄和强大的消化能力，它往往对文化精神上的异物并不拒绝、并不怯惧，而是像珍珠贝那样以体内的分泌物来包容它，既同化对方，又营养自己，经过一个柔软而长久的过程，为人类贡献出璀璨的珍珠来。

西部文化的其他一些特点，也都包含着两极震荡的力源。比如有同志谈到的，这里的文化在很大程度上依赖于民间口头纵向传递的方式来延续，而由于社区空间的辽阔、小生产经济所造成的社会传播和交往的落后，这里的文化更多地直接受自然的启悟等等，这当然是落后、封闭的表现。但也有另一面：正是这种不见诸文字的民间口头传递和直接受自然启悟的文化，有可能更少地受历代封建宗法一体化结构的影响和控制，而保持着社会最活跃的因素——和社会生产力结合为一体的人民群众的创造性和生命力。社会文化最开放、最活跃的层次，社会文化最具有开拓性的层次，往往正是生活底层的人民群众，这是被文艺发展史多少次所证实了的。

就这样，西部精神中封闭、保守和开放、开拓如影随形地存在着、活动着。封闭、保守在抑制创造力的同时，又激发着冲破自己硬壳的反作用力，使得在社会前进中开放、开拓的要求愈益迫切和强烈。西部精神内部的封闭性在压抑开放性的同时也消耗着自己，当它自我消耗到临界点时，社会内部被拘束的各种合力便在对立的极点上产生震荡，使事物朝新的角度倾斜。这实在也有点类似于钟摆的运动：当封闭性使社会运动的幅度逐渐接近纵坐标的零点时，正是这种趋近于零的运动的惯性，积累了一种新的力量，使钟摆朝坐标的另一方向运动。于是，随着不断增大的幅度，又再度发生着、积累着朝相反方向运动的动力。

无所不在的辩证法告诉我们，没有任何理由讳言西部精神中的消极面，更没有任何理由对西部精神表示悲观。文学艺术作为社会生活真善美的蒸馏器,正是要在这种令人兴奋的两极震荡中为西部精神的力与美的闪光拍摄全息照片。

五

我们在提倡西部文艺时论及的创作主体所需要的西部艺术意识,和客观存在着的西部生活精神不完全一样。它应该是新时期社会主义文学艺术观念的西部化,是开拓和开放精神的高扬、创新精神的高扬。这一点,构成了西部文艺作品思想艺术上的社会主义倾向性。

开拓和开放的艺术意识,在中国西部文学艺术史上,曾经大放异彩。古代,交汇在这个地区的各种文化曾被广泛吸收、消化,并且创造出开一代新风的、独具特色的作品,很多方面走在所在时代文艺发展的前列。汉代雕刻、唐代诗歌的高峰不多说了。据有关资料介绍,戏剧方面,内地在公元13世纪的元代才进入戏剧的成熟期(南北杂剧),有了分场分幕的舞台演出。但在四百年前,公元8世纪,新疆已经演出了二十七幕回鹘戏《弥勒会见记》和九幕梵剧《舍利佛传》以及其他小型胡剧。这两台大戏是接受印度佛教文化影响的产物。美术方面,和田艺术是佛教犍陀罗雕塑艺术风格向东流布的一个传输站。和田艺术中的裸体女人像,姿态成S形(颈部、腰部形成两个反向曲线),这是典型的印度风格。但是它的线描和设色则是中原艺术的风格,用肉色的线条勾出边框。印度佛教艺术当时很开放,女性常常全裸,但传入中国西部之后受到儒教的抑制,比如上述裸体女人像,就巧妙地用葡萄叶子遮住了阴部,可以清楚地看出多种文化的交汇、影响。音乐方面,现在甘、宁、青地区流行的花儿,其重要的源流就是古代西夏音乐,而西夏音乐又是兼收并蓄的结果。当时他们曾经派使臣到北宋"抬诱汉界倡妇乐人",沈括的《梦溪笔谈》曾经这样记载西夏见闻:"天威卷地过黄河,万里羌人尽汉歌。"西夏音乐在吸收汉乐发展起来后,又对早期蒙古音乐产生了特殊的影响,成吉思汗曾"征用西夏旧乐"为其宫廷大典演奏。古代西部文学艺术的这种开拓和开放精神，在社会主义时代，应该在更为广阔的天地中发扬光大。

这种开放和开拓的艺术意识，是西部文化意识在当代生活催动下的觉醒。它促使我们在马克思主义的辩证唯物主义的立场、观点、方法指导下，汲取当代社会科学（甚至自然科学）中一些有益的东西，加深对西部生活的认识，开掘西部精神的新矿藏；促使我们将自己所描写的中国西部的生活放在历史的延长线上，放在世界的与全国的格局中做历史的、比较的认识和理解；促使我们在观察与反映生活时，对自己所占有的生活从政治、经济、文化、道德、民俗、感情各个方面做综合的考虑，并落实到社会心理、社会情绪和人物形象上，也促使我们在创作中更自觉地追求一种新的情调和气质，去表现西部人、西部神、西部味。这种开拓和开放的艺术意识，实质上是文艺创作中的奥林匹克精神，文艺创作中的夺魁意识，促使中国西部地区的文艺作者从意识到历史责任，写出中国西部生活意识到的历史内容，使本地区的文艺创作更快地进入新的水平，同时也给新时期的文学创作提供新的东西。

西部文艺实践和理论上的探索，使它面临着不少创作上的问题。在这些问题上的探索和突破，很可能从不同的局部和侧面，有利于我国社会主义文艺创作的深刻化。因而，目前开拓和开放的艺术意识常常首先在这些创作问题上表现出来。譬如：

如何将西部自然地理和人文地理上交汇区的特色，融化为西部生活的文化环境和西部人物的文化意识，在作品中表现出来？这里有好几个层次：首先要写出作品所反映的特定地区、特定民族的自然环境和民俗风情；还要写出这些外在的特征在社会群体和个体的人心中的沉淀，即特定的社会文化心理在这一个、这一群人身上的表现。但这仍然不够。由于中国西部多民族、多文化、多宗教自古以来的交汇，每一个民族和地区的文化环境，每群人或每个人的文化意识，都受着别的民族和地区文化的影响，都表现为在一种主色调中的多色晕染。这几乎是不可避免的。因而,不但要写好单一民族、单一地区的文化心理特色,而且要写好多民族聚居地区的典型环境、典型心理,写出多民族地区社会文化模式及其历史个性,这是西部文艺的一个艰巨的任务。而更为艰巨的是,即便描写单一民族、单一地区的生活,也需要从西部多民族、多文化的大环境中来把握,捕捉各民族文化交汇在你所描写的特定生活圈子中哪怕是很遥远的投影,很微弱的信息。正是这些十分困难而不易捕捉和表现的地方,构成了西部生活和西部人心理的重要特色。而且不应该忽略的是,这种交汇又远不止表现在民族因素的平面上,它是在民族的、宗教的、哲学的,最终是在反映生产和生活方式的土地文化和游牧文化的多维空间中展开的。这种复杂的全景性的交汇特色,是西部也是整个中华民族文艺深刻化过程的重要途径,吸引着有追求的作家来这里登攀。不少西部文学作品在这方面涉险,已有成果。王蒙的《在伊犁》系列小说,在对多民族社区生活生动而娴熟的描写,对特定民族性格、思维方式、价值观念的个性化展示,以及选择特定民族的视角来写多民族生活交汇等方面,都给我们很多启示。而在不同民族、不同人群的文化环境和文化心理的对照、反差和交流中来展示作品主旨和人物内心冲突,几乎成为张承志一些作品具有深刻性的重要原因。但应该承认,这方面还有辽阔的待开垦的处女地。

如何表现为西部生活深厚的历史传统和强烈的当代色彩的交融、冲突和转化。进入社会主义新时期的中国西部,生活中渗进了强烈的当代色彩。这种当代色彩,是潜藏在这个地区的待开发性之中的。唯其待开发,现实生活中较少近代文明的包袱(诸如陈旧的工艺设备,过时的管理思想,待改造的城市,以及与此相连的人口、居住、就业等等一系列社会问题和思想问题),在现代化的进程中,它是轻装的,可能不按部就班而迎头赶上。也许这正是西部成为我国最现代化的热核和航天工业基地的社会原因之一。这也为西部容受当代意识提供了基础。西部没有近代文明的包袱,却有沉重的历史传统。

说它沉重,也许失之笼统。西部生活中的历史传统,精华和糟粕交织在一起。其中的精华,在经过改造和消化之后,完全可能和社会主义时期的当代生活衔接、交融。这构成西部生活中当代性与历史性的第一重关系。而传统生活中落后的部分,则和当代生活中的社会主义思想以及现代文明精神,构成社会主义与封建主义、文明与愚昧的冲突。这构成了西部生活中当代性和历史性的第二重关系。这两重关系之间,并不是界线分明的。前一重关系的衔接、交融中也包含着冲突和斗争。改造和消化,实际上就是一种矛盾的斗争和转化过程。后一重关系中,斗争、冲突又包含着转化与交融。和社会主义与封建主义的斗争不同,社会主义时代生活中文明和愚昧冲突的结果,并不完全表现为愚昧被抛弃、被征服这样一个简单的过程。相反,人民群众中大多数愚昧者和愚昧现象都是可以改变、可以提高而逐渐步入文明境界的。这便又体现着联系和同一的一面。我们的作品,如果不但表现出历史性和当代性的冲突交融,而且表现出这种冲突和交融在不同层次上的多重关系及其内部的复杂性,在反映西部生活时,就具有了开拓性的意义。

现在,写西部之古朴的作品比较多。这古朴中,既有沉滞,又有淳厚,不少作品就是从古朴的内在矛盾中落笔开掘,取得了成功。写西部当代的开发,也有不少作品,反映生产建设兵团的生活(如短篇集《绿洲之恋》)、反映西部火箭基地的生活(如朱春雨的《沙海的绿荫》),这些作品以当代人的生活追求、当代人的心理和艰难困苦落后生活环境的强烈反差和冲突而赢人。但是,致力于描写西部当代生活浪潮与历史传统冲突和衔接(特别是衔接)的作品,则不多。西部精神中优秀的历史传统,在今天的生活实践中如何被改造、被消化、被吸收,以新的光彩融进当代精神,不但成为社会主义时代精神的一部分,而且使社会主义时代精神带上民族的、中国西部的特色,我们从当前的文艺创作中,还感受不多。比如西部以小农小牧自然经济为基础、以部族和家庭为本位,又长期受到宗教文化熏陶的社区生活,形成了近自然、富原力、重感情、尚人伦、主道德等等精神特点，这将会影响到在中国当代经济变革中，不仅依赖指令指导，而且倚重感情调度，社会生活的维系发展也需要法治和德治两条腿走路。只有这样，才能取得当代物质生活的爆炸性发展和传统人性精神的平衡。在中国，当代生活的发展和变革，除了经济、政治力量和行政组织措施，忽视或者根本不考虑本地区的人伦关系，是不行的。

又如，中国西部群众对土地、草原的世代相袭的感情，千百年来结晶为视大地为母亲、安息于大地的淳朴厚重的人生哲学，构成了西部人民一种最可宝贵的文化品格。在农业、牧业区向社会主义现代化迈步的当代生活中，我们不应该轻易地嘲弄或否认这种心理性格，相反，倒应该在艺术实践中探索如何将西部群众这种传统的文化品格转移到现代生活中去，以构成时代精神中一个特异的力原。其实，生活实践在这方面的探索早已取得了成果。如新疆生产建设兵团早就突破了单一屯田的农业结构，在50年代就尝试搞以农田为基地，以农工为主体的新型的农工商联合体；80年代以来，西部农业区也开始有计划地将具有土地文化品格的农民组织到乡镇工业中去，离行离土不离乡，亦工亦农亦商；牧业区如何在不离开草原的前提下逐步搞现代化的多种经营，也在摸索之中。中国传统的"家"的意识正在这些新的生产组织形式中扩大为社会集团意识，并和国的观念在利益上衔接起来，使得现代化的生产组织有了东方的感情色彩。这种民族优秀传统精神和社会主义现代化实践的有机结合，会引起西部群众的文化心理结构哪些变动，将是西部文艺创作中一个需要开采的富矿。

还可以想得更深一层。一个新的文化因子被传统的文化心理结构吸收之后，所引起的变化常常不只是简单的逻辑后果，而是一系列复杂的文化变量。比如婚姻爱情的现代化问题，在中国宗法制旧家庭的结构中，女方嫁到男方，不仅是为了满足择偶者（丈夫）本人的爱情和延续后代的需求，而且新娘将参加男方家庭的管理(包括财务管理),女方家庭将参加到男方的亲属网中来。在这种情况下,选择新娘就必然不只由新郎个人的好恶决定,而必须由家长从整个家族的利益出发来决定,不但考虑女方个人的品貌,而且要考虑她的持家能力以及相应的文化教养,考虑她的家庭和亲属关系,等等。这种爱情婚姻观即便在宗法制的旧式大家庭破败之后,作为一种社会观念和习惯心理,还会延续相当长的时期。因此,我们在描写以男女爱慕为基础的现代爱情和婚姻的自由时,就不能局限于仅仅反映男女双方婚爱价值观的变化,以及这一变化的直接后果,还必须反映青年男女婚爱自由观在变化后,对整个宗法制家庭结构和反映这种结构的各类观念、心理、情绪的牵动所引起的不平衡和新的平衡,混乱和重新组合,冲突和冲突的解决,等等,亦即新的价值观所引起的一系列文化变量,以及这一变量在生活中所产生的各方面的结果。这样的描写才能真实地揭示生活本身深刻而又复杂的联系而达到一个新的层次。

在西部生活当代性和历史性的第二重关系中,描写社会主义和封建主义思想在意识形态上的冲突,由于常常在政治活动、工作领域或较尖锐的斗争中表现出来,比较营垒分明,也便于把握。这方面的作品,建国以来不断能够读到,特别是写民族地区生活的作品,由于历史进程节拍缓慢,这些地区大都是在进入社会主义时代之后,才开始民主革命、民主改革的,反封建一直是建国以来社会生活的一个很重要的内容,因此,这类作品就更多一些。但是将社会主义与封建主义的斗争由意识形态的冲突积淀为社会心理的差异,从日常生活特别是感情生活中去把握和表现它,却一直是很不够的。这里不见了表面的尖锐,有的是心灵深处冲突的超负荷。这里通常不采用简明清晰的政治判断,也不表达为单纯明朗的时代意识,它需要我们在平凡的生活故事中,以精确的线条勾勒出一个民族或一个生活群体在历史生活中积淀而成的最隐秘最捉摸不定的心理素质,并将其放在时代的机运中加以考察。

有时，常常只能用像生活本身一样微妙而模糊的画面，通过不见痕迹的结构组合，才能把握到它那隐藏在迷雾般生活后面的真谛，将思想、道德、感情上的是非、正误、美丑、善恶蕴藉地暗示、传达给读者。这是多么不容易啊！既要表现西部人民群众善的精神与古老落后的生活形态之间的冲突，并从其中寻找到历史进步的内在力量，又要防止以纯人道、纯道德的尺度来解释历史运动的差异性，而忽视经济生活以及相应的政治生活对历史运动决定性的影响；既要表现千百年的历史文化积垢所形成的沉重的生活环境和心理氛围对人物面貌深重的影响，又要更进一步地表现这种生活环境和文化心理已经如何演化为人物内心的冲突，构成了历史进步内在的阻力和惰力；既要选择那种含纳着两种或多种对立力量的生活事件，更要寻找到那种能够将博大、勇毅、善良、正直以及原始活力和愚昧、狭隘、怯弱、自私以及盲目冲动融为一体的情节和细节，这样的情节、细节更能体现西部生活和西部精神的复杂性；同时，既要在作品中寄寓作者面对西部生活的深广忧愤，又要防止高居群众之外、之上的孤傲冷漠，要在深广的忧愤中表现出对西部人民精神重负的深刻理解，表现出作者自己作为西部人或西部关心者的感情，"和人民一起，背负着沉重的遗产和包袱前进"①的使命感。这是作家作为人民代言人应有的历史责任和人道精神……一个个困难而又有意味的课题摆在我们面前，当我们以自己的作品给其中的某一点赋予某些新意，都将是西部艺术开拓意识的珍贵收获。

如何在描写西部生活时处理好人与自然的关系？近年来，自然在文学作品中的地位有了极大的提高。由于庸俗社会学和"左"的思想的影响，我们一向只习惯于仅仅从社会关系的角度来解释人生、解释性格，所以自然环境

---

① 季红真：《沉雄苍凉的崇高感——论张承志小说的美学风格》，载《当代作家评论》1984年第6期。

在文学特别是小说中，长期处于消极被动的背景衬托地位。当我们对人和自然的关系有了更多方面、更内在的认识，描写人与自然多重关系的作品便明显多起来。当然这方面值得我们去开拓探索的问题也随之多起来。中国西部自然景观的雄奇以及在辽阔大地上生活的疏落的人群，横向联系较少，在精神上和自然直接交往相对更多，加之这里大自然的待开发和新时期对西部的大开发，使得描写人与自然联系在西部文学的开拓中占有重要地位。

要明确我们在这个课题上的艺术开拓任务，先要大体弄清近年来这方面的成就与不足。我以为，在人和自然关系的描写上，近几年主要在三点上有突破（这里主要指小说创作、诗歌与散文这方面的步子迈得更早些）：一是自然景观由被动的环境描写，由只能构成人物活动或人物心理的后景，上升为人物性格的构成因素之一，并参与到作品的社会运动中成为积极的力量。不少作品，在主要从社会的角度显示人物性格成因的同时，开始注意到自然地理对人物外在和内在面貌的不可忽视的影响（如贾平凹关于商州的一系列风土文献色彩很强的生活故事，就追求人和自然地理、人文地理、历史传统的熔冶一炉）。二是有的作品更进了一步，还力图做到景心合一，使自然景物成为人物形象主要的象征物、对应物。或者干脆使特定的自然景观获得独立的生命，使之成为寄寓作品主旨的特殊形象，做到景旨合一（如《北方的河》中的河、《迷人的海》中的海）。三是自然和人的关系，在十七年的作品中，常常是对立的，是征服与被征服、改造与被改造、利用与被利用的关系，人与大自然的斗争，成为三大革命运动的一项主要内容，"与天奋斗，其乐无穷"成为革命者人生观的重要部分。这些都是不错的，也是主要的，但强调到了绝对化的程度，也就有了片面性。事实上，人与自然的关系还有另一面，即和谐互补的一面。人除了征服、改造自然以适应自己的需要外，首先还要适应对方。通过适应，发现自然中与人类生活有利的因素和潜能，即自然和人类相一致或可能一致的方面，这才开始改造、利用的过程。自然不但给人类提供物质生活的资料、潜能，而且给人类的精神生活提供启示、提供对象化的材料（包括审美材料）。自然在物质和精神上养育了人类。因此，一些有追求的作品，一方面如实地描写人和自然的对立（而不是回避这种对立），另一方面，却又在更深的层次上，在人和自然对立的深处，去发现人与自然本质上的融会。譬如，正是在《迷人的海》所着意渲染的人与海的严酷的、几乎是你死我活的对立中，老小两代海碰子在海的执着的激荡和迸发的力量中，看到了、肯定了自身的执着和力量。在对立和冲突中，主体与对象、人与大自然获得了深刻的、本质的和谐、协调。

在描写人与自然关系的作品中，能够在以上几方面探索的，毕竟还不是很多；即便有所探索，也可以看出它的稚嫩和某些地方的造作。除此而外，我们还要注意防止对人和自然关系的简单化理解，将景心合一、景旨合一搞成简单的同步对应关系，也要注意有意无意忽略人和自然关系中的社会中介，把这种关系从作品所反映的社会生活中抽象出来做孤立的、神秘的、非社会化的描写，致使大自然成为对现实社会生活的厌倦和逃逸情绪的一个防空洞，甚至不自觉地掉到性灵论中去。所有这些稚嫩和不足之处，正是以描写人和自然关系为优势的西部文艺可以驰骋开拓的天地。

此外，如何在出现于一些西部文艺作品中的硬汉子形象中凝聚、沉积更多的历史内容和当代特色，并在这个基础上塑造具有西部特色和神韵的社会主义新人形象？恐怕也不是简单地将习见的社会主义新人形象共有的特点贴上一些西部的表面特色所能奏效的，它需要将人物在中国西部社会主义实践中的业绩和精神风貌，和西部历史生活、现实生活在人物心理活动、价值取向、思维方式、行动方式等等方面所形成的特点熔铸一体。

如何不满足于写新时期中国西部开放、开发的表象生活，而是更注意反映人民从封闭状态下挣脱出来，迈上新途的历程，表现出历史的乐观精神和整体的悲壮感？

如何在致力于塑造好西部新人形象的同时，写好西部各式各样的人物，特别是在结构好西部人物关系的基础上写好西部社区的群体形象，使读者能够在群体形象中感受到中国西部某个民族、某个地区历史发展的全景和精神历程的轨迹来？

如何在描写西部社会主义现代化时，处理好物质文明与精神文明的关系，在人物形象和生活形象的描写中使辩证唯物主义的历史评价和社会主义的道德评价得到正确和自然的结合？

如何使文艺创作的民族化和当代性互相靠近，在描写对象（当代生活）和接受对象（当代欣赏者）的影响下，更新我们对艺术民族化的传统看法，在发扬民族和地方特色的同时，注意吸收和融化生活和艺术的当代意识，借鉴国内外行之有效的新颖手法，创造出具有中国当代西部特色的审美体系来？等等，等等，都是我们可以大显身手的领域。

创建中国社会主义西部文艺的历史责任，光荣地落在我们这一代文学艺术家身上。中国西部的文学艺术家，从中国西部生活中、从中国西部人民群众中汲取开放和开拓精神，汲取创新夺魁意识，汲取执着坚忍的品格，克服自己可能有的安于现状、保守封闭的创作精神状态，并经过广泛地学习、借鉴，一定能够为文学艺术的殿堂增添新的光彩。

六

西部文艺不仅在创作实践上要创新、要开拓，在理论观念和研究方法上也要创新、要开拓。否则，很多问题谈不清或谈不深。

比如，我们既要从具体作品的分析入手，去引出规律性认识，又不能就事论事，就文艺问题谈文艺问题，就作家作品谈作家作品，而要从大文化的观点出发，把西部作家作品和西部文艺问题放到整个西部的、整个中国甚至世界的文明发展格局和历史中去分析认识。一方面，要继续以社会历史的方法开采西部文艺的矿藏；另一方面，又特别要注意对中国西部文化心理结构的研究，即研究由中国西部一系列共同的历史地理条件，特别是经济生活所形成的心理素质、价值体系和思维方式的总和。西部的每一特定民族和特定地区的人民群众正是凭借这种内在的心理结构来认识、把握客观世界，客观世界的内容只有通过这种文化心理结构的过滤和整合才能成为主体的意识。社会意识形态，是实践着的人们通过既定的民族文化心理结构去同化社会存在而形成的。

民族文化心理结构是世世代代人民实践活动的产物，以传统的形式，先于每一特定世代而存在。每个人一出生，就生活在自己地区、自己民族历史文化传统的特殊氛围中，正如列宁说的，人在吃母奶的时候就受到了传统的影响，每个人、每一代人的认知图式是由传统赋予的。人类社会总是在已有的文明水平上向新的高度发展。恩格斯在《自然辩证法》中有这样深刻的论述："由于它（指现代自然科学——引者注）承认了获得性的遗传，它便把经验的主体从个体扩大到类；每一个体都必须亲自去经验，这不再是必要的了；它的个体的经验，在某种程度上可以由它的历代祖先的经验的结果来代替。"[1] 这里使用的"获得性遗传"的概念，是说人类在实践中提高的智力水平可以遗传给后代，民族文化心理结构的产生是遗传进化的产物。既是进化，就不是不变的，而是在遗传过程中，不断接受生活发展的新信息，不断改变、更新原有的结构。这种改变、更新，是通过文化心理结构的自我调节机制实现的。我们在研究西部文化心理结构时，要从实际出发，注意到它的守恒性，也要注意到它在吸收生活的新因素之后经过整合和自我调节所产生的不同程度的（局部的或全部的、数量的或质量的）转换、更新，还要注意

---

[1] 中共中央马克思恩格斯列宁斯大林著作编译局编：《马克思恩格斯选集·第三卷》，人民出版社1972年版，第564—565页。

到中国民族文化心理的系统性，注意到它的各个子系统、各个单元、各个要素相互之间的关系，以及这种关系如何反过来影响文化心理在认知活动中的整体功能。这是一个充满矛盾和同一、排斥和吸引、相抵和互补的复杂的运动过程，千万不能简单地看成仅仅是开拓的或封闭的、活跃的或沉滞的。从大文化的角度，从文化心理的层次上来研究中国西部文艺问题，实际上是从生活的深处来观照创作，从精神现象的角度来理解艺术，有利于帮助我们从根本上把握中国社会主义西部文艺的规律。

在探讨西部文艺问题时，我感到最好将科学研究的精确化和模糊化结合起来。科学的规律性当然常常以精确的方式表达出来，但在相当多的文化艺术问题上，特别是在创作和欣赏方面，需要采用模糊逻辑和普泛概念，也可以将当代许多新的研究方法、研究角度，如文艺心理学、文艺社会学、结构主义、接受美学以及三论（系统论、控制论、信息论）和中国古典美学重欣赏、重感受的一整套范畴、概念和审美方式结合起来。否则，很多探讨就无法进行。中国西部文艺作为新时期的群体性文艺实践，本身就是一个总意向下的模糊集合。模糊化才能使我们的研究具有包容性，才能有利于中国西部各种风格流派的文学艺术家发挥不同的优势、特点，丰富西部文艺的理论和实践。否则，水清则无鱼，我们在很多问题上可能走进狭隘的小胡同，或得出单纯却过于简单的结论。模糊化才能使我们的研究具体化，一些共同性的东西落实到各个具体的方面，又可以与具体作家、作品、具体地区的文艺创作特点和谐交融。所以，这里说的模糊不是通常理解的朦胧，而是以大清晰包容小模糊，以本质的清晰表现为文艺现象的模糊。

还有，我们在研究中既要重视经验归纳法，也要尝试运用科学预测的方法。经验归纳是三十多年来我国当代文学主要的研究方法，它在今天和今后仍然有着巨大的生命力。从生活实际和创作实际出发来研究西部文艺，我们做得还很不够。对古代西部文艺虽然有一些研究，但从西部文艺的自觉意识出发，进行宏观研究却很少；对现代、当代西部文艺的研究则可以说微观、宏观都很差，特别是现代文学史上中国西部文学艺术创作的研究、评论，几乎还是一片空白，这是我们在今后应该大力加强的。更要看到的是，多年来我们文艺理论批评的致命弱点是自我意识差，跟在创作后面做诠释、论证性的工作远多于站在创作前面牵引。由于宏观的、比较的预测性研究少，势必减弱对创作和欣赏的吸引力，以及对作者和读者的指导作用。中国社会主义西部文艺这个课题首先是由理论界提出来的，是理论界从文艺创作客观存在的现象中提炼出共同的内在精神和美学追求，从而照亮了、点燃了作家的西部意识。这是理论对创作起牵引、促进作用的一个好例子。

在以后的工作中，要在进一步对生活和创作现状充分研究的基础上，在历史和现状的延长线上对未来的发展进行规律性预测。这不是给创作开空洞的理论药方，而是提出一点开拓性的思路、意向性的建议。我们的探讨也许永远得不出一致性的意见，得不出明确、具体的结论（这在社会科学和文学艺术问题的研究中是常有的现象），但只要它或多或少符合实际情况、反映了一定的规律性，或多或少能够将大家的思维大致聚合到一起，朝一个大的意向去努力，也是一种意义上的成果。有时候，某些理论问题的研究，在相当长的时期内无法得出结论，但在研讨过程中，却活跃和深化了我们的思想，能给我们的文艺创作提供新的材料、新的工艺、新的方法、新的思想和思维图式，这不也是它的功绩吗？从这个意义上看，和文艺作品可以构成一个"艺术空筐"，去装载与特定作品有关的各种艺术感受一样，西部文艺理论的研究也可以构成一个"思维空筐"。在这个"空筐"中装进的观点、材料、思路、问题越多，对西部文艺的思考就越丰富、越宏阔、越充实。我们希望文艺界对西部文艺的各种各样的、哪怕是对立的意见、见解都能够装到这个"思维空筐"中来。所有关于这个问题的意见，从各个侧面和各个层面来谈问题，甚至从小处到大处提出质疑的意见，都丰富了这个课题，使这个课题在研讨中，在推敲中，在经受磨炼中，向深刻和成熟发展。退一步讲，即便若干年后的文学史，证明这个课题其实并没有多大价值，但在研讨过程中所得到的新的思想材料和艺术材料、价值却是永存的，它们将像水和肥一样渗透到作家的创作中去，催发着中国西部的精神花朵。

地质板块的运动在亿万年以前形成了中国西部的高地和群峰；进入新的历史时期之后，中国西部文化板块的运动，是不是也会在若干年后拱起高高的文艺山脊呢？我们这样热切地期待着。

有一点恐怕是肯定无疑的：历史最终将在经济和文化上对中国的西部以公平的报偿。

1985年9月—10月，西安椒园—岚楼—寄斋

多维交汇的西部文化与两极震荡的西部精神

上篇:西部文明——世界文化版图上多维交汇的一个典型

一、多维交汇的西部文化特色

经过对考古发现的科学研究和论证,现已证明,中华民族文明的起源不是一线单传,而是多源流汇,既有西安的半坡文化,也有浙江的河姆渡文化,山东的大汶口文化。其中一个重要的源头半坡文化,就在中国西部。中华民族文化的构成,也具有多维性,这表现为多民族性和多流派性。千百年来,回纥文化、吐蕃文化、蒙古文化、南诏文化、辽金文化一直和汉文化多维并存,构成中华民族文化的有机成分。其中,中国西部的各种文化在这多板块结构中占有举足轻重的地位。而在汉文化的诸种圈丛和流派中,如先秦时期的秦、蜀、邹、鲁、三晋、燕齐、荆楚、吴越和其后的儒、道、墨、法、兵、农、阴阳,也回响着西部文化嘹亮的声音。隋唐以后,中华文化在发展中渐趋统一,形成儒、道、释三足鼎立、三位一体的格局,原先的多维性却潜藏下来,形成统一文化中的隐形多维结构。在这个隐形结构中,西部文化是色调比较独特的一块。

中国西部文化不但是中华文化稳态结构中的重要一翼,中华文化成果辉煌的一个光环,而且是推动中华文化发展的重要动力。中华文化的发展有一个十分鲜明的特色,这便是在每个发展段落,总是以本位文化为基础,大量地吸收、融会异质文化的精华,然后进入一个新境界。可以说,这个特点形成了我们民族文化精神的一个重要传统,即以对异质文化的开放,促进对本位文化的开拓。在这个历史传统中，中国西部文化可算作最为活跃的因素。自古以来，世界各地、各民族的异质文化进入中国的主要通道就在西部。西部的绵长走廊引进了各种新的文化因子，冲击着中华本位文化，使之产生种种裂变、交汇，出现种种新的组合、勃起。在古代，西域文化的传入和中国本位文化的交汇，带来了唐代文化的大发展、大繁荣；在现代，俄苏无产阶级文化和其他西方进步文化的传入，和中国本土革命文化的交汇，带来了延安时期革命文艺运动的空前盛况。这些已经永载史册的文化现象，记录着中国西部文化在中华民族文化格局中的地位、意义和功绩。

我们在继承发扬中华民族优秀文化传统时，一定要辩证地把握稳态和动态两个方面，双管齐下汲取营养，为我所用。这两方面，前者即我国文化已经形成的稳态结构，是一座巍立天宇的丰碑，是我国文化历史的既在标高。后者即我国文化在不断吸收异质文化基础上发展前进的动态结构，是一条流动不尽的长河，它将引导我国文化向更高、更远的地方奔流。应该说，我们从这两方面来谈中国文化，西部文化都是当之无愧的一个支柱、一个主角。

这是从中国文化的整体格局中对西部文化做一个简略的定位。

从中国西部文化内在结构上看，它最根本的特点就是多维文化的交汇。这种多维交汇已经形态化为一种独具特色的格局和体系。

中国西部的自然环境，作为西部人民世世代代特定的栖息地，构成了他们能够在其中直观自身本质力量的对象物，从而成为独特的精神载体。特定的自然孕育着生活于其中的人民。这是他们形成自己地域精神、社会文化和心理结构的一个重要源泉。中国西部是整个地球的制高点，是山之根，河之源。帕米尔山结巍然矗立于欧亚大陆的中心，向四面八方辐射出许多山脉，像一条条拱起的脊梁，支撑着这块地球最大的大陆，组成了亚洲山脉的伞形结构。在这每一道山的褶皱中，都有如生命般奔涌的河流。黄河是中华民族的摇篮，长江是我们民族的血脉，塔里木河的原意就是"母亲河"。在山与河拉出的博大、宏阔的扇面中，是无垠的大戈壁、大草原和黄土地。

亘古永存、万山源一的山、河与土地，在时间和空间上将西部、中国、世界结为一体，产生了深长的历史感和象征感，使西部人的思绪和感情有着阔大的驰骋天地。因而，西部在自然地理上的特点，不但影响着经济政治区划，影响着改造世界的实践活动，更在意识形态文化和无意识文化心理上呈示出来，在认知世界、审美地把握世界中发挥作用。黄河、长江、昆仑、珠峰、青海湖、黄土地成为民族和国家、人民和母亲的象征物，诱发了我们心中多少哲理沉思和人生感受，激荡起我们心中多少历史追寻和心灵依恋。

而中国西部辽阔的地域、恶劣的生态、艰难的生存条件对人的精神系统又构成一种地老天荒的营养——世世代代在险恶的自然环境和频仍的社会灾害中搏斗，使这里的人民在多舛的命运中锻造了坚忍的气质。这种气质，有时表现为含蓄内忍，有时表现为达观自信，都闪射着凝重的忧患意识的光彩，它促使西部人确认自己的社会责任。个人力量在大自然面前显出的微不足道，使群体力量成为维持生存的支柱，使人们互助互爱的需求更为迫切，内向的团队凝聚精神成为传统。与大自然更密切更深刻的直接交往，使西部人对大自然的各种精神内涵有更强的启悟和感应能力。大自然对人精神上的直接启悟，又铸就了西部社会心理的纯洁质朴，以至多情重义、古道热肠。坦诚率真、伦理重于功利、道德超越历史，成为西部中国文化心理的一种特色。自然，也使得这里内向的、狭隘的、稳态的社区意识、地域意识和部落意识、宗教意识较为浓重。

从世界文化地图的总格局中看，上面谈到的是西部生存环境对西部文化的影响，假若将镜头从中国西部本土拉开，以西部为中心，展开地球的球面，我们可以看到这样一幅世界文化地图（见图1）。

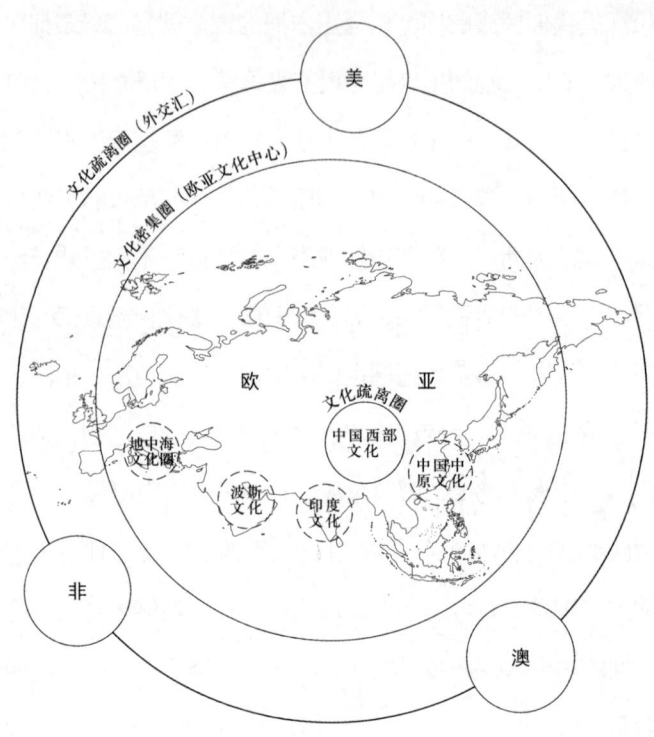

图1 世界文化地图

如果我们说欧亚大陆大致像一片葡萄叶的话,在葡萄叶的四个叶端,恰好是世界四大古文化——地中海文化,波斯文化,印度文化,中国中原文化。这四大文化自成格局、自成体系。这种不同的文化个性,当然主要是由上述地区不同的民族、国家,不同的自然、社会状况和历史传统等等内因形成的,但也与地处叶掌中部、将它们隔离开的中国西部大荒原有关。西部荒原在文化、经济上造成了一种隔离机制。西部的隔离,阻碍了东西方的交流,不利于经济、文化的繁荣发展,却也促进了各地区文化封存的实现。相对的文化封存是一个地区文化个性形成和巩固的必要条件,也是一个地区文化保持稳定的必要条件。我们不妨设想,如果欧亚大陆葡萄叶的叶掌部位不是大荒原,而是大平原,交通便利,交流发达,叶端部位的四大古文化能否形成这样迥异的个性,组构为这样的历史格局?世界文化地图又能否像今天这样描画?

纵向地看,世界文化的发展可以分为三个阶段,即隔离发展期、选择发展期和综合发展期。隔离发展期是世界各大古文化的形成和巩固期,然后才有交流,在交流中选择竞争,优胜劣汰,归并组合,不断以新的建构推动着文化的前进。到了现代商品经济和高科技时代,随着经济一体化和思维综合化的趋势,文化也突破隔离自守和二元对立的竞争选择,逐渐进入综合发展阶段,即在本位文化基础上的多维文化交汇发展期。从这个意义上说,中国西部大荒原的隔离机制对世界文化发展的第一个阶段起着积极的促进作用,也为下一阶段的文化交汇奠了基。

从图1中我们可以看到,中国西部又正是将世界四大文化区衔接在一起的中间地带。辽阔的中国西部地区处在世界四大文化区的中间,由于封闭贫瘠,政治、经济也不可能成为中心,难于建构起坚实的、自成体系的文化主体。这个地区一贯是历史的后院和政治文化的过渡地带。这个特征,使中国西部有可能对世界四大古文化既实现隔离,又实现交汇。

二、多维文化在中国西部交汇的历程

几乎在世界四大古文化形成的同时,就不约而同地开始向中国西部流动、聚汇,构成了世界范围内的文化向心交汇运动,或曰内交汇运动。这种文化交汇运动常常是和经济交汇、民族迁徙以及政治、军事斗争结合在一起进行的。长期文化交汇运动的结果,使中国西部内部构成了四圈四线的多维文化交汇格局(如图2)。

世界四大古文化高峰在中国西部的文化盆地中向心聚汇,形成了由波斯文化、地中海文化、中国中原汉文化和其他文化因子融合而成的新疆伊斯兰文化圈,由中国中原文化、印度佛教文化、雪域高原的苯教文化和其他文化因子融合而成的青藏吐蕃文化圈,由中国中原文化汇合西域其他文化因子融

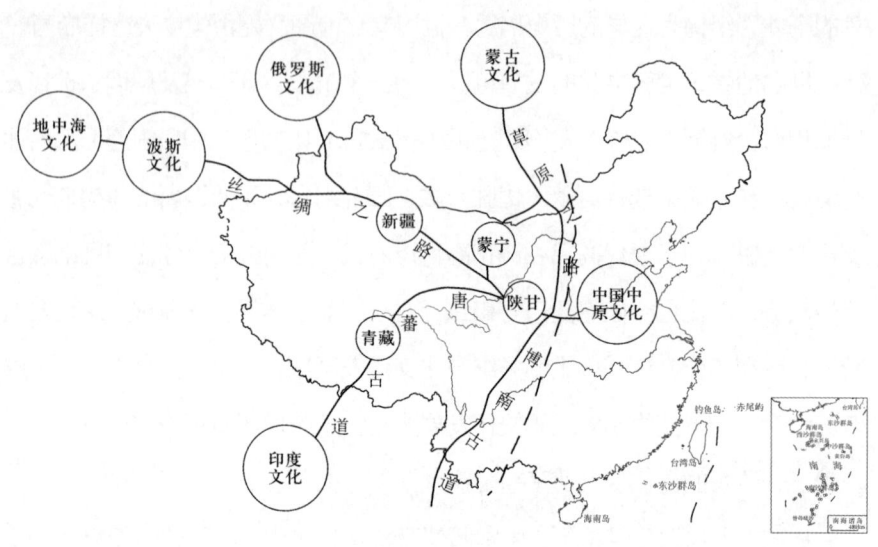

图 2　中国西部多维文化交汇图

合而成的陕甘儒道释文化圈，还有草原游牧文化和喇嘛教相结合基础上融会其他文化因子的蒙宁西夏文化圈。在这四个较大的多维交汇文化圈内和它们的交接地带，又有若干小的多维交汇的文化丛，例如甘南、海北、海东地区的东乡族、裕固族、保安族、撒拉族、土族等小民族文化社区，他们有的是藏族血统却信伊斯兰教、用汉文，有的是维吾尔族血统却信喇嘛教，有的祖先是撒马尔罕人，母系却多为藏族人，把藏族人叫"阿舅"。在中国西部各文化圈丛之间，又由四线，即丝绸之路、唐蕃古道、博南古道（变称南方丝绸之路）、草原之路四条文化通道相连。这四条文化线由古长安出发，向正西、西南、南、北辐射，将中国西部的四个文化圈和世界四大古文化区衔接贯连为一个板块网络状的整体。

从全景图上看，这个地区是内陆文化区，而且这里是内陆文化区内各种文化板块非常典型的结合部；从地理环境看，是东亚、南亚、西亚、北亚文化的结合部；从生产方式看，是土地文化和游牧文化的结合部；从宗教哲学看，是伊斯兰教、喇嘛教和儒道互补哲学的结合部；从民族类别看，是汉族文化和其他文化（回纥文化、吐蕃文化、蒙古文化）的结合部；从社会组织看，是以中国宗法制为主，又渗透着欧洲等级制度的结合部。在中国西部，本体文化和异质文化在动态交汇中构成一个多元有机整体，与中国文化中的中原文化和沿海文化形成结构上的均衡及内容上的反差。过去我们对来自东部海洋的文化新因子给予中国本土文化的更新、促进和推动注意较多，这无疑是对的，而对来自西部内陆的文化影响，更多从沉滞、闭塞的角度考虑，从中发掘西部文化在中国本体文化更新中的积极作用，则显得不够。这正是我们今天以新的立足点和新的思维方法研究西部文化的目的和意义所在。

多维文化在中国西部的交汇，不仅仅是在单层面上进行的，而且是多层叠加的。如佛教文化在中国西部漫长的流传过程中，不断汲取各地的宗教文化，发生了多次变异。印度大乘佛教东汉初年即传入我国新疆，再传入我国汉族地区和西北一些少数民族中，经过了汉文化的入世改造，由极端出世的宗教，具有了明显的人间性倾向。到唐代中兴之后，入世转向速度加快。为了在中原站住脚，还与中国道教有一定的融合。这可以说是佛教在中国第一次多维交汇，经过文成公主和亲吐蕃，松赞干布同时派人去印度学习梵文，佛道由北、南两路传入西藏。经过和当地民族文化风习的结合，并与吐蕃原有的苯教进行了长达两百多年的斗争，在汲取苯教的基础上融合佛与道，形成了藏传佛教即喇嘛教。这又有了二度、三度的交汇融合。

多维文化在中国西部的交汇，既是文化的交汇，又结合着经济交流、民族交融一道进行。散居青海和甘肃湟水沿岸的土族（又称土浑族），原是东北锦西地区的蒙古人，后来拥戴藏族人吐谷浑为首领，迁居青海，建立政权达三百五十年之久。唐代为吐蕃所并，留居青海部分逐渐成为鲜卑、蒙古、藏、汉交混而成的新民族。"土浑"这个词便是一个蒙古、汉、鲜卑三种语言混合形成的称谓。"土"源于鲜卑语"吐"，受汉语影响变为"土"，"浑"

则是蒙古语的"人"。从民族的交融中,也可以看到文化交汇的多维性和多层性。

中国西部在多维文化多层向心交汇中所形成的四圈四线网络结构,不但明显地表现于古代,也绵亘至今天。从四圈看,西部新疆、青藏、陕甘、蒙宁几大文化圈,在经济交流、交通发达和政治一体化的当代,仍然大体保存着自己的特色。而从四线看,最近接轨贯通的欧亚大陆桥中段(西安至苏联中亚段)恰好大致在古丝路上;青藏公路和青藏铁路,又恰好大致修建在唐蕃古道上;今天的宝成、成昆铁路和滇缅公路,又恰好大致修建在博南古道上;"七五""八五"期间已经建成的西安—延安、宝鸡—中卫铁路,又大致走的是草原之路的方向。出现于上下几千年的重复,说明了四圈四线结构的内在科学性。

三、现代的中国西部文化与世界文化

世界四大文化,一方面在中国西部这个文化疏离区向心交汇,另一方面,又随着资本主义经济政治向美洲、大洋洲、非洲扩张,向这三大洲(在当时,这里也是文化的疏离区)做离心的传播。在传播过程中,一方面与这三大洲的本体文化相交汇,另一方面四大文化之间也互相交汇。这样,美、澳、非洲地区的文化便也形成了和中国西部在结构上类似的多维交汇文化,只不过这是一种外向的离心交汇文化而已。美国西部和中国西部的差异与相似都很显著。拿相似来说,自然风貌的类似(山河之源,黄金之邦,高山、大河、草原、森林、沙漠的宏伟组合),民族聚居的类似(美国西部除了原有的印第安人、墨西哥人之外,还居住着萨克森人、黑人、波多黎各人、印度人、中国人、日本人、菲律宾人),垦殖历史的类似(中美两国西部的大规模开发都在18世纪初叶,即清代),还有本位经济文化不够发达的类似,等等。

而多维文化的向心交汇,从更大的范围来看,从文化发展的角度来看,又是可以将中亚各国和俄罗斯的西伯利亚地区包括进来的。在这些地区,不少民族和我国西部的民族(如维吾尔族、蒙古族、哈萨克族、柯尔克孜族、塔吉克族等民族)同文同种、同风习同生态环境。应该说,这个地区和美、澳、非洲一样,在文化的意义上都属于"类西部"范畴。

这样,在向心交汇的各文化社区之间,在向心和离心交汇的各文化社区之间,便出现了十分有趣的同构现象。结构效应使这些地区的文化(以至经济)十分类似。比如,这些地区都经历了一个以垦殖拓荒为主要经济活动的时代,息壤文明,即待开垦的处女地的文明成为它们共有的特征;文明和愚昧成为这些地区共同探讨的文化主题;异质文明能够较快地向本位文明转化,能以博大的胸怀将多民族、多地域、多流派的文明熔铸为本地区的精神传统;利用多维的、综合的、杂交的优势来发展本地区的经济文化成为它们不约而同的思路。拿文学艺术来说,反映或感应着这些地区多民族、多文化丛生的现实状况,对人物杂色风情、复杂性格和杂化心态的描绘成为这些地区各类作品对世界文艺宝库的独特贡献;而宏阔壮丽的景观,艰难的生存条件和每一步都需要搏斗的人生道路,又使这些地区的文艺作品从各个角度追求以刚美为主的多种审美形态的结合。在中国西部文学和西部影视戏剧中,"硬汉子"形象曾雄踞一时。无独有偶,在苏联的西伯利亚文学中,描绘严峻豪迈、刚毅强健的人物性格,成为许多作家关注的热点,俄苏文学把这类性格称为"大性格""西伯利亚性格"。如果再上溯到19世纪末和20世纪初的美国,则有闻名的独来独往的"大山人形象"系列群集于美国西部文坛。这种相似中透露了多少规律性!

在世界文化发展进程中,这样那样的文化交汇现象是常有的,但像中国西部这样处在世界几大古文化中,构成辐射涵盖几大洲的多维文化向心交汇和离心交汇现象,并且能够以清晰的模型、图表科学地表达出来,却十分罕见。这是中国西部文化极为珍贵之处。

下篇：西部精神——具有主导倾向的两极震荡精神

一、西部精神的主导倾向

任何一个国家、一个地区、一个民族的精神气质、文化心理，都不是单一的结构，而是一个具有主导倾向的多维动态结构。

前述中国西部在地理、人文和文化结构上的特点，都极大地强化了地域精神气质中的多维对峙和色彩反差，使中国西部精神成为较为典型的两极震荡结构模型。在这个结构中，有开拓与保守、变革与传统、文明与愚昧、恋群与孤独、忧郁与乐观、忧患与超脱、朴拙与机智、内忍与外刚、现实与理想等等在碰撞着、对峙着、错位着，也在碰撞、对峙、错位中互补着、铆合着、转化着。矛盾的斗争性和同一性互为前提，互为依托，激越而微妙，强烈而难以捉摸。但并不是说这种矛盾运动是无序、无律的，各种复杂的矛盾在经过动态组合之后，又常常表现出一种主导倾向。就中国西部精神来看，这种主导倾向主要是深厚的传统所造成的历史感，强烈的社会人生责任所造成的率直淳朴，以及世代小农小牧经济所造成的闭塞。

二、西部精神的四对矛盾

西部精神中有四对矛盾，它们在性质和形态上都不尽相同。历史感和当代性是一种纵向精神反差，忧患意识和达观精神、民族主体意识和心态杂化色彩是一种横向精神反差，这三个对子一般不具有明显的进步与落后的分野。而封闭守成和开放开拓这个对子，则常常可以归结为进步与落后的性质。整体上看，它们在西部处于两极震荡之中，具体情况又很复杂。四对矛盾在不同时期、不同地区，以不同比例、不同形态对立统一着。历时地看，汉唐就比明清更有开放性和开拓性，而到了社会主义时代，在开放开拓方面，中国西部大踏步赶了上来。共时地看，西部和外区、外族、外国接壤的地方，常常比西部腹地的封闭性要小，城镇、工厂和知识密集地区、民族聚居地区、游牧地区，也常常较为开放。有时候，大地区的开放优势又会和小范围的封闭现状呈交错状态。比如新疆维吾尔自治区，内部民族聚居，外部与多国交界，历史上一直是中华民族开发的重点，也曾几度出现开放的高峰，是西部多层内射型交汇文化的典型地区。但在另一方面，世代生活在辽阔而又交通不便的大地上，千古不变的生产方式、生活方式，近亲繁衍的思维方式、思想观念，却又板结成一种小群体内向稳态文化心理结构，这又构成了封闭自守最好的社会土壤。

这些还都只是两极震荡一些比较外在的表现。更深刻的表现，在于每对矛盾统一体的内部。

1. 历史感与当代性

中国西部精神上的历史感与当代性反差之鲜明、矛盾之深刻，尽人皆知。但是，现实的社会生活却出现了奇怪的现象，现代社会似乎愈来愈离不开这位"西部老人"。不但有文学艺术创作上的西部热，也出现了旅游和生活选择上的西部热。究其原因恐怕在于，西部的历史感和当代性在明显拉开距离的同时，又有着内在的深层的联系。这种联系，也就是它们赖以转化的纽带和渠道。我们起码可以从以下几个方面来思考：

（1）中国西部精神的历史传统，为当代人提供了一种积极参与当代生活实践的思维结构。这种历史传统主要表现在各民族千百年来的生活实践，以口头或文字的形式凝结为古老而成熟的社会文化心理和社会意识形态。中国西部生活历史感的整体，是本地区各族人民群众创造性的历史活动，这就决定了中国西部精神历史传统的一个主要特点：它是参与意识极强的，和不断发展的现实生活紧紧结合在一起的。它不是出世的，是入世的，不是彼岸的，是此岸的。这种强烈的参与现实的意识，从关于阿凡提的许多民间故事中可以看出来。它和我们印象中的古代阿拉伯生活情调不大相同，古老而新奇，新奇而不神秘。它也和美国晚期的西部片，即心理西部片所表现的以滥用暴力发泄自己悲观厌世的颓废情绪不一样。这种历史传统在总体上的充实、明朗、积极入世，和中国的主体哲学——儒家思想取得了一致。这种传统在漫长的历史汰选中，具体的生活内容日渐淡化，但参与现实的思想方式却凝结为一种文化心理结构，深深地影响着今天的西部人，促使他们关注当代生活。

（2）中国西部精神的历史传统提供了接受和选择当代信息的受馈坐标和消化能力。西部的历史感不但给它的当代性以厚重的底色和丰裕的滋养，而且以自己强大的力量考验着各类当代信息的真伪、正误、深浅和成熟程度。深厚的历史感，使西部对当代新信息吸收力差，同化力强，沉浸在烂熟的文明中容易失去对新的生活方式的追求，这是新旧对峙的一面。但从另一方面来看，强有力的传统精神，也使得中国西部对当代信息有很强的鉴别力、筛选力、消化力。当代社会的思潮、理论、情绪、心理在传布中，往往良莠混杂、泥沙俱下。如果接受主体的精神力量脆弱，常常被新浪潮卷得晕头转向。但在西部，当代信息的力量在没有正确到、强大到可以克制历史传统的力量之前，一般是难于被吸收的。西部历史传统的这种"拙"力，使它接受当代事物较慢，却反激了新事物的成长和成熟；而且一旦吸收，步子较稳，反复较少。这使得西部的当代化过程，步伐沉缓而扎实，少花哨，重实绩。

（3）中国西部前文化的自然景观、古朴淳厚的生活故事、重人伦轻实利的价值标准、带有初民色彩的人情风俗，给当代人心灵中蒸腾出一个精神上的图景，为匡正当代生活的新弊提供了不动声色的范本。

现代文明给人类在衣、食、住、行各方面创造了优越条件，同时也增加了人类在生存中对现代文明的依赖性，退化了人类个体赤手空拳承受困难、和自然搏斗的能力：车辆、飞机的普及，使人不愿也不能做长途徒步；大楼的暖气与空调，使人难以抵御户外的严寒酷热；经过多级能量转化的，并且进入审美层次的精致饭食，使人的消化系统难以承受大自然直接提供的粗粝的食物。人体器官的、膂力的娇弱化，不能不影响到人的意志。在当代生活中，个体鲁滨逊存活的可能性正在急剧减少，对鲁滨逊在情绪心理深处的呼唤便日益增大。当现代文明在增强人类群体生存能力的同时，不断剥夺作为自然人的生存能力，社会对在艰难的、古朴荒蛮环境下顽强生存的人的向往和呼唤就变得不可避免了。此其一。

其二，当代生活使人类的心态和生态日趋复杂化，出现了种种二律背反。在这种情况下，社会心理开始向对立极震荡：道德感的淡化，使人向往历史感、道德感更强的生活；价值观的实利实用，使人向往重义轻利，增强社会责任；非理性的震颤，导致对深厚文化沉积的理的追溯和情的怀恋；现实生活难以承受的复杂感，引发了对初民形态的种种民情风俗温柔明净的回忆，当人们从这种回忆中重新感受到那遥远的童年的纯朴，比照眼前生活造成的压迫感，便对其中的文化价值有了崭新的评估；瞬息万变的生活节奏，扬厉了生命活力却产生了心理疲劳，诱发了浮泛急躁，又反激了对稳健成熟的渴求，哪怕因此而宽容了惰性也在所不顾。

自然，在这种情况下，西部生活的历史感、古朴感是经过当代人按自己某种理念或感情需要在心灵中做了改造的。它沉浊的一面，落后的一面，丑陋的一面被抛弃了，可以在精神上给当代生活做补偿的一面被强化、幻化了，作为政治、经济、文化实体的历史存在的西部被忽略了，西部精神进入当代生活，成为当代观念和当代情绪古老的载体。于是滞后转化为超前。在这里，当代性以历史感为依托，历史感因当代性而重获生命，在当代思潮和当代情绪的涌流中融为一体。

（4）这种结合也有比较实在的一面，这便是愈古朴落后的地方，开发程度愈小的地方，可开发的程度便愈大，潜力和吸引力便愈大。从经济发展角度看，未尝不可以说，中国西部是近代历史有意无意遗留下来的一张白纸，现在则正好成为新时期经济建设驰骋笔墨的好地方。于是我们看到了大漠驼铃和油田井架，敦煌古道和导弹发射这样两极在一地的对峙，这是构成中国西部历史感与当代性的又一层次带有荒诞色彩的谐和。

2. 封闭守成与开放开拓

封闭守成与开放开拓的两极震荡也导源于西部历史生活的内在特征。

经济上，小农小牧、自给自足的自然经济造成封闭，但西部广大地区，特别是外西部，由于游牧性社区群体相对狭小，经济活动单一，对交换交流的需求更为强烈。游牧生活的流动性给这种交换、交流带来了便利。

政治上，古代西部封建王朝的大统一和多民族部落的小割据并存。前者所构成的宗法一体化超稳态结构的强控力，是中国西部封闭落后的重要根源。小农小牧自然经济的分散，和这种大一统存在着矛盾，正如马克思指出的：小农经济，"他们的生产方式不是使他们互相交往，而是使他们互相隔离"。他们"便是由一些同名数相加形成的，好像一袋马铃薯是由袋中的一个个马铃薯所集成的那样"①，不能形成有效的政治经济联系。不但不能冲破封闭，而且构成封闭的经济基础。但中国西部不同于内地的是，同时存在着多民族、多部落的小割据。这使它有别于中原地区，而和中世纪初期欧洲的政治地图——有的历史学家比喻为"一条政治上杂乱拼缝的坐褥"有些相似。这些小割据，在大一统中自成格局，具有一定的独立性，由此产生的竞争、交流、迁徙、征战，客观上都是对封闭的大一统政治结构和思想观念的冲击，这又在一定程度上给开放、开拓提供了有利因素。

文化上，高度发达的古代本位文化所形成的大荫盖，和多色彩的文化板

---

① 中共中央马克思恩格斯列宁斯大林著作编译局编：《马克思恩格斯选集·第一卷》，人民出版社1972年版，第693页。

块之间活跃的交流并存,古代本位文化的强盛优越,有效地遏止着新潮流的出现,使这里后来文化的发展隐藏在历史的阴影中,缺少日照和空气,而或多或少呈现出固化状态。但前述西部的多层内射型交汇文化,又有利于互相交流、竞争,提供了开放开拓的客观条件。

同时,中国西部土地文化和游牧文化的交错,也为封闭自守和开拓开放的两极震荡创造了条件。土地文化区的守土为业,游牧文化区的游畜就草,这两种不同的生产方式,带来了文化心理上一系列的反差。守,"守成",不但演化为西部土地文化区的生活方式,也构成这里重要的思维方式和价值取向。守业、守道、守心,守既成之业,守传统之道,守舍之内魂,以静为贵,视动为乱,衡变为害,成为这个地区正统的、恒常的群体文化结构和个体心理定式。在这个地区,"守成"渗透到历史评价、经济评价、道德评价、审美评价之中。而在游牧文化区,游,游变,是人的生存和发展能力的重要标志。在需要不断移畜转场以追寻、争夺丰富草原的地方,游则活,游则强,游则胜。"守"与"游","家"与"路",两种文化意识也暗暗支配着两种人生命运、两种生活背景。在游牧文化区,人在"动"中,在无尽的路途跋涉中完成自己的人生;在土地文化区,人生的路却大都在"静"中,在"家"里,在"房顶"下,在"老婆娃娃热炕头"中度过。随着时代的发展,经济文化的发达,信息交流的便利,这种差异的主体虽依然存在,但互补、融合已日益成为主要趋势。

就这样,西部精神中封闭守成和开拓开放两极对峙却又如影随形地存在着、活动着。封闭守成在抑制创造力的同时,又激发着冲破自己硬壳的反作用力,使在开拓开放中前进的社会要求愈益迫切和强烈。西部精神内部的封闭性在压抑开放性的同时也消耗着自己,当它自我消耗到临界点时,社会内部被拘束的各种活力便在对立的极点上产生震荡,使事物朝新的向度倾斜。这实在有点类似于钟摆的运动:当封闭性使社会运动的幅度逐渐接近纵坐标的零点时，正是这种趋近于零的运动惯性，积累了一种新的力量，使钟摆朝坐标的另一方向运动。于是，随着不断增大的幅度，又再度发生着、积蓄着朝相反方向运动的新的动力。

3. 忧患意识与达观精神

忧患意识，不能单纯地理解为忧愁、忧伤、忧郁。它的精神实质，是人对社会、对民族的责任感。这种责任感在中国知识分子身上表现得尤为强烈。这是一种积极入世、以天下为己任的历史意识，是对人生深长的思考。这种忧患意识，构成了中华民族优秀精神传统的一个有机部分。在忧患意识中，社会责任感升华为普遍的社会情绪、理性精神和人格自由，是民族性格和社会心理趋于成熟的表现。

生活环境和人生道路的严酷，磨砺出西部人坚强内忍的气质，他们要求承受起人和自然、人和社会、现实和理想的分离所造成的各种精神压力。有时，又被笼罩在广阔的地域、稀疏的群落和个体劳动所造成的孤独感中，被笼罩在游离于社会生活核心之外，不被现代社会所理解的孤独感中。有时，则是粗犷的外部性格和沉郁内向的心理特质相矛盾，外部生活的缺憾和内心追求的美好所交织起来的欢乐与痛苦。有时，沉浸在炎凉世态和纷纭人生的况味中。而开发、征战、流放、民族的大迁徙、政治地图的频繁变动，使得在通常状况下千百年或好几代人才能感受到的那种人世的沧桑变幻，集中在较短时间里呈现出来。从这个意义上说，生活中动荡的一面，像一个离子加速器，使生活浓缩、加速而变得强烈集中，人生的思考和感喟，也就从中生发出来……人民奋斗世世代代而不能够根本改善自己命运的历史轨迹，却仍然不息地在奋斗中，以主体的坚强，承受各种各样人生的苦难和坎坷而不丧失勇气、不终止奋斗，终于达到崇高，这构成了西部生活中沉雄苍凉的忧患意识的底蕴。忧患，从人生的广阔背景中升华出来，形成特殊的美感。所有这些，又可以在西部的高天远云、荒漠峻岭、绿洲碧湖的自然环境中找到悲凉苍茫色彩的合适的景框。而当它们在社会文化的（不论是文化心理还是意识形态）层次上得到反映时，便浸润着一种深厚的人道精神，使社会责任感带上伦理道德的感情色彩而显得分外亲切。这种忧患意识在不同的时代和环境中催化着各式各样的实践活动。在当代，它集中表现为一种变革现状、开拓西部的精神渴求，而汇进祖国新时期社会主义建设之中。

中华民族文化心理结构的核心是群体意识，我们中国人把自己看作"国"这个大家庭中的成员，伦理传统则是群体对"自我"的决定。这和西方恰好相反，"西方文明的伦理传统是行为中的自我决定论"。[①]从政治上讲，群体意识使得政治家们把为君为民、死国死节当作最高境界；从伦理上讲，群体意识使人按社会的要求行事，尽量缩短个体与群体的距离。这种群体意识也是忧患心理的渊薮。因为要为国家着想，为君主以及天子的子民谋算，把自己的一切系于此，所以"居庙堂之高则忧其民，处江湖之远则忧其君""忧国忧民""位卑未敢忘忧国"，成为仁人志士的高尚情操。杜甫、诸葛亮、范仲淹等人的诗文大都沉郁忧患，和他们信奉儒家入世哲学不无关系。从实质上看，中国的忧患意识因其积极的人生态度和群体的认同方式，并不是真正的悲剧意识。

西部人民群众又是豁达乐观的。这是在长期的改造自然和社会的搏斗中磨砺出来的一种昂扬奋发，是洞察人生、练达世事之后的一种超然恬适，是弱者对付强者、贫者对付富者的一种智慧优势，是和自然对峙的人最终感受到了自然与人心互惠交流之后的一种"天人合一"，也是西部人在艰苦生活中的一种精神调剂和情绪松弛。达观，是西部人在漫长历史道路上艰难前行的一种重要的精神润滑剂。这些，常常结晶为西部人的浪漫主义气质，结晶

---

① J.P.查普林、T.S.克拉威克：《心理学的体系和理论·上》，商务印书馆1983年版，第28页。

为对生活艰苦、山川险恶的淡化与美化，结晶为幽默或达观的性格。家喻户晓的阿凡提大约是西部中国达观幽默的最著名的典型人物了。岂不知，中国西部地区远不止一个阿凡提，这里的每个民族和大部分地区都有阿凡提式的典型人物在民间流传，其中有的已经被其他兄弟民族和地区所接受。如维吾尔族和乌孜别克族有阿凡提，哈萨克族有和加归斯尔、阿勒的尔、库沙，回族有依玛姆，等等。[①] 这个庞大的阿凡提家族的共同特点，就是他们的幽默是积极参与现实的，不是旁观者的嘲讽，无不具有当事者的热烈和热情。他们作为社会发展积极力量的代表，既用勇敢坚毅，更用智慧幽默，承担起自己的社会责任，比如辛辣地讽刺、机智地报复统治阶级和财主老爷，敏锐地指出劳动者身上的道德的、性格的和思想方法的缺陷，善意地甚至有意装愚卖傻地在这些缺陷面前树立起一个理想形象，等等。

可见，他们虽然较少采用理性的思辨而较多采用侧向思维，但从介入社会、承担责任、认同群体几方面来看，西部幽默达观和西部的忧患意识有着一条深层的社会责任感、群体归属感的纽带。正是这个纽带，为忧患和达观的两极既在对峙中分立，又在震荡中同一奠定了基础。

在汉文化地区，达观和幽默也古已有之。陕西出土的仰韶红陶残片，其双眼及口只扼要地以三画表现，一副愁苦尴尬相；长沙出土的周—汉年代的胡人笑俑，满脸憨容傻笑；汉代说书的优伶俑，手舞足蹈而得意忘形，都令人捧腹喷饭而万斛愁消。[②] 在汉族地区，民间也不乏阿凡提式的人物，陕北家喻户晓的"张捣鬼"，就以他在贫穷艰苦生活中的机智、幽默而在群众中闻名。

西部汉族地区的民族精神，反映了我们民族历来主张的"寓庄于谐"的

---

① 高深：《我国少数民族文学与我国西部文学》，载《中国西部文学》1985年第3期。

② 李霖灿：《论中国艺术上的幽默感》，载《美术杂志》1985年第4期。

人生态度，即使论述哲理，也"以天下为沉浊，不可与庄语"。因此先秦诸家的主要流派在论证自己的观点时常常通过有趣的寓言、敏捷的讽喻、"在拈花微笑中领悟色相中微妙至深的禅境"（宗白华语）。汉族的达观幽默中，还融进了儒家的中庸、冲淡和道家的超脱、逍遥，以及二者之间的矛盾和矛盾的调和。忧患与达观是在深刻的层次上构成矛盾统一体的。在对待生活的态度上，一个是灼人之热，一个是冷峻之热，一个表现为切实的负重远行，一个表现为机智的圆融无碍。二者作为西部精神的两个侧面，在分立对峙的同时，不是又在更深的内涵上，在诸如坚韧、执着、自信自强等方面紧密联系着，提供着互相转化、两极震荡的内在根据吗？《孟子·尽心上》曾这样表达了忧患和达观的相通："其操心也危，其虑患也深，故达。"如此看来，西部硬汉子和阿凡提，都是强者。他们以性格表征上的两极，通向西部精神的内核。

4. 民族主体意识和心态杂化色彩

中国西部的各民族都有着较强的民族主体意识，这主要表现在对自己民族的血统、宗教、语言文字、道德传统、民间习俗、文化艺术以至独有的价值观念和心态感情有很强的自信力和自豪感，在世世代代的生活实践中，他们总是采取一切办法来维系自己民族的血缘传统和文化传统，有的民族甚至把这一点当作本民族重要的道德标准之一。

民族主体意识在西部得到强化的原因，从消极方面看，是因为西部社区的疏离、信息的闭塞、民族文化的内循环远胜于外循环的缘故；从积极方面看，则是民族内在生命力和群体凝聚力强大的表现。特别是由于中国西部各民族在中华民族大家庭中属于少数民族，其中不少（例如处于西部四大文化圈衔接地区的许多少数民族）是千百年来民族迁徙、杂居形成的，他们处在森严壁垒的各大民族之间，只有执着地、顽强地保持自己的民族血统和民族文化传统，才得以生存和发展。在青海省东部循化县聚居的撒拉族，至今流传着他们的祖先是中亚撒马尔罕人，当年有十八个人流徙到青海湖一带，选择了这块丰腴的土地定居下来。千百年中，始终保持了自己民族的血脉和传统，使人口只有七八万人的撒拉族人能够自立于中华民族之林。这个传说在撒拉族中，几乎人人皆知。这是民族主体意识得到张扬的自豪感。在中篇小说《唱着来唱着去》中可以看到，处于中、苏、蒙边界的新疆阿勒泰地区的一个回族青年赛尔江，由于自己的民族像"一股细细的游丝，飘浮在乌孜别克、俄罗斯、哈萨克、蒙古人中间"，祖先世世代代传下来的遗嘱就是要找一个同文同种的妻子，以保持回族的血统。由于时代风云变幻，个人命运坎坷，他没有和自己相爱的姑娘组成家庭，而不得不找了一位乌孜别克族的妻子，未能完成这个近乎神圣的民族使命，使赛尔江陷入了终生苦恼。这是一种民族主体精神失落的痛苦。

但是我们又可以看到，中国西部各民族的主体意识，由于民族杂居的缘故，并不是封闭、静止的。和中原地区的汉族相比，他们更易于接受异质文化的影响，并将这种影响整合到自己的民族文化格局中，变为自己的传统。因而，中国西部的本位文化和民族意识，在一定程度上实际是一种多维坐标的文化传统，即一种带杂色杂光的文化传统。这样，民族主体意识和它的另一极——心态杂化色彩便又出现了深层的沟通，构成一种两极现象。这是西部精神中极有价值的一点。

这种杂化色彩大致有两种形态。第一种是在多民族动态交流中做纵向显示。西部不同民族、不同社区在共居中，多维文化在不同层次上做广泛的交流，使民族文化心态展示出一种独有的杂色来。西部生活和西部文化的发展，常常起因于另外一个民族，另外一个文化层次因子的引入。新因子的介入，使得原来民族的、社区的沉静生活产生了动荡，在动荡中进入一个新境界。这时，多民族文化的交汇表现为质变、飞跃。建国以来，西部各少数民族生活和文化的发展，基本在这种动态结构中得到实现。历史空前的集团性移民——

生产建设兵团对于新疆各少数民族经济、文化的促进,就是这方面最突出的例证。这是杂化杂光在群众社会生活运动中的表现。

杂化杂光在个体命运和心态演进中的表现,我们可以举李镜的中篇小说《明天,还有一个太阳》中的主人公为例。这篇小说描写了一位具有先进世界观和革命觉悟的红军西路军战士满崽,当年在河西走廊战斗中失散,流落到祁连山藏区,变成了老猎人"加木措"。他作为个体的人,在进入一个新的民族社区之后,逐步被同化又不甘于同化。一方面是心中的信仰不变,一方面是生活遭遇的大变。两重身份(红军和老猎人)、两个民族(藏、汉)、两种文化(这里,文化也包括革命觉悟,即自觉的与自在的两种生活观)在加木措老人心中形成悲剧冲突,并常常表现出两个民族的心理状态和行为方式。

第二种是在多民族静态聚居中做横向显示。西部各民族交混聚居已有长久的历史,在这些地方的社区生活中,民族文化的交汇年深日久,已经形成相对稳态的呈示,它已经不表现为新文化因子突然引入所激起的剧烈反差与冲突,而表现为社区内部各民族在日常生活中绵长的、默默的渗透、糅杂。这时各民族文化的交汇表现为量变。从文化上看,比如,据日本学者所著《西域文明史》介绍,新疆地区早就流行古希腊的《伊索寓言》,这是摩尼教由波斯传入中国西部挟带进来的。在新疆一些地方日常生活中的占卜,使用的是东方、西方两种方法。一方面从基督教《圣经》中随便选出一些文句,以此来占卜吉凶祸福,同时也采用中国易卜的方法。美国学者 W. 埃伯哈德在概述其研究中国西部民间故事的来源时,提出"三源"说:一来自东亚本土古典文学中记载的民间故事;二来自印度民间故事,公元 1 世纪随佛教传入中国;三来自近东,14 世纪以前在国内已无记载,这以后才传入我国西部。法国学者符歇是世界研究犍陀罗美术的权威,他认为,中国西部各洞窟中残存的犍陀罗美术,是印度的感情与希腊美的结合,又明显地经过了中国文化潜在的改造（这种改造主要是通过制作者——中国工匠实现的）。在克孜尔千佛洞的壁画中，佛像造型具有三类风格：一类是额骨宽扁高朗，是龟兹风人物（据玄奘《大唐西域记》"屈支"条记，龟兹人常用木头压孩子的头，使其宽扁）；一类是面型丰肥，眼眉距离窄，眼细长略向上斜，系汉风；一类是人物脸略长，眼眉距宽，眼眶大，鼻高直，系印度风。在龟兹风壁画中，可以鲜明地看出上述三个时期的发展过渡，也可以看到中、印、西三种文化并存的画窟。

多维动态文化结构所熔成的西部精神，体现着一种独特的两极震荡。这种典型的强烈反差，构成了现代西部文化发展的背景。

1986年4月，西安岚楼

西部文学三论

中国西部文学总的审美追求,是力求以新的视角对西部生活做独特的观照和抒写,创造性地将当代人的思考融解于西部社会生活和自然景观之中,使西部世界和新时代精神化为一体。在这种追求中,西部文学从审美内容到审美形式都和以前的西部题材作品有了极大的不同,而构成自己的特色。这些特色,使其成为多彩的中国社会主义文学在走向当代化过程中的重要景观。这里,我们选择三点稍加论述。

一

历史生活和现实生活的衔接、龃龉在西部文学中深化为文化意识和当代精神的整合、剔汰。

西部文学愈来愈不满足于对生活做表面的再现了。在十七年的西部题材作品中,对现实的反映常常有两个弱点,一是满足于猎获浮在生活表层的新异色彩,一是局限于描绘那些由政治经济直接制约的生活进程。这一时期,比较有见地的作家,则将自己的努力集中于从时代环境和历史发展的进程中去塑造有典型意义的人物性格,并在写好性格的总要求下,描摹具体的心理活动和心理素质。这样的写法,在反映社会历史进程方面,常常能达到相当的深度,也能透露出一个民族、一个地区的文化心理状况,但从整体上看,还没有将表现文化环境和心理结构作为明确的追求。恰恰是这一点,成为新时期西部作家探索的目标。他们的作品在对西部生活做现实主义再现时,蒸腾着浓重的文化感和人生感。

从西部乡土小说一些成功的妇女形象如马缨花(张贤亮《绿化树》)、

尕奶奶（王家达《清凌凌的黄河水》）、巧珍（路遥《人生》）、水香（邵振国《麦客》）、金牛媳妇（牛正寰《风雪茫茫》）来看，作者在着力描绘她们命运和性格的同时，在传达其中的历史信息的同时，掘进到了更深的层面：通过这些形象，将千百年来沉积在中国劳动妇女心灵中的"集体无意识"，那种潜在的、凝重的文化心理在西部妇女身上的独特表现，揭示了出来。譬如，处于弱者地位的对力的天然崇拜，处于蒙昧境界的对文化、文明的向往和神秘感，未经世故、不计功利而又略带野味的初民之爱与以献身和依赖为核心的古朴的传统女德。然而，她们毕竟生活在一个变革的时代，新的冲击波尽管经过时间和空间漫长的耗散，总是在生活环境和她们内心激起微澜。于是历史生活和现实生活构成人物活动的双重背景，但这双重背景作用于人物和命运时，已经不像以前一些作品那样，纯然是一种实际的政治、经济力量，而是政治、经济这类实际力量和文化心理力量的双重组合。过去作品中，历史和现实以再现型的生活形态相衔接或相隔阂，现在深化为文化感和时代感以心理模式形态的整合和剔汰。水香在经济上是相对独立的，那个"白货什"，作为她追求幸福的阻力，也微不足道，要不是她内心"我是个坏女人，坏女人啊"的声音，即旧的文化心理的阻力，水香本是可以和麦客哥顺昌并肩跨进一个新境界的。在那个陕北的山沟里，从县到村的舆论和双方家庭，都有利于巧珍实现自己的婚姻追求，结果她几乎是未做反抗就败下阵来，不也是她内心的"被拯救者心理"在作祟吗？小生产者总是要英雄们来代表自己、拯救自己，不幸这种心理在有着新追求的巧珍身上也播下了种子。她的幸福全部系在高加林身上，当支撑她的英雄抽身而去，便倾倒了精神支柱，丧失了"自己救自己"的任何信心。意味深长的是，在这些妇女形象中，无论是金牛媳妇、索米娅奶奶或高加林母亲这些和传统文化环境相处和谐的，还是尕奶奶、水香、巧珍这些和文化环境发生摩擦的，结局都具有深沉的悲剧性，只有慢性消耗和急性死亡之别。我们在这里感到了传统文化定式和心理定式无处不在的影子。民族文化心理结构以传统的形式,先于每一特定时代而存在。每个人以至每代人的认知图式是由传统赋予而在新的实践中发展、变化的。恩格斯有过这样的论述:"由于它(指现代自然科学——引者注)承认了获得性的遗传,它便把经验的主体从个体扩大到类;每一个体都必须亲自去经验,这不再是必要的了;它的个体的经验,在某种程度上可以由它的历代祖先的经验的结果来代替。"① 当西部文学的创作,从社会历史和文化心理两方面观照生活,那些习见的题材蓦地显现出新的天地、新的光彩。

　　西部文学作品在注意作品文化感时,一方面叙写传统文化心理在新时期大地上的云影,显出深沉的哲理和人生的悲怆之美,但更多的关注则给予了如何表现当代意识和传统文化心理的贯通,并促使其进行自我调节。有的作品并不直接描写当代生活对传统心理的冲击,只是一味地写处在荒蛮环境中的初民生活和传统风习、心态(像张艳兵的《古海退却以后》写汉人李华天葬自己藏族的同父异母姐姐梅朵;张承志的《黑骏马》中,写善良美好的索米娅和老奶奶对野蛮民风的习以为常和宽容温情),却能引发美感,并产生当代情绪的和鸣。作者在描写中很冷静、客观,甚至将荒蛮的物态和沉滞的心态写得很美、很淳,但因为他是站在当代人的视点来选材取景、立意造文,作品流贯着当代人从当代生活的角度对古朴荒蛮的感受与审视,加之这类作品又常常采用简化和抽象的方法,适度牺牲生活的具体性、连续性和确定性,以换取某种象征性,在作品中创造出一种定向氛围和特指情绪。这样,现实生活中的荒蛮和古朴就在作品中转化为一种美的形态。我们在阅读这类作品时,相当多的情况下,并不会掉进对荒蛮和古朴的欣赏中,而是超越对这些古朴生活淳朴心态的具体历史评价,寄寓我们在繁杂、快速的当代生活中所

---

① 中共中央马克思恩格斯列宁斯大林著作编译局编:《马克思恩格斯选集·第三卷》,人民出版社 1972 年版,第 564—565 页。

希冀的心理和情绪平衡——过分的拥挤而需要的舒展，过快的节奏所需要的缓慢，过分的文明包裹所需要的归真返璞，过度的成熟而向往着重温人类自身发展的历程，等等。这些作品激发着人的原始力的冲动，在那蓬勃的生命热情和行动意志中得到营养。

有的作品在民俗风情和民族地域心理的描写中贯注当代生活的内容，打破原有的和谐恬静而昭示出一种生活发展新的趋势。扎西达娃的短篇小说《没有星光的夜》，主要情节是写西藏康巴人为报杀父之仇走遍天下找仇人决斗的传统风俗。当从来没有见过父亲的流浪人拉吉跑了十年，终于找到了仇人的儿子阿格布时，康巴人的第一代共产党员、剽悍英俊而又有觉悟的阿格布却拒不决斗。这在康巴人的传统心理看来，是没血性的胆小鬼，但阿格布从新观念出发，认为这种牺牲是无辜的，宁愿在乡亲和爱妻面前向拉吉下跪道歉（这对康巴人来说，比决斗还需要勇气），也不愿将这种野蛮的习俗延续下去，让乡亲们今后再做它的牺牲品。一篇充满了西藏高原乡土风情的作品，前面着意渲染康巴地区美丽的夜色和新生活的甜美，渲染康巴人英豪炽热的民族性格，最后随着情节的突然转折，却让人强烈地感受到新的时代正在以怎样强大的力量激发着传统文化心理内在的裂变。程万里的中篇《白驼》则又不同，他选择了追赶珍奇的纯白野驼这样一个典型的大漠情节，却又超越了生活场景的具体描写，将故事简化为一个维吾尔族农民积极进取、不惜生命去追求更高生活目标的象征性画面。在执着追求"白驼"的过程中，通过主人公迷蒙的、片断的回忆，抹出了这种追求的社会心理底色：西部地区安贫自足的心理，只要基本的生活条件能够满足，就不思进取，而不知发达地区的竞争心理和失落感为何物。作品带有强烈的理想色彩，而这理想之光焦点是对准在落后的社会心理之上的。作者希望通过主人公理想精神状态的聚焦，让安贫自足的心理燃烧起来。

有的作品在描写文化感和时代感的交融时，注意避免了简单化。他们力图写出政治、经济和社会生活其他方面的发展与文化心理变化的不同步性，个体文化心理变化和整体社会心理变化的不同步性。这些不同步性使得传统心理的惯性拖住了经济的发展，也使得那些文化心理结构中还缺乏足够新因子的人，在贸然撞入改革后的新生活之后，产生这样那样的精神断裂和变形，使得少数善于吸收新生活的信息而及时自我调节文化心理结构的人，在各方面的文化变量、心理变量没有跟上来的情况下，陷入"善良的误解""同情的孤立"和无来由的烦恼。王戈的中篇《当门子》，写牛社花冲出羊角寨沉滞的生活，却又在陌生的生活漩流中没了顶，走向堕落。小说并不是在褒贬搞活经济，也没有停留在褒贬这个女人的个人品德上，而是在较深层次上暗示出，由于传统文化心理的制约，像牛社花这样的西部妇女，在受到外界的冲击、震荡后，一方面会在心理上产生一个相应的文化变量（这就是促使她出去做生意的良好初衷），另一方面又要受到相当的文化限制。由于她内心的文化变量过小，环境的文化限制过强，产生一种力的扭曲，终于击毁了这个敏锐而脆弱、大胆而愚昧的女子。就其根本来说，这不全是性格和品德的悲剧，而是社会的悲剧。牛社花透露出嬗蜕时期的一种典型的现象：没有相应的文化变量，改革的大潮也是可以把主观上希望改革的人淹没的。当然，更多的人在喝了几口水之后，及时调整了心理机制而击水中流，这种情况也是典型的。

有的作品既擅于将当代精神融解于西部古拙的氛围之中，又擅于融解深远的历史感于眼前。在当代生活的缺陷中，常常以西部特有的方式寻求超越。董立勃的几个短篇小说都是写当代人、当代生活的，但他有意将人物性格、心理和生活环境执拙化、原始化，读来常能唤起我们遥远的、先祖的回忆，这种回忆和当代人的当代生活叠印在一起，和现实生活中心灵的种种弱点和缺陷叠印在一起——目标的执着之于以实利为转移的油滑，雄性的刚毅之于精神的迷乱雌弱，愚拙般的切实之于超标准的灵敏，不都是西部式的平衡和超越么？

但总地看，西部文学作品致力于反映这个地区的历史文化传统在新时期生活实践中如何被改造、被消化、被吸收，以新的光彩融于当代精神之中，不但成为社会主义时代精神的一部分，而且使社会主义时代精神带上民族的、西部的特色，在深度和广度上都还是不够的。特别是反映西部传统心理在经过整合提高之后，和当代精神的衔接、融化，更显得不够。譬如，西部的社区生活，以小农小牧自然经济为基础，以部族和家庭为本位，又长期受到宗教文化的熏陶，形成了近自然、富原力、重感情、尚人伦、主道德等等精神特点，这将会影响在中国当代经济变革中，不仅依赖指令指导，而且倚重感情调度，社会生活的维系也需要法治和德治两条腿走路。在中国，特别在西部，当代生活的发展和变革，忽视本地区的人伦关系是不行的。又譬如，中国西部群众对土地、对草原世代相袭的感情，千百年来结晶为视大地为母亲，安息于大地的淳朴厚重的人生哲学，构成了西部人民一种最可宝贵的文化品格。在农业、牧业区向社会主义现代化迈步的当代生活中，不应该轻易地嘲弄或否认这种品格，倒应该在艺术实践中探索如何将其转移到现代生活中去，以构成推动时代生活的一个特异力源。新疆生产建设兵团在 50 年代就突破了单一屯田的农业结构，尝试搞以农田为基地、以农工为主体的农工商联合体；80 年代以来，西部地区的农业也开始有计划地将具有土地文化品格的农民组织到乡镇企业中去，牧区也在摸索不离开草原的前提下逐步搞现代化的多种经营。中国传统"家"的意识正在这些新的生产组织中扩大为社会集团意识，并和"国"的观念在利益上、思想上联系起来，使现代化的生产组织有了东方的感情色彩。这会引起西部文化心理结构的哪些变动，将是西部文学可以开采的富矿。

二

由在社会历史背景的单坐标中展示民族特色，发展到在社会历史、文化心理双重背景和当代精神观照的交叉坐标中渗透、包孕民族精神；由主要着意于表现单一民族的特色，到力图写出民族聚居地区的杂色，写出多民族色彩在当代生活之河中的自然交汇。这是西部文学在民族化方面的贡献。

一个民族的社会风俗、宗教风俗、经济风俗，是这个民族世世代代共同的经济文化形态在群众生活中的结晶物，是民族特征的一个重要表征，却并非民族特性最主要的标志。产生于一定物质社会生活基础之中的民族心理素质，才是民族特性本质的深刻体现。民族心理素质是通过特有的民情风俗和价值观念、特有的思维和感情方式多方面体现出来的。文学作品的民族特色，风光、民俗、言行方式，只是它可见的外在形态，而心理素质，才是它可感的意蕴形态。不少西部作家已经深入第二个层次，在把握民族内在精神和捕捉潜在的民族文化气氛的层面上展开思路和笔墨。正是在这个深层次上，我们感到了中国西部作家和东部作家在文化寻根之中的应和。

还有第三个层次。由于西部多种民族、多型文化和多类宗教自古以来的交汇，新中国成立以来开发西部的设想和实践，又使数以千万计的全国各省区的汉族同志相聚在这块土地上，加之新时期信息交流和横向联系的增强，在空间、时间上缩短了地与地、人与人、心与心的距离，这使得中国西部每一个民族、每一个地区的文化环境，每群人或每个人的文化意识，都受到来自四面八方的斑斓色彩的影响，而呈现为一种主色调中的多色晕染。因此，许多西部文学作品，不止于追求写好单一民族、单一地区的生活和文化心理特色，还进一步追求写好多民族、多地域聚居的典型环境、典型心理。即使描写这个地区单一民族、单一地区的生活，也力图从西部多种民族、多型文化的大环境中来把握、捕捉这种杂色在所描写的特定生活圈子中哪怕是遥远的投影或微弱的信息。西部作家中不少人意识到，正是这些十分困难而不易表现的地方，构成了西部生活和西部人物独有的色彩。他们在表现这种杂色时，笔墨没有局限在民族因素的平面上，而常常深入到民族的、宗教的、哲学的，特别是潜于人心的土地文化和游牧文化交汇的多维空间中来叙写。掌握这种复杂的全景性交汇的特色，是理解西部乃至整个中华民族生活深刻化过程的重要一环。它吸引着有追求的作家来这里涉险，用审美形态对多民族聚居地区的社会文化模式及群体个性做史的储存。

我们常见的有两种情况，一种是在不同民族、不同人群的生活和心理对比、交流中，展示作品的主旨和人物内心冲突。这几乎是张承志民族题材作品的一个常见的视角。他的反映内蒙古和新疆蒙古族生活的作品，大都在蒙古族、回族和汉族，大城市和草原，文化的高层次和低层次的衔接中展开。一个青年社会科学工作者，由大城市回到原来生活过的蒙古包，重又和蒙古族同胞生活在一起，但他们之间在心理时空上已今非昔比，拉开了一定距离。主人公以十分当代化的、充分理性的目光来审度发生在不同地貌生态，不同经济方式、生活方式，不同民俗风情，不同民族心理，不同文化层次之间的矛盾和统一。由于主人公和蒙古族群众原先存在着精神纽带，所以没有现时一些作品中当代知识青年的孤傲感。在他的理性审度中，流动着炽热的情愫——流动着对草原人民淳朴的心理感情规范由衷的眷恋，流动着对某些落后的生产、生活和思维定式，习俗、心理和感情定式历史的谅解和改变它们的历史的期待。

另一种，就是正面描写多民族、多地域群众聚生的生活杂色和心灵杂光。王蒙的系列纪实性小说《在伊犁》，以对多民族杂居的社区生活生动而娴熟的描绘，以对特定民族性格在多色光源照射下的个性化展示，给人以启示。他善于在各民族群体团结和睦的总氛围中，放开笔墨去揭示每个个体必然具有的缺点、弱点和存在于他们之间的不可避免的矛盾冲突。写来常带嘲弄，泼辣恣肆却极有分寸感。与其说这分寸感得益于作者思维的周密，不如说得益于他对生活态度上的忠实和描绘上的真切，因为那分寸感本来就含蕴于新中国民族地区的现实生活之中。王蒙说过："边疆——内地，农村——城市，少数民族——汉族，这些对比和联想，在某种意义上，正是我近年来创作的源泉。"①《在伊犁·之七 逍遥游》是一个典型的例证。这篇近五万字的小说，描绘了伊犁城根一个聚居着和首都、和内地、和国外有着广泛联系的维吾尔族、哈萨克族、满族、汉族四个民族共居的小杂院，在十年浩劫中的日常生活。他们之中，有由北京贬谪来的、正积极学习维吾尔语、多方适应西陲生活的"我"，也有去北京大学学习了几年，大量收纳了汉文化的维吾尔族姑娘琪曼姑丽（她近视，却不敢在维吾尔族群体中戴眼镜）。他们透露出中国东部和西部社会文化心理在双向交流中认同的信息。有由草原帐房进入城市定居的哈萨克族大娘母子——她那骏马般剽悍的儿子住进城里还改不了草原的习惯，要早出晚归去遥远的地方牧马，并在这种对草原执着无望的思念中，由"骏马"变成了"病狮"，终至先于其母怀憾而亡。他适应不了生活环境和文化心理的大幅度变化而发生精神断裂。古朴淳厚的东西永不复返地离去了，这无论如何是个悲剧，而新的生活方式迟早总要来临，你又不能不承认其中有历史的微笑。和这个形象相对称，又有住在城里、拿着工资却必须每周去农村劳动、改造思想的"王民"，这是异态的社会塑造的异态的知识分子。既有因"两个脑袋"（在国外有亲戚）而默言寡语的维吾尔族老太太，又有主人公意识很强，爱管闲事，实则内心孤独自守的女房东茨薇特罕。既有满族白大嫂那样想"积极"却还保留着善良的"政治性市民"，又有来自南方、自立之志无法施展，只能用雕虫小技消耗才智的一对汉族青年工人。在这个西陲小杂院，色彩丰富的民族风习心理和色彩单调的现实社会环境，高温暴

---

① 王蒙：《伊犁风情·前记》，载《东方》1981 年第 2 期。

晒的政治气候和低调逍遥的普通百姓心境，构成一个典型的社会切片。这个切片所提供的生活和艺术的信息，是那个时代独有的，也是多民族地区所独有的。特别后一个"独有"，窃以为是王蒙对我国文学民族化探索的一个贡献。

赵光鸣的中篇《石坂屋》也抓住了西部社会多色交汇的特征。不过他主要是与来自各地的汉族人（也写了少数民族）被动乱年代一个私自来矿区承包工程的农村基建队收容，住在戈壁滩的一间石坂屋里。石坂屋容纳了大家在那个特殊年代的苦难与创痛，也汇集了他们和命运苦斗时的互济互助、坚忍不拔。和王蒙笔下的边城杂院一样，这个戈壁石屋也成为博大恢宏、多色交汇的西部缩影。

春秋战国时代，黄河文化和楚文化的南北对话，秦晋、燕赵、齐鲁文化的东西争鸣，结晶出《诗经》、"屈赋"；现代，以中国文化为根基，于亚洲、欧洲、美洲文化的多维坐标上，诞生了鲁迅、郭沫若。真正有生命力的作家作品，常常是站立在不同民族、不同地域生活形态和心理特质的交汇点上的。

三

中国西部在近代是经济文化的落后地区，西部文学的实践与理论在某种程度上可以说是落后地区文学开发、文学振兴的一种尝试。但从整个文学发展的格局来看，我以为，中国西部文学发展的实绩，既是中国文学与世界文学大潮相应的重要表征，又是中国文学在当代化过程中防止倾斜的有力支点。

中国西部和苏联的西伯利亚（包括中亚）毗连，和纵贯南北美洲的落基山脉内陆区相呼应。有些同志考证，从宏观上看，这三个地区不但有着相似的地理风貌（蕴含着壮美的高山、大河、森林、沙漠），相似的人口构成（以东方人种为主的多民族杂居和大量的各地移民），相似的垦殖历史（只是在不同制度和文化背景下有不同的政策和方式），而且有着相似的文化艺术背景。它们大致都从人和自然、文明和愚昧的交叉点上取材，也大致表现人类对自然息壤和内心息壤的艰苦开发,具有某种浪漫气质、象征色彩和雄风野味。中国西部兄弟民族作家和苏联中亚地区的作家,由于同文同种,不但老一辈互有来往,作品也可不经翻译在两地流传。惠特曼和艾特玛托夫对中国西部诗歌和小说的影响众所周知。"中国诗风"对美国现当代诗坛的左右,也世所公认。恩斯·默温甚至认为,"到如今,不考虑中国诗的影响,美国诗无法想象。这种影响已成为美国诗传统的一部分"[①]。从美学气质这样一个特定的范围来看,中、美、苏(还可以扩大到包括澳大利亚和某些非洲地区)的带西部色彩的文学构成了和纯西方、纯东方殊异的特色,而在世界文学的审美格局中造成一种鼎足之势。

在中国新时期文学的当代化历程中,美学观念的宏观格局基本上是以现实主义为主流的文学和不同程度具有现代主义倾向的文学这两大块。毋庸讳言,它们在文学的继承与发展、传统与革新、普及与提高、群众化与当代化、民族性与世界性、主体性与客体性等一系列问题上,看法不尽一致。尽管双方中的大多数都持"两结合"的态度,却又都有明显的侧重。也有少数同志持两极之论,按照这种两极的观点,新时期文学必定要出现这样那样的倾斜,虽然这种倾斜不一定就是坏事。我以为,在这两大块中,西部文学的实践持了一种比较中和的态度。西部深厚的历史文化传统,使得它既有容受各种外来文化的气魄,又有整合、消化、吸收它们的强大机制。西部多色交汇型文化,使它既有在多方面接受新异信息的传统,又有让这多色文化在自己的机体内碰撞、竞争而逐渐趋向于选择最佳轨道的传统。西部在当代,特别是在新时期的急速开发,更多地要求文学的当代化,但西部在近代经济文化的低落,人民群众作为接受主体一般水平的偏低,又要求审美客体和审美主体之

---

① 赵毅衡:《关于中国古典诗歌对美国新诗运动影响的几点刍议》,载《文艺理论研究》1983年第4期。

间不能过分地拉开距离。所有这些，对作为一个群落的西部文学起着促发和控制的双重作用，使它成为中国文学当代化过程中防止倾斜的重要预应力。

从作品的生活内容来看，反映新时期生活的变化和人的变化，在西部文学总体上占主要地位。即便是那些写古朴荒蛮生活的，也大多能以当代观念去观照。虽然这里是当代生活的一些被遗忘的角落，却可以听到当代浪潮在远方的涌动。

西部作家中青年一代的作品里，不少具有寻根色彩。他们的这类作品常常具有如下的特点：大多通过当代生活去寻找根的深远；从古代与现代、文明与荒蛮、人与自然、灵与肉的交叉中，多层面、多角度去追溯我们民族复杂而庞大的精神根系，而不局限在展示国民脑后那根不雅的辫子；突出地显示了整个根系的主干，是深深埋藏在一个古老民族、一块古老土地中的伟力，虽经岁月的消耗、地层的堆压，这力仍然带着西部雄壮的活跃和强韧；而对那些暂时还弥补不了的现实缺陷，也少有怯弱者的怨天尤人和孤傲者的悲天悯人，常常以西部方式寻求超越——在这些方式中，西部大地的沉寂和宽容，西部人入世而又出脱的幽默，久远的历史经验所形成的静观待变心理，世代的忧患意识遗传给西部人的对艰难困苦的超负荷能力，对力的膜拜凝结成的自信、豁达等等，都是我们在作品中经常能够见到的。

从艺术观念和创作方法来看，基本上是现实主义基础上的当代化。杨牧说他"信奉现实主义"，又希望"在现实主义的砧木上嫁接一点别的东西"。他寻找着"一条在现实主义的土地上，既能连着民族传统，又有某些现代手法，真正属于现代中国读者的路"。杨牧的追求在西部诗歌的创作中具有代表性，也说出了西部作家共同的声音。西部诗歌不再是对奇异风习和民间史诗、传说的再现，也不是抒情的主体纯内心的自我写照，而是物我互照，主客体认同。这使它既和十七年间反映西部生活的新诗区别开来，也和同时代的朦胧诗区别开来。诗评家谢冕指出，西部诗"较之后者现实性触发的因素更为鲜明,他们直接呼应现实生活的召唤,他们自觉地把握着现实的使命。西部诗的创作方法并不纯属于现实主义,但它拥有深层的现实主义精神"①,西部小说的情形也大体类似。如张贤亮的作品无疑是现实主义的,却也散发出异香异味。对灵与肉高度哲理的象征,竟然在充分现实主义的生活描写中找到了自己的形态(如马缨花对章永璘灵与肉的双重绿化;黄香久只能满足一个以文化为本质的人的一半而不是全部,结果引起了灵与肉的分离),还有那在再现性描写中插入的荒诞手法(如《男人的一半是女人》中,作为象征物的阉马突发人语),都可以看出西部作家将现实主义的开放、革新和现代主义的吸收、改造结合起来,以适应现代生活和现代审美思潮的可贵努力。

从艺术美的追求上来看,一些西部文学作品开始致力于美的整一性和综合性的探求。美本来是以多维的、综合的、整一的形态散布在生活现象之中的,由于不同艺术样式(如文学、音乐、绘画),不同文学体裁(如小说、诗歌、散文、杂文),不同审美形态(如悲剧、喜剧、正剧、闹剧)的分立,在创作中,作者总是从专一角度来凝聚生活美的,这无疑加强了艺术美的浓烈程度和冲击力,亦即毛泽东说的,比普通实际生活更高、更强烈、更有集中性、更典型、更理想、更带普遍性。但也要看到,在创作过程中这种审美形态、体裁样式的专一角度不可避免地会对生活美做这样那样的肢解,而破坏生活美原有的多维性、整一性、综合性。以此故,我以为,新时期小说创作正在出现两个层次的综合趋势。

第一个层次的综合是不同艺术样式的语言和描写手段经过整合被吸收,成为小说创作的有机组成部分。这一点,西部文学有着有利条件。西部自然和社会生活荒凉的历史感、浓郁的诗意和色彩感,辽阔大自然的天籁和融解

---

① 谢冕:《崭新的地平线——论中国西部诗歌》,载《中国西部文学》1986年第1期。

在各兄弟民族生活中的自娱性民间歌舞所构成的音诗、音画、节奏和旋律感，等等，使西部小说在融诗于文、融画于文、融乐于文方面显得突出。反映新疆、西藏、青海强烈阳光照射下的冰山、绿原、森林、荒漠等地区作品绚丽的色彩，氤氲着叫你难以忘怀的异乡情调，反映甘肃、宁夏、陕西等地黄河上中游地区生活的作品，那由层次丰富的黄色构成的黄土、黄水、黄天，牵引出难以遏止的历史沉思。兄弟民族小说对麦西莱甫、康巴歌舞的传神描写，张贤亮、路遥将宁夏花儿和陕北民歌作为刻画人物、启动情节的有力手段，张承志用民歌的内在精神作为小说的题旨，以及林林总总的从构思到语言都充满诗意的作品，都是西部小说在探求第一个层次的综合中的成绩。

第二个层次的综合是不同审美形态打破疆界，在小说中互相交织。可以用喜剧方式来处理悲剧性冲突，也可以用悲剧方式来处理悲剧性冲突，也可以悲、喜、正剧，再加上闹剧手法，"荒诞""魔幻"色彩一齐上，尽量将生活的杂色和多味表现出来。在这个层次的综合上，西部文学不能说走在前面，却已经显露出良好的端倪。在谈到批判、嘲弄社会病症时，王蒙说他的态度是"尖酸刻薄后面我有温情，冷嘲热讽后面我有谅解，痛心疾首后面我仍然满怀热忱地期待着"[①]。也许这是他小说严肃与轻松、深情与幽默、热烈与冷峻、辛辣与温馨常常结合在一起的缘故，在他的西部题材作品中这种色彩的丰富性表现得尤为突出。

当代中国西部文学，是新时期不可忽视的一个文学现象，在未来的社会主义文学造山运动中，它必将有一块属于自己的高地。

1986 年 7 月，西安岚楼

[①] 王蒙：《我在寻找什么？》，见北京市社会科学研究所、北京文艺年鉴编辑部编：《北京文艺年鉴·1981》，工人出版社 1982 年版，第 246 页。

就西部文学诸问题答《当代文艺思潮》编辑部

您对我国西北地区文学创作的总体状况如何估价？您认为西北文学创作目前存在的主要问题及其原因在哪里？

广东一家文艺报刊的主编在来信中这样说：西北地区文学近几年来发展的势头很猛，引起了全国文学舆论以至社会舆论的极大关注。此话并非没有根据。和前两年相比，作家的足迹，电影家的镜头，读者的目光，出现了由东南而西北的流向上的变化。

西北地区的经济文化比较落后，但西北地区的文学创作，一直是我国社会主义文学的一支重要的方面军。50年代，柳青、杜鹏程、李季、闻捷、王汶石、铁衣甫江、王玉胡、武玉笑、李若冰、魏钢焰、黄悌、赵燕翼等等西北作家，以及郭小川、贺敬之、张志民、田间、袁鹰、碧野等等外地作家那些描绘西部风情的作品，一度使西北成为中国文坛的闹市之一。60年代中期之后，略感寂寞。80年代伊始，张贤亮、路遥、贾平凹、陈忠实、艾克拜尔、多杰才旦、唐栋、杨牧、梅绍静、戈悟觉、章德益、周涛、昌耀、王家达、景风、赵熙、李小巴等西北作家，以及王蒙、陶正、张承志、史铁生等外地作家，又在自己的作品中高高扬起了西部之音，引起了国内外的反响。三十年，两个波峰，一个波谷。

西北地区文学创作的这个轨迹，和我们国家在同一时期内政治经济的发展做纵向比较，具有某种同步性；而和中国某些经济较发达地区做横向比较，则又呈现出某种反差。物质生产与精神生产既平衡又不平衡，尽在其中了。

西北地区文学创作目前存在的主要问题，很难说准。我心中较为急切的希望是：西北的作家一方面更深入地进入西部生活，进入西部历史，对西部民情风俗、群众感情、社会心理、西部美和西部审美的特质做更深刻的哲学、社会学、历史学思考；另一方面要拓展自己的眼界和思路，东出潼关，西越帕米尔，和中国以至世界文化胶着得更紧。作家心灵的覆盖面越大，对生活的整体感受能力、创作中的整体审美意识就会增强，我们的作品由对西部生活的真切描摹到史诗的出现，距离就会缩短。

提倡"西部文学"的声浪近来日见增高。您赞成这种提法吗？您认为"西部文学"的基本美学特征是什么？

我以为这个提法是可以的。

它有生活依据和艺术传统。中国西部是个地域广大、多民族聚居的地方，它的大部分地区有待于开发。自古以来，这里烽烟不断，征战频仍，民族斗争激烈，加之恶劣的自然条件、艰辛的拓荒生涯，构成了种种不同于内地的生活方式、社会关系和价值坐标，构成了特有的风景线、民俗图、伦理谱、宗教观，并且结晶为这里人民群众剽悍、勇敢、顽强、侠义的性格和高扬的精神状态。这一切，都是可以提炼西部美的共生矿藏。当然这一切在具体的生活中和作品中出现的时候，又总是和特定的时代精神、社会风貌浇铸在一起。自汉代深沉雄大的石雕始，西部美在中国文坛艺苑的声音日见宏大，终于出现了盛唐之音的高峰。诗仙李白、草圣张旭、敦煌画、边塞诗、秦王破阵曲、大面金刚舞，以及丝路工艺之花，楼兰城郭之美，都怎样地领衔域中，震惊海外。百年的审美经验，我们民族对什么是西部美、西部文艺，心里是有一本账的。我在《美哉，西部》和《"西部电影"五题议》两文中曾反复谈到过上面的意思。

它也是时代精神的召唤和社会审美的需求。战争年代，延安、六盘山、青海、甘肃的少数民族地区，建国以来新疆的屯垦戍边，羁留过多少人的青春热血。有多少人的悲欢离合，多少最可珍贵的怀念和心愿，都和祖国西北角分不开。80年代，作为国家的战略部署，开发大西北的新潮又在涌现。新时代的人们，千百倍于延安时期的人们，又在这块土地上播下希望的种子，正在创造新的未来。新时期中国的西北在呼唤文学，要求更深地进入文学，人民群众也希望能在文学中看到更真切、更深沉的大西北的形象。近两年来，社会欣赏心理也出现了新的趋势，由更喜欢弱者的控诉，到更喜欢智者的思考和强者的奋起。在各类作品中，离异者、多余人情绪逐渐被责任和主人翁感替代，"奶油小生"被"硬汉子"替代，"魂与恋"被"血是热的"替代。这种社会审美的新需要，在雄性的西部关中常常能够得到满足。时代精神和社会审美意识所形成的引力场，引导着西部文学的发展。

它有利于发挥文学创作的优势和独创性。它要求西北的文艺家们打自己的牌，给艺术总库提供属于自己的东西。西北的作家，由于生活和历史的熏陶，在思想、生活、艺术各方面，对西部美都有自己特殊的敏感区。在这里，文艺的历史传统和文艺的当代性能够在西部生活的发展中得到较好的结合，作家个人优势、地区优势和民族优势能够同时得到发挥。

一种艺术主张，一种艺术追求，如果在实践中已经出现，正在发展（更何况古已有之），用一种简明的、口号式的语言来概括它，使这种追求在艺术实践中更明确、更自觉，有什么不好呢？这和那种哗众取宠，标新立异，又有什么共同点呢？以此故，我对"西部文学"的提法投赞成票，对西北地区的作家要在这方面做更多努力，投赞成票。

需要说明的一点是，在我的感觉中，"西部文学"除了以作家和作品题材的地域来划分，更主要的应看作品的"风格性分之殊"（钱锺书），应看一位作家及其作品系列从整体上所隶属的纵的文化传统和横的文化地域。这样，陕西的情况就显得比较复杂一些。塞外的陕北含纳着鲜明的西部美，无须说了。关中从传统和气质上看，似乎是中原文化的一部分。陕南则是蜀、楚文化的一个支系。故而我也就不想将王汶石、贾平凹、京夫、戈悟觉等同志的作品硬纳入"西部文学"的范围。他们创作的成就是很大的，但主要不表现在"西部文学"的领域。他们的作品都很美，却未必一定要说这是典型的西部美。牵强附会反倒容易降低了他们的成就。

准确地讲，"西部文学"和西北地区的文学是两个相连而有别的概念。前者是后者的一部分，而不是全部。可能是主流，但不是唯一的，也未必就是最好的。风格本身无优劣、高下、文野，只有具体作品才好比较。即使在西北地区，"西部文学"的主张也是百花中一朵，不要因此冷遇或排斥了其他的风格、流派。当然，也不要因此而訾议文学舆论对这个问题的热情探索。

西部文学在题材内容上，主要是西部边塞的、军旅的、民族的、乡土的、开发的。精神气质上，主要是各类开拓性业绩中迸发出来的积极向上的人生态度和奋斗精神，以及在这种业绩中形成的民族团结精神和爱国爱乡感情。生活环境上，大多是长河大漠、城堞烽烟、窑洞帐房、驰马放牧、雪山井架、戍边屯垦等等典型的西部风情和西部民俗，西部特有的味。人物性格和心理素质上，艰苦搏斗、曲折多舛的命运铸就了豪爽朴拙、率直刚强、矢志不移的特色，构成西部人特有的精神。情节闻所未闻而成传奇，色彩斑驳艳丽而显浓烈……这一切，使得雄风壮美成为西部文学主要的美学特征——旷达、恢宏、雄奇、古朴，自然又机巧灵秀，绝不是小家碧玉。读这一类作品，我们常常在现实感的深处，感到一种沉雄的历史感和崇高的审美感。

这样一个美学特征，在艺术精神上，使浪漫主义有可能和现实主义在更大程度上交融。写意和写实、表现和再现可以在其间媲美。诗魂和哲理更多、更深地渗进各类叙事作品之中。在重视作品形象性和人物描写的基础上，感情性和意境铺染更受青睐。在对社会生活环境做精微描写的同时，自然力在作品中的地位有了巨大的变化。自然力不但构成人物活动的背景和环境，而且常常成为形象内在气质的对应物，和人物对话、交流。这就从以往我们的作品仅仅从单一的社会角度和流行的室内格局来写人，走向了更广阔的领域。人物形象对客观世界的凝聚幅度也便有了新的拓展……

您认为西部文学的格局是否正在逐步形成中？其发展趋势、前景如何，原因何在？

格局正在形成，尚未完全成形。

在中国当代文学发展史中，一直存在着一条贯而不连的西部文学的虚线。小说、散文——从《在和平的日子里》《柴达木手记》到《绿化树》《人生》《北方的河》《兵车行》，以及王蒙的《新疆的歌》、李季《玉门诗抄》到"新边塞诗派"闪烁的群星。电影创作——从《天山的红花》《生命的火焰》《暴风雨中的雄鹰》到《牧马人》《天山深处》《人生》。在这个基础上，对西部美的追求更为明确自觉，具有了理论色彩——《新疆文学》正式改名为《中国西部文学》。西安电影制片厂明确以抓"西部片"为己任，诞生了我国第一个《西部电影》杂志。贵刊也早已开辟《西北当代文艺的考察与研究》专栏。《中国当代西部新诗选》已经出版。多卷本的西部文艺丛书正由"腾飞"文艺基金会编辑。《西北中青年作家论》已由笔耕文学研究组集体完成。这一切，仅仅是开始。

一个来自艺术实践又正在回到艺术实践中去的文学主张，发展前景是可以乐而观之的。这种发展可能会是九曲十八弯，那又有什么呢？那不正是文学创作这种精神生产前进的必然轨迹吗？我们需要具有历史景深的眼光。

您觉得中国的西部文学与美国的"西部文学"、当代拉美文学有何异同？

西部美不完全是地域性概念。在空间上，这是带有世界性的现象。不但在美国西部，整个南北美洲西部，沿落基山脉、安第斯山脉两麓，欧洲中部山区，西班牙比利牛斯山区，以及以帕米尔高原为结点的山脉辐射区，在文学艺术中出现的时候，都不约而同地表现出某种共同性，如荒野和闹市的对比交叉，腹地经济文化和外来经济文化的冲突交流，各民族生活的矛盾、联结，以及在这种类似的社会和自然的环境中形成的类似的人生道路、性格气质、民俗风情。这些类似处反映了文学艺术的气质、格调、画面、色彩。

但应该说，这种跨国性的类似，主要还是形式、形态上的类似（包括性格、命运、矛盾冲突的表现形态和美的表现形态以及艺术形式）。而相异则大多是内容上、性质上的。同样是硬汉子，他们的生活目标及归宿，他们所凝聚的时代精神、社会情绪，以至人物思想、性格、感情的具体内容都大不相同；同样的侠骨柔肠，那"侠"那"柔"，不但有阶级、阶层、时代之别，而且有东方、西方之别；同样的浪漫传奇色彩，不但所含纳的社会内容和历史传统不一样，呈示出来的美学传统也不一样，等等。

造成这种相异的原因很多，主要的是两点：一是中外西部文学作品所反映的生活内容有质的不同，这种质的不同也会折射到生活表现形态和相应的艺术形式上；二是中外西部文学作者的西部观不一样。西部观是包罗万象的，民族观、民俗观是其中重要的组成部分。美国的西部文学思想艺术水平参差不齐，要具体分析，但总地看，间接反映了资产阶级种族歧视的民族观和掠夺财富的阶级本性。19世纪美国资产阶级对西部边疆的开拓，一方面是资本主义文明的西进，有进步意义；另一方面，资本主义野蛮却和文明一道在冒险家的砍刀和枪声中长驱直入。美国西部文学对这种文明和野蛮同时做了肯定（这些肯定，不都是政治思想上的，有些只是意向和感情上的），并且融化到具有吸引力的异国风情、人物命运和故事情节中，很容易诱使读者错误地认识这一段生活。

中国在历史上是一个多民族国家，我国的封建统治者在处理民族问题上有丰富的经验。其民族观的实质，是皇权统治和大汉族主义相结合的种族压迫。我国历代统治者将边陲之地的少数民族看成番狄蛮夷，进行血淋淋的征讨；也许是儒教对中国统治者西部观的影响吧，有时也征抚结合（比如文成公主入藏、王昭君出塞一类的和亲政策）；封建统治阶级中的个别有识之士，也还在民族团结、屯垦戍边方面做了一些有利的事情（例如林则徐、左宗棠）。

我们的西部观及其实践，是中国社会主义道路的一个有机组成部分，既不同于外国资本主义，又不同于中国封建主义，也不会和苏联的"西伯利亚观"完全一致。我们的西部观，是我们党在马克思主义民族问题理论指导下，在中国革命的实践中逐步建立起来的。在不同立场、观点、感情驱使下，即使描写同一生活对象，也会写出截然相反的作品（文学史上这样的例子，大家都是熟悉的），更不要说在不同西部观的指导下写不同社会、民族的西部生活了。

您对开发这一文学领域有何具体设想？西北各省文学界应该做哪些工作？

当务之急是：

第一，抓作品。作品是基础。提供条件，切切实实组织西北和全国各地文学界的有志者、有识者，深入西部生活，扶持有基础的作品和有前途的新苗。听说陕西"腾飞"文艺基金会打算在这方面提供资助，并举行西部文艺的评奖，编辑西部丛书，好事一桩！

第二，抓理论。认真研究西部文学的有关学术问题，理直则气壮。听说西北几省正在积极筹备召开西部文艺创作理论会，并在编辑一本关于西部文学的论文集。但愿各方支持，早日成功。

第三，组织社会科学家向文学界介绍西部的历史、现状、资源、民族及民俗等各方面的情况。比如，贵刊能否开辟《西部文化讲座》？

最后要说明一点的是，口号、主张终究只是口号、主张，它只有在尊重生活实践和艺术规律的基础上才能起到有限的作用。一切风格流派的形成，归根到底取决于生活和作者本身的特点，很难外加，很难输入。因此对这个问题的研究探讨，既要热又要冷，既抓紧又听其自然——听其在艺术实践中的自然进展。不要造舆论，赶时髦。不要无限扩大"西部文学"的范围，从一个角度，以一种主张去解释春光潋滟的百花园。如果将这个主张变成条条框框去制约创作，那更走向了反面。提倡"西部文学"应该始终只有一个目的，就是促进作家们更真切、更深刻地写出西部生活的形与神来。舍此而无他求。

1985 年 1 月，西安椒园

拉出一道新风景

——序《中国西部散文精选》

中国西部是欧亚大陆的至高点，由帕米尔山结向四面八方像一把伞那样撑开着，高的棱是一条条脊梁似的大山脉，那是阿尔泰、天山、昆仑、喜马拉雅，低的褶皱里流淌着一条条生命河，那是黄河、长江、雅鲁藏布江、勒拿河、叶尼塞河。中国西部是山之根、河之源，而山与河又将西部和欧亚大陆的广阔空间连接为一体。地老天荒的山川大漠则成为生命、历史、人生在漫长时间走廊中的意象。

西部人古道热肠、沉郁内忍、强悍坚毅。他们以不同于东部的价值坐标和文化心理，成为当代精神生活的另一种存在。西部汉子常常猛地勒住疾驰的骏马，沉思地遥望着东方。西部女性有时放下奶桶，回过头来，谛听着东风带过来的现代潮音。

西部，西部人，西部文化，正在选择当代，调适自身以适应当代。这种适应既是一种趋近，也是一种拉开。一方面渗透时代之中，一方面作为天平另一端的砝码，平衡着、审视着。一个时代的文明，在远方呼应着现代社会。

西部荒原将西亚、南亚、东亚、北亚隔离开来。这种"隔离机制"，使古波斯、古印度、古中华文化得以在相对封存的环境下发展，形成自己的个性，成为世界古代文明的极致。反过来，它们又在中国西部向心而汇，在西部形成四圈四线的文化地图——新疆文化圈、青藏文化圈、蒙宁文化圈、陕甘文化圈和丝绸之路、唐蕃古道、草原之路、南方丝绸之路。四大文化圈鲜明地反映着地中海文化、波斯文化、印度文化、蒙古文化和中国中原文化在中国西部不同程度的组合交融。四大文化线则将中国西部的四个文化圈和世界四大古文化连成网络。在世界文化地图中还有另一种文化交汇现象，这就是世界四大古文化在美洲、澳洲和非洲中南部和那里的本土文化发生交汇、融合。这种交汇不是西部内向的聚汇，而是外向的辐射型交汇，是多维文化的离心交汇。这样，美、澳、非洲的新大陆文化和中国西部文化便有了内在的同构，有了自觉的呼应和不自觉的感应。同时，世界文化已经由古代的隔离发展，近代的选择发展，进入当代的综合发展进程。综合发展的基础，正是文化结构上的动态多维组合。

西部人多民族杂居状态和现代人跨社区生活状态，西部人用杂居带来的心态杂音和现代人文化心理的杂色也遥相呼应。西部是中华民族的博览会，民族文化的百花园。民族的杂居，游牧的流动，和游牧者走向定居，走向村社化，进而城市化，使西部人心态挟带着多层面的声音，从而造就了他们对异质文化超常的容受能力、适应和渗化能力。跨社区生活已经成为现代人的生存常态，市场经济的一体化，要求对世界有一体化的文化态度，这就需要现代人把多民族、多国家、多社区的世界作为一个地球村来看待，融心灵色彩的驳杂为基调统一的画面。

西部人在村庄和部族自然经济基础上的流动生存状态，以及反映着这一生存状态的动态生存观，和现代人在现代宏观经济基础上的流动生存状态以及反映着这一生存状态的动态生存观也遥相呼应。在西部，游牧者之游，移民者之移，流放者之流，行旅者之旅，其中都含着一个动字。西部人在流动中生存，常常将生命交付于茫茫草原路，有一个马背上的人生。西部人在自己的生涯中，大都经历过与生存环境的多次剥离，既造成心灵撕裂性的痛苦，也锻打了对流变不居的各种生存环境的应变力，这使它和中原传统土地文化区的静态生存观区别，而和现代人在更大空间流动的人生呼应。现代社会正在出现一批由大企业家、大科学家、大艺术家组成的现代游牧者部落。

西部随处可见的前文化自然景观、人文景观、心灵景观，和现代某种超越文化、排拒文化的社会情绪、社会心理、社会思潮遥相呼应。现代人处在文明膜的包裹之中，各种物质的和精神的文明一方面提高了人的生活质量，拓宽了人类的生活视野，增强了社会人的生命力，另一方面构成各种半透明的隔层，将人类和真宇宙、真自然、真生命拉远隔开，削弱着自然人的生命力。各种机动车和飞行器，扩大了人的生活空间和速度，也退化着人自身运动的能力。各种取暖降温设施，使人在严冬酷夏可以舒适地生活，也使人抗御寒暑的能力衰退。现代信息和现代传媒，改变了传统的时空观，天下正在变小，人心正在贴近，科技的千里眼和顺风耳，电脑的计算分析重组能力，使人对世界了解的幅度、速度和深度急速增加，但由于文化膜的阻隔，和真世界的距离又正在拉大，人对真世界的亲历、亲知和直悟、直思日趋模糊。对这种文化的弱化，人类正在抗争，他们正在打破现代文明膜的窒息，千方百计进入真世界，呼吸大自然、大生命的空气，于是选择了西部。西部是现代世界很少几个还未被现代文明窒息的地区。

西部人原始生存和艰难发展的悲怆感、忧患感和现代人超高速发展的焦虑、忧患遥相呼应。在我们民族的审美心理中，西部总是和悲壮、悲怆、悲哀、悲悯等等意象和情绪联结在一起。落日和西风所含纳的黑暗和寒冷，构成西部悲剧感主要的自然意象。追日不息而倒毙的夸父和永远弓腰匍匐着生命的伏扶民，分别含纳着西部人的悲壮和悲哀，构成西部悲剧感主要的人物原型。在历代西部文艺叙事性作品中，人境相悖、史美相悖、形神相悖、动静相悖、天人相悖的悲剧俯拾皆是；而抒情性作品中因人际的分合、因国家的兴亡、因自然的枯荣而发出生命慨叹，更是响彻中华民族的精神宇空。同样，现代社会也存在着深刻的悲剧感。现代社会剧烈的动荡、急速的发展、感觉的超载、信息的轰炸，各种各样生存的、心理的污染，使现代人困窘、焦灼。因而，由于物质生产和精神生产失衡，由于社会发展和心理承受失调而陷入深刻的生命悲剧之中的现代人，开始回望西部，在西部寻求精神共振。

西部人由于空间疏离造成的孤独，人在自然包围中的孤独，和现代人由于心灵疏离造成的孤独，人在物化社会包围中的孤独遥相呼应。西部的地广人稀造成孤独，大景观、大性格、大气质也造成孤独。博大崇高之美，往往需要较大的空间距离，只有小树、丘陵才丛生，蚁群才群居。孤独削弱了他们语言交际的能力，孤独却极大地发展了他们与自然直接进行实践和情绪交往的禀赋。他们不善表达，善沉思；不善言辞，善意会；不善舞文弄墨，善轻歌曼舞。他们在现代文字和传播手段之外，创造了和外部世界交流的"手语""眼语""心语""情语"。这是孤独给予西部人的天籁。现代人也日趋孤独。人口密集、生存空间拥挤、利益争夺加剧，使人与人在精神上远离、自闭。身体的面对面导致心灵的背靠背。整体文化素质的提高、内心生活的丰富和个体的日趋扬厉，使人孤独。现代人又和西部人殊途同归。

西部人文山川的阳刚之气和它的人格化，与现代竞争社会所要求的强者精神和它的人格化遥相呼应。西部的阳刚之气和强者精神，是对以柔克刚、以天达人、以阴取阳、以道补儒的中华传统文化的重要补充，这也正是现代市场经济、竞争人生所要求的人格精神。西部是中华文化的骨中之钙，汗中之盐，云中之志。古老的西部于是转化为现代生活中铁骨铮铮的硬汉子，惹得现代强者和能人几许钦佩、几许羡慕。

…………

西部和现代，便如此这般相互贴近，相互选择。

我自十年前开始介入中国西部文化艺术的研究，其间编撰了《中国西部文学论》《中国西部音乐论》《中国西部民间艺术论》《中国西部歌舞论》《中国当代西部诗潮论》《中国当代西部幽默论》等关于西部文艺、文化的概论，已经先后面世。也着手编辑了部分有关西部的作品集，由于经费短缺，还迟迟未能付梓。在关于西部文艺的整理、研究中，《中国西部文学论》主要论及了小说，《中国当代西部诗潮论》则专门论及诗歌，没有将西部散文作为一个专门的课题列出，实在是委屈了卓有成绩的西部散文。这次小溪同志主编了这本《中国西部散文精选》，可以说首次向世人展示了西部散文的概貌，使我至为欣慰。

我以为，这本书除了在散文创作和散文欣赏上的意义，在西部文艺和当代散文的研究中也极富价值。它在当代散文中拉出了一道新风景，西部散文风景。第一次将西部散文作为新时期文学创作的一个现象提出来，使散在的西部散文创作成为一个群体，形成了集束的力量。特别是许多年轻的、地处基层的西部散文作家被编者组织进这个群体，使他们在从事创作不久，便能"入网"，进入当代散文的整体网络，无疑将促进他们从西部散文的整体格局和内在特征上认识、调整自己的创作。正是这些名不见经传者的作品，以一种新眼光、新格调、新笔法，使西部散文在相当程度上突破了散文创作各种习见文化膜的限制。

集子里的散文，以多种不同角度展示了西部的自然景观和人文景观，从奇诡新异的山川民俗之中，常能开掘其中的文化心理内涵或象征性意蕴，表达出西部人内在的精神气质。这里看不到在当下社会文化和精神领域泛滥的那种物欲和小气，而是和西部高山大河、高天远云、和西部的生命悲剧感、历史人生感相适应的大气度、大境界。它和当下流行的那种小女人散文、小市民趣味、零七八碎的小感悟，形成强烈的反差。它从总体上所涵纳的是一种高悬于西部宇空的形而上追求，这里有人与自然在生命层次的对话和共振，有历史感和当代性、忧患意识和达观精神、文化封存和文化开放、民族主体意识和心态杂化的大交汇。其生命、历史、心灵和哲诗信息的密集程度，都是当下一些小散文望尘莫及的。

以此故，也许各篇水平参差不齐，也许写西部人物的文章略显少了一些，作为一个西部文化的研究者，我仍然要在这里对编者的劳动表示郑重的肯定，诚挚的感谢。

1998年2月，在上海旅次为东方出版社作

全国格局中的陕西文学

陕西的文学创作在全国文学格局中占有不可忽视的位置。我们拉开镜头，从全景上对陕西文学做定位性评述，也许会有利于认清陕西文学创作的优长和弱点。要特意说明的是，我的评述只是个人的印象，只是引起大家就这方面展开议论的一个话头，万不可以当作定评或结论。

我想从这几方面来谈自己的印象：

第一，从全国格局看，陕西文学无疑是一支劲旅。五六十年代，因为陕西有柳青、杜鹏程、王汶石的小说，柯仲平、玉杲的诗，李若冰、魏钢焰的散文，胡采的评论，西安被誉为"中国文学的重镇"。进入新时期之初，贾平凹、莫伸、路遥的小说首获全国第一届中短篇小说奖，接着，陈忠实、京夫、王戈、邹志安、毛锜、李凤杰又陆续获得全国小说、诗歌、儿童文学奖，再加上李小巴、峭石、赵熙、任士增、李天芳、王宝成、王吉呈、王蓬、蒋金彦、沙石、徐岳的小说，梅绍静、子页、闻频、晓蕾、刘斌等的诗歌，刘成章、李天芳、和谷、李佩芝、师银笙、郭匡燮的散文，王愚、刘建军、畅广元、陈孝英、李健民、李星、费秉勋等的文学评论，商子雍、秦耕的杂文，郑重、张子良的电影文学，陈正庆、毋致、朱学、曾长安等的戏剧文学，都先后在全国产生影响，成百篇作品获得省以上的各种奖励。很自然地，"陕西作家群"的称谓在全国不胫而走，和北京、湖南作家群成为新时期最早出现的三个作家群。陕西的声音，在全国文坛上成为不可忽视的声音。

近三年，全国文学格局有了一些新的调整。在上述三个作家群先声夺人的基础上，先是东北、沪宁和西部作家的聚集，接着黄河中下游省份的晋军、鲁军、豫军纷纷崛起。这样，全国的文学格局从粗略的轮廓看，就形成了一线五圈的格局。一线，指黄河沿岸的陕晋豫鲁文学线；五圈，指京津文学圈、东北文学圈、湖广文学圈、沪宁文学圈、西部文学圈。陕西处在黄河文学线西端、西部文学圈的东支部。实事求是地说，如今它失去了80年代初前三名的优势，只是不应该将这种"失去"视为落后，因为文学的发展和时代的发展一样，已经告别了一家独领风骚，而进入了多元共存共荣的年月。陕西作家群作为全国多元文学格局中的一元，既应为全国文苑的似锦繁花而欣慰，也应为自己能在这多元的竞争和互补中孕育新的突破而兴奋。

我们若对陕西作家队伍做以分析，便可以明显地看到一种活力。正如评论界指出的，1985年前后，陕西文学在创作体裁、题材、观念及文学队伍结构方面都出现了转移。许多作家已经开始或完成营构长篇小说，目前已完成并出版的不下十部，其中路遥的《平凡的世界》、贾平凹的《浮躁》获得了相当的好评。评论界认为，它们和全国其他优秀长篇一起，构成了新时期长篇小说创作的第一个高峰。一些作家以现实主义为基地，开始尝试从文化心理的、写意象征的以及更多的艺术视角来反映或感应生活。而在中年一代作家之后，一批更为年轻的创作队伍，如程海、孙见喜、陈泽顺、杨争光、赵伯涛、刘明琪、叶广芩、李康美、朱玉葆、徐子心、周矢、高建群、白洁、竹子、封筱梅、杨小敏、临青、刁永泉、商子秦等等正如雨后春笋，悄悄地伸展了自己的枝叶。他们虽然还不成熟，但在创作观念和知识结构上都有优势和潜力。

第二，从全国格局看，作为文学创作背景的陕西文化，具有独特色彩，它是中国三种文化的交接地带，构成典型的中国文化的全息切片。秦岭、长城横穿陕西，将陕西分割成南、北、中三部分。关中是我国中原文化发祥地之一，经历数千年，至今仍保留着典型的中原文化特色；陕南在自然地图上属长江水系，在人文地图上应划入蜀楚文化之中；陕北在古代系汉族和其他兄弟民族杂居、同化的地区，带着浓重的由土地文化向草原游牧文化过渡的色彩。"仁者乐山，智者乐水"的审美大类在陕西并存，静态守土为业的土地文化生存观和动态的移畜就草的游牧文化生存观在陕西渗合。这使得根植于这块多色文化土壤上的陕西文学，得以生长出多种风格的作家作品。从整体上看，既有中原的凝重浑厚（如《初夏》《哦，小公马》），又有江南的俊逸灵秀（如《小月前本》），还有塞北的强悍雄浑（如《惊心动魄的一幕》《遥远的白房子》）。路遥、陈忠实、贾平凹创作生命的旺盛和在全国共有的影响，可以作为陕西文学三种文学风格丛生现象的例证。他们既丛生，又独立，还交汇。丛生既不影响他们的独立，独立也不影响他们的交汇。贾平凹近年来所追求的秦汉风度，表现出江南秀色和中原浑厚的明显交汇，也许就是一个例子。

像陕西这样能囊括中国主要文化源流的文化地域，全国几乎绝无仅有（淮河流域的江苏、安徽、河南，可以说是中原文化与江南文化两种文化并存地区）。这种特色使陕西文学在全国格局中具有了自己的无可重复性和不可替代的地位。只是陕西文学界自身对这种文化交汇的特色从文化上、审美上把握的自觉性和普遍性还不是很够。因此，目前还只能说陕西文学具有全息中国文学的可能，还不能说已经构成全息了中国文学的现实。也许这叫人略感遗憾，却不也诱发了我们探索的兴味吗？

第三，在新时期文学格局中，陕西文学界是现实主义创作的基地之一，是在文学探索中防止倾斜的一个预应力。在当代文坛以现实主义为基点的文学和具有现代主义倾向的文学这两种趋势中，陕西文学的创作与理论都取一种比较中和的态度。陕西深厚的古代历史文化传统和现代革命文艺传统，使得它既有容受各种外来文化的气魄，又有整合、消化、吸收它们的强大机制。有鉴于此，文学界有人戏称陕西作家群在艺术观念和创作方法上是"正统的解放派"，即现实主义基础上的革新。在许多地区作者热衷于追寻古代文化之根的时候，陕西作家群则在捕捉生活中的新信息，快速追踪农村中的新变化上见出优势，陕西作家群笔下的山区总和城镇相连，向现代文明靠拢……陕西作家群笔下的农村青年，传统的价值观念正在和富有进取性的新的价值观念相交织，并逐步被替代。① 在不少青年作家忙于汲取西方文艺思潮的新信息时，贾平凹等作家却不忘埋头到中国哲学、中国美学中去找新矿，找中西艺术观在历史上游的交汇，这使当代生活精神和当代艺术观念在他笔下能以地道的中国打扮出现。这种持平、中和，构成全国格局中陕西文学的一个特点。但是，总地看又略显得拘谨了些，这也是应该指出的。

第四，与第三点相联系，宏观地看，陕西文学作品中表现出来的最主要的社会价值观念是群体认同，即对作品所反映的生活、所描写的人物的评价，常常是以社会大多数人的共同标准为标准。这使得陕西的文学作品和产生它的社会环境大致处于一种比较和谐的状态中，起到比较好的社会效果。但是，也在一定程度上减弱了作品思想上的启动力，故而产生振聋发聩作用的不多，引起争论和深究的不多。这和京、沪、湘等地有些作家个体自足的社会、审美价值观明显不同。

陕西文学作品在宏观上表现出来的最主要的审美价值观是社会学、伦理学的坐标。我省绝大多数作品都属于社会文学，即从社会学和伦理学角度反映生活的文学。它在读者心中所起的作用，是以认识生活为主，兼顾审美享受。以娱乐读者为主要目的的通俗文学和以艺术试验为主要目的的探索文学，相比之下，还都显得薄弱。这也和全国其他地区出现的通俗文学热和艺术探索热形成了反差。

陕西作家从宏观上表现出来的基本创作心理趋势，是量变中的稳态，动中之静。由于现实主义传统的深厚，发掘、发扬和发展传统的工作常常占据了陕西作家的主要创作精力，而留给求异、求变的探索与尝试相对少了些。

---

① 张志忠：《论中国当代文学流派》，载《中国社会科学》1985 年第 5 期。

二

我想对这些作品先做点扫描性的评点。

《白鹿原》是一本大书,沉甸甸的书,一部中国现代的社会生活史、道德文化史和心灵史。我在阅读时,很少像这次这样,被激发起宏阔的又是深度的联想,激发起参与创造和参与议论的热情。和作家自己的创作比,陈忠实以全新的艺术面貌出现在《白鹿原》中。和过去写同一地域生活的作品相比,关中生活以全新的美学形态出现在《白鹿原》中。和过去追求同一创作精神、创作方法的长篇小说相比,现实主义以更新了的实践出现在《白鹿原》中。

从历史观点来看,这部书突破了建国以来长篇小说所反映的现代中国社会似乎只有革命的历史,而革命者又似乎只有政治的斗争生活和与此相关的内心生活这样一个明显的局限,从道德、文化、人性多处着眼、多处落笔,在我们面前展开了一个宏大而细致的全景史。在历史动因的揭示上,深刻开掘社会运动、政治军事斗争的同时,提出了对民族精神和文化传统的维护和扬弃、固守和更替,往往是历史演化、社会进步更重要、更强大的杠杆,往往有着更久远的生命力。这样我们便看到,作者对中国现代农民运动乃至国共两党的政治运动,既有明朗的倾向,又有不少新的认识和评断,当然这两方面都是熔铸在艺术形象之中的。我们也就看到,作品写了现代农村生活中,精神领袖和政治领袖、世俗领袖的适度分离,写了中国现代政治斗争和村社政治生活的若即若离。在这白鹿原上,不参政的闲云野鹤式的精神领袖(白嘉轩),和在朝却不能左右村社生活的世俗领袖、民间政治领袖,分立并存,而国家政治局势和村社政治生活虽大体同步又常常错位。作者着力要表现的,是源远流长而又根深蒂固的村社儒教文化,在现代社会生活进程中的作用,是它对现代政治经济生活致命的影响和无法抗拒的改造,并时时用真善美来制衡倾斜的现代生活。

有鉴于此，这部作品对中国农村社会舞台的历史主角做了新的确认。白嘉轩丰满的艺术形象提出一个命题：世俗儒教领袖、村社道德文明成熟的代表人物，是中国历史的重要主角。他们与他们所代表的文明，以极为强大的力量统摄了中国社会各方面的斗争、和谐着各方面的关系，稳定着浮躁的现代社会，力图维持着现存社会缓慢而又匀和的演进。说真格的，就个人有限的阅读范围来说，我是首次看到如此成熟的凝结为艺术形象的中国村社文明，首次看到如此成熟的中国传统农民形象系列。只是，无论作者如何陶醉于这些形象，却又无奈地写出了这种文明解体的先兆。小说当然是一曲中国村社文明的赞歌，也无疑是挽歌。它呈示出的历史趋势，是中国古典农业社会的终结，是中国古典农民的终结。他塑造了最后一个好族长，最后一个好长工，最后一个好先生——这是中国农业文明最后的光环。这光环当然会亮很长很长的时间，甚至会延续到今天、今后，但它不是朝霞而是夕阳，恐怕是肯定的。作者严峻的历史主义和现实主义精神，作者的大气，尽在其中了。

从形象观上看，作品也显示了新追求。比如由展示人的两态两象（形态、心态和形象、心象）到力图展示人的五态五象（形态、心态、性态、灵态和喻态，形象、心象、性象、灵象和喻象）。这里的性态、性象非指性格，乃指性别意识和性生活状态。艺术形象和生活中的人一样，都应该是形、心、性、灵、喻五态合一的载体。五态合一才是完备的生命，写出五态合一的人物形象，把握好五态之间的动态关系，才能全方位地写出活生生的人物，写出人的全部复杂性、生命的全部神秘感。又比如，在《白鹿原》中，人物关系的设置，不再是社会政治经济关系简单而又必然的缩影或投影，也描绘了由于独特性格和独特命运，甚或"缘分"，所组合的人物关系。人物命运也不再是社会潮流、历史轨迹起伏的直接而又必然的对应性反应，也体现出各种偶然因素的影响和错位、背弃等复杂情况，等等。

这部书也可能引起一些争议，比如对国共两党意识形态及其政治斗争的某些评析是否看法一致？某种程度的农本主义、原乡意识和道德至上思想是否存在？也谈到了我所感到的几点缺憾：对生活演进中的道德、政治、文化因素发掘充分，相形之下，经济因素对生活演进的作用展示不足；对大的历史事件的展示，不如对农村世俗生活的展示细腻、丰满、有特色；此外，人的生命价值与人的历史价值如何浑然天成地统一，都还可以琢磨得更珠圆玉润。

三

贾平凹的《废都》，虽最近才出版，却早已饮誉京华。此书责任编辑田珍颖说："这是一部奇书——它不能用好或不好的简单标准来衡量。"自有道理，她指出了这部小说的复杂性。

这部书当然是作家心灵的写照，但从写法上说，是一部状态小说，而不是体验小说。作者在创作中心态很是自如，你似乎感觉不到他在对人物性格做"塑造"，对全书各板块、各线条做"结构"，对场景做"布设"，对语言做"雕饰"，一切就那样顺流而下写过来，虽都是可见的生活状态，而生活情态毕现其中。对生活的理性指向和感情倾斜消融于日常生活状态的描绘之中。心理活动并不展开，描绘几无渲染，洗尽铅华，是那种简约素朴的白描。虽是白描，由于观察得细，感受得细，显得很是精微细腻。有些地方，如在饭后、闲聊之中极写微妙的人际关系和微量的内心感情，那真是妙笔生花。作者下笔，有一种超脱的冷静，冷静到冷峻。并不是没有热情，而是热极而冕，是那种"最热"。并不是没有哀伤，而是哀极而静，便有了现在的无声无泪。很有点中国的《世说新语》《聊斋志异》和海明威结合的味道。

作品显示出一种非史心态，流淌着非主流文化的默流。以平民百姓视角写平民百姓生活。写百姓生活、市井心态，躲开正面展示生活主体和文化主流，着意的是于社会主体之边或之外的闲人生活——四大恶少组成的市井闲人群体和四大文化人组成的文化闲人群体；着意的是展示主文化之外的民谣民俗和市井生活场景，如道、巫、方术，玄的清谈和实的性欲。这似乎是贾平凹小说一贯显示出来的看法：文化的民俗野史，生活的远山野情，较之正史，较之主流生活，几千年来更少地受到中国正统文化的浸润与改造，因而也就更多地保存了人的真性真情和生活的真态。作者似乎想在社会理性认同的正史之外，用百姓的生态与真性展示另一条史的线索，求非史之史，无律之律。

废都—废宅—废道（畸变的文化）—废人（畸变的生命），构成贯穿作品的意蕴。这里既有过去时的"都"的辉煌，又有现在时"废"的破缺。全然是一种悲剧气氛。在这个意蕴的背景下，形象、心象、性象、灵象、喻象，作者对主要人物做了全景的展示，与《白鹿原》异曲同工。书中的文化闲人，忙碌其身多余其心，身入闹市的喧嚣，心逸尘世的静观，构成错位和反差，于是看到了这群文人那种魏晋名士酒与女人的无度生活。庄之蝶在现代生活和名利负累压抑下，失去远山（家乡）给予他的野情（真性），逐渐市民化的过程，是全书的主线。懦弱的个性、随意的心态，无法承受名作家的社会角色所要求于他的庄严感、责任感，他只好在女性身上寻找自信。性欲、性态对他既是一种自我肯定，又是一种自嘲自虐，也包含着渲染某种不被理解的苦闷和孤独。

小说用两个形象，即承包破烂的老人和会思考的牛，作为主人公生活的两个参照系。承包破烂的老人是社会底层百姓的象征，他以世外之身，通过民谣对小说中展开的生活做社会哲学的评判，是庄之蝶社会生命的参照坐标。"牛"是庄之蝶的另一个自我，正在销蚀的真生命的自我，它孕育了稀世的牛黄之宝，却因此而熬成一张皮，献出了生命。它是庄之蝶和自然，和真朴的生活、真朴的文化相通的最后渠道，也是自然生命对庄之蝶日渐远去的呼唤。它也以世外之身，对小说中展开的生活做自然哲学的评判，构成主人公自然生命的参照坐标。

在中国现代小说中,《废都》为中国式人文心态找到了中国式的表达方式。中国小说在五四之后的二三十年代,主体艺术思维转变为西方现代小说的写法,那是一个进步。到了三四十年代,在一个新的思想(马列主义)和新的社会实践(新民主主义革命)的基础上,现代小说在自觉的民族化、群众化中面目一新,这又是一个进步。近年来,在西方小说的各种文体试验不被中国读者普遍接受之后,有的作家汲取其中的长处,开始回忆中国民族小说的源流,用中国的方式反映现代生活和心态。《废都》可以视为这种探索的集大成者。它与五四以来的小说艺术思维大幅度拉开距离,使现代思潮、现代生活直接与中国古典小说美学接轨。它让我们看到了从魏晋志人小说、《世说新语》到唐代市人小说、明代世情小说和明末清初谴责小说的这一传统,较完整、较和谐地恢复与发展,使古老的艺术思维和艺术形式、艺术语言获得了现代生命,意义不可低估。

我以为《废都》可能在以下几点上会引起争议。一是建立在现代物质文明和精神文明基础上的现代城市意识、城市文化,如何和自然经济基础上的传统市民意识和市井文化相区别?二者既有联系又绝对不是一回事,如何处理好其间的关系?二是作品的妇女观。书中的女性无一不姣好,也无一不缺乏自主自立精神,加之性生活的描写,又无一不是从男性的角度来描绘,女性作为独立的生命主体和精神主体是否得到了真切的展现。三是性生活描写的适度问题,是否过实过滥,是否会产生负面的效果?议论议论是好事,有利于对作品的理解,有利于作者今后的创作,也有利于读者和作者的沟通。

四

《最后一个匈奴》是一部立意深刻,写法别致,自成一格的作品。

历史与传奇在小说中暗自沟通、相予全息,作品力图以史诗的视野和文笔叙述这块土地上具有神秘色彩的传奇故事,将细致入微的形象、细节、场景，经意地和大历史文化背景熔接。而传奇的神秘感，这种神秘感造成的模糊性，又营造了宏阔的气度，揭示了潜藏于历史深处的生命跃动，字里行间能感觉到作家的从容不迫。这种从容不迫和这块土地承受的历史苍凉相渗合，汇为一股高悬于动荡年代之上的钟磬之音。

环绕革命历史碑载性重大事件，展开政治斗争和社会生活的画卷，是革命历史题材常见的写法。高建群没有摒弃这个视角，却更致力于对这一段历史生活做文化人类学的开掘，故而他的视线由导引历史活动的领袖人物身上，更多地转移到参与历史活动的老百姓身上，由关注社会的"分子"更多地关注社会的"分母"——我们看到，小说致力于从大量平凡百姓的生存状态中去探寻一场革命的缘由。由主要关注照耀着历史事件的政党形态意识，转而更多地关注社区人生的集体无意识，即种种保存于民间的获得性的社会文化遗传——我们看到，小说展示了陕北社区的生存意识，呈示出沉滞的地表下，那雄强抗争的精魄。他甚至还同时关注到先天的非获得性遗传，从陕北特有的民族沿革和血统基因中去追求一种骚动的生命力原。这几方面的熔铸，便是"陕北人"，一个文化人种艺术生命的诞生。揭开第一页，你读到的"楔子"一章，可以视为这一思考的艺术宣言。它以强大的思想启动力和形象感染力震撼了我。

接下来的上下两卷，作家展现了遗落在黄土地上最后一代匈奴——陕北人命运的坎坷和精神的复杂。这种复杂性，打个比方，无妨说是陕北人心中"匈"与"奴"两面的多重组合。"匈"者，生态环境和历史传统乃至血统带来的雄强逼人、坚韧卓绝；"奴"者，被千百年缺氧缺钙的村社文化所窒息、软化造成的狭隘和荏弱。你从小说中可以看到这种精神多重组合所造成的悲壮和悲切，而不由得赞叹或哀叹。

此书也存在一些不足，最主要的一点，是作者"最后一个匈奴"的立意，在落实到艺术形象，特别是主要人物身上时，还不够深刻圆到，似乎有点"匈"

性不足而"奴"性有余。当然也可以像现在这样来设置主人公的性格命运，那就需要着力去表现他们身上的原始生命力和社会革命性与各种文化限制之间的激烈碰撞，而最终被窒息、软化的悲剧性的精神历程。现在这方面稍稍显得粗疏。

五

京夫的《八里情仇》是一部将人性人情放在一个动荡年代去熔冶锻炼的长篇，是一部反映了具有浓郁政治色彩的生活，却又力图以恒久的人性人情来超越和涵盖这段生活的长篇。这部长篇的新异之处在于，它着力反映的是特定时期社会斗争人生的、命运的原因，和这段生活在人情人性宇空中的弥散和回鸣。它的上部在写"文化大革命"时，依托的固然有宏观的政治坐标和宏观的历史坐标，但也许更有创新意味的是，它以人民大众的人情美和人性美作为主要的坐标来做审美判断，这样便能以避开反映这一历史阶段的许多难点，将其放到人类和历史的共同坐标上来审视，既写出了这一段生活的特异性，又具有了审美的普遍性和逻辑性。下部写的是新的历史时期的生活，并没有像许多作品那样去正面展开人物在这个时期新的实践活动，而仍然着力于表现命运埋下的种子和人性人情的分野如何散落在两代人的生活和情感世界中，激起种种悲欢哀乐。

《八里情仇》有着编织得很精致的离奇的命运故事，可读性强，人生感和命运感强。作者对于人生带有悲剧色彩的感受，很少直接议论出来，大都融进了人物命运的回纹形轨迹（这种轨迹甚至给人以宿命的感觉，像一个逃不掉的怪圈），穿插进几个主要人物在具体情境里对人生、命运的慨叹之中。几乎每位主要人物的命运都是悲剧性的。作者无力违背命运和性格的逻辑，恣意去改变他们的悲剧命运，却从中升腾起一种君临一切的圣洁的爱来。他用这种练达世事之后的深爱，在精神和历史的长河中褒扬、肯定了荷花、林生，平衡了他们的苦难;也在精神和历史的长河中宽宥了左青农。宽宥是更深的谴责,是更高的胜利。以柔炽之爱展示生命的力量,这是京夫创作一贯的长处。因此,当我们于满纸辛酸泪中被这圣洁的爱所震撼,你由不得有一种宗教感。苦难的荷花绽开了圣母的微笑,命运加于她的荆冠幻化为读者心中的光环。

《八里情仇》上部略显枝蔓。"文革"斗争一段,在情节和人物叙述的展开上,似可更为节制。总地看,结构匀称自如,在生活和感情的血肉之中,半若无骨,感觉不到作品内里结构的嶙峋支架。作者善于将对话、议论、背景的铺叙、故事的展开,很流畅自然地融进叙述语言之中,而很少有未被融尽的沉淀物。结构和叙事的功力可见一斑。

六

《女儿河》一书让你看到了另一种文笔,另一种风情,另一种人生。

一个被遗忘而终未被遗忘的地方,一群被遗忘而不甘被遗忘的山民——在秦岭深处这个宁静的山乡,人声鼎沸的 80 年代中国和脚步杂沓的 80 年代文学,几乎无暇顾及它。天际的惊雷这里只能听到隐约的回音,时代的裂变却总是飘来各种各样的散落物。生活依稀出现了新的机遇,刚刚步入人生起跑线的几个女孩子感到了它的诱惑,拼力要抓住它。然而山乡的遥远、落后,女性在人生路上的诸多风险,使她们遭遇到常人遇不到的坎坷和折磨,也就熔铸出常人所没有的改变命运的执着。小说以山区的落后强化了变革的艰巨,又以时代终于不忘记落后的山区,来显示变革的深刻。于是我们看到了 80 年代中国生活的另一番风景。

四个少女的命运是小说的主线。几个重大的生活事件把她们和社会联结起来。在人物不断地追求和失落中,作者渐次织出一幅幅山村、猎乡、林场、小镇、城市的生活画面,以及生活于其中的一个个身份、性格、情操不同的人物。这些人物与生活画面又总和四个少女有着内在的关联。它的结构,教我们想起一张撒开而又缓缓收拢的网。秦岭山区的秀丽风光氤氲全书，充满生机、充满艰险的大自然和同样充满生机、充满艰辛的人生浑然一体，构成一种耐人寻味的对应。

四个少女的性格，在天然纯真的底色上，发生着各具特色的变化。在人生沉浮和婚爱变故中，张利由沉实初显成熟，葡萄由张扬而至幻灭，翠芹由懦弱渐趋坚强，彩娥因乖巧而获得实惠，反差相当鲜明。也许有人会挑剔性格的单面，无奈它是青春的真实。作者注意表现了青春的纯一和社会的复杂所构成的引人深思的对应。

不可忽视的是黑熊这个形象的设置。他忠厚、勤劳、执着，活得正气，爱得深挚，又能立足于土地去创业，终于在乡政府的支持下，试种黄连成功，为家乡的致富，也为自己的人生，闯开了一条路子。这个形象虽然并不是作者要着力塑造的，但他代表的那条人生之路不动声色地贯穿全书，几个姑娘在兜了一段圈子之后也都先后回到女儿河畔，和黑熊走到了一起。小说以此给山区年轻人的人生追求，铺垫了一层浑厚的底色。

看来，作者崇高的是土地和劳作基础上的变革和宽容前提下的褒贬。在小说的特定环境中，这是大体正确的。需要注意的是，要避免过分倾斜于人格评价、过多从人格角度把握当代农村生活的偏向，而忽视历史的（经济的）观照。千百年来建立在村社自然经济基础上的中国农村，尤其是落后的山区，不经历现代商品经济的根本改造，不在经济结构和人文心理上来一个更深刻的变革，是不行的。仅仅用土地观念和道德观念来扶正祛邪是难于治本的。当然不能要求作者这样去写，因为它已经超出了具体作品的题材范围。但它提示我们，在反映当代农村生活时，作家对历史运动把握得越宏阔越根本，具体素材的处理方法才可能更准确更深刻，道德的、人伦的评价，才可能在经过矛盾的辩证运动之后，最终统一到历史的、经济的评价中来。

七

除了上面评述到的长篇小说,眼光再放远一点,放到路遥的《平凡的世界》和贾平凹的《浮躁》出版之后的这两三年中,陕西作家先后出版了近四十部长篇小说,其中像《情恨》、《水葬》、《文化层》、《黄尘》三部曲、《爱河》、《国魂》等等都有一定的影响。其实,岂止是文学,在其他艺术部类,这几年陕西也出了一批具有全国影响的大型作品,其中像歌剧《张骞》、电视剧《半边楼》、电影《黄河谣》、《决战之后》、《站直咯,别趴下》等等,都是公认的第一流佳作。一个省,在不长的时间里,如此集中地推出了一批水平如此整齐的优秀艺术品,的确是陕军群体力量的一次集中的显示。它表明在全国格局中,陕西创作力量作为一个重要方面军存在的无可争议的事实,表明在全国格局中,这支日益壮大的陕军实力和活力。

不过我理解,所谓"陕军东征",也许主要并不体现为一种成果的东征,而体现为一种过程的东征。作为成果,陕军创作的实绩是全国创作实绩的一部分,是百花园里的一方天地,作品的生活内容和艺术追求主要和各自特定的社区生活和各自独有的艺术气质相联系,很难说对其他地区、其他作家能产生一种"东征"的关系。但作为过程,作为在艺术劳动动态过程中种种体现了动势、动律的东西,则恐怕会以它的启示性,对本地和全国的文艺创作产生深刻而久远的影响。

就此而言,我想以下几点值得重视:

第一,"陕军东征"展示了现实主义艺术固有的实力,更展示了现实主义在和新生活、新思潮的交融中,多向发展的新的潜力和活力。这几部作品总体上说,明显不能划入前几年流行的前锋小说,也似乎不能划入这几年很时兴的新写实小说,而是在现实主义精神的大范围内各展新姿的。

这种新姿,有的是对固有现实主义某方面潜力的发掘,更多的是受到现代生活和现代思潮的营养之后,熔铸新艺术成果的结晶。比如《白鹿原》《废都》以开放的、散发的球状思维代替了原有的线性思维,用广角镜头和散点透视来把握生活,使整个作品显示出一种宏阔的全景感和全息感。比如《废都》不再追求局部的哲理感和具体人物场景的典型性,而且通过对市井生活和文化人心态冷静平和的精雕细刻,总体上去涵会史之理、世之理、生命之理,同时又取得了艺术对生活的"高保真"效果。比如《白鹿原》和《最后一个匈奴》某些地方对传奇色彩和神秘感的追求,以及后者在从容的笔墨中透出的浪漫气质和思辨色彩。比如《女儿河》所具有的清秀的散文笔法和随机的散文结构。比如《热爱命运》那迥异于常人的对客观现实生活的感受能力和传达能力。等等,等等。

从这些探索和追求,既可以看出固有现实主义表现生活的潜力,如何在一种新的创作主客体关系中得到淋漓尽致的发挥,让你感觉到现实主义艺术在中国正趋于成熟;又可以看出,在新的生活、艺术、欣赏格局中,现实主义的高层次回归和多向度更新,有着何等宽阔的天地,现实主义和其他创作精神、创作方法的融会将使艺术创作出现多少千变万化的可能性。

陕军的这些艺术实践,应该说对现实主义的发展做出了贡献。

第二,从艺术与现实、作家与生活的关系看,这一批作品,程度不同地从过去近距离对既在生活进程的肯定中跳了出来,开始对既在生活拉开距离做历史反思。作品或多或少具有了思辨色彩,作家也或先或后具有了思考者品格。

作品对社会生活的观照,也大致从过去以政治文化和社会文化为主坐标,拓展为民族历史文化、伦理文化、人性文化以及生命奥秘的多坐标。

社会生活在艺术作品中呈现出从未有过的丰满和真切,它们几乎伸手即可能摸,却又是那么难于捉摸。

这些作品追溯各类历史事件和生活现象的根源,依然以社会的、政治的、文化的成因为主,却又渗进了民族的、社区的、血统的多种因素,使我们对历史生活动因有了更为丰富的感知。与此相反,这些作品在过去主要展示经验的、实践的人,展示社会的、时代的人的基础上,大幅度地拓展到从文化根性上来展示人,拓展到从真性血脉上来展示人。

第三,和上一代作家比,这些作品在处理历史和伦理的关系上,在处理灵与肉的关系上,更为辩证,也更为深刻。那种对贫困和愚昧伦理主义的、人道的认同较少看见了,我们看到的是对物质贫困的挑战和对精神愚昧的突围。原先着重描写政治革命改变人的命运(这是上一阶段的历史任务,也是当时生活的真实),也转而为着重展示人的精神突围、人的精神解放(这是更高层次的历史演进和人性欲求)。有人说《女儿河》实际上是写了四个山区少女物质和精神的突围过程,确有见地。其实其他几部作品也都在不同程度上展示了突破环境、突破自身的曲折历程。

第四,从陕西文学的内在结构看,多部作品的集群性展示,标志着一种新均衡的出现。从地域布局看,如果说,陕西反映建国以后和平时期生活的当代小说,"文革"前十七年主要集中在关中地区(像柳青的《创业史》和王汶石的《风雪之夜》,都是陕西文学的代表作,也构成当时陕西小说和全国小说的重要标高),那么,"文革"后的十五年,陕西当代小说的力作则是陕北、陕南题材(像路遥的《人生》《平凡的世界》,贾平凹的《浮躁》《商州》,堪称这一时期的代表作,构成了这一时期全省和全国小说创作的重要标高)。关中是陕西政治、经济、文化的中心地区,但"文革"后反映陕北、陕南社区生活较成熟的作品,却先于关中出现。从艺术质量和社会影响看,形成了南北夹击的形势,造成了新时期陕西小说创作的某种不均衡。这当然不是什么坏事,却诱发着浓浓的期待和淡淡的遗憾。《白鹿原》等长篇的联袂出现,使关中社区生活在新时期文学画廊中有了自己成熟的代表作。

从题材布局看,陕西当代小说创作一直比较偏重农村题材和军事题材,工业题材虽然有，如杜鹏程的《在和平的日子里》，总体上比较薄弱。全景式的城市文化、城市风情的大型作品几乎是缺门。《废都》在这方面有填补空白的意义。

现在我们终于可以说，在三秦大地南、北、中三个文化圈，在城市、乡村、工矿各个生活领域，陕西都有了成熟的作品和成熟的作家。

第五，"陕军"的实力和后劲，毫无疑问来源于陕西作家多年来锲而不舍地深入生活和埋头苦干。陕西小说作者，特别是这次"东征"的几员主将，几乎全是从某一条乡村小路、某一间农舍走出来，从生活的最底层走出来，得到了先进的思想文化、审美观念和艺术技巧的营养之后，再返身审视自己和自己的家乡，来从事创作的。这期间，他们都几度去基层长期挂职蹲点，或在社会信息的密集点上八方游弋。他们虽然由农裔而城籍，却永远离土不离乡。沉淀了亿万斯年的黄土地的分量，使他们有了分量。

在各种新潮万花筒般转将过来时，他们冷静地理解、汲取，而不去附庸风雅、哗众取宠。在许多人相聚于宾馆，旅游于胜地"玩文学"、"侃文学"、炒知名度时，陕西作家有那么点落落寡合。他们在乡间、矿区、密林或沙漠的深处，紧张地默默劳作。当文坛又有人热衷下海经商，他们则固守清贫，登山不懈。他们有的为此倒下，有的万分拮据，只是固执地不改初衷。

我们在这里称赞的不只是一种高水平高强度艺术劳动应有的、必然会有的从业精神，更是在精神市场的喧闹造成的迷乱中重新强调一个人所周知的老话题，"从生活到艺术"的话题，这是文学创作最重要的内在规律。陕军的实际成果又一次验证了这个规律的科学性。这方面，自信的陕军应该继续自信下去。

八

有人说，《白鹿原》《废都》等长篇小说的问世，或者再加上《平凡的世界》和《浮躁》，使新时期陕西文学有了和世界对话的基础。此话不无道理。所谓和世界对话，首先是作品可能产生的世界性影响，还有就是作品的生活、心理和哲理内容，能否给世界文化提供新的东西，并引起世界既在文化与其交流的兴趣，从而得到某种认同。

从这个意义上说，陕西文学在延安时期就已经开始和世界对话。那次对话，一方面是马克思主义和俄苏文化在革命根据地的传播，并和那里的社会实践、艺术实践相结合；一方面是国统区进步文艺工作者和广大投奔根据地的青年知识分子从上海、北京、广州等大城市，乃至海外，挟带进大量世界文化因子，对根据地的思想、文化、文艺产生程度不同的影响。同时，根据地革命的人民文艺，以其崭新的艺术形式和风格，给旧中国的社会生活吹进一股清新的风。赵树理、丁玲、欧阳山等反映根据地生活的小说，柯仲平、田间等的诗歌，冼星海的《黄河大合唱》和鲁艺的《白毛女》，先后产生了世界影响，让海外华侨和国际社会对中国解放区有了初步的了解，成为东方社会主义运动——中国新民主主义运动一批最早的艺术结晶。从总体上看，这次对话，主要以政治运动和社会改造坐标上人的觉醒为内容。在二战期间和战后的世界，在世界两大意识形态体系凝结为两大阵营的政治实体，在民族独立和民族解放运动蓬勃兴起的国际大环境下，这个内容不能不成为世界性话题。

我们现在面临的陕西文学和世界的对话，从上面的评述可以看出，内容已经有所变化，开始进入以民族文化、社会心理和人性本相为主要内容的层次。民族的、社区的问题，在更宽阔和更深刻的层次上，和人类的、人性的共同问题接轨——这本身就在相当程度上反映了当今世界精神潮流的走向。

也正是从和世界对话的意义上，我们应该看到问题的另一面，这便是"隔离机制"和"积淀机制"在"陕军东征"现象中不容忽视的作用。这次联袂产生的几部长篇,当然都涉及当前最新的生活现实,也融会了各种最新的写法,但总地看,它们都还不是正面去展开中国最新的生活图卷,比如向市场经济转变过程中的社会和人生,也不是以各种前锋的写作方法为主的。它们的成功,更多地得力于用一种已经成熟了的艺术方法去写一种已经成熟了的生活形态。生活现实和艺术方法本身的成熟,深深地沉淀到作品中,构成一种和谐、淳厚的成熟之美,富有个性成熟,常常不是开放交汇的产物,而是隔离发展的结果。一种生活方式,一种文化方式总是在相对开放的、动态的结构中诞生、更新,而最后在相对封闭、相对静态的结构中形成个性,走向成熟。从这个意义上来说,沉淀和隔离机制与开放、交汇机制都有利于事物发展。

上述作品,无论是写已废之都,写亘古之原,写山外之山的小村,写北方之北的黄土地,都主要是在向世人展示一种因隔离而形成的、因积淀而厚实的民族社区生活和民族社区文化(固然也展示了对这种文化重围的突破和新文化对这种文化外壳的冲撞,展示了这种冲撞和突破的艰难和漫长),从而得以较为完整地向世界展示现世代愈来愈难看到的极珍贵的传统文化和"昨日心态",极珍贵的社区切片和艺术个案。这是作品重要的成功之处和成功之因。

只是一体化的世界市场终究要催生一体化的世界文化,任何民族的、地域的、意识形态的隔离终究要被人类的相互理解和地球村更通畅的往来所替代。历史生活的这种大势,呼唤着更新的文化,更新的人,呼唤着他们以更新的手法更新的语言在作品中诞生。这样,我们便不能不苛刻一点说,陕西文学的步子在稳健中不是不可以迈得更大。在思想艺术各方面,特别在作家人文品格的形成上,开放的气度,变革的深度,吸纳的幅度,目前都还显得不足。达到成熟不能固守成熟。成熟一旦形成,便会成为一种定式,一种传统，背弃它要冒很大风险，甚至会因此而出现一段徘徊、困惑，经受一段稚嫩造成的损失，出现创作的下旋弧。但是，这难于避免的下旋弧，终归会演化为登上新境界的后坐力。自然，这一切，我们都是从总体走向来谈的。

在"陕军东征"被舆论炒热时，陕军自身的冷静显出了从未有过的重要，我想我有责任提到这一点。

1993年7月11日—20日

只说一个指头

新时期的陕西文学成就卓然,是九个指头或九点九个指头。也有不足,是一个指头或零点一个指头。综合成就和不足,当然是玉璧微瑕而瑕不掩瑜。这些无须多说,是讨论陕西文学跨世纪的前提。不谈九个指头,文学做新世之跃将缺乏起跑的基点和助力;不谈一个指头,又何以较正靶标,进行主攻?我格外想谈谈一个指头,干脆就谈一个指头。

"都市"缺位

所以给都市打上引号,是指现代都市,现代市场经济格局中的都市,观念意识、文化感觉情绪心态中的都市,扩而大之,还指"都市"这个词所含纳、象征的现代精神内涵。

陕西也有写都市生活的作品,大家习惯称之为都市题材。其实大多也只是从题材上对都市的介入,从文化内涵上看,有的作品常常是农业文明坐标上的都市,乡里人眼里的都市,和自然经济基础上的"清明上河图"少有质的差别。有的作者热衷于写都市中的古典或准古典生态心态,写自然经济在都市生活中的投影,写进了城的乡村人的暴发(包括精神暴发)和失落、断裂,写村社心态向都市心态转化中的情绪压抑和感情痛苦,或者在写农村生活时,浅尝辄止地表现乡村初期工业化、市镇化过程。

对于具有特定生活烙印和人生体验的具体作家或作家群来说,这都是无可厚非的,是优势。他们完全可以写出也已经写出了好作品,也完全可以继续在这个路子上深掘自己的生活、感情矿藏。但作为一个文学大省的创作景观,作为由各个方队组成的文学陕军,我们很少看到早就在生活中存在且愈来愈活跃的血统工人、血统市人、血统商人、血统文人和崛起在时代最前沿的城乡市场人的沉厚形象，不能不是一个重大的缺失。而"一切历史都是当代史"，对农村题材、历史题材很少以现代意识去反思、开采，进行现代审美转化，也不能不是一种遗憾。

正在成为、已经成为现时代生活主角的都市人——现代人，能否在世纪之交成为陕西文学的一个新的主角，正在成为现代精神生活主角的都市意识——现代意识，能否在世纪之交成为陕西相当一部分作家的主体意识，不能不是我们至为关切的问题。

还要补一句的是，陕西青年作家中近年来也有现代色彩很浓的，从长远看这绝对是好事。但目前也给人这样的印象，有的作品过多地关注了内在情绪和文体语言的现代感。这种艺术思想和形式的现代感想各位不会误读为我在提倡写隐士和侠客吧。

深圳市文联主席、作家张俊彪，从西北南下后，和我谈到，现代市场经济其实最迫切地需要英雄气质，也最能诱发、激励、培育强者人格。而处在市场经济前沿的读者也迫切地呼唤着、会心地认同着文学作品中的强者人格、英雄激情。他们需要在剧烈的人生拼搏中找到精神支柱和感情呼应。每个时代都有自己的英雄。英雄没有死去，英雄在时代的转换中不断涅槃。

告别旧有的英雄世界是对的，告别之后，对庸常人生做多方面的尝试、探索，也是需要的，但从此远离英雄，嘲弄英雄，谈"雄"色变，不仅会使惯有大气的陕西文学变得猥琐，也会使我们的文学和新时代的生活场拉开距离，和新时代的精神场、审美场拉开距离。

批 评 虚 位

说批评虚位，是说还有批评，只是形同虚设，在相当程度上变成了它的反面——表扬。用流行的说法，文艺批评也进入了一个"表扬和自我表扬的时代"。

作家一味自我表扬，或者小地域、小群体的作家一味相互表扬、相互哄抬，已属自信不足，境界不高。有时想来倒也情有可原——谁还没有点敝帚自珍？而批评家不分青红皂白对作品一味说好，却实在有违社会对这个职业的要求，有违精神劳动的崇高，有违文学创作的实际。我也被大家系列在评论家行列中，我做得并不好，现在来说这个现象，首先脸红的是自己。

批评之于文学和文学之于社会，那关系有点相似，这便是既要真实反映，又要深层反思。当创作家们都呼吁文学应当直面社会，直面人生，对社会、人生发挥历史的、文化的、心理的反思作用时，为什么却不喜欢批评对创作说真话，做严峻、犀锐的反思呢？作者们给我送书，说"请多提意见"，恐怕大部分指的是"多提表扬意见"，很少有人（但也的确有人）真正希望"多提批评意见"的。

真正的批评家不是"托儿"，不是广告经销者，而是作家的朋友。也不是那种勾肩搭背的酒肉朋友，"今天天气哈哈哈"的朋友，当面抱拳背后使绊子的朋友，而是诤友。是亲兄弟明算账的朋友，是常常不讨你喜欢，却真正在为着你的朋友。我深感自己离这样的批评境界相距甚远，经常为自己种种庸人的多虑而汗颜。也多次有过"谢别评论"的想法——既然难以说真话、说深话，不如少说话，不说话。

批评的虚位和失语，从表层看，不是寂然无声，而是喧闹不已，以传媒炒作代替评论，以广告运作代替评论，以策划审评代替评论，或种种为了销量，为了出名，为了私情，为了同情，为了评奖的评论，让你如入闹市，只是难以听到负责任而有深度的批评之声。也难怪，真正的批评本来就不是以分贝取胜的。

从深层看，也不是寂然无声，而是言不及义，或义无新意和深意。老眼光常常对鲜活的创作动向熟视无睹。老感觉又会对新的创作走势毫无感觉。

从老思维、老理论体系出发，或者从生吞活剥的新思维、新理论出发，对有所感悟的生活和创作现象，又会无从表述或表述得不知所云，风马牛不相及。你风马牛，能怪别人风过耳？

从视野看，批评目光的狭窄也造成虚位失语。对已经渐成气候的新作家层，对早已蔚为大观的大众文学创作，对小说、散文之外的其他文学样式，对种种陌生的创作思路和成果，批评关注不够，研究更谈不上。视野开阔了，批评也就有了更多的存在。

作家最大的悲哀，在于对新的生活现象、生命现象、思维现象和心灵现象萎缩了审美转化的激情和能力。批评家最大的悲哀，则在于对新的社会现象、精神现象、创作现象萎缩了从悟性和智性、体验和理解的结合上，思辨把握的激情和能力。这些话虽然写在这里供读者阅读，其实主要是我的自况、自省、自励，供陕西文学创作和评论两翼的朋友们参考吧。

1993年3月，西安谷斋

呼唤第二个高度

——在陕北题材创作座谈会上的发言

这次，几十位搞创作和评论的同志，特别是我们省十几位在延安、陕北战斗过的、负有盛名的老作家、老艺术家，聚集在塞上古城榆林，探讨新时期陕北题材创作问题，这在建国以来是第一次。同时，《延安文学》决定公开发行，陕北有了自己面向社会的文学杂志，这在建国以来，恐怕也是第一次。座谈会，将在理论和舆论上，为陕北题材创作的繁荣开路。刊物，将给陕北题材创作提供园地。我们祝贺会议的召开和刊物的诞生，其实是怀着拳拳之心在祝贺陕北题材创作的再度兴盛。从20世纪40年代到80年代，时代和生活一直在呼唤陕北题材创作的第二个高度。今天，我们仿佛看到了这个高度正从丰厚的黄土地上突起。

在大家的启发下，我谈谈自己对陕北题材创作的一些零散的思考。

一

第一个问题，召开陕北题材创作座谈会出于哪些意思，或者说动机呢？

我揣摩，第一个意思，在全省和全国的文艺舆论面前，提出"陕北题材"这个课题。建国后，我们还从来没有把陕北题材的创作作为一个独立的文学现象来思考，来研讨。现在通过这个会，把大家的目光集中到一起，把各方面的意见汇聚到一起，以引起关注。

第二个意思，集合起一支队伍，并做初步的检阅。通过会议，把与陕北题材有关的创作、评论人才，邀请到榆林来，坐在一起，见见面，熟识一下，交流一下，知道在陕北题材创作方面，竟然还有这么一支不大不小的力量。

第三个意思，通过会议激发陕北题材创作的主体意识、振兴意识。要促使搞陕北题材创作的同志，逐渐树立创作中的"陕北意识"，或者促使他们心中那股潜在的"陕北意识"逐渐走向明朗，走向自觉：我是陕北人，我是写陕北这块土地的，我要关注陕北的文化品格，关注陕北的历史进程，不但将陕北作为一种生活现象，实践过程去认识、反映，并且将陕北作为一种精神现象，一种心理的、感情的历程去研究、感悟。陕北题材创作之所以能够振兴，能够奔向第二个高度，正在于对陕北生活内在品格的这种再认识，正在于这种再认识自觉性的增强。

第四个意思，就是对陕北题材创作的过去进行高屋建瓴的述评、归纳，对陕北题材创作今天面临的课题进行探讨，对它的未来做一点儿预测。

第五个意思，还可以谈谈陕北革命历史题材的优势怎么发挥。这个问题现在谈得很少，也许不那么时髦。在全国，就江西和陕西两个老区来看，江西在革命历史题材的创作上有较大的进展。他们的省级刊物《星火》，改成以登载革命历史题材为主作品的杂志，这方面的理论探讨也多。但我们陕西作为一个老区，延安作为中国革命的圣地，新时期以来，或者说建国以来，革命历史题材的创作应该说是落在后边的。如果我们的延安，我们的陕北"闹红"，在文学中得不到史诗性的反映，大家将愧对历史，愧对创造这一段历史的陕北人民和领导他们的中国共产党。

最后还有一个意思，就是想通过这次座谈会，强调一下新时期作家与人民的关系，陕北作家与陕北群众的关系；作品与土地的关系，陕北题材作品与陕北这块土地的关系。这是我们谈论一切创作问题的根本。

总之，我觉得，我们不是想又来搞一个什么新的口号，新的流派。现在许多地方在搞地域文学，我们当然也可以搞。但我以为，地域文学在中国当代文学史上经历了两个截然不同的阶段，一个是 40 年代到 50 年代，因为那个时候整个文艺界群众化、大众化的问题还没有得到深刻的解决，特别是还没有在思想和艺术的完美结合上得到较好的解决，所以那时提倡地方化、大众化，如赵树理、周立波，主要是进一步解决作家艺术家和本地区、本民族的关系问题，从思想和艺术交融的更成熟的层次上解决大众化问题。这个问题，现在不能说已经解决得很好了，但它或多或少有了新的内容，因为时代的进展使作者、读者和生活本身都有了很大的变化。故而在80年代搞地域文学，和以前稍有不同，它的着眼点，主要是发挥地域优势，使自己这个地区的文学创作撞进全省全国的格局。甚至像有同志说的，走向当代，走向世界，在其中占有自己的位置。这是80年代谈地域文学和四五十年代说地域文学的一个很重要的区别。

二

第二个问题，谈一下陕北题材创作的历史地位和当前态势。

陕北题材创作的历史地位，实际上也就是延安时期文学的历史地位。这个问题，文学史已经反复谈到。我想主要从文学发展进程的角度，谈几点个人的认识。

第一点，延安时期的文学使中国革命文学第一次成为一条战线，就是毛泽东同志说的，党有了文、武两个战线。在这之前，中国革命文学从来没有形成一个明确的战线，在党领导的革命运动中处于如此重要的位置。延安时期文学传播了根据地各种各样的生活面貌，储存了那一个特定历史时期的各种文化信息，使得这些信息永远在我们民族的精神史上保留下来。革命文学的战斗价值和历史价值，在延安时期提到了新的高度。

第二点，文学与人民群众，特别是与底层劳动者的关系，在延安时期产生了质的变化。创作主体，和劳动人民在思想感情上大幅度地靠近、结合；形象主体，劳动人民大幅度地替代了社会其他层次的人物和生活；欣赏主体，突破知识阶层大幅度地走向劳动阶层之中。这一切，使文学在相当完全的意义上成为劳动人民的文学，这是中国文学史一个带根本性的转折。这个转折，在延安时期文学中，从题材、人物、构思及文体各个方面表现出来。

第三点，中国现代现实主义创作方法，在延安时期完成了由"多"到"一"的转化。创作思想和创作方法在中国，自五四以来，经过了由一到多，由多到一，又由一到多这样一个辩证发展的过程。五四以前当然是一个"一"的现象，基本上是中国传统的现实主义小说。到了五四以后，一分为多，西方的、日本的、俄国的，还有欧美、拉美，各方面的文化引进，使得现实主义在中国出现了多元发展的现象：鲁迅严峻的现实主义，郭沫若豪放的浪漫主义，郁达夫的心态小说，闻一多、戴望舒的唯美，李金发的颓废，各种各样的东西，相当活跃。开始，这种活跃还没有形成主调，后来经过左联、经过旗手鲁迅在思想艺术上的凝聚，又经过延安文艺座谈会、延安文学实践在政治路线和艺术思想上的凝聚，形成党的文艺方针，使得整个现实主义多元发展，在 40 年代进入了一个合一的过程，革命现实主义居于各种创作方法、创作思想毋庸置疑的领导地位。这种由多而一的过程一直延续到"文化大革命"前。这是延安时期文艺一个不可忽视的历史功绩，中国无产阶级文艺的革命现实主义，它的诞生、成熟，还有它的弊病，都在这个时期包含着。所谓弊病，我这里是指：这个从 40 年代到 70 年代的漫长过程，形成了一种心理定式，一种固有印象，即认为现实主义就是单一的，现实主义必须是带理想色彩的。

第四点，延安时期的文艺使陕北地区的许多文艺品种、文艺形式，走向了全国，成为全国人民熟悉的、欢迎的品种和形式。像信天游，影响了整个一代中国的诗歌。陕北各种各样的音乐歌舞，在中央和全国各地舞台上成为保留剧目。延安时代使陕北的文学艺术走向了全国，成为全国文艺格局中的重要一环，也使陕北的民间艺术对中国现代艺术产生了深刻的影响。这也是延安文艺的一个重要的历史功绩。

当前陕北题材创作态势如何呢？我以为，总地看，比之延安时期文艺的高度来，建国以来陕北题材的创作是有所减色的，是跟整个陕北原来在现代文学史上的地位不相称的。这主要是时代发展的原因，不能责怪陕北的文艺工作者。相反，倒是几乎所有有全国影响的作家艺术家在建国后都离开了陕北，一度给陕北的文艺园地造成空白，之后经过本土文艺工作者和文艺团体的辛勤耕耘，才出现了一片新绿。陕北题材创作现在又初步形成了一个作家群，产生了一批有一定质量的作品。依我看，光作家就有五六种类型。有土生土长的，像延安的杨明春、曹谷溪、师银笙、刘阳河、高建群，榆林的牧笛、韩海燕、刘仲平、张泊、苑湖、陈继春等很多同志。还有从陕北出去却执着地写陕北的一批，像路遥、张子良、贺抒玉、任士增、海波。还有由外地来这里扎根，所谓"陕北的养子"这一批，如梅绍静、陈泽顺；赵熙虽然没有在陕北落户，他的心和他的笔，却一直眷恋着这块土地。还有在这里生活过一段，人走了，笔墨却羁留在宝塔山和无定河之间，如史铁生、叶延滨、田增翔、陶正等等。新时期陕北题材的各类文艺作品，在全省全国有不少夺魁的。电影有《人生》《黄土地》《默默的小理河》；小说有《人生》《我那遥远的清平湾》；歌舞，进京出国；民间艺术，进京出国；古文物就更不用说了。总地看，我们陕北题材的创作，有相当的成绩，有一定的地位。但是从全国的格局来看，陕北题材的创作还有差距，发言权还不大。我们必须承认这一点而且痛切地感到这一点。只有这样才能够背水一战，才能够振兴。对此，我有充分的信心。

我的信心建立在这样一个现实之上：近年来，陕北题材创作的主体意识，已经在许多作家的心中涌动着。各种各样关于陕北题材创作的讨论会正在召开。去年有秧歌讨论会，今年有黄河歌会，正在开的有黄土地诗会，还有我们这个陕北题材创作座谈会。陕北题材创作要崛起！陕北的作家自主意识要更自觉！——这样一个浪潮正在所有写陕北生活的同志们心中涌动着。这是陕北题材创作新潮来临的讯号。我们应该有这样的雄心：使陕北题材创作在新时期出现一个高峰。这个高峰不是在内容上或是形式上重复延安时期的高度,而是在全国创作的地位上,在对中国文学的影响上,达到延安时期那样的高度。这是第二个高度。我们呼唤第二个高度。

三

第三个问题,怎么看待延安精神和延安文艺传统,怎样继承、发扬它。

马克思曾经谈到,任何历史事件给人类提供的思想素材有三个层次:第一层次,历史事件本身含纳的规律性因素。如路易·波拿巴,一个小丑,怎样利用社会各种矛盾的缝隙,达到高位,这本身提供了哪些历史的经验和教训,提供了哪些可供我们总结、思考的问题。第二个层次,这个历史事件所包含的内部精神。第三个层次,这种内部精神在事件演进中间所表现的结构主义因素、方法论因素,它的思维形式、思想方法提供的思考意义。延安文艺座谈会,延安时期的文艺,它提出的具体观点和在历史进程中产生的具体意义,文学史已做了充分的估计。这方面,它留给了我们一笔丰富的精神遗产。但对于延安文艺座谈会和延安精神的实质,它的内部精神,则谈得不充分;它的方法论因素、思维图式的意义谈得更不充分。这三个层次,随着时间的推移,第一个层次的意义将会越来越淡,第二、第三个层次的意义则会越来越浓。换句话说,时间越久远,包含在历史事件中的内在精神和方法论因素给予我们的借鉴作用将越大,而历史事件的具体经验教训对我们的意义则渐弱。

所以,我们继承延安文艺传统,除了继承延安文艺给我们创造的基本创作思想这类规律性认识,例如文艺和人民群众的关系,作家艺术家深入生活,艺术生产要考虑社会效果,普及与提高、继承与创新的关系,等等,在今天还有其强大的生命力外,更主要的是要继承延安文艺精神的内核,这就是开拓精神和创新精神。毛泽东在《在延安文艺座谈会上的讲话》中提出的那些观点，在他之前任何人没有胆略提出来。就像我们现在一些人对待现代观念一样，当时很使遗老遗少们吃惊。延安文艺所反映的边区生活，是崭新的生活，是城市里、沦陷区所没有的生活。用崭新的观念去写崭新的生活，才能开创文艺新纪元——这就是延安时期文艺运动留给我们最有意义的思想财富。正是在这样一个层次上，延安精神和当代精神内在地衔接、交织在一起。

延安文艺传统在思想方法上，留给我们的财富又有哪些呢？当时延安文艺界的新气象，是哪样一种思想方法导致的呢？我以为，延安文艺传统，具体说，毛泽东文艺思想，从方法论的角度看，完全是一种开放体系，而不是封闭体系。毛泽东跳出了中国古典文学和二三十年代小资产阶级、资产阶级文学各种观念的闭锁，接受了外国的，尤其是苏联的东西，高尔基的，斯大林的东西，接受了现实生活的东西，劳动人民的东西，形成一种全新的思想体系。整个思想方法是一种开放的、打破闭锁的思想方法。我们今天要继承延安文艺传统，也就要继承这种思维方式，用开放体系去思考、表现生活，用人民的、当代的、世界的生活信息和思想信息来打破固有的心理定式，打破在我们内心积淀了二三十年的、不易改变的思维图式。

如果我们从这两个更深的层次上来理解和继承延安时期的文艺传统，就会感到这个传统和当代意识深刻的相通。青年作者就能在延安文艺传统中获得不断进取的思想启动力，老作家艺术家也就能在延安文艺传统中获得打破闭锁的思想启动力，从而在新时期的生活实践和艺术实践中合流。这将是一种深层次上的团结，真正的精神上的纽结，而不是一种统战式的团结。

我们说，要用新观念写新生活，对"要写新的生活"这个问题，谈得较多，也较充分。要写陕北的新时期，写农村与城市的改革、开放，写神府煤田的开发，写水土保持、造林治沙。这些东西的确是激动人心的。我在榆林蹲了一年点，很有感受。作为一个文艺工作者，如果面对着群众一代一代辛劳的生活和用这种辛劳所创造的现实无动于衷，或者用一种贵族式的眼光看待他们，指责或嘲弄他们愚昧、落后，那是问心有愧的。从当前文艺界一些同志的情况看，提出要走出新的象牙塔，也许不是无的放矢。仅仅在文化人的圈子里找灵感，找思想闪光，恐怕不行，还是应该投入新的生活。创作之源，总还是在生活之中。这个问题大家已经谈得很多，不再赘述。

我要说的是另外一个层次，就是所谓主体意识，就是还要同时强调用新观念去写。我非常同意胡采同志昨天谈的，生活只有通过作家内心炉火的冶炼，才能成为作品。我想接着他的话再说一句：作家内心炉火所用的燃料，要随着时代的变迁不断地更新换代，也就是作家的观念要不断更新，才能冶炼出好的作品来。如果现在用柴火棒棒来"大炼钢铁"，一是炼不出来，二是炼出来品位也不高。而我们时代的审美市场，对一般的"铸铁"需求量是越来越小了，时代需要高品位的钢铁品种，需要各种用新工艺冶炼出来的合金钢。观念不更新是不行的。

四

第四个问题，谈谈陕北文化环境的立体交叉和陕北精神品格的两极震荡。

陕北文化环境的立体交叉可以从纵横两方面去看。纵的方面，我们有两个传统，华夏文化传统和延安文化传统。这两个传统的交叉衔接，形成第一个层次。

从横的方面来看，陕北，又是中国东部与西部的结合部，黄河文化与草原文化的结合部。这个结合在榆林地区，在榆林县，体现得特别明显。如果画一张文化区划地图，两个区划不同色块的交接线就在无定河和长城一带。往西往北，一过县城、无定河，民情风俗就发生了几乎是突然的变化。北出榆林城，窑洞立即减少，再走二十里，民间建筑就换成了"柳笆庵子"——那是一种以柳条为材料的、介乎于汉族房舍与蒙古包之间的简易建筑。县城以南，妇女的头巾像刘巧珍那样在下巴底下扎个结；县城以北，她们的头巾就像牧民妇女那样，扎到了脑后。县城以南，群众招待的是小米稀饭、油糕糕馍；县城以北，端出来的则是熟米奶茶。

从生产方式上看，陕北又是土地文化和游牧文化的结合部。土地文化区，群众"守土为业"，精神内核是一个"守"字，固守家园，离开土地就不道德，也无法生存。游牧文化区，群众移畜就草，"游"构成游牧文化的主要特点。土地文化和游牧文化的价值观是不一样的。土地文化区姑娘找对象，要看对方"守"的能力，能盖窑，能种地，能在一方土地上世世代代扎下去，这个男人就有价值。游牧文化区则是看你"游"的能力，能在草原的游动中把羊群越吃越大，这是你的能力。可可怜怜地聚敛一点柴柴草草，搞你的小窑小洞，在游牧文化区是没有价值的。守的闭塞和游的豁达，在这里形成一种交叉。

从民族类别看，陕北是汉族聚居区，但受着蒙古族、回族文化相当的影响。这从民歌可以看出来。神木、府谷一带，"二人台"就带有很强的内蒙古味。三边那边的"爬山调"，无疑受到回族花儿的影响。

这种纵的和横的交叉文化，构成陕北的文化环境。这种文化环境里，既有政治环境，也有自然环境。但自然地图和政治地图都不能够直接对我们的创作起作用，只有它积淀为人文地图，积淀为一种心理品格、思维方式、价值观念，才能成为作品的描写对象。

和陕北文化环境的立体交叉相关联的，就是陕北人精神品格的两极震荡。在这次会上，青年同志和老同志对陕北人精神品格的认识侧重点不完全一样，几位青年同志谈到陕北的封闭沉滞，我也有同感；老同志谈到陕北人的朴实厚重，我更有切身体会。这并不矛盾，也不是折中。在我的印象中，陕北人的精神品格就是这样在两极之间震荡着。两极确是存在的，不能以一极否定另一极。因为它的环境是交叉的，所以反映这种环境的精神品格，表现为一种两极震荡现象。我举几个例子。

比如说，陕北人民具有传统的反抗精神，李自成的反抗精神，"闹红"

时的反抗精神。这种反抗精神其实就是不安于现状的精神,希望变革的精神,但陕北人又的确有少见的安分精神,以理自教、以理自制的精神,像高加林父亲那种精神。你不能说这两头哪一头是不真实的。这种精神形成了两极,而且两极互为因果,形成良性的或恶性的循环。生活的贫困,使得陕北人必须反抗,必须变革,但在没有找到中国共产党以前,这种变革最后总是纳入一种旧有的思维体系,皇权主义的体系。因而,旧时的变革在每次胜利之后,都变成一种新的心理模式,固锁着自身。这就走向了对立的极点。守旧和革新在这里互换着位置。但长期的压抑,又促使着内心力量的爆发,于是又走向各种各样的反抗、起义、变革。当然,这种反抗、起义、变革,也有可能会再度造成相反的结果,即又倒过去固锁着反抗精神。这就要求我们陕北人,也包括我们陕北作家在内,要一而再,再而三地用自身的奋斗精神去突破上一次奋斗所留下的精神上厚厚的灰烬。这是历史深刻的矛盾,也是创作深刻的主题。这种反抗精神和自守精神的两极震荡,是一种不断反复的精神涅槃,是陕北人活力的所在。我们的创作深入到这个层次,就有了沉甸甸的分量。

还有,沉重淳朴的历史感和求新求变的现实追求,也构成两极震荡。既淳朴,又沉重,构成陕北生活历史感的两个层次。沉重拖住了我们的步伐,淳朴又使我们在改变这种步伐时手软心慈。这就潜伏着两极分化的可能性。求新求变精神,如果仅仅遇到沉重的阻力,很可能反激出更大的革新力量,实现良性循环;如果所遇到的沉重的阻力,是和我们民族淳朴优秀的传统道德糅杂在一起的,我们求新求变精神就常常被钝化、软化,甚至被销蚀,这就是恶性循环了。

再如,华夏文化和延安文化这两个传统,使得陕北人有一种心理优势,一种优越感,觉得"我们古城如何如何""我们老区如何如何"。这种优越感不能说不好。每个地区都需要乡土凝聚力,这也是一种乡土凝聚力吧。但是,两个传统给予陕北人精神上的优越感,又和落后的经济状况给予陕北人精神上的自卑感形成强烈的反差。这对立两极的震荡，也有良性和恶性循环两种可能：一方面，心理上的优越感可能使得我们故步自封，减慢我们经济振兴和改革的步子。另一方面，一种传统精神之中如果有很优秀的东西，它在取舍吸收外来文化的时候，就有比较强的消化力。因此，陕北的步子不迈则已，一迈则比较实在，这又是它的优势。当然，落后、自卑的精神状态，反而会激发人的振兴精神，这都有利于良性循环。

再举一个例子，先进的东西，现代文明，在受到落后地区的文化限制之后，常常会发生或大或小的变量。这种文化变量是现代文明和落后地区文化限制两极震荡的产物。最近，从神府煤田到榆林，新修了一条国家二级公路，又宽又直又平，小轿车可以开到一百三十码。但是，正跑着，手扶拖拉机左拐右拧地挡住你的去路，羊群不断横穿而过，你只好等着。有时，一个孩子呼地从这边跑到那边，你只好急刹车。在偏远农村固有文化心理中，公路是碾麦子的地方，跳家家的地方，公路同时也是机耕土路和放羊小道。一种新事物出现以后，要求在新事物周围创造一个适合这一新事物发展的文化环境——要有习惯于生活在高速公路旁边的人，要有习惯于生活在高速公路旁边的羊，要有适合于高速公路上跑的车。如果不具备这样一个文化环境，高速车在高速公路上也只能跑四十码左右，变成了低速车、低速路。这是奇特的，也是一种荒诞，却可以构成陕北题材深刻的主题。

从文学创作来说，生活和心灵中矛盾的统一，两极的震荡，常常最具审美价值。这种矛盾，使得社会生活的变化和民族精神的再造，在陕北地区表现为一种既充满幸福又充满痛苦的分娩过程。有了高速公路，我们的司机既幸福又痛苦。他不得不违心地刹车、减速，以防止各种文化限制造成车祸的可能。新与旧角力的烈度，在这里胜于其他地方，也就使得文学在反映历史转折时期生活的时候，能够在这块土地上找到浓缩的生活形态和人物形象。

最后，我想简略地点一下陕北题材创作中我所想到的其他一些问题。

比如，如何反映革命老区这段长达四五十年的历史在当代人心理上的投影？传统是甩不掉的，因为它已经沉淀为文化心理遗传下来。这段历史到底在新时期生活中，在我们陕北的中一代、青一代、下一代的心上，怎样显影？赵熙同志《长城魂》中的几篇小说，触及了这个问题，有待我们进一步思考、实践。

如何表现大家谈到的陕北的雄性精神，塑造硬汉子形象？雄风壮美可以作为一种追求，是无疑的。但是雄风之雄、壮美之壮来自哪里？是来自文艺圈内那种孤傲的精神力量，还是来自陕北的山川大泽，来自陕北的人民群众，来自陕北的历史传统？如果把硬汉子精神仅仅看作文艺沙龙中贵族气的狂妄，我不敢苟同。因为文艺圈里有不少人实际还没有经历过什么大的生活变幻和社会风浪，他们身上潜在的脆弱还没有机会表现出来。真正经过历史磨炼和生活磨炼的是人民。真正陕北的雄性精神，是扎羊肚毛巾的、拿拦羊铲的陕北群众的内心精神。我们文学作品的雄风壮美应当去他们中间寻找，去苍莽的黄土高原、去日夜流淌的无定河中寻找。也只有深化扩展到这样一个层次和范围，硬汉子形象才能深化为社会主义新时期的新人形象。要不然，硬汉子形象永远褪不掉那种个人奋斗的色彩。

还有，写几个传统交叉的作品，亦即写古代、战争年代和当代三个历史时期精神相互影响、相互衔接、相互交融的作品，目前还很少。反映陕北精神的、地域的、民族的交叉特色，即杂色，这类作品也很少。在西部文艺里，有一些作品开始触及这个领域。我们的作者，特别是写沙漠草滩地区生活的作者，今后不妨一试。

陕北题材创作第二个高度的实现，归根到底要靠作家们去在生活实践和艺术实践中不息地攀登。理论的呼唤，只能促进而不能替代这种攀登，它是登山队热情的啦啦队。因而可以说，一切尚在开始之中。让我们从开始做起。

1986年9月30日，榆林，夕楼散斋

草色遥看近却无

——在"信天游"编辑部作品讨论会上的发言

最近,我读了榆林地区文学作者的一些作品,结识了榆林的一些文学作者。作品读得不细,很难谈深谈准,只能说是对榆林地区文学创作的一些感觉。

榆林是一块养育了中国革命文学的地方,这不是个处女地,它曾经丰收过。但它又是一个处女地,因为新水平、新品种的大作品还没有生产出来。它应该有更大的突破。

我感觉榆林当前文学创作是一种外冷内热的形势,正在酝酿着第二次的突破,寻找着第二个高度。外冷,表现在:

第一,榆林地区的文学作品从数量质量来说,有影响的,有特点的,还不是很多,大作品更少。

第二,也有一些好作品,由于时间和空间的限制,观念和信息的传递受到局限,整个来说,要慢半拍。

第三,评论少,宣传得不够,从全省的格局来看,听不到榆林文学界的声音。

内热,榆林文学界内部,热度正在升高,正在酝酿突破。

第一,文学界新的生态平衡,正在出现。建国以后,榆林的文学出现了严重的"水土流失"。在全国有影响的作家,基本上到北京,到西安,到全国各地去了。留给榆林的是荒芜。留下来的都是好汉子,是沙生植物。现在,这些沙生植物正在蔓延,连成片。"草色遥看近却无"。牧笛、胡广深等中年一代,张泊、刘仲平、延鸿飞、朱合作、崔建中、高晓定等,以及在座的各位，是年轻的一代。这一群作者，虽然人不多，但开始形成队伍，填补历史形成的空白。

第二，接触咱们这些同志，感到更可贵的是，那种强烈的苦恼比别的地方更迫切。这不是别的，正是突破的要求。青年作者的知识结构、理论素养都不错，能够思考很多问题。而所思考的这些问题，又和全国文学界在创新突破中所思考的问题不谋而合，表明了这种思考的深刻程度。

第三，榆林文学界在自属意识增强的基础上，开始有了一种聚合的要求。先是主体意识增强，要求在创作中意识到自我。接着就自觉不自觉地有了相互趋近的要求。希望交流，希望不是靠一个人的力量，而是靠一个群体的力量，给榆林文学事业做一些贡献。从这方面，我感到榆林的文学创作，有一种内在的热力。

在近几十年的陕北文学创作中，已有过两次冲击，将要出现第三次冲击。第一次冲击就是延安时期，全国各地的文学作者，汇集到陕北，使这里出现了革命文艺创作的高潮。第二次冲击，是"文化大革命"中间，北京、西安等地的知识青年出身的作家对陕北地区文学事业的冲击。他们给陕北的文学，带来一些新的团粒结构。这两次冲击有一个共同的特点，都是外来力量的冲击。现在出现的这一次冲击，是内在力量的冲击。经济振兴的到来，榆林人民在文化心理方面的觉醒，改革开放的思想，不但要求榆林的文艺事业有相应的发展，而且给文艺提供了最好的描写对象。这次冲击因为是从这块土地本身发出来的，将具有前所未有的活力和持久性，可能会造成文学高潮比较稳固的基础。我们搞创作的人，如果能够敏锐地意识到这次冲击的急切性和久远意义，而迅速地投入生活去当弄潮儿，就可以穿波切浪，冲到前面去。

下面我再谈一下读大家一些作品后的感想。我读的十几篇作品，基本上有这么三种情况：一种是能够比较生动地描写生活、结构情节，刻画人物，但提炼、挖掘不够，再现的成分很大；第二种情况是性格——事件类型，但是对人物性格特别是内心画面的刻画，更细致，而且流淌着一种感情的韵味。第三种情况还是事件——性格类型，但在事件和人物中糅进了比较多的作者的感受和印象，而这种感受和印象，又带有一定历史文化感。这三种情况都说明一点，我们的作者，虽然年轻，虽然在平常的谈话中，新观念也很多，但在具体的写作过程中，用的还都是比较严格的现实主义创作方法。我以为，在这种情况下，最好不要轻易地去动自己，而要尊重自己在写作中已经形成的基础，在这个基础上去发展、创新、变化。

还有一个特点，大家基本都是写自己熟悉的东西，因而从作品中可以看出，大家都有自己所独有的生活圈子，自己熟悉的领域。这一点很不容易。这是立足自己的生活积累打自己的牌的一个基础。不足的是这个圈子都显得狭窄。改变这种狭窄，不光是指范围上的扩大，而是要把自己熟悉的生活，放在更广阔的社会关系中去思考。我在1984年的一次会议曾提出，现在对我们的创作来说，典型性格的塑造是重要的，但更重要、目前还没有引起充分重视的，则是典型环境问题。写活一个人物，对我们这些有基础的作者并不困难，但是把这个人物熔铸到一定的社会关系、社会背景里去展开，却是困难的。有一个调查材料说明，柳青《创作史》中全部细节情节的百分之八十是完全的真人真事，他没有怎么改动，不怎么虚构。柳青的本领全在于将生活中实有的事件，置放、熔铸到一定的环境中去再现。一从整个社会环境的内部关系中去理解，往往同一件事情，会爆发出前所未有的光彩。柳青善于将人物和故事放到最恰当的地方，使之产生极强的辐射力。但是，如果我们的生活领域很小，特别是我们所熟悉的生活圈子离社会的大潮又很远，不容易找到它们中间的联系，作品就会显得单薄、轻飘。深度，常常表现在领域本身。

这就需要对生活与创作的关系，格外强调一下。作家的生活才能，是作家各种才能中十分重要的部分。作家的生活才能，首先表现在他能够保持对生活的不衰竭的热爱。有的作家，他的成名作，常常就成了他的代表作，他以后就再也突破不了第一部作品的高度。为什么？因为第一部作品，是他对生活的最新鲜的感悟。也就是说，他处于对生活最热爱的时候，以后如果他不能保持这种热爱，疲倦了，也就写不出好的作品。怎样使得生活的热爱不衰竭呢？除了对生活的态度外，还有些方法问题。比如：

用新的生活领域去刺激自己对接触生活的新鲜感。

不断地寻找新角度。比方说由性格、事件性的写法的角度，转一转，转成文化心理的角度，或者转成纪实的角度。这本身也会使你对生活有新的发现，而增加对生活的热爱和思索。

最重要的还是思考。思考刺激热爱。对生活的思考深一个层次，对生活的热爱就增加一分。思考可以刺激对于生活的重新认识，而对生活的重新认识是更新生活之爱的重要前提。

其次，我们在生活中要注意全面的积累。生活积累有三个方面，形象素材的积累，感情素材的积累和思想素材的积累。过去谈积累生活，主要是谈形象素材的积累。这是我们积累生活的很重要的一个方面。但是，思想素材和感情素材的积累，或多或少被忽视了。近年来，思想素材的积累也愈来愈被重视。捕捉生活中的哲理闪光，为许多作家，特别是青年一代作家所擅长。一直被轻视的是感情素材的积累。各种各样的人，在各种各样的场合和心境下的各种各样感情状态及其表现，应该是我们在生活中着重积累的一个方面。我们在感情描写中要克服含混、模糊，用形容词代替具体可感的场面，就要在生活中重视感情积累。

还有，就是在积累生活的时候，要尽可能地把第一自我（作者本人）和第二自我（人物形象）的辩证关系处理得更好。这两个自我要完全重叠不可能，但应该让它们尽可能靠近，或者说，既交融又间离。我们的作家，在深入生活中间，既要保持思考、理解所必需的距离，以便于评价生活，更要让第一自我和第二自我更贴切，更融洽。因而，与其说生活积累，不如说生活烙印。"烙印"比"积累"更能反映作者与其所描写的生活（人物）的交融关系。为什么童年总是容易写得好，因为那不是你人为的积累，而是你自然的烙印。包括我们选择生活，都要考虑这个，就是使我们选择的生活点，和我们的童年，和我们的家乡有相当程度上的衔接性，运用童年优势和家乡优势，我们深入生活将事半功倍。

最后谈一下设计自己的问题。如果一个文学作者不能够很好地设计自己，而长期处于盲目状态，那将是生命的耗费。根据自己的气质、知识领域、家庭条件、生活道路以及由此形成的题材优势，甚至包括身体条件，都是应该考虑的。在设计自己时，特别像在座的重点作者，要敢于在生活上和艺术上有大家气魄，给自己树立较高的目标。有了大气魄，大目标，才能甘于寂寞，埋头苦干。当你在社交场合消失的时候，当别人认为你沉默时，正是你紧张、充实、酝酿突破的时候。设计自己，要涵养自己综合性的文化素养。政治、经济、道德、心理，以及各方面的艺术涵养都不可缺少，而对青年作者来说，或许特别需要强调一下历史的素养。重温历史，就是重温过去的生活，对一个作家来说，是一种带综合性的涵养。我们的作品所以不深沉，原因很多，其中重要的一点，恐怕是缺少历史的共鸣箱，热蒸现卖。生活和历史，是最重要的涵养。

作为一个没有很细致地研究作品、研究榆林地区作者的普通读者，拉拉杂杂谈这些，姑妄言之，姑妄听之吧！谢谢！

1986 年 10 月，榆林

《讲话》的基本思想是常青的

——关于评价《讲话》的几个问题

近年来，为了完整、准确地理解毛泽东思想的科学体系，文艺工作者和理论工作者加强了对毛泽东文艺思想的学习和研究。由于冲破了个人崇拜和极左思潮的禁锢，这次学习和研究的空气比较活跃，提出了不少令人深思的问题。应该说，这对于科学地阐明毛泽东文艺思想是有好处的。下面谈的几点，侧重从学习研究方法上提出问题，算是自己的初步体会。

一

毛泽东文艺思想是整个毛泽东思想体系的一个组成部分。《在延安文艺座谈会上的讲话》（以下简称《讲话》）则是集中、全面、系统地论述毛泽东文艺思想基本观点的一篇重要文献。《讲话》的基本精神，毛泽东文艺思想的基本精神，和整个毛泽东思想体系的基本精神是一致的。它们都是马克思列宁主义和中国革命实践、中国革命文艺实践相结合的产物，都以辩证唯物主义和历史唯物主义为思想理论基础。

毛泽东文艺思想的核心，是文艺为人民大众服务。它由马克思主义理论和无产阶级文艺路线、方针、政策两大部分组成。因而，它不仅包括以《讲话》为代表的毛泽东同志关于文艺问题的论著、言论，还应包括毛泽东同志的诗词、散文和对作家、作品的评论、鉴赏中所蕴含的美学观点，还应包括在毛泽东思想指导下制订的、经过实践检验证明是正确的我们党的许多文艺路线、方针、政策。当然了，它不是某一个人在案头的"发明"，而是由毛泽东同志和他的战友们，在长期的革命斗争中，运用马克思主义普遍原理总结中国革命文艺实践的结果。

毛泽东文艺思想从文艺为人民大众服务这个核心问题入手，阐述了无产阶级革命文艺的性质、方向、道路、任务、功能等一系列根本问题；同时对文艺学的许多重大理论问题，如文艺的社会本质、文艺的特征、文艺的创作和评论、文艺的发展规律等，也有深刻的论述；对文艺学的内部规律，如生活美和艺术美、典型化、世界观和创作方法、内容与形式的辩证统一、创作过程等等，也做了科学的理论概括。有同志将毛泽东文艺思想的科学原则大致归纳为五方面：一，文艺必须为人民服务，为社会主义服务，同广大群众保持最紧密的联系；二，社会生活是文艺创作的唯一源泉；三，文艺工作者必须在改造客观世界的同时，改造自己的主观世界；四，古为今用，洋为中用，建立和发展为中国老百姓所喜闻乐见的中国作风和中国气派；五，百花齐放，百家争鸣，发展无产阶级文艺民主和文艺自由。我是比较同意的。

对于这些基本观点，毛泽东同志有的只提出了简单的结论或明确的要求，需要我们从文艺创作的实际出发予以阐述和展开，但大部分内容，都有非常具体的论述，并且采用了中国式的、富有群众性的提法，因而对文艺实践产生了直接的指导作用。其中有些提法，如"二为"、"双百"、源和流、古为今用、洋为中用、推陈出新等等，经过几十年的文艺实践，已经深入人心，渗透进我国现代文艺发展的进程，形成了中国文艺工作者特有的艺术语言。几十年来，我们在毛泽东文艺思想的指导下，成功地解决了许多文艺实践中的问题，并逐步形成了以毛泽东文艺思想为主干的我国社会主义文艺理论体系和一整套行之有效的文艺路线、方针、政策。无论从实践还是理论上看，毛泽东文艺思想都和我国革命文艺运动熔铸一体了。

同时，对毛泽东同志一些具体的文艺观点，我们又不能搞"句句是真理""够用一辈子"那一套，要坚持实践第一的标准，采取科学分析的态度。长期实践的经验证明，毛泽东同志有关文艺问题的某些个别言论，有的在提出的当时是正确的，但随着形势的发展和条件的变化，不适用了，需要用新的提法和新的观点来代替；有的在当时就是片面的，不确切的，需要运用科学方法加以补充、修正；也有被实践证明是错误的，那就必须放弃，如胡乔木同志谈到的，在毛泽东的晚年，"对当代的作家、艺术家以及一般知识分子缺少充分的理解和应有的信任，以至……错误地把他们看成是资产阶级的一部分"，"经常发动一种急风暴雨式的群众性批判"，就是一例。① 这些现在已经不适用的、不确切的、不正确的观点，在个人崇拜和极左思潮的影响下，也同样给我们的革命文艺带来了损失。

因而，阐明毛泽东同志的文艺思想、重新学习和研究《讲话》，无论从哪个方面来说，都不纯粹是一个理论问题，一个文学史问题，它不能不涉及40年代以来我国革命文艺的整个评价，涉及今后文艺发展的路子怎么走这样一些原则问题。这里需要的是唯物辩证法，切忌以笼统的褒贬代替科学的分析。

二

近年来，在十一届三中全会精神指导下，文艺取得了很大的成绩。这个成绩是怎么取得的？原因是多方面的，大家论述的角度也是多方面的。其中有一种看法，认为这些成绩的取得，是"突破"《讲话》的条条框框的结果。这种看法有一个思路，就是：50年代末期以来，逐渐膨胀的文艺界的极左思潮，是阻碍文艺发展的主要障碍；而文艺界极左思潮的"源头"，却要追溯到40年代的《讲话》。

这种看法怎么样？

很明显的一点是，这种看法实际上包含着两个错误的等号，一个是在《讲

---

① 胡乔木：《当前思想战线的若干问题》，1981年8月8日。

话》和"左"倾思想之间画等号,一个是在《讲话》正确的、应该坚持的根本原则和其中个别过时的、片面的论述之间画等号。这里出现一个令人深思的现象:"左"倾思潮、"凡是派"常常"以左为正",而资产阶级自由化思潮又常常"以正为左";一个将毛泽东文艺思想和"左"倾思潮混在一起来"照办",用肯定谬误的方法来否定真理,一个将毛泽东文艺思想和"左"倾思潮混在一起来"突破",用否定真理的方法来肯定谬误。他们从两个极端出发,通过相同的形而上学的错误思想逻辑,导致了相同的结果:歪曲、否定《讲话》根本思想的真理性。(当然这不只是思想逻辑问题)

这种看法是不符合实际的。比如说,近年来,我们文艺取得了一个重大成绩,就是恢复了与人民的血肉关系。文艺成为少数人(例如林彪、江青反革命集团)手中工具的黑暗时代结束了,文艺家重新有了为人民服务、做人民代言人的光荣权利;许多优秀作品郑重、真实地反映了近二十年间人民群众所走过的曲折行程以及他们对这种挫折的沉思,并且传达了人民群众要求变革的强烈愿望;我们的文艺家也不再被迫去搞唯心主义的瞒和骗的作品,重新有了在辩证唯物主义思想指导下进行创作的权利。文艺要为人民服务,文艺要真实地反映生活,革命作家要在先进的、科学的思想指导下进行创作,这些,正是毛泽东文艺思想的一些基本观点。可以说,近年来文艺取得成绩的重要原因,正是从"左"倾思想和"两个凡是"的死胡同里走出来,重新踏上了毛泽东思想阳关道的结果,是毛泽东文艺思想对"左"倾思想的一次伟大胜利。

相反,近年来文艺事业中出现的问题和不足之处,却常常和偏离毛泽东文艺思想的轨道有关。比如一方面,仍然有简单地说明主题、图解理念的公式化作品出现,在理论批评上,简单化的、庸俗社会学的观点也没有绝踪,这说明用毛泽东思想拨乱反正、正本清源的工作,还要继续进行;另一方面,文艺界的资产阶级自由化及商品化倾向,创作中出现的脱离生活胡编乱造的现象，少数同志宣扬的文艺要单纯地表现自我，等等，都和某些文艺工作者偏离了《讲话》为人民服务、和工农结合的基本精神，严重脱离群众有着直接的关系。

坚持《讲话》根本精神，坚持毛泽东文艺思想，文艺就能健康地发展繁荣；否则，任何方面的偏离，都会给新时期的文艺繁荣带来阻力。

三

也有这样的看法：《讲话》只是一位政治家从当时当地的情况出发，谈了一些党的文艺政策方面的问题。言下之意，是不好算文艺科学上有什么建树的。

这种看法又怎么样？

比较是认识事物的一个重要方法。将被认识的事物放在前后左右的、纵的和横的联系中去，它的性质、它的意义、它的各个侧面，常常能够得到比较清楚的展现。认识《讲话》，需要联系各个方面，联系当时的历史环境，联系五四以来我国文艺发展的历史和现状，联系毛泽东同志的其他著作特别是他的哲学思想，联系马列主义文艺思想的发展进程。这也就是列宁说过的："要真正地认识事物，就必须把握、研究它的一切方面、一切联系和'中介'。我们决不会完全地做到这一点，但是，全面性的要求可以使我们防止错误和防止僵化。"[①]

不错，《讲话》是从实际出发提出问题，并且用马列主义的观点方法解决实际问题的范例。在"结论"中，毛泽东同志明确地指出："我们讨论问题，应当从实际出发，不是从定义出发。"因而，藐视从实际出发，藐视用理论

[①] 中共中央马克思恩格斯列宁斯大林著作编译局编：《列宁选集·第四卷》，人民出版社1972年版，第453页。

来解决实际问题，而以经院式的从定义到定义的方法来要求它，只能南其辕而北其辙。但是，《讲话》所赖以立足的实际，又远不是狭隘的"当时当地"的实际。它指出这个实际，共有七点：一，"中国已经进行了五年的抗日战争"；二，"全世界的反法西斯战争"；三，"中国大地主大资产阶级在抗日战争中的动摇和对于人民的高压政策"；四，"'五四'以来的革命文艺运动——这个运动在二十三年中对于革命的伟大贡献以及它的许多缺点"；五，"八路军新四军的抗日民主根据地，在这些根据地里面大批文艺工作者和八路军新四军以及工人农民的结合"；六，"根据地的文艺工作者和国民党统治区的文艺工作者的环境和任务的区别"；七，"目前在延安和各抗日根据地的文艺工作中已经发生的争论问题"。这七点，实际上是四个方面，一是中国和世界的社会背景和历史环境，二是五四以来革命文艺运动所提供的现实基础，三是革命根据地（不仅是一个地区而且是一个崭新的时代）文艺运动所显示出来的新的历史时期文艺的性质、任务、特色，四是延安文艺界需要解决的问题。这样一个实际，具有时代的宽阔性、历史的纵深感。

毛泽东同志在《讲话》前，不但对延安和根据地的文艺运动做了各种调查研究，看出了建设新时期文艺要解决的主要问题，是属于人民大众内部的小资产阶级知识分子和工农兵之间的关系问题（这是一）。而且更深入地从历史的联系上来考虑这些事实，看出了延安文艺界的许多问题，是受历史上特别是五四以来遗留下来的消极因素的影响，而延安文艺界的成绩，又是以鲁迅为代表的左翼文艺传统中积极因素的发扬（这是二）。在理论准备上，毛泽东同志是在结合中国实际研究马列主义哲学，写出《矛盾论》《实践论》和其他整风文献的基础上，着手研究文艺问题的（这是三）。他对中国知识分子的长期革命实践做了考察，有独到的、深刻的研究，在《五四运动》《青年运动的方向》等著作中做出了科学的结论（这是四）。对于中国的文化问题，他在占有大量材料的基础上写出了《新民主主义论》，为了在文中确定鲁迅在中国革命文化中的地位，曾仔细阅读了《鲁迅全集》（这是五）。《讲话》完全不是什么即兴之作，而是毛泽东同志研究马克思主义，研究延安文艺现状，研究中国文化发展历史，研究中国知识分子的思想结晶。因而，它远不止解决当时当地文艺界的问题，而是解决了一个崭新的阶级、崭新的时代的文艺，性质、方向、任务、功能、方针以及文艺内部的一系列带根本性的普遍的问题，使马克思主义的文艺思想在中国土壤里扎下根，开了花，得到了丰富发展。

四

要求马克思主义经典作家写文艺学教科书，逐条逐项地解决艺术的技巧、语言等专业问题，否则就是"不系统""不科学"。遗憾的是，不是没有这种要求。这样要求，不但是皮相的、舍本逐末的，而且只能妨碍经典作家对文艺根本问题的解决，它不能扩大，只能缩小经典著作的意义。《讲话》的伟大之处正表现在，毛泽东同志能够不受表面的、次要的问题的影响，从复杂纷纭的文艺现象中，直取主要矛盾，并且从各个侧面去解决这个主要矛盾。无产阶级文艺是拥有最广泛群众基础的真正意义上的人民文艺，"它应为全民族中百分之九十以上的工农劳苦民众服务，并逐渐成为他们的文化"（《新民主主义论》）。因此，与人民群众的血肉联系是它的命脉所系。毛泽东同志正是紧紧抓住无产阶级文艺的这个本质特点，将为人民群众服务的问题，作为解决全部革命文艺问题的出发点和归宿点。《讲话》明确指出："我们的问题基本上是一个为群众的问题和一个如何为群众的问题。"从这个核心出发，毛泽东论述并解决了文艺与革命、文艺与生活、普及与提高、作家世界观的改造、文艺批评标准、歌颂与暴露等一系列问题，并且将这个思想一直贯穿到社会主义革命和社会主义建设时期的文艺著作和言论中。

历史上进步的、优秀的文艺作品，总是在不同程度上、以不同方式和人民保持着某种联系。但是，马克思主义诞生之前，由于历史和认识上的局限，不可能从创作和理论上根本解决这个问题。马克思主义为根本解决这个问题提供了理论依据。但在马克思、恩格斯的时代，真正的人民群众的文艺运动并没有兴起，他们不可能明确、深刻地阐述文艺为人民群众的问题。1905年，列宁第一次提出文艺必须为"千千万万劳动人民，为这些国家的精华、国家的力量、国家的未来服务"①的思想，十月革命之后，这个思想被阐述得更充分。他在与蔡特金的谈话中说："艺术是属于人民的。它必须在广大劳动群众的底层有其最浓厚的根基。它必须为这些群众所了解和爱好。它必须结合这些群众的感情、思想和意志，并提高它们。它必须在群众中间唤起艺术家，并使他们得到发展。"②但列宁没有来得及对这个问题的一切方面，特别是从实践的角度进行充分的阐述，并将这个思想变为党的一系列方针政策，成为组织文艺工作者实践的指南。

毛泽东同志对列宁的这个思想有了极大丰富和发展。表现在，一，他将为人民大众服务具体化了，落实了。他指出了工农兵是人民大众的主体，而城市小资产阶级劳动群众和知识分子是能够长期地和我们合作的革命同盟者。因为所谓为人民大众服务，主要是为上述四种人服务，而首先是为工农兵服务。这就给我们提示了一种思想方法：既要根据不同历史时期"人民大众"这个概念的具体内容来确定服务对象，又要首先为其主体服务。二，他指出了文艺家解决为什么人服务的根本途径是深入工农兵，在实际上而不是口头上解决立场问题，从思想感情上和人民群众打成一片，即通过与工农兵结合，达到为工农兵服务。三，他把文艺为人民服务和文艺为无产阶级革命斗争服务统一起来。在当时，文艺为革命斗争服务，"帮助人民同心同德地

---

① 内蒙古师范学院中文系编：《马克思 恩格斯 列宁 斯大林 毛泽东论文学艺术》，1971年，第18页。

② 《列宁论文学与艺术·二》，人民文学出版社1960年版，第912页。

和敌人作斗争"；在今天，文艺为社会主义服务，鼓舞人民同心同德地建设社会主义的物质文明和精神文明，实际上都是在为人民大众的整体利益和长远利益服务，是根本一致的。四，他从文艺为人民服务这个基点出发，将文艺创作和理论中许多模糊的问题说清楚了；或者说，他把文艺为人民服务这个基本思想贯穿到各个方面，从而构成了无产阶级文艺科学崭新的体系。《讲话》谈到了普及必须是人民的普及，提高必须是人民的提高的观点；革命文艺所反映的生活主要是群众的斗争生活，政治主要是群众的政治的观点；以人民利益为根本出发点的无产阶级文艺的革命功利主义的论述；在符合人民大众根本利益和欣赏趣味基础上的革命的政治内容和尽可能完美的艺术形式的统一的批评标准；以人民根本利益为准绳解决文艺的歌颂与暴露的关系的论述；主张无产阶级的人性，人民大众的人性，从群众的客观实践出发表现人情和爱的观点，等等。

由于从各个方面对文艺为人民大众的问题阐述得如此明确、丰富、具体可行，《讲话》发表之后，立即在实践中产生了极大的反响。革命根据地的文艺工作和人民大众相结合进入了一个新的阶段，资产阶级、小资产阶级各种文艺观点得到了较为彻底的克服，五四以来产生的由党所领导的文化生力军，终于冲破各种阻隔，将19世纪的活动中心由半殖民地的上海移到了革命根据地延安，使党所领导的文武两支军队、文武两条战线实现了高度的结合，克服了由于原来的分离所造成的许多弊病，真正走上了和新的斗争、新的时代、新的群众融为一体的康庄大道，五四新文化运动的一些缺点从根本上得到了克服。一大批与群众相结合的作家艺术家出现了，一大批描写工农兵生活的作品诞生了，崭新的、中国式的无产阶级革命文艺理论体系在《讲话》的基础上逐渐形成。中国的文艺运动历史真正翻开了新的一页。

理论和实践的发展，都有力地证明了《讲话》所具有的真理的光辉和科学的力量。

五

把《讲话》看作是文艺界极左路线的根源，常常基于这样一种较为普遍的看法，即认为《讲话》的主要倾向是反右的，所以建国后我们文艺界一直反右。

这个看法很值得讨论。把《讲话》放在当年延安文艺界，放在五四以来现代文艺运动史中，放在当时革命阵营内部的思想文化斗争背景上来看，可以发现，它是立足于批"左"，同时也反对右的倾向的。《讲话》是在延安文艺整风中清算王明"左"倾教条主义的重要文献，同时也是反对右倾机会主义和资产阶级文艺思想的经验总结，它是我们在文艺运动中批"左"反右、在两条战线作战取得胜利的光辉范例，是开展反倾向斗争的极好教材。

1942年的延安整风，是一次以清算王明"左"倾机会主义路线为主要内容的马克思主义教育运动，人们的思想冲破教条主义的束缚，得到空前解放，形成五四运动之后的第二次思想解放运动。延安文艺座谈会就是文艺界开展整风运动的动员和总结，《讲话》的基本倾向，和其他整风文件一样，也主要是立足于清算"左"倾教条主义的思想影响，同时批评其他各种不良倾向的。

从当时延安文艺界的情况看，主要思想倾向也是"左"倾教条主义和小资产阶级知识分子的激进情绪。而这种小资产阶级情绪又正处在由"左"向右转化的途中。那时，大批革命的或要求革命的知识分子和文艺工作者，从全国各大城市来到延安和各根据地。他们在工作中做出了许多成绩，但缺乏群众革命斗争的锻炼和考验，世界观多数还属于小资产阶级范畴。他们轻视工农，自视甚高，易走极端，过去又或多或少受过"左"倾路线的影响，不同程度地参加过"左"倾冒险活动和其他宣传活动，脑子里有不少教条主义、形而上学的东西。他们积极热情，但幻想不少。他们来延安，来解放区，是把延安想象成世界上最革命、最圣洁的地方。延安确是这样。但他们对根据地还有很多不足，革命斗争还有很多困难，缺乏思想准备，因而一旦发现现实生活中这样那样的问题，就幻想破灭，走向另一个极端，一味指责、挑剔，似乎"延安"和"西安"是一回事，于是"暴露文学"就出现了。因而在当时，一方面有"左"倾教条主义的文艺观点，如主张超越革命发展的实际，排斥城市小资产阶级及其知识分子，利用普洛文艺去武装无产阶级劳动群众，不是"为大众"，而是"教导大众"，甚至为了政治宣传可以不要文艺；另一方面，从这种唯我独"左"的思想情绪出发，又出现了否定一切、把一切看得很阴暗的右的倾向的作品和思想观点。可以说，这些错误观点和错误作品，是从"左"的方面产生出来，在它们正向右转化，还没有完全转化为右倾时，就被延安文艺整风阻止住了。在《讲话》的指引下，绝大部分同志走上了正确、健康的发展道路。

《讲话》的许多观点，都是从反对、防止两种倾向中来阐述的，充满了辩证法的精神。例如，《讲话》强调现阶段的中国文化还不是无产阶级的社会主义性质，而是"无产阶级领导的人民大众的反帝反封建的文化"，即新民主主义文化。因而，首先是为工农兵的，同时也把城市小资产阶级劳动群众和知识分子包括在服务对象中。这就既批判了要马上搞普洛文艺的"左"的倾向，又间接澄清了"国防文学"某些论者的右的模糊认识。

《讲话》认为文艺为人民服务的方向和艺术创作及其发展规律是一致的。毛泽东重视文学艺术的美学意义，强调文学的典型化原则，认为文学艺术的美来源于社会生活的美，却又比它更高。他主张对于中国和外国的丰富遗产和优良传统，要继承、借鉴，为我所用。毛泽东既批判了"宁要大众不要艺术"、强调政治忽略艺术的"左"的观点，又批评了强调艺术否定政治，主张"艺术至上"或"为艺术而艺术"的右的思想。

在世界观和创作方法的关系方面，有人沿袭苏联拉普派的用辩证唯物主义世界观代替创作方法的观点，有人又反对世界观对创作的指导作用，认为马列主义会破坏创作情绪。毛泽东同志则抵制了这"左"、右两种倾向，明确指出，革命文艺家要学习马克思主义，但"学习马克思主义，是要我们用辩证唯物论和历史唯物论的观点去观察世界，观察社会，观察文学艺术，并不是要我们在文学艺术作品中写哲学讲义。马克思主义只能包括而不能代替文艺创作中的现实主义，正如它只能包括而不能代替物理科学中的原子论、电子论一样"。这里既强调了"包括"，又指出了"不能代替"。

在人性问题上，当时也有两种倾向：一是陈伯达等人，认为人性就是阶级性、党性，抹杀了人性的存在；一是王实味等人，鼓吹抽象的人性，用资产阶级、小资产阶级的人性反对无产阶级或人民大众的人性。毛泽东同志针对这些错误观点指出，人性是存在的，却又不是抽象的存在，而存在于具体的人们身上，因而在阶级社会，人性是"带着阶级性的人性"。这个概括，既否定了人性即阶级性的说法，又否定了人性是超阶级的说法。他接着正面阐述自己的观点，"我们主张无产阶级的人性，人民大众的人性"，这就在批"左"反右中，对马克思主义的人性论有了具体的发展。

这样的例子，还可以举出很多。

同已往的文艺运动一样，这几年我们的文艺论争，也是在两条战线上发展的。既要继续批判"左"倾文艺路线和文艺思想，拨乱反正，解放思想，实行"双百"，又要反对确实存在的资产阶级自由化和其他不良倾向，坚持四项基本原则，坚持"二为"方向。《讲话》在这方面为我们提供的经验，很值得学习、研究。如果说，在"左"倾思想的影响下，相当长一段时间里，我们常常割裂《讲话》各个观点之间的内部联系，习惯于引用、摘录《讲话》中批右的词句，并加以片面地引申、夸大，现在再也不能这样做了。让《讲话》的辩证法的光彩焕发出来，照亮新时期文艺发展的道路吧。

六

前面谈到，《讲话》和毛泽东同志有关文艺的论述中，也有一些具体观点不确切、不正确或者现在不适用了。对于这些观点，我们也需要用辩证的方法做实事求是的分析。

比如，我们可以看到，在毛泽东同志关于文艺的论述中，在《讲话》中，正确的部分都是根本性的观点，构成了他的文艺思想的主体，诸如文艺为什么人的问题，从辩证唯物主义的反映论来阐述文艺与生活的关系，先进思想对革命文艺的指导作用，从矛盾的特殊性出发论证文艺的特征和发展规律，等等。正是这些论述决定了无产阶级社会主义文艺的本质属性。而《讲话》中某些不够确切的地方，则常常是从一种良好的革命动机出发，由于片面性和绝对化造成的。文艺从属于政治的提法，一定程度上就是注意了矛盾的普遍性而忽视了矛盾的特殊性的结果，这和他自己在《矛盾论》中的辩证观点并不一致。关于他对从国统区来的带有小资产阶级气息的进步知识分子和文艺工作者的偏见，又常常和他对当时延安思想文化界的阶级斗争形势估计过分严重有关，以致混淆了两类矛盾，混淆了政治性质和思想性质的问题，这和他当时就注意到要分清西安、延安，后来又明确提出的正确处理人民内部矛盾的思想也不一致。这些具体问题上的偏差，虽然反映出唯心主义形而上学对一位伟大的马克思主义者的影响，却并没有改变毛泽东文艺思想基本原则的真理性，也没有改变毛泽东同志辩证唯物主义和历史唯物主义的基本立场和观点。伟人不是神人，他生活在有着各种思想信息感染的社会，面对的是复杂纷纭的世界。我们在评价认识一个人、一种思想体系时，必须将整体和局部、本质和非本质区别开来。

还可以看到，毛泽东同志关于文艺的论述中某些不够确切的东西，它的表现形态和产生社会影响的过程是复杂的，原因也是很复杂的。《讲话》中有的问题是针对抗日战争后期的具体情况来谈的，今天虽然不适用了，但却为我们提供了珍贵的思想方法。《讲话》从当时中国革命的中心在农村，因而中国革命文化的中心也应在农村这一思想出发，明确指出，不但要在军事、政治、经济上，而且要在文化上把农村造成先进的阵地。现在虽然不存在革命中心的问题了，但加强广大农村的文化建设，以取得政治生活、经济生活和文化生活的平衡发展的思想，仍然是可贵的。有的问题确实谈得不够确切，但程度、性质本不严重，而是在具体运用和执行过程中，被"左"倾思想或唯心论、形而上学层层扩大，后来，又被林彪、江青、康生一类人别有用心的歪曲篡改，以致在文艺工作实际中造成了十分严重的后果。这些都要具体分析、区别对待，既不能简单地以效果的优劣来裁定动机，也不能笼统地用实践的成败来推断理论的正误，更不能用"错误"这个概念作为大前提，混淆各种矛盾性质和事物界限。

毛泽东同志在某些文艺观点上出现的偏差，既有内因也有外因。比如，他更多的是从政治家的角度来考虑文艺问题，注意文艺的特殊性容易不够，而党在长期的战争环境中，习惯于领导文艺为激烈的阶级斗争、民族斗争服务，习惯于用阶级斗争的方法对待意识形态方面的问题，等等。因而，这些偏差，和他对马克思主义文艺思想的建树一样，都是一种历史现象，是多种社会条件、历史条件和主观因素综合作用的结果，不是单用个人的作用能够完全解释清楚的。这方面，十一届六中全会《决议》在评价毛泽东思想和毛主席晚年的错误时，为我们提供了一个运用唯物辩证法的好榜样。

对毛泽东文艺思想，要学习，要运用，要坚持，要发展。不坚持，谈不上发展。连基本原理都搞不清，都否定，而侈谈什么"发展"，不是郑重的态度。所以我们在这里侧重谈了坚持《讲话》的基本原则问题。当前，还要继续正本清源，分清哪些是实践证明正确的普遍原理，哪些是阐述或执行中产生的偏差，特别要把"左"倾思潮对毛泽东文艺思想的曲解，和毛泽东文艺思想的本来面目区别开来。不发展也不能达到真正的坚持。现实生活在发展，文学艺术在发展，科学的文艺思想只有从生活和艺术实践中不断吸取营养来丰富自己，才可能常青。今天的现实条件和四十年前《讲话》发表时已经大不相同了，新时期的实践向我们提出了许多新的问题，根据马克思主义的立场、观点、方法来总结历史经验，研究新情况，丰富发展毛泽东文艺思想，是历史交给我们这一代人的重任。党中央根据十一届三中全会精神，改变文艺从属于政治的提法，调整文艺政策，提出"为人民服务，为社会主义服务"作为新时期文艺工作的总口号，已经为我们在新时期发展毛泽东文艺思想带了一个好头。

　　延河在大地上不息地奔腾着，延河的生命是永不枯竭的。四十年前，它摄录了在《讲话》照耀下革命文艺蓬勃发展的景象；今天，今后，它仍将作为见证人，摄录在毛泽东思想照耀下，社会主义文艺一浪高过一浪的历史镜头。

1982年4月写，5月改于延安宾馆

《讲话》的创造天地

一

1958年我第一次读《在延安文艺座谈会上的讲话》（以下简称《讲话》），当时最真切的感受便是它的创新开拓精神，便是它的察人之未察、言人所未言的勇气与气度，以及包蕴于其中的创造的激情、思考的穿透力和表述的鲜明与机智。每读一次，使我怦然心动的都是这种创新与开拓的精神。1984年，我第一次将这种感受发展为一篇理论文字。正是这种感受，激发了一个普通读者与那位伟大作者之间的共鸣和交流，点燃了藏于自己心中的创造激情，拓宽了自己的眼界，也诱使我进一步去探寻埋伏于《讲话》之中的开拓性思维结构和思维方法。多年来，关于《讲话》我发过不少言，写过不少文章，总是情不自禁地拧住谈这个题目。

每一项社会实践，每一种物质的、精神的产品，留给历史的都有好几个层次的内容。首先是实践的、物质的、理论的既在性内容。其次是含纳在某项社会实践或物质、精神成果中的结构性内容。再次是实践主体或创造主体固化在某项社会实践活动或物质、精神产品中的特有的情绪心理状态。

五四运动作为中国现代史上一次宏大的思想解放和革命实践运动，留给历史与后代的，不仅是它所提出的"德先生"和"赛先生"的思想内容，反对卖国的"廿一条"的政治内容，以及为中国共产党成立做准备的组织内容等既在性内容，也含纳着一种启开精神枷锁、融会中西文化的思维结构、思维方法和启蒙救亡、铁肩担道义的人生激情。爱迪生发明电灯，不仅包括照明等实用性的既在内容，同时也包含将电能与光能两种能量联结并促其转化这样一种创造性思维和探索激情。最早的电灯随着科技的发展将被新产品所替代，但含蕴在这一发明中的创造思维和创造激情则永远给人类以启示和激励。

我也是从这几个层次来理解《讲话》的。《讲话》留给历史的，既包含着毛泽东所提出的一系列具有中国色彩的马克思主义文艺思想观点和文艺方针政策这样的既在性内容，也包含着毛泽东在提出、阐述他的观点时表现出来的开放性思维结构和创造性思维方法，以及流贯其中的自由、开放的创造性情绪状态。这几个层次，都是《讲话》留给我们的精神财富，在半个多世纪中对我国文艺运动长久深远地起着作用。

在三个层次上，《讲话》的内在气质都是开放、开拓、创新的。

二

从既在性内容来看，在我国现代文艺思潮史上，《讲话》的历史首创精神和思想启蒙作用，我以为主要表现在两个方面。

第一，《讲话》从文学艺术的美学价值和社会使命入手，对历史实践主体与艺术创作主体的关系做了马克思主义的科学解答。

如果我们能够不拘泥于《讲话》中许多和特定时代背景相联系的字面的意义，而抓住它的精神实质，就可以鲜明地感到，毛泽东关于文艺要为抗日服务、无产阶级文艺是无产阶级整个革命事业的一部分等论断，实际上是提出了文艺的美学价值和社会使命辩证统一的科学命题。他指出为艺术的"艺术"，超阶级的艺术，和政治功利社会使命相抵牾的艺术，实际上是不存在的。文艺总是自觉地或不自觉地承担着一定的社会使命，文艺为先进阶级的社会使命服务，不但不会损害它的美学价值，倒是会大大提高它的美学价值。这种服务越是自觉、越是艺术，文艺的美学价值就越能得到充分的实现。

问题不止于此。毛泽东在《讲话》中以主要的篇幅论述了：所谓文艺的使命，最根本的是为以工农兵为主体的人民大众服务。抗日救亡，是那一时代全民族的人民大众的最高利益；无产阶级革命事业归根结底是人民大众自己解放自己、改变自己命运的事业。人民是历史实践的主体，人民的选择是历史的最终选择，也是艺术的最终选择。文艺的美学价值最终体现为文艺在何种程度上塑造了人民这一大写的人，在何种程度上反映了这一历史实践主体在历史进程中的业绩和主动性，以及他们在历史实践活动中表现出来的精神形象——性格、心理、感情、情绪等等。这既是作品社会价值的主要体现，也是作品艺术魅力的主要体现。

文学艺术家作为创作主体，既是历史实践主体人民大众的一部分，又是以艺术劳动的分工来为人民大众整个历史创造活动服务的特殊的一部分。他们不仅应该是人民群众历史活动的书记员，更是历史实践主体美学形象的创造者、精神世界的发现者和传播者。人民作为历史实践主体的形象，能否在心灵的和审美的进程中确立，有赖于作家艺术家的劳动。因而文艺要反映人民大众的生活和情绪，要以人民大众喜闻乐见的风格形式去反映他们的生活和情绪。文艺的社会功利和美学价值就是这样辩证地统一在为历史实践主体——人民大众的服务上。

《讲话》进而提出，作家艺术家要为人民大众服务，就有一个改变自己的立足点和思想感情的问题。艺术劳动既然需要创作者心灵和感情的大量投入，艺术创作主体和历史实践主体如果在思想感情和艺术趣味上不一致，要正确深刻地发现和传达他们的精神世界是很难的，要服务也是服务不好的。这样毛泽东提出了要改变文艺工作者对人民大众不熟不懂的状况，要深入生活和群众结合，学习他们，描写他们，同时教育和提高他们。

总体来看，《讲话》在论述它的人民主题时，实际上说了三层意思的三句话，即文艺来自人民生活，文艺要为人民服务，文艺家要和人民结合。并围绕这三层意思谈到了文艺科学各方面的问题。《讲话》总结了一条通过和人民结合达到为人民服务的文艺发展道路,以及相应的方针政策和实践方法。古往今来,能够将文艺的审美价值和社会使命、艺术创作主体和历史实践主体的关系讲得如此深刻而又浅显,如此富有科学性而又富有群众性,恐非《讲话》莫属。

第二,《讲话》从论述生活与艺术的关系入手,从理论与实践的结合上有力地促进了将新的现实美转化为新的艺术美的创造性过程。

历史唯物论者主张,生活是艺术的源泉,美客观地存在于人类的社会生活之中。毛泽东在《讲话》中反复强调了这一观点。问题不止于此,当历史发展到了无产阶级及其政党按照社会发展规律自觉地改造世界的时代,当人民大众已经由被压迫、被剥削者翻身做了主人,而且在陕甘宁以及其他革命根据地建立了自己的人民政权,开始有了自主的政治、经济、文化活动,社会生活的根本性变化必然产生新的美。如何将这种新的生活美(包括新的人物、新的精神面貌、新的社会实践和生活图画)转化为新的艺术美,是延安文艺工作者所面临的新课题,也是他们能以建立新的人民文艺为中国乃至世界文艺宝库做出新贡献的历史机遇。

《讲话》对文艺如何将新的生活美转化为新的艺术美提出了一系列科学的指导性意见。譬如那一段为人熟知的话——要求文艺工作者"长期地、无条件地、全心全意地到工农兵群众中去","分析一切人","一切生动的生活形式和斗争形式","然后才有可能进入创作过程"。欧阳山、柳青、李季等正是遵循这个意见,长期在农村、部队生活,和人民大众一道进行社会实践,体察他们当家做主的心态和感情,才写出了《高干大》《种谷记》《王贵与李香香》等一大批塑造已经成为生活主人的新的工农兵形象的作品,开了将新的生活美转化为新的艺术美的先河。

三

从结构性内容看，《讲话》在文化结构、思维结构和思想方法上，多方面表现出创新和开放特色。

譬如《讲话》在通篇的论述中体现出一种多维的文化结构和开放的思维结构。这不仅与毛泽东本人的文化构成和思维结构有关，也是延安文艺运动、延安文化人乃至我们党整个领导层文化构成和思维结构的一种聚光。

毛泽东有着深厚的中国文化功底，年轻时代又大量阅读了《天演论》《国富论》等西方哲学、经济学著作。他的老师、后来的岳父杨昌济既对宋明理学深有研究，又是康德和托马斯·格林的信徒，对他有着深刻的影响。毛泽东青年时代这种中西文化的交汇，在后来的革命生涯中升华为马克思主义和中国革命实践的结合——从文化的角度上，也可以说是中外进步的、革命的文化传统和中国革命现实斗争的结合。在《讲话》产生前后，毛泽东认真研究了中外哲学和美学著作，不但重读《鲁迅全集》，而且读了俄国民主主义批评家"别、车、杜"的论著。多维开放型知识结构常常给思维结构以重大影响。在《讲话》前毛泽东就指出，我们不能光演边区创作的节目，也要演国统区的、外国的节目。他首先提议演《雷雨》，不久，一些中外名剧相继在延安上演。

从延安当时的文化环境来看，也是多维开放和多维融会的。且不说"中国新文学运动是以西洋文学的输入而开始的"（周扬）这样一个五四以来就形成的大文化背景，就拿陕甘宁边区来说，文艺工作者相当一部分是从沦陷区、国统区聚汇而来，其中不少人在欧美和日本、东南亚学习或生活过，直接受过西方和东方文化的影响，他们构成边区传播、应用外国文化的人力因素，给边区挟带了各种文化的因子。文艺工作者从全国各地聚汇延安，既是革命信仰和人生追求的聚会，也是当时中国各种形态文化、各种地域文化的一种交流。反法西斯战争的世界性决定了中国抗战文艺的世界性。延安是中国抗战文艺的中心,中国抗战文艺是世界反法西斯文艺的重要组成部分,在思想观点、题材内容、艺术追求上有着血缘的联系。

这些主观和客观上的多维开放因素,在当时延安那种迥异于国统区文化专制的民主、自由、宽松的政治文化环境中得到了较为充分的发育和伸展。

这种开放的文化氛围和文化结构,是《讲话》唯物辩证法理论建构和思维方法的重要成因之一。毛泽东从中国社会和文艺的实际出发,紧紧抓住文艺与人民的关系这个主要矛盾,以此为立足点来解决其他问题。在论述各种问题时又总是在两种或多种要素的结合中来建构理论框架。比如既谈文艺所含纳的普遍的人民主题和现实主题,又谈文艺的特殊规律;对文艺的发展既谈普及又谈提高;对文化遗产既谈继承又谈批判;对外国文化既谈取精又谈去糟。

《讲话》不只一般地谈多种因素的结合,还具体分析各种因素交互作用的矛盾运动过程,也指出各种因素在结合过程中可能产生的不平衡状态。比如,强调现阶段中国文化不是封建的或殖民地的文化,也不是无产阶级的社会主义性质,而是"无产阶级领导的人民大众的反帝反封建的文化",即新民主主义文化。它首先是为工农兵的,同时也把城市小资产阶级劳动群众和知识分子包括在服务对象中,这就抵制了"左"的和右的倾向。《讲话》既批判了"宁要大众不要艺术",强调政治忽略艺术的"左"的观点,又批评了强调艺术否定政治,主张"艺术至上"或"为艺术而艺术"的右的思想。它认为文艺为人民服务的方向和艺术创作的规律是一致的,因而重视文学艺术的美学意义,强调文艺的典型化原则,主张对中国和外国丰富的遗产和优良传统,要继承、借鉴、为我所用。《讲话》明确指出,革命文艺家要学马克思主义,但"学习马克思主义,是要我们用辩证唯物论和历史唯物论的观点去观察世界,观察社会,观察文学艺术,并不是要我们在文学艺术作品中写哲学讲义。马克思主义只能包括而不能代替文艺创作中的现实主义,正如它只能包括而不能代替物理科学中的原子论、电子论一样"。这里既强调了"包括",又指出了"不能代替",既反对像苏联"拉普派"那样简单地用辩证唯物主义世界观代替文艺创作方法,又批评了不愿提世界观对创作的指导作用的观点。《讲话》反复强调革命文艺是人民生活在革命作家头脑中反映的产物,既重视作品的客观性("人民生活"),又重视作家的主体性("作家头脑")。也正是由此出发,毛泽东强调了作家深入生活(客体)和改造世界观(主体)的重要性,等等,等等。

四

从情绪性内容来看,《讲话》鲜明地流贯着一种思想启蒙者、思想解放者、思想开拓者自由、自主、自信的精神状态和情绪状态。

毛泽东是中国现代史上第一次思想解放运动的参与者,在这次思想解放运动中,冲决封建的思想牢笼,产生了李大钊、陈独秀、鲁迅等一大批思想先驱。作为他们年轻的战友,毛泽东是在那一代思想启蒙者和开拓者的精神氛围中成长起来的,而且在以后的革命实践中发育和成熟了自己的精神创造者的心态。延安时期是中国现代史上的第二次思想解放运动。在这次思想解放运动中,马克思主义与中国革命实践相结合的毛泽东思想(包括毛泽东的文化和文艺思想),从王明为代表的教条主义(包括文艺教条主义)的束缚下解放出来,确立了自己在中国革命运动和文化艺术发展进程中的历史地位。毛泽东在与《讲话》同一时期发表的《反对党八股》的大气磅礴的讲演,使我们能以将《讲话》的情绪性内容和当时以延安整风为标志的马克思主义思想解放运动的宏阔的精神气度交融为一体。

我们可以从《讲话》中鲜明地感受到:敢于面对新的现实,鲜明地提出新问题,创造性地解决新问题,开拓新的思考路子、理论路子和实践路子的马克思主义创造精神；善于抓住历史进程中出现的机遇，从宏观的格局和社会环境中，借助历史发展的推力解决某一路线某一方面问题的胸襟和智慧；喜欢在广泛深入的调查研究、平等真挚的讨论中，集思广益、博采众长，形成自己的思路；在形成和阐发自己的观点时，论者的思考主体能够进入一种自如、自信、自主的放松的最佳状态，使自己良好的创造素质得到健康的充分的发挥；创造性的内容、创造者的心态，总是和中国作风、中国气派的，具有论者鲜明个性色彩的，雅俗共赏、生动活泼的表述风格浑然一体地结合在一起；等等。

五

当我们谈到要坚持、发扬《讲话》的精神，开创社会主义文艺的新局面时，有两句大家常说的话，一句是"坚持是发展的基础，发展是坚持的保证"，另一句是"不坚持就不可能发展，不发展也不能坚持"。这当然是对的。也许需要补充的是："发展"其实本来就是"坚持"的题中之意。坚持《讲话》的基本精神，既包括坚持它的富于历史首创精神的既在性内容，也包括坚持它的多维开放性的结构性内容和自由创造、大胆开拓的情绪性内容。

坚持《讲话》，就要坚持创造、开拓。这也就是坚持发展。如果以坚持《讲话》的基本精神为理由，最后导致了对文艺创作这样那样的束缚，是不是从根本上违背了《讲话》的精神呢？

历史发展到今天，我们的文艺面临着全方位发展、创新的课题。从既在性内容看，《讲话》人民主题的三点要领（文艺反映人民生活、文艺为人民服务、文艺家与人民结合）所涉及的六个主题词——文艺、文艺家、人民、人民生活、服务、结合，都几经历史性的变化，含义有了极大丰富。人民的内容变了，人民生活（包括精神生活）的内容和形态变了，文艺的面貌变了，文艺家的思想艺术素养变了，文艺为人民服务的路子宽了，文艺家与人民结合的目的、任务、方法、手段也丰富多样了，其中包含着多少创新、拓展的天地。从结构性内容看，现代人知识构成的变化和现代科学特别是思维科学的发展，既印证了也极大地丰富了马列主义的认识论和辩证法，使我们思考文艺各类问题有了更好的条件。从情绪性内容看，十一届三中全会以后，第三次思想解放运动蓬勃兴起，反对唯书唯上，奉"实践为检验真理的标准"。邓小平同志提出了关于建设有中国特色社会主义的系统理论，社会各方面的改革开放、经济生活的深刻变化所引起的政治、文化和价值观念的变化，使我们的民族进入了一个历史上前所未有的解放思想、解放物质和精神生产力的新时期，这为我们继承发扬《讲话》的自由、自主、自信提供了最好的社会环境和历史机遇。

1983 年 5 月

论《讲话》的革命开拓精神

《在延安文艺座谈会上的讲话》（以下简称《讲话》）有一股不可阻遏的革命开拓精神。如果将它放在当时的社会背景和文艺发展格局中去读，这个感觉就更为强烈。我甚至感到，革命的开拓精神构成了《讲话》的内在气质。

在认识的领域里，习惯的看法有时会像雾那样隔断人们对生活和历史真相的了解。一些人出于偏见，更多的人是自己并没有去亲知，满足于接受某些流行思潮的影响。现在，在某些人心目中，《讲话》的形象是"保守"的，甚至有点"僵化"，似乎它只能说明过去，而无助于开拓未来。有的人虽然也承认这"过去"是革命的文艺传统，但若要他们把《讲话》精神和开拓80年代文艺的新途交汇一体，总觉难乎其难。如果要说《讲话》的内在气质不是别的，正是革命的开拓精神，正是思想和精神的大解放，恐怕许多同志，既有《讲话》的笃信者，也有《讲话》的质疑人，都会感到难以思议。

《讲话》是中国现代革命史上第二次思想解放运动开出的绚丽花朵。它以40年代初期席卷我国的民族解放运动和蓬勃兴起的思想解放热潮为沃土，天然地和变革、探索、开拓联系在一起，而和禁锢、沉滞不相容。从五四以后的文艺运动史来看，从当时革命阵营内部的思想文化斗争背景来看，《讲话》是从"左"和右的思想束缚中挣脱出来，从封建和资产阶级文艺思想的因袭重负下解放出来，开创革命文艺新局面的典范。革命性的解放，开拓，创新，振兴，是《讲话》屹立在中国文艺发展史画廊中的真正形象。

我们坚持《讲话》精神，一是要坚持那些经过实践检验是正确的基本原则，比如文艺必须为人民大众服务，生活是文学艺术唯一的源泉，革命的文艺是现实生活在革命的文学艺术家头脑中的反映，文艺工作者必须到生活中主义，正如它只能包括而不能代替物理科学中的原子论、电子论一样"。这里既强调了"包括"，又指出了"不能代替"。

在人性问题上，当时也有两种倾向，一是认为人性就是阶级性、党性，根本抹杀人性的存在；一是鼓吹抽象的人性，用资产阶级、小资产阶级的人性反对无产阶级或人民大众的人性。毛泽东同志针对这些错误观点指出，人性是存在的，却又不是抽象的存在，而存在于具体的人们身上。因而在阶级社会，人性是"带着阶级性的人性"。这个概括，既否定了人性阶级性的说法，又否定了人性是超阶级的说法。他接着正面阐述自己的观点："我们主张无产阶级的人性，人民大众的人性"。这就在批"左"反右中，对马克思主义的人性论有了具体的发展。

第二，《讲话》开辟了一条发展中国革命文艺的康庄大道。这便是在马克思主义指导下，深入现实生活，参加群众斗争，从思想感情和艺术情趣上与人民群众真正打成一片，创造出为中国老百姓喜闻乐见的文艺，这是一条通过和人民结合，达到为人民服务的道路。

五四以来，党领导的文化生力军取得了很大成绩，也存在着一些问题。比如毛泽东同志在《新民主主义论》中指出的，革命的文武两支军队虽然在总的方向上是一致的，但由于反动派把这两支军队从中隔断了，革命中心在农村根据地，革命文艺运动的中心却在上海这样的大城市。这使得国统区左翼文化运动不能得到党中央正确路线的及时指导，左翼文艺工作者不可能真正和革命根据地的人民群众相结合，也很少有条件离开大城市到更广阔的天地中去熟悉和表现人民群众的生活。加之左翼文艺工作者大都是知识分子出身，他们主观上虽有革命或进步的要求，但客观上在思想感情和艺术情趣上与劳动人民还有距离，改造主观世界的任务还很艰巨。因此，像鲁迅曾经慨叹的那样，不少左翼文艺家的笔墨只能囿于暴露旧社会的坏处。成功地表现新的生活、新的人物、新的精神世界的革命文艺作品十分鲜见，有些左翼作家在这方面热情地尝试，或多或少还存在着简单化、概念化的倾向。应该说，革命文艺大众化的道路还没有真正踏开。

毛泽东同志在《讲话》中发展了马克思主义经典作家关于文艺与人民关系的思想，总结了五四以来左翼文艺运动在这方面的经验教训，明确指出了文艺服务的对象在当时是以工农兵为主体的、包括城市小资产阶级劳动群众和知识分子在内的人民大众；指出了解决文艺为什么人服务的根本途径是深入群众斗争生活，从思想感情上和他们打成一片，学习他们，描写他们，同时教育和提高他们。并且围绕这个核心论述了文艺科学各方面的问题，如革命文艺所反映的生活主要是群众的斗争生活，政治主要是群众的政治；革命文艺的普及必须是人民的普及，提高必须是人民的提高；革命文艺的功利主义是以人民利益为根本出发点的；革命文艺的批评标准是在符合人民大众根本利益基础上的思想性和艺术性的统一；处理好文艺歌颂与暴露的关系，也必须以人民的利益为准绳；革命文艺要描写人民大众的人性，并从群众的客观实践出发来表现人情和爱；等等。这样，为人民服务的思想便贯穿到了文艺的各个领域，形成了完整的科学体系。更为主要的是，毛泽东同志运用这些思想制订了一系列党的文艺方针政策，使科学的理论变成一整套实践方针和办法，真正渗透到革命文艺运动中去。

由于从各个方面对文艺为人民大众服务的问题阐述得如此具体、明确、系统和可行，《讲话》发表以后，立即在实践中产生了极大的反响。根据地的文艺工作者和人民大众相结合进入了一个新的阶段，五四新文化运动的一些缺点从根本上得到了纠正，资产阶级、小资产阶级文艺观点得到了较为彻底的克服。党所领导的文化生力军，终于冲破各种阻隔，将自己的活动中心由半殖民地的上海移到了革命根据地的延安。我们党的文武两条战线结合起来，避免了由原来的分离所造成的许多弊端，真正走上了和新的斗争、新的时代、新的群众融为一体的康庄大道。一大批与群众相结合的作家、艺术家出现了，一大批描写工农兵生活的作品诞生了。中国革命的文艺运动从此在历史上揭开了新的一页。

第三，《讲话》为中国式的马克思主义文艺理论体系建造了宏伟的构架，是中国社会主义新文艺大厦的坚实基石。

在《讲话》开拓的新路上，毛泽东文艺思想在长期的实践中不断丰富、发展、完善，构成了整个毛泽东思想体系的一个重要组成部分，构成了自立于世界文艺科学之林的、独具特色的中国社会主义文艺理论。它从文艺为人民大众服务这个核心问题入手，阐述了无产阶级革命文艺的性质、方向、道路、任务、功能等一系列根本问题；对文艺学的许多重大理论问题，如文艺的社会本质、文艺的特征、文艺的创作和评论、文艺的发展规律等，都有深刻而独到的论述；对文艺学的内部规律，如生活美和艺术美、典型化、世界观和创作方法、内容与形式的辩证统一、创作过程等等，也做了科学的理论概括。

在论述上述问题时，毛泽东同志采用了中国式的、富有群众性的提法，因而能够流传开来，对具体的文艺实践产生了直接的指导作用。有些提法，如"二为"方向、"双百"方针、"两结合"创作方法、源和流、古为今用、洋为中用、推陈出新等等，经过几十年的文艺实践，已经深入人心，渗透进我国现代文艺发展的进程之中，形成了中国文艺工作者特有的语言。无论从实践还是从理论上看，毛泽东文艺思想都和我国革命文艺运动熔铸一体，而永葆其青春了。

自然，这些思想，有的毛泽东同志做了比较充分和系统的论述，有的则只提出了简明的观点和思路，是党的领导和思想文化界的同志们在长期的实践中运用集体智慧，使之得到丰富和发展的。其中邓小平同志的四个"并提"的思想，即关于将文学艺术作为精神文明的组成部分，并明确地将社会主义物质文明和精神文明这两个文明建设并提的思想；关于在提倡思想解放，提倡艺术创作不同形式和风格的自由发展，艺术理论不同观点和学派的自由讨论的同时，要把抵制和反对资产阶级自由化作为思想文化战线长期的任务，并明确地将建设社会主义精神文明和反对资产阶级精神污染并提的思想；关于文艺要通过新人形象激发广大群众的社会主义积极性，推动他们从事四化建设的历史性创造活动，并明确将描写新人和培养新人并提的思想；以及关于人民是文艺工作者的母亲，一切进步文艺工作者的艺术生命就在于他们同人民之间的血肉联系，并明确地将人民需要艺术，艺术更需要人民并提的思想，更是对马克思主义和毛泽东文艺思想创造性的发展。应该说，这一切都是从《讲话》起步的。

在这篇马克思主义文献中，看不到在前人脚印上的踟蹰，看不到对马克思主义现成结论一般化的复述和阐释，也看不到在开拓和创新中的柔断寡决和小打小闹。《讲话》和这一切无缘，这里扑面而来的是一股清新的风，是一派新的思想、新的思维、新的感情、新的辞章文采。它在创造新的理论体系时，在阐述对生活对艺术新的见解时，是舒展自如、勇往直前的，同时又是周到缜密的。在论述文艺和现实、作家和人民、动机与效果、普及与提高、马列主义和创作方法、写真实和典型化、借鉴与创造、继承与开拓等有关文学艺术内部和外部各方面的关系时，充满了辩证法。

《讲话》还从方法论上给我们开拓文艺新局面的实践以深刻的启示。譬如开拓、创新要在马克思主义科学世界观的指导下进行，而不能靠趋时逐浪心理和见异思迁情绪。《讲话》的开拓，说到底，就是用马克思主义世界观、方法论，在新的高度上对新的文艺实践做出新的总结。这样的开拓，才是科学的，有生命力的。

譬如，开拓、创新要从实际出发，提到理论的高度。在《讲话》的"结论"中，毛泽东同志明确地指出："我们讨论问题，应当从实际出发，不是从定义出发。"《讲话》赖以立足的实际，不是狭隘的"当时当地"的实际，它包括四个方面：一是中国和世界的社会背景和历史环境（"中国的已经进行了五年的抗日战争"，"全世界的反法西斯战争"，"中国大地主大资产阶级在抗日战争中的动摇和对于人民的高压政策"）；二是五四以来的革命文艺运动所提供的现实基础（"'五四'以来的革命文艺运动——这个运动在二十三年中对于革命的伟大贡献以及它的许多缺点"）；三是革命根据地文艺运动所显示出来的新的历史时期文艺的性质、任务、特色（"根据地的文艺工作者和国民党统治区的文艺工作者的环境和任务的区别"）；四是延安文艺界需要解决的问题（"目前在延安和各抗日根据地的文艺工作中已经发生的争论问题"）。从这样一个实际出发，便具有了时代的宽阔性和历史的纵深感。

毛泽东同志在《讲话》前，不但对延安和根据地的文艺运动做了各种调查研究，看出了建设新时期文艺要解决的主要问题，是属于人民大众内部的小资产阶级知识分子和工农兵之间的关系问题，而且更深入地从历史的联系上来考察这些事实，从而看出了延安文艺界的许多问题是受着历史上、特别是五四以来遗留下来的消极因素的影响，而延安文艺界的成绩又是以鲁迅为代表的左翼文艺传统中积极因素的发扬。在理论准备上，毛泽东同志是在结合中国实际研究马列主义哲学，写出《矛盾论》《实践论》和其他整风文献的基础上，着手研究文艺问题的。他对中国知识分子在长期革命实践中做了考察，在《五四运动》《青年运动的方向》等著作中做了科学的结论。对中国的文化问题，他在占有大量材料的基础上写出了《新民主主义论》，为了在这篇文献中确定鲁迅在中国革命文化中的地位，曾仔细阅读了《鲁迅全集》。《讲话》的开拓和创新，是在如此认真周密的调查研究的基础上进行的。

又譬如，创新与开拓要抓住主要矛盾不放，这也是《讲话》给予我们的启发。《讲话》的伟大之处正表现在，毛泽东同志能够不受表面的、次要的问题的影响，从复杂纷纭的文艺现象中，直取主要矛盾，并且从各个侧面去解决这个主要矛盾。无产阶级文艺是拥有最广泛群众基础的真正意义上的人民文艺，"它应为全民族中百分之九十以上的工农劳苦民众服务，并逐渐成为他们的文化"（《新民主主义论》）。因此，与人民群众的血肉联系是它的命脉所系。《讲话》正是紧紧抓住无产阶级文艺的这个本质特点，将为人民服务的问题，作为解决全部革命文艺问题的出发点和归宿点。《讲话》明确指出："我们的问题基本上是一个为群众的问题和一个如何为群众的问题。"从这个核心出发，毛泽东论述并解决了文艺与革命、文艺与生活、普及与提高、作家与世界观的改造、文艺批评标准、歌颂与暴露等一系列问题，并且将这个思想一直贯穿到社会主义革命和社会主义建设时期的文艺论著和言论中。

再譬如，《讲话》还启示我们，创新、开拓一定要处理好继承与革新、汲取外来文化和坚持民族精神的关系。应该看到，食古不化、固守传统固然阻碍创新，而民族虚无主义则会将创新引向歧路。祖国的民族文化传统，本来就是广纳百川聚汇而成的，它不仅融会了中华各族的文化精粹，也不断汲取了世界各国的精粹，但这种汲取，总是在本国民族意识和文化传统质的规定性的范围内进行的。一个国家民族文化的传统应该既是开放的体系，又是稳定的体系。开放既是为了延续，保持稳定性就不能不对开放有所制约。

当历史又来到一个新的转折时期，这一切都给我们以何等的启迪。

党的十一届三中全会之后，我们的国家，思想在解放，经济在改革，技术在更新，生产在发展。生活迈出了人们预想不到的大步，引起了人的自身状态的深刻变化，人与人、人与自然之间各种关系的深刻变化。这些变化，向文学艺术提出了一个一个新的课题。如果没有革命的开拓精神，是无法交出令人满意的答卷的。

只有坚持《讲话》的基本原则，社会主义文艺才能沿着"二为"方向健康发展，开拓创新才能符合历史发展的要求；同时，又只有发扬《讲话》的开拓精神，才能真正理解它的基本原则；也才有勇气，有魄力运用这些基本原则去解决新问题，并在指导新的实践中，不断丰富发展自己。从这个意义上说，坚持《讲话》的基本原则和发扬它的革命开拓精神，对我们是同样重要的。

1984 年写，1989 年底改，西安岚楼

人民的生活是常青的

——坚持和发展《讲话》关于深入生活的论述

一

强调社会生活是文艺创作的唯一源泉,是毛泽东文艺思想的一个基本原则。在新时期的文艺实践中,这个基本原则更加显得重要。

近几年来,文艺界有些人对深入生活、和群众相结合的马克思主义观点抱怀疑态度,不少作家艺术家对深入生活缺乏热情,有的热衷于躲在个人的生活圈子里,表现自我,探索人生哲理,或在这些哲理指导下,以自我为影子来塑造和无产阶级相去甚远的所谓"新人"。现在大家论及的创作中种种倾向问题,部分作家艺术家思想艺术上的种种混乱,从根本上来说,就是文艺脱离生活,脱离现实斗争,脱离广大人民群众的思想感情和审美趣味的表现。

脱离生活、脱离人民的倾向,使得一些同志接受马克思主义的底气不足了,接受生活和群众的优秀思想、民族和民间艺术的优秀传统的基肥不够了。生活又是作家艺术家思想和艺术的白细胞,生活的贫瘠常常导致思想的贫血,对于各种和人民的愿望、生活的发展相悖谬的思想、艺术主张,也就容易程度不同地丧失防御能力。西方现代主义思潮的种种主张所以风靡一时,原因虽然复杂,却无不可以从文艺和生活的关系上找到原因。"面向自我"对有些人来说,实际上是不愿深入生活和群众相结合的遁词,是逃避社会主义文学家对时代、对人民应负责任的借口,他们往往把"自我表现"作为一条登入艺术神殿的捷径,在文艺是人民的事业还是个人的事业这样的根本问题上表现出这样那样的动摇。主张以现代主义来改造或取代革命的现实主义和传统的民族艺术，并且把形式问题作为社会主义文艺创新的焦点，从实质上看，分歧也远不在艺术领域。民族形式、民族风格问题，当它不是在具体作品的具体处理上，而是作为一个整体受到非难的嘲笑，实际上便成了一个是不是坚持使中国文艺为中国各族人民服务（还是只为少数人服务）的问题，是一个对文艺和时代、文艺和群众根本关系的看法问题。

以上各种现象，呼唤着《在延安文艺座谈会上的讲话》（以下简称《讲话》），呼唤着我们重新学习毛泽东文艺思想。

二

文艺和生活的关系，是文艺的根本问题之一。但文艺应该真实地反映现实的主张，并不是马克思主义首先提出来的，在中国和外国，在古代，特别是近代现实主义的作家们早就在自觉不自觉地实践着了。但是，在马克思主义诞生以前，一方面，机械唯物论鉴定了意识对存在的反映，却离开人的社会实践形而上学地看待精神和物质的关系，将精神对物质的反映简单化；另一方面，唯心主义的美学思潮，虽然在阐明艺术的特征方面具有相当的深度，但将这些理论作为对文艺现象全面的、基本的阐述是不行的，因为它们无法揭示文艺起源和文艺发展的最根本的社会动因，特别是经济动因，颠倒了意识和存在的位置。

马克思主义的反映论，正是在这两个主要方面使唯物主义的艺术反映论有了质的飞跃。经典作家一方面明确指出："一切观念都来自经验，都是现实的反映——正确的或歪曲的反映。"① 另一方面又指出社会意识对社会存

---

① 中共中央马克思恩格斯列宁斯大林著作编译局编：《马克思恩格斯全集·第二十卷》，人民出版社 1971 年版，第 661 页。

在具有极大的能动性。恩格斯指出:"当一种历史因素一旦被其他的、归根到底是经济的原因造成的时候,它也影响周围的环境,甚至能够对产生它的原因发生反作用。"① 毛泽东同志革命性的发展是,他是将这个问题放在能动的反映论和革命的实践论的基础上来论述的。

第一,他明确指出了社会生活是"一切文学艺术的取之不尽、用之不竭的唯一的源泉",而且强调"这是唯一的源泉,因为只能有这样的源泉,此外不能有第二个源泉","一切种类的文学艺术"概莫能外。

第二,阐述了文艺反映生活能动性的具体内容。毛泽东指出,自然形态的、粗糙的社会生活,经过文艺家的创造性劳动,"把其中的矛盾和斗争典型化",使得"文艺作品中反映出来的生活却可以而且应该比普通的实际生活更高,更强烈,更有集中性,更典型,更理想,因此就更带普遍性"。还指出,文艺家能否通过这个典型化过程达到对生活的本质认识,不能忽视作家的主观能动作用,并且最终取决于作家的立场和世界观。

从这一点出发,毛泽东同志提出:革命文艺工作者为了更好地认识和改造客观世界,必须改造自己的主观世界——"改造自己的认识能力,改造主观世界同客观世界的关系"。这就科学地将改造世界观、改造人类认识能力这个马克思主义命题,引进了哲学认识论的领域,引进了现实主义领域,使得现实主义这种对社会生活做审美把握的认识方法,因为有了无产阶级的马克思主义世界观做基础,而发生了质的飞跃,从而和旧现实的机械唯物论、亦即被动的生活决定论有了根本的区别。

新的现实主义由于把马克思主义的辩证唯物主义和历史唯物主义作为自己的世界观和方法论,便有可能在表现现实生活的真实程度和深刻程度上,在解释历史进程、反映历史前进的总趋势,发掘符合历史发展方向的新生事

---

① 《马克思恩格斯列宁斯大林论研究历史》,人民出版社1975年版,第67—68页。

物上，在把握社会生活和人们内心生活的复杂性上，在批判继承人类文化的遗产和汲取与发扬新的艺术经验，广纳百川汇于一江方面，达到前所未有的高度。这是一种崭新的社会观和美学观的产物。

第三，他不但强调文艺要以革命的世界观为立足点，能动地反映现实生活，而且要求文艺发挥其能动地改造生活的作用，并将二者结合起来。不但表现在认识过程中，而且表现在实践过程中，表现在思想观点、意识形态一旦形成之后，又回到实践中去，施积极影响于现实生活。马克思主义的任务不但在于能动地认识世界，更在于能动地改造世界——毛泽东同志将这个精神贯穿在他的文艺思想之中。

他在《讲话》中提出，要使文艺很好地成为整个革命机器的一个组成部分，作为团结人民、教育人民、打击敌人、消灭敌人的有力武器，帮助人民同心同德地和敌人做斗争。这个论述虽然受着《讲话》发表时具体历史条件和战争的环境的局限，但它所包含的精神实质却是光彩焕发的，这便是彻底地体现马克思主义反映论的精神，强调文艺推动生活、反作用于生活的功能。

《讲话》发表两年后，毛泽东同志更明确、更富有文艺特点地谈到了这个问题。他在1944年4月2日的信中，解释列宁"艺术应该将群众的感情、思想、意志联合起来"这句话时，认为这不但是指创作时的"集中"起来，而且是指拿这些创作到群众中去，使群众的感情、思想、意志借文艺的传播"联合起来"，认为这才是列宁的主要思想，而这同时就是普及工作。他强调创作来自群众又回到群众中去，可以说是结合中国实际理解、应用和发挥列宁关于文艺问题的观点的范例。

第四，毛泽东同志是从无产阶级文艺要为人民大众服务这个立足点入手来论述文艺要反映生活这个问题的。在他看来，对无产阶级作家来说，只懂得文艺作品是社会生活的能动反映还是不够的，还应该懂得"革命的文艺，则是人民生活在革命作家头脑中的反映的产物"，因此，仅仅提出作家要熟悉生活是不够的，而且首先应该要求作家艺术家深入广大人民群众的斗争生活，投入时代生活的主流。这样，毛泽东同志就从文艺要反映生活这个旧的命题，提出了"深入生活，和群众相结合"这样一条改造旧文艺、建设新文艺的根本道路。

在《讲话》发表的当时，以鲁迅为英勇旗手的革命文艺运动虽然取得了很大的成绩，如《新民主主义论》指出的，"在'五四'以来的文化战线上，文学和艺术是一个重要的有成绩的部门"，革命文艺队伍已经成为我们党的文化生力军的一个重要组成部分。但是它也有缺点，其中有一条是，革命文艺运动虽然在总方向上和革命战争是一致的，但由于几次机会主义对全党的统治给左翼文化运动所造成的影响，由于左翼作家还大都是由生活在城市的知识分子所组成，造成了文化队伍和描写对象、服务对象的隔离。加之对五四运动消极因素的继承，不顾中国老百姓是否喜闻乐见，追求内容、形式和语言上不同程度的欧化，等等。可以说，为什么人的问题更多的是在政治理智上解决了，在思想感情上和艺术上并没有得到根本解决。要根本改造旧文艺，改造旧的文艺队伍，还没有一条明确的、已经在实践中卓有成效的道路。

《讲话》指出的深入火热的斗争生活，和广大人民群众相结合的道路，从文艺的源泉，从文艺工作者的思想艺术建设这些根本方面，保证了文艺为人民大众服务的方向得以在文艺的实践中贯彻到底。从那时起，我们党就千方百计从政策上、思想上、组织上、生活上推动和保证这条道路得以畅通，而且越走越宽阔，越多样。可以说，不仅在世界文艺史上，而且在无产阶级文艺史上，还没有一个国家、一个党，像我们这样始终坚定不移地强调和推动文艺同前进的历史运动，同最广大的人民群众建立如此密切的联系。

总之，毛泽东同志在《讲话》中，是把生活作为作家艺术家全面成长的基础和根本道路提出来的。他提的是作家艺术家要在和人民群众的结合中改变自己的立足点，并在思想感情上与描写对象融为一体，这就完全不是实用主义的，狭隘地获取创作素材，也不是只要求作家艺术家发生局部的、技术性的变化，而是要求他们从立场观点、思想感情到艺术趣味的全面的变化。《讲话》在新的广度和深度上阐述生活对文艺创作，对文学艺术家的作用，给社会主义文艺开辟了无限广阔的途径。

三

马列主义、毛泽东思想体系是发展的科学。对毛泽东文艺思想，要在新的历史时期学习它、运用它，既要坚持，又要发展。要坚持和发展，首先必须正本清源，分清哪些是属于经过实践证明正确的基本原理，哪些是属于阐述和执行中产生的偏差，哪些是因为历史条件的改变需要以历史的态度对待的问题。在这个基础上，认真总结新时期文艺实践的经验，在坚持基本原则的基础上，丰富、发展它。在文艺与生活、文艺与人民的关系问题上，我们的态度也应该是这样。

党的十一届三中全会以来，在文艺与生活、文艺与人民关系的问题上，我们做了大量正本清源和丰富发展的工作。可不可以大致归纳为这么几个方面：在文艺和生活、作家和群众的关系上，理解得更辩证、更深刻了；对深入生活的目的和任务理解得更全面了；深入生活的范围更广阔、更整体化了；深入生活的方法，更符合艺术创作的规律，也更多样化了；等等。

在文艺和生活、作家和群众的关系上，理解得更辩证了，不但坚持了后者受动于前者，同时坚持了前者能动于后者。

毛泽东同志对这个问题论述得本来是很辩证的，这点前面已经谈到。但是在多年"左"倾思潮的影响下，在文艺和生活的关系问题上出现了两个极端。一方面，把客观现实对作家、对文艺的决定作用强调到绝对化程度，很少谈，甚至根本不谈作家思想和艺术上的能动性，有时甚至掉入"生活决定论"的偏颇之中，这种绝对化的观点，往往使作家艺术家忽视自己思想艺术素质的提高，忽视自己马克思主义世界观和艺术观的培养和确立，满足于对"生活本钱"的朴素占有。在深入生活的过程中，又往往使作家艺术家忽视自己人类灵魂工程师的崇高职责，或是仅仅被动地去接受人民大众的教育，而忽视发挥马克思主义的创造性，忽视把自己获得的生活素材放到整个社会现实关系中去分析、认识、感受、发掘和把握社会生活发展的倾向，并通过艺术形象和作家的进步倾向熔铸一体；或是把自己和一般的革命干部混同，埋头干实际工作，忽视了对生活的审美把握。这些，对作家艺术家深入生活和创作都是不利的。这种生活决定一切的看法，看起来很"左"，其实极容易走向反面。比如，取消先进世界观对创作的指导，否定或轻视作品的倾向性，把"写真实"看成是革命现实主义的最高追求，"看到什么就写什么"等错误的观点，就常常因此乘虚而入。

另一方面，有时又把作家的主观能动性强调到不适当的程度，甚至完全抛弃从生活出发的原则，提出什么"从路线出发"的唯心主义的口号，在作品中，用极左路线任意打扮或歪曲生活。在十年浩劫中提出的所谓"领导出思想，群众出生活，作家出技巧"的"三结合"创作方法，实际上主张作家不用深入生活，靠别人提供的素材来进行创作。这样的创作，不过是错误的思想、虚假的生活和公式化技巧混合而成的怪胎，它完全否认了深入生活过程中的作者直接观察和体验的必要性。而没有对生活的观察、体验做基础，所谓"分析""研究"，也就舍弃了生活形象，成了理论的演绎和逻辑的推论，和形象思维风马牛不相及了。同时，因为从路线而不是从生活出发，重理智和思考而不重形象感情，也就容易忽视作家艺术家在思想感情上和人民群众打成一片。"四人帮"时期，和大多数文艺工作者遭迫害形成强烈对比，少数作家艺术家成为供养在高楼深院里的精神贵族，就是明证。

十一届三中全会以来，我们党不但扫清了"左"倾思潮和形而上学覆盖种新的手法"。①从这个意义上来说,书本上的技巧,仍然是流而不是源。艺术技巧的源泉,同样存在于生活之中。

生活本身就包含着形式美的因素。可以说,每一个生活事件的发展、变化过程中,都程度不同地包含着结构因素:开篇、发展、起伏、悬念、高潮、转折等等。也可以说,各种性格的人物,在生活中都是以最恰当的方式,最好的技巧在表现自己的思想感情和性格。每个人对于如何"塑造"好自己"这一个",无时无刻地、自觉不自觉地在探索着、创造着新的手法和技巧。至于生活给各种文艺创作提供的艺术语言方面的营养,更不用多说了。具体生活事件和具体人物身上所包含的技巧的因素,常常是不可重复的,时时更新的。

同时,内容决定形式。形式虽然受社会变迁的影响不像内容那么大,形式的继承性较大,但是,内容最终总在寻找着适合自己的技巧,就像童话中那个总在寻找自己影子的人一般。从这个意义上说,反映新时期的生活风貌和时代精神,塑造新时期的典型形象,是历史赋予我们这一代文学艺术家的任务。同样,创造能以表现新生活、新人物的新的艺术技巧和手法,不也是历史赋予我们这一代文学艺术家的任务么?这两方面,都是新时期文艺能为整个文学艺术宝库增添新财富的领域。这两方面,都只有深入社会主义新时期的生活,和新时代的群众相结合才能真正解决好。

以上各种情况表明,对于作家艺术家深入生活的目的和任务,现在不只从社会学的角度,而且从认识论和美学的角度来理解了。

五

深入生活的范围更广阔、更整体化了。深入生活,究竟应该深入到什么

---

① 《中外名作家谈写作》编写组:《中外名作家谈写作·上卷》,1980年,第50页。

样的生活中去，这是首先需要弄清、而以前并没有弄得很清楚的问题。

毛泽东同志在谈到这一点时，既把社会生活作为一个整体，又特别强调了它的主体。他在《讲话》中指出，中国的革命的文学家艺术家，"必须到群众中去，必须长期地无条件地全心全意地到工农兵群众中去，到火热的斗争中去，到唯一的最广大最丰富的源泉中去，观察、体验、研究、分析一切人，一切阶级，一切群众，一切生动的生活形式和斗争形式，一切文学和艺术的原始材料，然后才有可能进入创作过程"。这里，首先指出了必须到"工农兵群众"和"火热的斗争"中去，同时又指出了还必须熟悉五个"一切"。既突出了生活的主体，又考虑到生活的整体。

在这个问题上，也出现过两种偏向。在极左思潮影响下的相当长的时期内，常常把熟悉、了解工农兵生活作为深入生活的唯一内容。那时作家艺术家"到生活中去"，不过是下乡、下厂、蹲连队的同义语，似乎只有工农兵的生活才能成为创作的源泉。最近几年，也出现了一种苗头，在深入生活中虽然注意了整体，注意了五个"一切"（这是完全正确的），却不同程度地忽视了主体，忽视了对劳动者生活的熟悉、了解和研究。在了解、熟悉社会生活各方面时，有的同志流露出找冷门、赶时髦的倾向，像爱情、武打、侦破以及海外和沿海风光，这一两年就是闹市。也有的同志以对自己个人生活的不厌其烦的咀嚼代替深入群众的生活，更有的声称"每个人心里都有一个世界"。是的，每个人都有自己的人生阅历、生活财富，但是，作家是以社会生活为创作原料的，是以艺术形象帮助人们正确认识生活为职责的。他理应比一般人对生活了解得更多、更深。他不应当只是了解自己身边的事情，而应当了解自己所处的整个时代，掌握更广阔、更丰富的生活原料。何况我们所说的深入生活，是指深入人民群众的斗争生活。人民群众是创造历史的主体力量，深入群众生活，不仅汲取创作原料，而且要汲取精神力量，和他们在思想感情上打成一片。不然，写自我，写任何题材，都可能和人民群众的精神追求和审美情趣出现距离，甚至大相径庭。

毛泽东同志提出五个"一切"，我们强调要扩大深入生活的面，要注意生活的主体性，可以促进题材的多样化，有利于百花齐放。但主要意义却并不在这方面，而在于：唯有这样才能使作家艺术家对某一具体生活面的描写更准更深。社会生活是一个由密如蛛网的社会关系交织、纽结而成的整体。人和人之间，事和事之间，互相联系，互相作用。所有这些社会力量，经过吸引、排斥、相叠、抵消、加强、消融之后的总合成，就描绘出了历史运动的轨迹。所谓情节，所谓事件，所谓故事，实际上就是你的人物和别人及整个社会发生的各种接触、纠葛、矛盾。这种人和人、人和环境的关系，最终总能和社会的变迁、历史的运动挂钩。一位作家或艺术家，生活经历愈丰富，生活视野愈开阔，对毛主席指出的五个"一切"占有量愈大，对生活中各种事物之间错综复杂的内在联系和具体的人物、题材在社会运动整体中的地位、意义了解得也就可能愈深入准确。拿知识分子题材的创作来说，近年来有些作品存在的明显缺憾之一，就是忘记了从知识分子和人民的关系上来观察问题，常常孤立地去表现他们的自我，表现他们对个性解放的追求和才智的发挥，结果，往往走到个人奋斗的路子上去。只有在整个历史发展的高度，在和广大人民、广大工农兵的关系当中，知识分子的形象才可能得到正确的表现。这方面，高尔基的《克里·萨姆金的一生》，阿·托尔斯泰的《苦难的历程》给我们提供了很好的范例，《青春之歌》《牧马人》也做了有益的探索。这些作品告诉我们，以知识分子为主角或其他人物为主角的作品，也可以成为伟大杰出的作品。但一个作家如果只熟悉知识分子的生活而不熟悉广大人民、广大工农兵的生活，便不可能达到这样的成就，不可能表现出生活题材固有的复杂性和潜在的包容性。有时，由于对生活整体缺乏了解和认识，作者在细部描写上的真实和准确，在社会和历史的眼光下，常常可能变得不真、不准，至少显得单一、浅露。

对深入生活的范围与深度在认识和实践上的提高，促使我们在对生活态度上跳出狭隘的功利主义、实用主义的圈子，促使我们的生活创作步入一个更为深沉雄厚的境界。

六

深入生活的方法，更符合艺术创造的规律，也更多样化了。这是必然的。目的和范围的变化要求与其相适应的方法。

在深入生活的方法问题上，相当一个时期理解得比较简单。比如，抹杀文艺工作者和其他革命干部和理论工作者深入生活的特殊性。毛泽东同志提出的"长期地无条件地全心全意地"和工农群众相结合，主要是指态度而言的。在要不要深入生活，要不要和群众结合上，文艺工作者和所有的革命者一样，都应该是无条件的全心全意的。这是态度上的普遍性。毛泽东同志在《讲话》中，同时专门说到了文艺工作者深入生活的特殊性——"了解人熟悉人的工作却是第一位的工作"。但在具体理解和实践中，我们往往用态度上的普遍性掩盖了方法上的特殊性，往往"一刀切"，完全以一般革命干部的标准来要求作家艺术家，方法也较刻板、单调，参加工作组，到基层搞运动，长期兼职蹲点，等等，几乎成了唯一的方法。

文学艺术家需要了解点，也需要了解面，需要了解基层，也需要了解上层建筑、意识形态各部门的生活，了解的途径和方法应该是多种多样的，窗口应该是开向四面八方的。深入生活方法的优劣，也不能从形式上看。我们要提倡扎扎实实下基层，提倡去艰苦的地方，但不能因为只是采取了某些比较艰苦的方式，到了某个比较艰苦的地区，就算深入了。衡量文艺工作者某种生活方法的优劣和深度，主要看是否获得了能够表现我们时代新的思想感情和性格的素材，是否对生活有独到的社会学和美学的发现。这是很不容易做到的，需要各方面的条件。除了态度这一条外，还需要正确的世界观和方法论的指导，一定的理论素养，丰富的生活阅历，必要的社会历史知识，较强的艺术思维能力，以及和群众交流思想感情的能力，等等。因而，我们应该把深入生活的过程既当作一个改造世界观的过程，同时又当作一个创作的准备过程，真正按照艺术规律，按照生活和艺术的特殊关系，具体地去解决文学艺术工作者深入生活的问题。这方面，近年来在理论和实践中已经有了一些新的进展。

文学艺术主要是通过人，尤其是通过人的精神面貌去反映周围的客观世界。文艺工作者深入生活主要是了解、熟悉人，特别是以了解和熟悉人的精神面貌作为重点。这是文学艺术家和其他革命者或社会科学工作者深入生活的不同之处。能否在生活中发展那些包含着普遍意义的、具有典型特征的生活素材和精神素材，则是作家艺术家深入生活的深度的标志。一般的社会生活和精神状态，是普通人的眼睛也可以看到的。典型特征的发现，是艺术思维创造性劳动的成果。近几年，像谢惠敏、陈奂生、陆文婷、李铜钟、乔光朴、刘思佳、刘毛妹、梁三喜等塑造得比较成功的典型人物，那意义和科学上的发明是不相上下的。这是一切有出息的艺术家毕生追求不息的目标。

不同的作家艺术家，由于采用不同的艺术方法、不同的艺术体裁，具有不同的艺术风格，他们接近和了解生活的方式也会是不同的。运用现实主义创作方法的作家重在逼真地写出生活真实的图画，运用浪漫主义创作方法的作家则重在传神地写出生活的精神。他们深入生活的方式和了解生活的侧重点必然会有所不同。小说、戏剧、电影等以叙事为主的文艺样式，和诗、音乐、舞蹈等以抒情为主的文艺样式，美术之类的空间艺术和音乐之类的时间艺术，以及戏剧、电影之类的综合艺术，因为反映生活的手段不同，它们的作者深入生活的方法和侧重点也显然会同中有异。这里，方法是服从于作者反映生活的手段和视角，服从于内容的。

就是在采用同一艺术方式，在同一艺术部类、体裁范围内从事劳动的作家艺术家，甚至同一作家在不同时期为不同作品做创作上的准备时，深入生活的方式也是各有千秋的。拿陕西一批老、中、青作家来说，他们大都从事小说创作，大都动用革命现实主义的创作方法，可他们有的习惯于长期蹲在一个点，不仅工作，而且作为普通的社员那样生产，力争使自己完全对象化，如柳青；有的则在了解工、农、兵各方面生活的基础上，追踪自己战友的足迹，不断了解他们在新时期的生活和精神状态，如杜鹏程；还有的充分发挥自己出身于农村的优势，本来一直在家乡上学、劳动、工作，成为专业作家之后，仍然"离土不离乡"，以家为生活基地，将童年和一生的生活积累衔接起来，如陈忠实、邹志安；也有的以自己的家乡为轴心，充分地跑面，取得广阔的视野和多方面的生活印象，来验证、升华、丰富、充实自己在点上的感受积累，寻找点和面的内在联系，如路遥、京夫；对我省一些更年轻的业余小说作者来说，除了在本职岗位上观察、体验，和更广大的社会面接触的机会不多，通过组织他们到各地工厂、农村、部队短期参观访问，各种新的生活信息常常像闪电一样照亮他们的日常生活，使之呈现出崭新的面貌，获得了审美意义……承认深入生活方法上的多样性，并从理论到实践在这方面进行探索，不但为我们的文艺工作者深入生活开辟了广阔的天地和途径，更主要的是，唯有采用适合具体作品艺术创作特点的方式方法去积累生活素材，才可能扬长避短，真正进入生活的堂奥，取得美的矿藏。千篇一律地处理这个问题，只能事倍功半，甚至一无成就。

对待文艺与生活关系观点的不断发展，又一次证明了，根据生活的发展，不断地汲取群众新的审美要求和艺术实践的新经验来丰富自己、完善自己，正是马克思主义基本原理能够常青的原因，证明了对毛泽东文艺思想一要坚持，二要发展的必要性。社会主义的作家、艺术家和文艺理论工作者，应该有抱负通过自己的创作和研究，为坚持和发展马列主义毛泽东思想的文艺观点做出切实的、有益的贡献，这是对《讲话》的最好的纪念。

1985年2月，西安寄斋

邓小平理论体系中的文艺思想[1]

邓小平同志作为中国共产党的第二代领导核心,作为一位久经考验的、成熟的政治家,自党的十一届三中全会以来他关于文艺问题的一系列论断,是在论述建设有中国特色社会主义理论的同时发表的;他对发展社会主义文艺的种种认识和看法,都是从建设有中国特色社会主义的宏观格局出发提出来、并作为这一宏观格局的一个侧面来阐述的;邓小平文艺思想,是他提出的建设有中国特色社会主义理论体系的一个有机组成部分。

邓小平文艺思想所体现的为人民服务的根本出发点和发展艺术生产力的根本目的,在思想方法上的求是、务实、创新、开放和重视矛盾特殊性的特色,对马列主义文艺观、毛泽东文艺思想基本原理的坚持和发展,都正是邓小平同志建设有中国特色社会主义理论基本立场、观点、方法的反映,正是建设有中国特色社会主义理论的内在气度和风采。

因而,只有将邓小平文艺思想放在建设有中国特色社会主义理论的总体系中来认识,才能准确地把握它产生的时代背景、丰富的内涵、深刻的精神实质和深远的历史意义及美学意义。

建设有中国特色社会主义理论
是马克思主义发展的新阶段

建设有中国特色社会主义理论是马克思主义科学社会主义理论发展的一个新阶段,是社会主义运动历史经验的基本总结,是马克思主义基本原理与

---

[1] 本文系作者为《邓小平文艺思想研究》一书所写的一章。

中国实际相结合的科学成果,是毛泽东思想的继承和发展,是当代中国的马克思主义。

回顾近一百多年的世界历史,社会主义经历了从空想到科学,从理论学说和社会运动到建立社会制度,从一国建设社会主义到多国建设社会主义几个重要的发展阶段。有中国特色社会主义的理论和实践,则是社会主义发展历史阶段又一新的标志,它标志着传统模式社会主义正向具有时代特征的社会主义转变(当然,这个新的转变还远没有完成)。这个转变既是革命性的发展,又是原则性的坚持。从社会主义体制上看,正在进行政治、经济、文化各方面的革命性变革,这个变革最集中的体现就是社会主义市场经济体制的确立;但从基本制度上看,我们又坚持了生产资料公有制、按劳分配、无产阶级专政性质的人民民主专政和党的领导等社会主义的基本原则,特别是明确提出了"社会主义的本质,是解放生产力,发展生产力,消灭剥削,消除两极分化,最终达到共同富裕"①。这就从根本上保证了社会主义的性质。

马克思、恩格斯对资本主义社会进行了深刻的剖析,指出在资本主义社会,一方面是社会化大生产像魔术一样呼唤出空前的生产力,创造出空前的社会财富;另一方面,由于资本主义生产资料的私人占有制,资产阶级利用资本雇佣无产阶级,剥削无产阶级劳动的剩余价值,攫取绝大多数社会财富,形成两极分化。这不仅使资产阶级平等、自由、民主的口号走向反面,而且最终束缚了社会生产力的发展,阻碍了人类社会的进步。资本主义的基本矛盾就是社会化大生产与生产资料私人占有制之间不可调和的矛盾。人类要前进,要解放被束缚的生产力,就必须消灭私有制,建立公有制的社会主义社会,这是不以人的意志为转移的、不可抗拒的历史规律。只要资本主义仍然是一个不合理的剥削制度,资本主义的基本矛盾没有解决,科学社会主义就

---

① 《邓小平文选·第三卷》,人民出版社1993年版,第373页。

仍然有着无可争辩的价值和不可遏止的活力。即使资本主义矛盾被解决了，进入了共产主义，马克思主义基本原理仍然是分析社会矛盾、促进社会进步的有效方法。

然而，正因为马克思主义是行动的指南，而不是一成不变的教条，就必须善于把马克思主义基本原理和不同历史时期的历史使命、不同国情的具体实践相结合，创造自己时代的马克思主义，创造自己国家的马克思主义，不断实现马克思主义理论的新飞跃，不断把科学社会主义事业推向新阶段。列宁说过，一切民族都将走向社会主义，但是"一切民族的走法却不会完全一样"，"每个民族都会有自己的特点"。① 毛泽东曾深刻地指出：任何国家的共产党人，都要创造自己的理论。他又说：现在我们已经进入社会主义时代，出现了新的一系列的问题，如果不适应新的需要，写出新的著作，形成新的理论，那是不行的。邓小平进一步强调："我们多次重申，要坚持马克思主义，坚持走社会主义道路。但是，马克思主义必须是同中国实际相结合的马克思主义，社会主义必须是切合中国实际的有中国特色的社会主义。"②

在马克思、恩格斯的时代，社会主义实现了从空想到科学的伟大飞跃。马克思主义是在实践中为适应无产阶级革命的需要，在科学分析总结人类社会发展规律和无产阶级革命斗争经验的基础上产生的。把理论置于现实基础之上，是科学社会主义区别于空想社会主义的根本特征，也是科学社会主义作为一种发展的科学对自身的根本要求。不同历史时期的马克思主义者，正是按照科学社会主义的这种根本要求，坚持从实际出发，用马克思主义的立场、观点、方法分析和回答当代所提出的新课题，从而使这门科学不断得到发展的。

---

① 中共中央马克思恩格斯列宁斯大林著作编译局编：《列宁全集·第二十八卷》，人民出版社1990年版，第163页。

②《邓小平文选·第三卷》，人民出版社1993年版，第63页。

列宁所处的时代已经发生了很大的变化。按照马克思最初的设想，社会主义革命将由全世界无产者联合起来，至少是发达资本主义国家无产阶级的联合行动，才能推翻资产阶级政权，夺取革命的胜利。列宁没有拘泥于马克思主义这一具体结论，而是创造性地运用了马克思主义的基本原理，对20世纪初叶的世界历史进程和俄国的具体环境进行了深刻剖析，写下了著名的《帝国主义是资本主义的最高阶段》一书。他指出资本主义已从自由资本主义阶段发展到垄断资本主义即帝国主义阶段，帝国主义为了瓜分世界市场正进行着你死我活的斗争。帝国主义政治经济深刻的内在矛盾和发展的不平衡，使无产阶级的革命，有可能首先冲破资本主义世界最薄弱的环节，在一国或几国取得胜利。这个薄弱环节就是当时最落后的资本主义国家——沙俄。按照马克思当年的阶级分析，农民是一个保守的反对社会主义的力量。但列宁从俄国的国情出发指出，占人口大多数的贫苦农民蕴藏着巨大的革命力量，人数不多的无产阶级联合贫苦农民进行城市武装起义，可以战胜强大的资产阶级政权。1917年伟大的俄国十月革命的胜利，检验了列宁理论的正确性，标志着科学社会主义从理论变成了现实，从而揭开了人类历史划时代的一页。

斯大林继承了列宁的事业，把马克思主义基本原理与20世纪二三十年代苏联处于帝国主义包围封锁、国家极度贫困、人民求生存求温饱等具体条件相结合，写下了《论列宁主义基础》等名著，创立了后来被称为"斯大林模式"的计划经济体制。尽管斯大林在阶级斗争扩大化等方面犯了严重的错误，但30年代苏联社会主义建设出现的"经济奇迹"，40年代经受德国法西斯侵略的考验以及战后在没有外援情况下经济的迅速复苏，使苏联国力跃为欧洲第一、世界第二，这是马克思主义基本原理和苏联实践相结合的巨大成果。那以后，世界和苏联都发生了很大的变化。和平和发展成为时代的主题，新的科技革命兴起，资本主义进入相对稳定时期。苏联经济越过了温饱阶段，人民要求小康和富裕。在这种情况下，计划经济体制日益暴露出它的缺陷。这就要求共产党人要把马克思主义基本原理与新的实际相结合，及时提出当代社会主义理论，继续推动社会主义事业向前发展。

中国革命的胜利是马克思科学社会主义理论的又一次伟大飞跃。旧中国是一个半封建半殖民地的社会，现代工业很少，社会化大生产程度低，无产阶级只占人口的千分之几，小农经济占主导地位，经济、文化都十分落后。在这种条件下中国的社会主义革命将走怎样的路子。在长期的革命斗争实践中，以毛泽东同志为代表的中国共产党人坚持将马克思主义的普遍原理同中国革命的具体实际相结合，毛泽东在他的一系列著作中指出，中国革命和俄国革命不同，要分两步走：新民主主义革命是社会主义革命的必要前提，社会主义革命是新民主主义革命的必然归宿。中国也不能照搬俄国十月革命城市武装起义的方式，而要在农村建立革命根据地，走农村包围城市的长期武装斗争的道路。经过长期的斗争实践，经过遵义会议、延安整风，全党对此逐步形成共识。1945年党的七大明确了确立毛泽东思想为全党的指导思想，从此中国革命从胜利走向胜利。毛泽东思想是马克思主义发展史上的一次飞跃，中华人民共和国的成立是马克思主义和中国革命实践相结合的伟大胜利。新中国成立后，我们开始社会主义建设的时候，苏联的经验是唯一可以借鉴的范例，因此一度照搬了苏联的模式。毛泽东从实践中感受到照搬的弊病，曾经试图探索适合中国特色的社会主义建设理论，走自己的路。1956年4月，毛泽东做了《论十大关系》的著名讲话，明确指出，十大关系的基本观点就是同苏联做比较，除了苏联办法以外，是否可以找到别的办法比苏联、东欧各国搞得更快更好？总之，学习苏联也不要迷信。"要打破迷信，不管中国迷信还是外国迷信。我们的后代也要打破对我们的迷信。"同年9月召开的党的八大，正确地指出阶级斗争已不再是我国社会的主要矛盾。全国人民的主要任务是发展社会生产力，提出了由落后的农业国变为先进的社会主义工业国的建设任务和一系列方针政策,并且开始了许多有益的实践。但是由于种种原因,这些正确的思想未能在实践中坚持下来,以致发生了"大跃进"的过热和"文化大革命"的严重挫折,选择了"以阶级斗争为纲""无产阶级专政下继续革命"的错误理论。

苏联社会主义建设的教训和中国社会主义建设中的挫折给我们提出了一个历史性的思考:在一个经济文化落后的国家如何建成社会主义,仍是一个没有解决的问题。正如江泽民同志在党的十四大的报告中所阐述的:"从《共产党宣言》发表以来一百几十年间,俄国十月革命、中国革命和其他一些国家革命的胜利,证明无产阶级领导人民夺取政权是能够成功的。至于如何建设社会主义,也取得了巨大成就和宝贵经验,但是总的来说还需要很好地探索。"我们夺取政权的胜利,是把马克思主义基本原理与中国革命的当时当地条件相结合的结果;在建设社会主义的过程中,如何把马克思主义基本原理与中国这样一个经济文化落后国家的具体情况相结合,创造中国自己的社会主义建设理论,这一重大任务历史地落在以邓小平同志为核心的我们党第二代领导集体身上。

建设有中国特色的社会主义的科学命题,是邓小平同志总结社会主义运动实践经验和中国经济社会发展的实践经验提出来的。1982年9月,他在党的十二大开幕词中指出:"把马克思主义的普遍真理同我国的具体实际结合起来,走自己的道路,建设有中国特色的社会主义,这就是我们总结长期历史经验得出的基本结论。"① 这一基本结论标志着我们党对社会主义建设规律的认识,达到了一个新的高度。

以毛泽东为核心的第一代领导集体在50年代的探索,因为"大跃进""文化大革命"而挫折。到十一届三中全会,我们党和国家的工作重心实现了伟

---

① 《邓小平文选·第三卷》,人民出版社1993年版,第3页。

大的历史转折。三中全会以后,以邓小平同志为核心的党中央在拨乱反正、正本清源的基础上,积极探索具有中国特色的社会主义建设道路。1979年3月,他在《坚持四项基本原则》的讲话中明确提出:"过去搞民主革命,要适合中国情况,走毛泽东同志开辟的农村包围城市的道路。现在搞建设,也要适合中国情况,走出一条中国式的现代化道路。"① 他从我国底子薄、人口多、耕地少等基本国情出发,提出我国当前以及今后相当长一个历史时期的主要任务是搞现代化建设;为了实现四个现代化,必须坚持四项基本原则,必须实行改革开放政策。十一届六中全会通过的《关于建国以来党的若干历史问题的决议》,对我们党已经逐步确立起来的适合我国情况的社会主义现代化建设道路的一些要点,进行了概括和阐述。随后,邓小平同志将这段时间的探索进一步概括为"建设有中国特色的社会主义"的科学结论,并得到党的十二大的一致肯定。这标志着我们党建设社会主义的基本理论和基本实践已经进入一个新的发展阶段。党的十三大又把建设有中国特色社会主义的理论概括为十二个方面,表明对这个问题的认识进一步系统化。

十三届四中全会以来,在邓小平同志建设有中国特色社会主义理论指导下,以江泽民同志为核心的党中央,认真总结过去十多年的实践经验,继续深化建设有中国特色社会主义的基本理论和基本实践,十三届七中全会通过的《中共中央关于制订国民经济和社会发展十年规划和"八五"计划的建议》,将这些基本理论和基本实践概括为十二条原则。1992年10月12日,江泽民同志在中国共产党第十四次全国代表大会上所做的《加快改革开放和现代化建设步伐,夺取有中国特色社会主义事业更大的胜利》的报告中,明确概括了建设有中国特色社会主义理论的九条主要内容,并在新党章中明确规定邓小平同志建设有中国特色社会主义理论对全党的指导地位。

---

① 《邓小平文选》(一九七五—一九八二年),人民出版社1983年版,第149页。

《邓小平文选·第三卷》收集了邓小平同志 1982 年 9 月至 1992 年 2 月的十年间的重要文章和讲话。这是学习和把握邓小平同志建设有中国特色社会主义理论的最好教材和最有力武器。认真学习这部光辉的著作，将使我们对这一理论体系有一个完整的、系统的认识，也将使我们更深刻地体会到建设有中国特色社会主义理论和邓小平文艺思想的内在联系，并在这一理论的总格局中加深对邓小平文艺思想的理解。

邓小平文艺思想是建设有中国特色社会主义理论体系的有机组成部分

党的十四大报告在阐述邓小平同志建设有中国特色社会主义理论的主要内容的同时，将建设社会主义精神文明作为 90 年代改革和建设的十项主要任务提出来。报告指出："改革开放和现代化建设，有力地推动着我国人民解放思想、开阔眼界、面向世界、走向未来，焕发出自强不息、奋力拼搏的精神，同时也对精神文明建设提出了更高要求。物质文明和精神文明都搞好，才是有中国特色的社会主义。"在"精神文明，重在建设"的论述中，专门谈到了文化、文艺问题，指出："坚持'为人民服务、为社会主义服务'的方向和'百花齐放、百家争鸣'的方针。积极推进文化体制改革，完善文化事业的有关经济政策，繁荣社会主义文化。要重视社会效益，鼓励创作内容健康向上特别是讴歌改革开放和现代化建设的具有艺术魅力的精神产品。加强新闻、出版、广播、电视和文学艺术等方面的工作。"

在十四届三中全会通过的《中共中央关于建立社会主义市场经济体制若干问题的决定》中，也将宣传文化问题作为专门的一条，作为加强和改善对市场经济体制的领导的一个内容。这样，邓小平文艺思想就作为建设有中国特色社会主义理论的一个有机组成部分被提了出来；新时期的文艺事业，也就作为有中国特色社会主义建设事业的一个有机组成部分在实践着。

我们说邓小平文艺思想是邓小平同志建设有中国特色社会主义理论的一个有机组成部分,首先表现在,邓小平同志总是将文艺问题作为科学社会主义的一个重要理论问题来论述,总是将文艺事业作为社会主义事业的一条重要战线来对待。他关于有中国特色社会主义文艺的论述有两个重点:一是文艺要坚持明确的社会主义方向,创作要着力表现出鲜明的社会主义时代精神;二是文艺要有中国特色,要有中国的民族特色和时代特色。

马克思、恩格斯最早提出了社会主义文艺的概念,号召作家"站到社会主义方面来",并赞扬一些文艺作品中流露出的"社会主义倾向"。列宁反复强调文艺是党的文艺,是党的事业的一部分。他提出了文学的党性原则,指出:"对于社会主义无产阶级,文学事业不能是个人或集团的赚钱工具,而且根本不能是与无产阶级总的事业无关的个人事业……文学事业应当成为无产阶级总的事业的一部分……应当成为有组织的、有计划的、统一的社会民主党的工作的一个组成部分"①。毛泽东同志也多次指出文学艺术是无产阶级革命事业的一部分,他认为"在我们为中国人民解放的斗争中,有各种的战线,就中也可以说有文武两个战线,这就是文化战线和军事战线。我们要战胜敌人,首先要依靠手里拿枪的军队。但是仅仅有这种军队是不够的,我们还要有文化的军队……作为团结人民、教育人民、打击敌人、消灭敌人的有力的武器,帮助人民同心同德地和敌人作斗争"②。他同时指出,文艺属于上层建筑,要为一定时代的经济基础服务,并能动地促进经济基础的发展。他说:"一定的文化是一定社会的政治和经济在观念形态上的反映"。"至于新文化,则是在观念形态上反映新政治和新经济的东西"。③

---

① 中共中央马克思恩格斯列宁斯大林著作编译局编:《列宁选集·第一卷》,人民出版社1972年版,第647页。

②《毛泽东选集·第三卷》,人民出版社1991年版,第847—848页。

③《毛泽东选集·第二卷》,人民出版社1991年版,第694—695页。

邓小平同志在论述有中国特色社会主义文艺的有关问题时，从来不脱离社会主义革命和建设总的实践做孤立的论述，总是首先强调文艺的社会主义性质、社会主义方向，强调文艺要为社会主义服务，反映、讴歌社会主义建设和改革开放事业。他将文艺看成是党的思想战线的一部分，从而纳入党领导的总体事业中予以关注。他要求："对实现四个现代化是有利还是有害，应当成为衡量一切工作的最根本的是非标准。""为了实现安定团结，宣传、教育、理论、文艺部门的同志们，要从各方面来共同努力。毫无疑问，这些方面的工作搞好了，可以在保障、维护和发展安定团结的政治局面方面起非常大的作用。但是如果出了大的偏差，也可以助长不安定因素的发展。"①自然，他也充分考虑到了作为社会主义事业一部分的文学艺术的特殊性，反复强调要重视文艺特点，尊重文艺规律。他说："我们的社会主义文艺，要通过有血有肉、生动感人的艺术形象，真实地反映丰富的社会生活，反映人们在各种社会关系中的本质，表现时代前进的要求和历史发展的趋势，并且努力用社会主义思想教育人民，给他们以积极进取、奋发图强的精神"。②但是，尊重这种特殊规律，只是为了发挥文艺在社会主义事业中的特殊作用，例如以审美形态反映社会主义时代生活和时代新人，例如社会美育的作用。这一切都立足于、最后又归结于建设有中国特色的社会主义的伟大事业。

我们说邓小平文艺思想是建设有中国特色社会主义理论的一个有机组成部分，也表现在，邓小平是将文艺的建设、创作的繁荣作为社会主义精神文明建设的一个重要组成部分来抓的。他创造性地提出了对社会主义精神文明和物质文明"两手抓，两手都要硬"的方针，在许多场合反复强调这一方针。这是对马克思主义的一个创造性发展。他在这方面的思考，主要通过三个"并

---

①《邓小平文选》（一九七五—一九八二年），人民出版社1983年版，第181、219页。

②《邓小平文选》（一九七五—一九八二年），人民出版社1983年版，第182页。

提"体现出来,这便是明确地将建设社会主义精神文明和建设高度的社会主义物质文明并提;明确地将建设社会主义精神文明和清除资本主义的精神污染并提;明确地将文艺描写社会主义新人的任务和社会培养社会主义新人的任务并提。

关于第一个"并提"。"党的十二大把建设社会主义精神文明同建设高度的社会主义物质文明并提,作为全党的奋斗目标,这是对科学社会主义的新发展。这个思想是邓小平同志首先提出的。"[1]邓小平同志将它作为坚持四项基本原则的四项政治保证之一,提到了十分重要的地位,具有了纲领性。他说:"过去很长一段时间,我们忽视了发展生产力,所以现在我们要特别注意建设物质文明。与此同时,还要建设社会主义的精神文明,最根本的是要使广大人民有共产主义的理想,有道德,有文化,守纪律。国际主义、爱国主义都属于精神文明的范畴。"他进一步指出,"要坚持两手抓……这两只手都要硬"。[2]文艺就这样通过精神文明建设而纳入了社会主义事业的总格局。

文艺是上层建筑中的一种特殊形式,它受动于一定社会的经济基础,又能动地服务于自己的基础。这个功能,使文艺的发展进程具有了历史阶段性,比如封建时代的文艺,资本主义时代的文艺,社会主义时代的文艺。每一个发展阶段,就其总体看,都有质的规定性。但文艺又有和其他上层建筑不同的地方。它不但是经济基础的反映,同时又是现实世界的摹写,是人们认识世界、改造世界的特殊方式。因此,提高人们认识世界、改造世界的能力,提高人的精神文明水平,便成为文艺的另一个重要功能。在某种意义上,文艺的发展,是人类思想材料、知识材料、历史材料和审美材料的积累,是人

---

[1]《人民日报》评论员:《新时期社会主义文艺的正确纲领》,载《人民日报》1983年7月19日第5版。

[2]《邓小平文选·第三卷》,人民出版社1993年版,第28、378页。

类文明的积累。这种积累，除了具有历史阶段性，也具有相对独立的连续性、继承性。各个历史阶段艺术生产的杰出成果，作为人类文明积累的一部分，是不会随着经济基础的变化而任意改变或被抛弃的，它们都构成了人类文明链条中闪光的一环。这些思想，马克思在《〈政治经济学批判〉导言》和《巴枯宁〈国家制度和无政府状态〉一书摘要》中都有所表述。

马克思主义经典作家揭示了艺术生产的二重性，这是旧美学不可企及的。但是，如何从文艺的社会功能方面将这个思想明确、简洁地表述出来，并且变为社会主义新时期文化建设的实践方针，则是历史交给这一代马克思主义者的任务。现在邓小平同志明确提出社会主义建设包括物质文明和精神文明两大部分，而精神文明（也包括文艺在内）不仅是促进物质文明建设的手段，本身也是社会主义建设的一个重要内容，而且反复强调我们要两手抓、两手都要硬。

将文艺作为社会主义精神文明的一部分，能够比较科学地反映文艺的二重性。它既以"社会主义"这个质，规定了新时期文艺必须为社会主义的经济基础服务，又以"精神文明"这个更广阔的范畴，将社会主义文艺和整个人类历史文明的发展进程联系起来。后面这一点虽然不是以实现某种具体的社会功利为目的，却是社会主义新人所必备的条件。

关于第二个"并提"。邓小平同志在党的十二届二中全会上，首先将清除资本主义精神污染和建设社会主义精神文明一并提出来。他说："思想战线不能搞精神污染。"[①]并指出这主要是指理论和文艺战线。他肯定了理论界、文艺界的成绩，又指出还存在精神污染现象。比如，具有强大鼓舞力量的作品不够多；对"二为"口号、党的文艺方向表示淡漠；对革命历史和现实的英雄业绩，缺少表现和歌颂的热情；对社会主义事业中的问题，很少站

---

① 《邓小平文选·第三卷》，人民出版社1993年版，第39页。

在革命的、人民的立场提高群众的认识;热心于写阴暗的、灰色的、胡编乱造的东西;有的人鼓吹西方现代派思潮,宣扬表现自我、抽象人性论、人道主义和社会主义条件下人的异化;个别作品还宣扬色情;"一切向钱看"的倾向也有所传播;等等。1986年,他又强调:"反对精神污染的观点,我至今没有放弃,我同意将我当时在二中全会上的讲话全文收入我的论文集。"①邓小平同志的这些论断,不仅切合新时期思想文化战线的实际,而且使建设社会主义精神文明的内容更丰富、更完善、更具有战斗力。它指出了"清除"是建设必不可少的一面。反对资产阶级自由化、清除精神污染是建设社会主义精神文明的题中应有之义。辩证地处理好清除和建设、破和立的关系,有利于防止那种只看到建设而忽视清除,甚至把旧的、丑的东西当作新事物来立的倾向;也有利于防止只看到清除而忽视建设,忽视在清除污染的同时大力繁荣社会主义文艺的偏向。这样,就将文艺工作纳入了从思想上、精神上维护社会主义、升华民族文化的轨道,成为建设有中国特色社会主义的重要一环。

邓小平同志的这个思想,是在对新时期的、特别是改革开放以来思想文化战线形势做出正确分析后提出来的,抓住了当前文艺问题的根本,并且从社会精神生活进程和政治思想性质上做了透辟的分析。同时,他总结了新的历史时期在思想战线和资产阶级做斗争的主要方法和有关政策,既严肃坚决,又分清了两类矛盾,考虑到了文艺这种精神生产的特殊性。这对党在新时期如何加强和改善对文艺的领导,如何正确开展两条战线的斗争,使文艺沿着社会主义轨道健康发展,意义都是巨大的。

关于第三个"并提"。邓小平同志在第四次文代会的祝词中,明确将文艺描写新人和社会培养新人并提,将这两个任务联系到一起向文艺工作者提

---

① 《邓小平文选·第三卷》,人民出版社1993年版,第196页。

出来。他说:"我们的文艺,应当在描写和培养社会主义新人方面付出更大的努力,取得更丰硕的成果。"①对文艺如何通过本身的规律和特点来为建设有中国特色社会主义服务,做了高屋建瓴的论述。他论述了社会主义新人的素质,指出:"要塑造四个现代化建设的创业者,表现他们那种有革命理想和科学态度、有高尚情操和创造能力、有宽阔眼界和求实精神的崭新面貌。要通过这些新人的形象,来激发广大群众的社会主义积极性,推动他们从事四个现代化建设的历史性创造活动。"②这就通过社会主义新人的塑造,把作家的艺术责任和社会责任结合了起来,而且把文艺描写和培养新人的问题,纳入了我们党两个文明建设总的战略设想。

无论是文艺描写新人问题,还是社会培养新人问题,都并不是今天才提出来的,马克思主义经典作家早已做过论述。但是,将这个问题作为建设有中国特色社会主义的一个重大理论问题提出来,将新人问题引入中国社会主义的生活实践和文艺实践,并从建设社会主义精神文明的高度来论述它,是邓小平同志对马克思主义的一大贡献。

我们说邓小平文艺思想是建设有中国特色社会主义理论的一个有机组成部分,还表现在邓小平同志继承发展了毛泽东文艺思想和对文艺的领导方法,将文艺的领导、管理和创作的组织引导,统一纳入我国现行的党、政、群组织工作系统之中。党要管文艺是他一贯的思想。他指出:"必须大力加强党对思想战线的领导……从中央到地方,各级党委的主要负责人一定要重视理论界文艺界以及整个思想战线的情况、问题和工作。""加强党对思想战线的领导,克服软弱涣散的状态,已经成为全党的一个迫切的任务"。③这种

---

①《邓小平文选》(一九七五— 一九八二年),人民出版社1983年版,第181—182页。
②《邓小平文选》(一九七五— 一九八二年),人民出版社1983年版,第182页。
③《邓小平文选·第三卷》,人民出版社1993年版,第45、47页。

领导，是政治思想上的，要深入到文学艺术事业的每个环节中去。

首先，要抓人才，抓队伍建设。他希望"文艺工作者中间有越来越多的同志成为名副其实的人类灵魂工程师。要教育人民，必须自己先受教育。要给人民以营养，必须自己先吸收营养。由谁来教育文艺工作者，给他们以营养呢？马克思主义的回答只能是：人民"①。他号召文艺工作者深入时代生活，和新的群众相结合，"自觉地在人民的生活中汲取题材、主题、情节、语言、诗情和画意，用人民创造历史的奋发精神来哺育自己"②，他要求文艺工作者努力学习马列主义、毛泽东思想，提高自己认识生活、分析生活、透过现象抓住事物本质的能力。文艺工作者的素质是最终决定作品思想艺术质量的因素。

其次，要对创作题材做宏观规划，对作品的思想内容、艺术趣味做宏观引导。他认为文艺的天地十分广阔，首先是"要通过有血有肉、生动感人的艺术形象，真实地反映丰富的社会生活，反映人们在各种社会关系中的本质，表现时代前进的要求和历史发展的趋势，并且努力用社会主义思想教育人民，给他们以积极进取、奋发图强的精神"③。同时还要满足人民精神生活多方面的需要，"雄伟和细腻，严肃和诙谐，抒情和哲理，只要能够使人们得到教育和启发，得到娱乐和美的享受……都应当在文艺中得到反映。我国古代的和外国的文艺作品、表演艺术中一切进步的和优秀的东西，都应当借鉴和学习"④。这也就是后来归纳的"提倡主旋律、坚持多样化"这样一个口号。

再次，是开展健康的文艺批评，对文艺创作进行马克思主义的检验，鼓

---

① 《邓小平文选》（一九七五—一九八二年），人民出版社1983年版，第183页。
② 《邓小平文选》（一九七五—一九八二年），人民出版社1983年版，第183—184页。
③ 《邓小平文选》（一九七五—一九八二年），人民出版社1983年版，第182页。
④ 《邓小平文选》（一九七五—一九八二年），人民出版社1983年版，第182页。

励、宣传好作品，批评坏作品，开展学术和艺术研讨，对资产阶级自由化思潮和错误的观点，开展积极的思想斗争和学术批判。在开展文艺批评时，邓小平同志强调："批评的方法要讲究，分寸要适当，不要搞围攻、搞运动。但是不做思想工作，不搞批评和自我批评一定不行。批评的武器一定不能丢。"①"我们在强调开展积极的思想斗争的时候，仍然要注意防止'左'的错误……批评或自我批评都要站在马克思主义立场上，不能站在'左'的立场上。"②

最后，他还从党的文艺事业的全局出发，反复强调文艺界在社会主义原则精神基础上的加强安定团结。"我们衷心祝愿文艺队伍更加团结壮大。不论是专业的或是业余的文艺工作者，一切社会主义的和爱国的文艺工作者，一切维护祖国统一的文艺工作者，都要更好地互相帮助、互相学习，把全部精力集中于文艺的创作、研究或评论。"③文艺队伍的安定团结，不仅有利于文艺的繁荣发展，而且有利于社会的稳定和人民的团结。邓小平对发展社会主义文艺的种种认识和看法，都是从建设有中国特色社会主义的宏观格局出发提出来、并作为这一宏观格局的一个侧面来阐述的。邓小平文艺思想，是他提出的建设有中国特色社会主义理论体系的一个有机组成部分。

邓小平文艺思想和建设有中国特色社会主义理论内在的一致性

邓小平同志建设有中国特色社会主义理论和邓小平文艺思想在为人民的基本出发点上，在思想方法的基本特征上，在发展生产力（包括艺术生产力）的基本目的上，都有着深刻的内在一致性。这种一致性，我们起码可以从下

---

① 《邓小平文选》（一九七五—一九八二年），人民出版社1983年版，第345页。
② 《邓小平文选·第三卷》，人民出版社1993年版，第47页。
③ 《邓小平文选》（一九七五—一九八二年），人民出版社1983年版，第184页。

述四方面表述:

第一,都以人民为基本出发点,以为人民服务为基本宗旨,体现出彻底的人民性。

为人民服务是党的根本宗旨,也是我们文艺的根本方针。从人民的根本利益出发进行思考和决策,以人民的根本利益为判断标准,坚持在社会实践(也包括艺术实践)时"从群众中来,到群众中去",汲取人民的智慧,尊重人民的创造力,构成了邓小平同志建设有中国特色社会主义理论和邓小平文艺思想最根本的特点。

江泽民同志在党的十四大报告中强调:邓小平同志"尊重实践,尊重群众,时刻关注最广大人民的利益和愿望,善于概括群众的经验和创造",他的建设有中国特色社会主义的理论"是符合最广大人民的利益和要求的"。这主要表现在——

首先,决策思想的人民性。他总是强调党的各项决策(包括文艺决策)和决策的执行要符合人民的根本利益。十一届三中全会之后,他曾经深刻地说过:"我们要想一想,我们给人民究竟做了多少事情呢?我们一定要根据现在的有利条件加速发展生产力,使人民的物质生活好一些,使人民的文化生活、精神面貌好一些。"① 他在解释我们为什么要选择走社会主义道路而不是资本主义道路这一问题时,明确地说,中国十亿人口,现在还处于落后状态,如果走资本主义道路,可能在某些局部地区少数人更快地富起来,形成一个新的资产阶级,产生一批百万富翁,但顶多也不会达到人口的百分之一,而大量的人仍然摆脱不了贫穷,甚至连温饱问题都不能解决。他就这样把我们党引导人民走社会主义道路的重大决策和为绝大多数人民利益联系起来了。

---

① 《邓小平文选》(一九七五——一九八二年),人民出版社1983年版,第123页。

在论述和决策文艺问题时也是这样。在十一届三中全会之后，面对被林彪、"四人帮"搅得混乱不堪的文艺方针政策，面对极左思潮对文艺界的影响，他代表党中央在第四次文代会上的祝词中从人民利益的基点上论述了社会主义文艺的性质和作用："我们的文艺属于人民。""文艺创作必须充分表现我们人民的优秀品质，赞美人民在革命和建设中、在同各种敌人和各种困难的斗争中所取得的伟大胜利。""我们的文艺，应当在描写和培养社会主义新人方面付出更大的努力，取得更丰硕的成果……要通过这些新人的形象，来激发广大群众的社会主义积极性，推动他们从事四个现代化建设的历史性创造活动。"我们的文艺要"努力用社会主义思想教育人民，给他们以积极进取、奋发图强的精神"。① 并且反复重申坚持"文艺为人民服务，为社会主义服务"是我们发展文学艺术事业的基本方针。这都体现了邓小平决策思想的人民性。

其次，判断标准的人民性。邓小平总是把是否符合人民利益以及人民群众拥护与否作为判断改革开放以来各项决策（包括文艺决策）、各方面问题得失成败的根本标准。既从决策思想上，又从判断标准上坚持人民性，是我们党为人民服务的根本宗旨在动机与效果上的综合反映。改革开放以来，邓小平同志曾经就这个判断标准问题做过多次讲话，其中主要有三次。第一次是在1979年，他指出："对实现四个现代化是有利还是有害，应当成为衡量一切工作的最根本的是非标准。"② 第二次是在1983年，他强调："要有助于建设有中国特色的社会主义，都要以是否有助于人民的富裕幸福，是否有助于国家的兴旺发达，作为衡量做得对或不对的标准"。③ 第三次是

---

① 《邓小平文选》（一九七五—一九八二年），人民出版社1983年版，第181—182页。

② 《邓小平文选》（一九七五—一九八二年），人民出版社1983年版，第181页。

③ 《邓小平文选·第三卷》，人民出版社1993年版，第23页。

1992年，他在视察南方的重要谈话中再次反复强调："判断的标准，应该主要看是否有利于发展社会主义社会的生产力，是否有利于增强社会主义国家的综合国力，是否有利于提高人民的生活水平。"① 在1992年春视察南方的重要谈话中，他还更加明确地指出："只有坚持这条路线，人民才会相信你，拥护你。谁要改变三中全会以来的路线、方针、政策，老百姓不答应，谁就会被打倒。"② 这种处处以人民之忧而忧、以人民之乐而乐的思想感情，反映了邓小平建设有中国特色社会主义理论的感情基础。

在论述文艺问题时，邓小平同志也总是强调，文艺作品的好坏优劣，要由人民群众来判断，要考虑作品的社会效果。他说，"对人民负责的文艺工作者，要始终不渝地面向广大群众，在艺术上精益求精，力戒粗制滥造，认真严肃地考虑自己作品的社会效果，力求把最好的精神食粮贡献给人民"。③ 他号召文艺创作，用社会主义思想教育人民，引导人民提高觉悟，给他们以积极进取、奋发图强的精神。

再次，社会实践的人民性。在建设有中国特色社会主义理论的实践过程中，邓小平同志一贯要求坚持"从群众中来，到群众中去"的工作方法，善于汲取人民的智慧，尊重人民的创造力。"如果不从认识方法上解决党的主张必须是'从群众中来，到群众中去'的问题，那末，党同人民群众的关系问题仍然不能真正解决。"④ 1992年春视察南方的谈话中，邓小平同志回顾了党中央和他本人支持农民群众首创的"家庭联产承包责任制"及兴办乡镇企业的新生事物的过程，深有感触地说："我们改革开放的成功，不是靠本本，而是靠实践，靠实事求是。农村搞家庭联产承包，这个发明权是农民的。

---

① 《邓小平文选·第三卷》，人民出版社1993年版，第372页。
② 《邓小平文选·第三卷》，人民出版社1993年版，第371页。
③ 《邓小平文选》（一九七五——一九八二年），人民出版社1983年版，第183页。
④ 《邓小平文选·第一卷》，人民出版社1994年版，第218页。

农村改革中的好多东西，都是基层创造出来，我们把它拿来加工提高作为全国的指导。"①这种虚心向人民群众学习，善于概括群众的经验和创造的领导方法和工作方法，是邓小平同志建设有中国特色社会主义理论在社会实践思想方面人民性的集中体现。

在阐述文艺和人民的关系时，邓小平同志提出了"人民需要艺术，艺术更需要人民"的深刻思想。他指出："要教育人民，必须自己先受教育。要给人民以营养，必须自己先吸收营养。由谁来教育文艺工作者，给他们以营养呢？马克思主义的回答只能是：人民。人民是文艺工作者的母亲。一切进步文艺工作者的艺术生命，就在于他们同人民之间的血肉联系。"②这鲜明地体现出"从群众中来，到群众中去"的人民实践观。

党的十四大确立了我国经济体制改革的目标是建立社会主义市场经济体制。随着社会主义市场经济体制的确立，上层建筑、意识形态，包括整个社会的文化生活和文学艺术都会出现这样那样相应的发展变化，但我们党的人民观，我们各项政策方针的人民性不会变，我们的文艺和文艺家与人民群众、人民生活的血肉联系不会变，它们带上了许多新的时代特点，向着更科学、更深刻的层次发展。

社会主义市场经济除了市场的一般共性，又有着社会主义的制度特性。后者主要是党的领导，公有制的基础，共同富裕的目标和国家的宏观调控机制。最基本的是社会主义市场经济与社会主义的基本制度结合在一起的。这种制度特性归结起来，不是别的，正是"为人民"三个字。"为人民"的特性，使社会主义市场经济在处理民族整体与局部、长远与眼前利益的关系上，在处理市场的自发性、后发性和计划的调控性、预测性的关系上，在刺激经

---

①《邓小平文选·第三卷》，人民出版社1993年版，第382页。

②《邓小平文选》（一九七五——一九八二年），人民出版社1983年版，第183页。

济效益和实现社会效益的关系上,能够超越市场一般共性带来的局限。这也应该是社会主义"二为"方向对艺术市场应该起到的调控作用。社会主义市场经济和社会主义文艺正是在"为人民"这一根本点上相契合的。

随着整个社会生活以经济建设为中心,越来越多的群众介入市场经济,生活的新动向将会通过文化市场产生一种动力和压力,促使文艺家在原有生活积累和创作方向的基础上,以更大的兴趣、更多的精力去深入生活新的历史进程,发掘我们民族新的文化品格,熟悉在社会主义商品经济大格局中人民群众的生活状态和心理状态。也就是说,市场将会以一种不容讨价还价的力量,促进文艺家和新的群众生活相结合。而市场作为当代经济生活最密集的信息中心,同时也是社会、人生、感情、心理最密集的信息中心,这又为文艺家观察社会、深入人民提供了最好的窗口和渠道。

我们过去大多从文艺家选择人民的角度,来理解、实践文艺的人民方向,这无疑是历史主义的,又不能不带着相当的道德色彩。随着社会主义市场经济对当代生活的辐射和渗透,在文艺家与人民的关系中,除了历史主义基础上的道德精神中介,又增加了历史主义基础上的市场经济中介。也可以说,在以提倡、教育为前提的弹性选择之外,又增加了市场功能的强制选择。作家出于一种思想和道德精神选择人民,将在相当大的程度上转化为人民通过市场选择作家。这是人民与文艺家关系中历史主体转移的真正实现。"人民是文艺的主人"这个命题,将在新的意义上得到确认。

市场的平等竞争,有利于"二为"方向、"双百"方针的全面贯彻落实。文学艺术百花齐放之"放"、百家争鸣之"争",和市场经济开放搞活之"放"、公平竞争之"争",形成内在的同构。这种同构的合力,将使"双百"方针在最大限度上摆脱各种行政的、人事的、习惯势力和传统心理的干扰影响,得到切实而稳定的贯彻。

人民对文艺的评价,群众的文艺批评,由于纳入了市场经济的大格局,在以解释、品味、评断、引导为主的弹性批评之外，增加了市场这个灵敏的社会显示器。群众的意见在转化为市场选择之后将难以拂逆。文艺批评大踏步走出文艺圈，成为社会的批评。专业批评由于在市场格局中的自我整合，也会获得坚实的群众基础而具有新的力量。

市场的动态选择机制将对文艺创作的竞争做深层启动。群众认可的人才和作品将冲破种种板结层，得到发掘、成长。尤其是那些生活在群众之中的青年作者和业余作者，那些文坛的未名人，在得到市场所赐予的公平竞争机遇后，将会在群众的呼唤中脱颖而出。

第二，都坚持了一切从实际出发的实事求是原则，体现出鲜明的科学性、实践性。

从中国的实际出发探索适合我国国情的社会主义建设规律，走自己的路，这是建设有中国特色社会主义的根本要求。十一届三中全会前，我国社会主义实践出现各种失误，归根结底，是由于脱离了我国社会实际。一方面，对阶级斗争状况和阶级斗争比重的估计不符实际，把在一定范围内存在的阶级斗争视为我国社会的主要矛盾，搞"以阶级斗争为纲"；另一方面，对我国经济文化的落后及其给社会主义建设造成的困难估计不足，在经济建设上一再搞高指标，急于求成。在所有制上，搞"一大二公三能"，实行单一的公有制，而且搞所有制的不断升格。在管理体制上又形成了高度集中统一的僵化模式。

十一届三中全会果断废止了"以阶级斗争为纲"的"左"的方针，把全党工作重心转移到了社会主义现代化建设上来，这就使我国社会主义建设在总战略上符合了中国的实际。接着邓小平同志提出要走出一条中国式的现代化道路，指出马克思主义必须是同中国实际相结合的马克思主义，社会主义必须是切合中国实际的有中国特色的社会主义。这里关键是中国的实际，中国特色来自中国的实际，来自从中国实际出发的实践和创造。

十五年来，我们从社会主义初级阶段这个基本国情出发，改变了过去急于求成搞高指标的做法，制定了分三步走，先解决人民温饱问题，再达到小康，到下世纪中叶基本实现现代化的战略目标；从中国生产力水平还比较低的实际出发，在坚持公有制为主体的前提下，适当发展了个体经济、私营经济、外资经济，建立了与此相适应的以按劳分配为主、多种分配形式为补充的分配制度；从中国商品经济不发达的实际出发，提倡大力发展商品经济，促进自然经济半自然经济向商品经济转化。在民主政治建设、精神文明建设乃至经济、政治、科技、文化、军事、外交各方面的方针政策，都反映了中国实际，具有中国特色。

"中国实际"是一个动态概念，有中国特色的社会主义是不断发展变化的，到了一个新的阶段，各方面的条件有了较明显的变化，社会主义的中国特色必然会有某些新的表现。"中国特色"又是就我国社会主义事业整体而言的。对某一局部地区来说，在充分考虑基本国情的基础上，还要认真考虑本地区的特点，从本地区的实际出发进行改革开放和现代化建设，甚至探索带有本地特点的社会主义模式，如苏南模式、珠江三角洲模式、温州模式等等。从一定意义上说，有中国特色的社会主义，就是这种多姿多彩的社会主义模式的综合。

邓小平同志文艺思想充分体现着这种一切从实际出发、实事求是的科学性和实践性。从当代中国社会、中国文艺发展的实际出发，邓小平同志提出，不要再提战争年代提出的"文艺从属于政治""文艺为政治服务"的观点。在政治上拨乱反正、不搞"以阶级斗争为纲"的同时，根据新的实际对各项文艺政策也进行了调整。他指出："当前，各方面都存在一个整顿的问题。农业要整顿，工业要整顿，文艺政策要调整，调整其实也是整顿。""粉碎'四人帮'以后，在党中央的领导下，文艺界已经和正在落实党的知识分子政策，过去受到人民欢迎的一大批文艺作品重新和人民见面。"①他根据中国知识分子的实际情况，不但为一大批受林彪、"四人帮"迫害的作家艺术家平反了冤假错案，解放一大批被禁锢的艺术品，而且纠正了极左思潮对文艺工作者的歧视，明确指出知识分子是劳动人民的一部分，热情地肯定"在我们党和人民战胜林彪、'四人帮'的斗争中，文艺工作者做出了令人钦佩的、不可磨灭的贡献"。"文艺界是很有成绩的部门之一。文艺工作者理应受到党和人民的信赖、爱护和尊敬。斗争风雨的严峻考验证明，从总体来看，我们的文艺队伍是好的"。②

第三，都充溢着解放思想、发展更新的创造活力，体现出鲜明的时代性、开放性。

邓小平同志在十一届三中全会前后支持和领导了关于实践是检验真理唯一标准的大讨论，冲破个人崇拜和"两个凡是"的束缚，确立了解放思想、实事求是的思想路线。我们党毅然抛弃了"左"的错误方针，把党和国家的工作重心转移到经济建设上来，这就抓住了现代化这个当代中国最重大、最紧迫的时代主题，体现出鲜明的时代性。早在1975年，邓小平同志就不顾当时险恶的政治环境，提出必须以现代化为大局。他说："现在有一个大局，全党要多讲。大局是什么？……把我国建设成为具有现代农业、现代工业、现代国防和现代科学技术的社会主义强国……这就是大局。"③他不仅率先提出把全党的工作重点转移到现代化建设上来，并对中国的现代化如何搞，对中国现代化的发展战略、发展道路、发展模式，做出了深刻的分析和探讨。

---

①《邓小平文选》（一九七五—一九八二年），人民出版社1983年版，第132、180页。

②《邓小平文选》（一九七五—一九八二年），人民出版社1983年版，第180、4页。

③《邓小平文选》（一九七五—一九八二年），人民出版社1983年版，第4页。

这些特殊矛盾，使中国成为社会主义强国的理论。正是抓住并解决当代世界新的矛盾和矛盾演化的新特点，抓住并解决当代中国新的矛盾和矛盾演化的新特点，使邓小平同志的思想理论成为当代中国的马克思主义。

邓小平同志的治国新思维，在邓小平文艺思想中也有充分体现。将发展艺术生产力放在第一位，出作品、出人才，为人民服务，为社会主义精神文明建设做贡献，为人类文化宝库增添财富，从古今中外的文化精华中汲取营养，在宏观整体地论述文化发展战略的基础上，侧重解决不同时期、不同地区文化发展中的新问题等等，都可以看到邓小平文艺思想在思维出发点、思维参照系、思维侧重点上和邓小平同志建设有中国特色社会主义的理论深刻的一致性。

1994 年 11 月，西安谷斋

关于四个"并提"

——学习《邓小平文选》笔记

将马克思主义普遍原理同中国现代历史发展不同时期的社会生活和文艺实践结合起来，建立具有中国特色的社会主义文艺思想体系，是毛泽东同志开创的道路。十一届三中全会以来，我们党的文艺理论和文艺政策，是沿着这条道路不断丰富，不断完善，不断发展的。

我们党对马列主义和毛泽东文艺思想的发展，主要表现在哪些方面？根据我在学习中的体会，能否大致归纳为这四个方面：

社会主义文艺是社会主义精神文明的一部分，要充分发挥新时期文艺的特殊作用，为建设社会主义精神文明做出积极贡献；

人民需要艺术，艺术更需要人民，用文艺为人民服务、为社会主义服务的口号代替文艺从属于政治的口号；

坚持四项基本原则，坚持思想解放，正确贯彻"双百"方针，反对资产阶级自由化，保证文艺沿着社会主义轨道健康发展；

加强和完善党对文艺的领导，开展两条战线的斗争，建设一支坚强、团结、有战斗力的文艺队伍，等等。

这些思想，大都是邓小平同志首先提出来的。其主要精神在《邓小平文选》和其他文章、讲话里，在十二届二中全会的讲话里，都有记载。

我想着重谈谈文艺要为建设社会主义精神文明做贡献这个思想对马列主义、毛泽东思想的发展。我觉得，这个发展主要表现在"四个并提"上，即明确地将建设社会主义物质文明和建设社会主义精神文明并提，明确地将建设社会主义精神文明和清除资本主义精神污染并提，明确地将人民需要艺术，艺术更需要人民并提，明确地将新时期文艺描写社会主义新人的任务和培养社会主义新人的任务并提。

这里需要说明一下，在此前为《邓小平文艺思想研究》一书所写的《邓小平理论体系中的文艺思想》一文中，我曾经将这一心得概括为"三个并提"，经过反复思考，我想概括为"四个并提"更为准确。所以加进了"明确地将人民需要艺术，艺术更需要人民并提"一条。

关于第一个"并提"

《人民日报》评论员在一篇文章中提出："党的十二大把建设社会主义精神文明同建设高度的社会主义物质文明并提，作为全党的奋斗目标，这是对科学社会主义的新发展。这个思想是邓小平同志首先提出的。"[①] 邓小平同志不止一次地、多方面地论述过这个问题，并且将它作为坚持四项基本原则的四项政治保证之一，提到了空前重要的地位，具有了纲领性。在谈到文艺对建设社会主义精神文明的作用时，他说："我们的文艺工作者，要通过自己的创作，提高人民的精神境界。""在这个崇高的事业中，文艺发展的天地十分广阔。无论是对于满足人民精神生活多方面的需要，对于培养社会主义新人，对于提高整个社会的思想、文艺、道德水平，文艺工作都负有其他部门所不能替代的重要责任"。

按照马列主义的观点，文艺是上层建筑中的一种特殊形式，它受动于一定社会的经济基础，又能动地服务于自己的基础。这是文艺的一个重要功能。这个功能使得文艺的发展进程具有了历史的阶段性，譬如封建时代的文艺，资本主义时代的文艺，社会主义时代的文艺。这每一个发展阶段，就其总体

---

① 《人民日报》评论员：《新时期社会主义文艺的正确纲领》，载《人民日报》1983年7月19日第5版。

看，都有质的规定性。上述思想在马克思的《〈政治经济学批判〉导言》和恩格斯致符·博尔吉乌斯的信中，做了清晰的表述。

但文艺又有和其他上层建筑不同的地方。它不但是经济基础的反映，同时又是现实世界的摹写，是人们认识世界、改造世界的特殊方式。因而，提高人们认识世界、改造世界的能力，便成为文艺的另一个重要功能。马克思在《〈政治经济学批判〉导言》中，曾经把艺术作为掌握世界的一种方式。在《巴枯宁〈国家制度和无政府状态〉一书摘要》中，更有"已经获得的生产力（物质方面和精神方面的）、语言、文学、技术能力等等"的提法，这就明确地把文学作为人类已经获得的精神方面的"生产力"了。在某种意义上，文艺的发展，是人类思想材料、知识材料、历史材料和审美材料的积累，是人类文明的积累。这种积累，除了具有阶段性，也具有相对独立的连续性、继承性。各个阶级艺术生产的杰出成果，作为人类文明的积累的一部分，是不会随着经济基础的变化而任意改变或被抛弃的，它们都构成了人类文明链条中闪光的一环。

马克思主义经典作家揭示了艺术生产的二重性，这是旧美学不可企及的。但是，如何把这个思想从文艺的社会功能方面明确、集中、简洁地表述出来，并且变为社会主义新时期文化建设的实践方针，则是历史交给这一代马克思主义者的任务。现在邓小平同志明确提出社会主义建设包括两大部分，一个是物质文明的建设，一个是精神文明的建设。包括文艺在内的精神文明，不仅仅是促进物质文明建设的手段，本身也是社会主义建设的一个重要内容。这一点，是毛泽东同志在他关于社会主义时期文化建设的论述中没有明确和充分论述的问题。

在"左"的思想影响下，我们往往忽视文艺的两重性，把文艺从性质上反映经济基础，同内容上反映我们生活等同起来，结果很容易使得文艺变成经济基础的机械的简单的图解。这是违背马克思主义的，也不符合文艺发展的实际。事实上，文艺的内容和它所反映的社会生活一样，是个十分广阔的领域。它可以描写现实生活的各个侧面，也可以反映历史生活和理想甚至幻想的图画；它可以复现人类物质生产、阶级斗争的实景，也可以把人们精神、思想领域的各种波澜光彩变成可见的画面。将文艺作为社会主义精神文明的一部分，就能比较科学地反映文艺的两重性。它既以"社会主义"这个质，规定了新时期文艺必须为社会主义的经济基础服务，而不能破坏、削弱这个基础，也就是说，通过宣传共产主义思想、激发人们的斗志、使人得到娱乐和休息，促进社会主义生产关系的完善和生产力的发展；又以"精神文明"这个更广阔的范畴，将社会主义文艺和整个人类历史文明发展的进程联系起来，通过对客观世界的审美把握，将人们认识和改造世界的能力、将人们的文明水平（包括较高的审美能力）提到一个新的高度。后面这一点虽然不是以实现某种具体的社会功利为目的，却是社会主义新人所必备的条件。这样，文艺的特点被充分理解了，文艺的作用可以得到充分发挥，自然是有利于文艺发展的。

关于第二个"并提"

邓小平同志在十二届二中全会上，将清除资本主义精神污染和建设社会主义精神文明一并提出来。邓力群同志指出："'精神污染'这四个字，是邓小平同志提出来的，很准确。" 这样提，不仅切合新时期思想文化战线的实际，而且使建设社会主义精神文明的内容，更丰富，更完美，更具有针对性和战斗力了。它指出了清除是建设必不可少的一方面，在由资本主义过渡到共产主义这个相当长的历史时期内，反对资产阶级自由化、清除精神污染是建设社会主义精神文明的题中应有之义。辩证地处理好清除和建设、破和立的关系，有利于防止那种只看到建设而忽视清除，甚至把旧的东西、丑的东西披上时髦的"语饰",当作新东西来立的倾向;也有利于防止只看到清除而忽视建设,忽视在清除污染的同时花大力气繁荣社会主义文艺的倾向。这两种倾向,特别是前一种倾向,近几年显然是存在的。

邓小平同志的这个思想,是在对新时期的,特别是实行对外开放以来的思想文化战线形势做出正确分析后提出来的,抓住了当前文艺问题的根本,并且从政治思想性质和社会精神生活进程中加以认识。同时,他总结了新的历史时期在思想战线和资产阶级做斗争的主要方法和有关政策,既严肃、坚决、旗帜鲜明,又分清了两类矛盾,考虑到了文艺这种精神生产的特殊性。这对党在新时期如何加强和改善对文艺的领导,如何正确开展两条战线的斗争,使文艺沿着社会主义轨道健康发展,意义都是巨大的。这些问题,马克思主义经典作家都不曾面临,是邓小平同志对马列主义、毛泽东思想的丰富和发展。

从理论上看,这个"并提"也包含着一些十分珍贵的思想,需要深入学习和探讨。比如,社会主义时期有没有可能产生"两种文化"的问题。社会主义时期的文化和社会主义倾向的文化,这两个概念虽然有联系,却并不完全是一回事,正像资本主义时期的文艺不等于资本主义倾向的文艺一样。恩格斯在给敏娜·考茨基的信中曾指出,资本主义时期可以产生具有社会主义倾向的文学。他说,在那时候,一部小说,如果能真实地描写现实的关系,打破对于这些关系的性质的传统幻想,粉碎资产阶级世界的乐观主义,引起对于现存秩序的永久性的怀疑,就可以说是具有社会主义倾向的。列宁更明确指出,每个民族的文化中,有资产阶级文化,也有哪怕是不大发展的民主主义的和社会主义的文化成分。他谈的是前社会主义时期的文化,所以指出,资产阶级文化是占统治地位的。现在,在我国,急风暴雨的阶级斗争已经过去,资产阶级文化已经没有了赖以生存的经济基础,政治上也不被允许壮大发展,艺术上也没有力量作为一种独立的文化现象在社会主义时代存在下去。但是,在整个过渡时期由于资本主义社会"母胎"的痕迹，由于中国社会存在着的封建的和其他剥削阶级思想文化的影响，资本主义文化仍然可以通过种种渠道扩散其影响，污染我们的社会，污染我们的文艺。也就是说，在社会主义时期，仍有可能产生"两种文化"，一种是社会主义倾向的文艺（这是主流），一种是资本主义倾向的文艺（这是支流）。正因为这样，我们才将建设社会主义精神文明和清除资本主义污染并提，将破和立结合起来。能否从整体上、从战略上认识这个问题，的确关系到我们的事业将来由什么样的一代人接班，关系到党和国家的命运和前途。自然，这个问题在理论上需要进一步论证。

再比如，社会主义国家在现代化的进程中，如何处理好对外开放和思想防护的问题。这也是社会主义建设新的历史时期面临的新问题。这方面，毛泽东同志提出了"古为今用，洋为中用"，批判地继承，批判地吸收这样的基本原则，但对新时期出现的新情况，却不可能提出更丰富的理论阐述和实践方针。在前几年的实践中，常常出现两种偏向，一是由于害怕精神污染而主张闭关锁国，一是由于实行对外开放而解除思想上的防护。这两种偏向，一"左"一"右"，却又有其共同点，便是将经济问题和思想问题、物质生产和精神生产混为一谈，将对外开放和全盘西化混为一谈。邓小平同志在二中全会的讲话中，对这个问题做了精辟细致的论述，充满了革命辩证法。他指出，经济上实行开放要长期坚持，对外文化交流也要长期发展，这都是正确的。但思想上要明确要点：一是对外开放不等于全盘引进。即便在经济上，我们也要采取两手，既要开放，又不能盲目地、无计划无选择地引进，更不能对资本主义腐蚀和影响不做抵制和斗争。更何况文化方面呢？二是经济问题和文化问题要区别对待。我们要向资本主义发达国家学习先进技术、经济管理方法和其他一切有益的知识和文化，但是属于文化领域的东西，一定要用马克思主义对它们的思想内容和表现方法进行分析、鉴别和批判。着重介绍外国各种严肃的、有价值的著作和创作，介绍那些可以构成人类文明的东西，并加以马克思主义的评述。对于那些反动没落、低级庸俗的东西，则要坚持抵制并清除其污染。听任这些精神垃圾来腐蚀我们的青年，是不能容忍的。这些，都从新时期的新情况出发，在指导思想和实践方针上丰富和发展了毛泽东同志"洋为中用"的观点。

关于第三个"并提"

文艺要成为社会主义精神文明的有机构成，有一个重要的基础，就是处理好文艺与人民群众、与时代生活的关系。邓小平同志继承和发展了毛泽东《在延安文艺座谈会上的讲话》（以下简称《讲话》）的基本思想，在《在中国文学艺术工作者第四次代表大会上的祝词》（以下简称《祝词》）中明确将"人民需要艺术"和"艺术更需要人民"并提，并围绕文艺与人民互相需要而艺术更需要人民这个基点，阐论了一系列重大的文艺理论问题。

邓小平明确指出，"我们要继续坚持毛泽东同志提出的文艺为最广大的人民群众、首先为工农兵的方向"，在这个思想指导下，提出文艺为人民服务、为社会主义服务的总口号。"二为"的口号和《讲话》精神一脉相承，是文艺的工农兵方向在新时期合乎逻辑的发展。邓小平同志总结了"文革"的教训，否定了"以阶级斗争为纲"的"左"的指导思想，根据新时期社会发展和文艺发展的实际，不提"文艺从属于政治"，而代之以"二为"的总口号，是在新情况下坚持和发展毛泽东思想的范例。新时期以来，作为阶级的剥削阶级已经不复存在，知识分子已成为工人阶级的一部分，"人民"的范畴有了变化。尽管新的提法"为人民服务"和以往的提法"为工农兵服务"精神实质完全一致，然而服务的范畴扩大了，新的提法更符合实际，更正确。同时，"群众的政治"也并不是社会主义的唯一内容，社会主义实践，除了群众的政治，还包括群众的经济和文化；政治本身也不是我们的最终目的，通过政治、经济、文化各种途径，建设美好的社会主义社会才是我们的总目标。因而，和以往的"为政治服务"相比，"为社会主义服务"的新提法更加全面、准确、科学。

"人民需要艺术，艺术更需要人民"，是文艺为人民服务的一个问题的两方面。这个"并提"准确地反映了以人民为主要矛盾方面的、文艺和人民辩证统一的关系。人民需要文艺，是因为文艺是人民群众不可缺少的精神食粮，是因为人民需要在文艺欣赏中认识社会、认识自身，得到思想上的启迪、感情上的陶冶和审美上的享受。这就从社会需求的角度，规范了文艺进步的、科学的、健康的内容和形式，规范了文艺的精神文明性质。自然，人民对文艺的需求是丰富而广泛的，只要是站在人民根本利益的立场上，用广大群众的观点、思想、感情和趣味去描写丰富多彩的社会生活，去塑造各式各样的人物，都是人民所欢迎的、所需要的，都能以不同方式起到帮助人民同心同德建设社会主义两个文明的作用。

文艺更需要人民，是因为人民群众的生活是文艺的反映对象，是文艺最根本的源泉，人民群众是文艺接受的主体，人民群众是物质和精神上哺育文艺工作者的母亲。邓小平在《祝词》中指出，文艺要"自觉地在人民的生活中汲取题材、主题、情节、语言、诗情和画意，用人民创造历史的奋发精神来哺育自己，这就是我们社会主义文艺事业兴旺发达的根本道路"。这就把文艺需要人民提高到方向道路上来认识。从文学艺术发展史来看，文艺的发展从来都离不开人民。高尔基说："人民不仅是创造一切物质价值的力量，人民也是精神价值所从出的唯一永不枯竭的源泉，无论就时间、就美还是就创作天才来说，人民总是第一名的哲学家和诗人：他们创作了一切伟大的诗歌、大地上一切悲剧和悲剧中最宏伟的悲剧——世界文化史。"[①] 从文艺工

[①]《文艺理论译丛》编辑委员会编：《文艺理论译丛》，人民文学出版社1957年版，第145页。

作者和人民的血肉联系来看，人民群众为文艺工作者提供了最基本的生活条件和创作条件，人民群众的充满活力的生活不断给文艺工作者输氧、输钙。邓小平在《祝词》中明确指出，文艺工作者"要教育人民，必须自己先受教育。要给人民以营养，必须自己先吸收营养。由谁来教育文艺工作者，给他们以营养呢？马克思主义的回答只能是：人民。人民是文艺工作者的母亲。一切进步文艺工作者的艺术生命，就在于他们同人民之间的血肉联系。忘记、忽略或是割断这种联系，艺术生命就会枯竭"。这就是说，不仅要承认文艺工作者和人民之间有着密切的关系，而且还要自觉地把这种关系，提到"人民是文艺工作者的母亲"的高度来认识，来理解，并且贯彻到实际行动中去。

从艺术创作方面来说，这种血肉关系，主要表现在文艺家要将自己的艺术活动自觉纳入社会精神文明建设的轨道，使自己的作品为铸造民族精魂做出贡献。邓小平在《祝词》中说："对人民负责的文艺工作者，要始终不渝地面向广大群众，在艺术上精益求精，力戒粗制滥造，认真严肃地考虑自己作品的社会效果，力求把最好的精神食粮贡献给人民。"具体说，首先，强调文艺工作者不仅要面向群众，而且要"始终不渝"，一辈子同群众保持密切联系，向群众学习坚忍不拔的崇高精神和优秀品质，从群众生活和斗争中获得生动的创作材料，并汲取来自群众文艺的养料。其次，不仅从作品的思想内容上向人民负责，而且在艺术上也要向人民负责，要根据人民群众的艺术欣赏习惯和他们喜爱的艺术形式进行创作，要求"精益求精"，避免"粗制滥造"。最后，要求文艺工作者从自己作品的思想性和艺术性相统一的高度，认真严肃地考虑作品的社会效果，力求成为名副其实的"人类灵魂的工程师"，把最好的精神食粮献给人民，提高他们的精神境界和对艺术美的鉴赏力。

"人民需要艺术，艺术更需要人民"这一论断是文艺发展的历史经验的科学总结，是对毛泽东文艺思想科学体系中关于文艺工作者和人民群众关系的继承和发展。

关于第四个"并提"

新时期文艺为社会主义精神文明做贡献，必须通过本身的规律和特点。我们党十分注意文艺通过艺术形象对人民起潜移默化的教育感染作用这个特点，特别强调了努力塑造社会主义新人形象的重要性。邓小平同志在第四次文代会上，明确地将描写新人和培养新人两个任务同时向文艺工作者提出来。他说："我们的文艺，应当在描写和培养社会主义新人方面付出更大的努力，取得更丰硕的成果。"他指出了新人的素质，说："要塑造四个现代化建设的创业者，表现他们那种有革命理想和科学态度、有高尚情操和创造能力、有宽阔眼界和求实精神的崭新面貌。要通过这些新人的形象，来激发广大群众的社会主义积极性，推动他们从事四个现代化建设的历史性创造活动。"这就通过新人的塑造，把作家的艺术责任和社会责任结合了起来。十二大政治报告在论述社会主义精神文明建设时，要求越来越多的社会成员成为有理想、有道德、有文化、守纪律的劳动者，指出："在生产建设中，我们不仅需要创造更多更好的物质产品，而且需要培养一代又一代的社会主义新人。"社会主义文艺在这个领域里负有其他意识形态不可替代的重要作用。这样，文艺描写和培养新人的问题，就纳入了我们党两个文明建设的总的战略设想。

无论是文艺中的新人问题，还是社会发展中的新人问题，都并不是今天才提出来的。但是，将这个问题作为社会主义现代化建设的一个重大理论问题提出来，是党的十一届三中全会之后的事。我们党将新人问题引入中国社会主义的社会生活和文艺实践，并从建设社会主义精神文明的高度来论述它，应该说是对马克思主义的一大贡献。

马克思主义经典作家在一百年以前就提出了文艺要描写无产阶级。从19世纪二三十年代开始，一些进步的现实主义作家和积极浪漫主义作家开始在这方面努力，出现了《奥列佛·推斯特》（狄更斯）、《安吉堡的磨工》（乔治·桑）和《巴黎的秘密》（欧仁·苏）等描写无产阶级生活的作品。1844年1月，当《巴黎的秘密》给舆论界留下一个深刻的印象时，恩格斯在《大陆上的运动》一文中曾经引用德国《总汇报》的话指出："先前在这类著作中充当主人公的是国王和王子，现在却是穷人和受轻视的阶级了，而构成小说内容的，则是这些人的生活和命运、欢乐和痛苦"。他认为文学的描写对由王公贵族转到普通人的命运，是"近十年来，在小说性质方面发生了一个彻底的革命"。①此后恩格斯又在谈《城市姑娘》的信等几篇著名的文艺评论文章中，进一步探讨了如何正确地描写无产阶级和劳动人民的问题，对那种用资产阶级人性论和人道主义的观点及悲天悯人的态度，将无产阶级写得怯懦、卑琐、愚蠢、庸俗的创作现象进行了批评。恩格斯在《诗歌和散文中的德国社会主义》一文中，批评他们"歌颂各种各样的'小人物'，然而并不歌颂倔强的、叱咤风云的和革命的无产者"。②他赞赏具有无产阶级理想光辉的作品。他将无产阶级比喻为"灰姑娘"，充满乐观精神地预言，"德国的灰姑娘将来必然长成一个大力士"。③

毛泽东在《讲话》中要求文艺表现"新的人物，新的世界"，在《看了〈逼上梁山〉以后写给延安平剧院的信》中提出要在舞台上表现人民，建国后又强调文艺歌颂"新的阶级力量，新的人物和新的思想"。这是针对过去的文艺总是表现国统区的人物和统治阶级，提出这个要求来的。

这里，两位革命导师提出的文艺要写"革命的无产者"和"新的人物"，同今天我们党提出的"新人"概念，虽然一脉相承，却是不尽相同的。邓小

---

①《马克思恩格斯论艺术·二》，曹葆华译，人民文学出版社1963年版，第336页。

② 中共中央马克思格斯列宁斯大林著作编译局编：《马克思恩格斯全集·第四卷》，人民出版社1972年版，第223—224页。

③ 中共中央马克思格斯列宁斯大林著作编译局编：《马克思恩格斯全集·第一卷》，人民出版社1956年版，第483—484页。

平同志提出的"新人",不是泛指一般的人民大众和无产阶级,而是一个新的概念,即"四个现代化建设的创业者"。他们具有"革命思想和科学态度、有高尚情操和创造能力、有宽阔眼界和求实精神"这样的"崭新面貌"。很清楚,这种新人的精神世界具有共产主义思想闪光,具体行动纳入了共产主义运动在现阶段的实践,即社会主义现代化建设的实践。同时,他们又具备着高度精神文明水平,具备着建设一个社会主义强国所需要的眼界、知识、干劲、创造力、科学的思想方法、高尚的道德以及优美的情操。显然,这里指的社会主义新人和社会主义时代正在前进的普通成员也是有区别的。从他们身上也许可以看到社会主义的折光,但在新人身上,这种折光已经构成了人物精神上的新质,构成了共产主义觉悟。这是社会主义的普通成员所达不到的。一个艺术形象有了这种新质,就能够以自己独特的方式凝聚共产主义思想和社会主义运动这一历史内容,也就会以自己独特的性格凝聚和这种历史内容联系在一起的上面提到的那些思想品格和文明水平。紧紧把握住新人的这些内涵,在创作中就不至于将新人等同于人民群众的普通成员,甚至于新旧不分,让各种资产阶级的、小资产阶级的以及封建的思想感情侵入新人的心灵,造成新人塑造中思想道德评价的混乱。

如果说,共产主义思想是社会主义精神文明的核心,也可以说,塑造这种具有共产主义思想和实践以及相应文明水平的新人,是社会主义文艺的中心任务。将新时期人民群众丰富多彩的生活和高尚的思想感情典型化,结晶为社会主义新人形象,再去教育感染广大群众,帮助人们克服旧意识的影响,促进当代社会新的思想,新的感情、道德、风尚和审美意识的形成,当现实生活中新人的"催生婆",这是新时期社会主义文学光荣的历史使命。它在很大程度上决定了社会主义文学的性质,也是社会主义文学在人类文明史上写下自己光辉一页的重要标志。马克思、恩格斯虽然在一百多年前就指出社会产品的极大丰富和社会成员在高度文明水平上的全面发展,是实现共产主义的两个必要条件,但限于当时的历史条件,共产主义新人的培养还没有全面提上实践的日程,因此,他们并没有将社会主义文学对新人的描写和为社会培养新人明确地联系起来论述。现在,我们党根据新时期的实践,将描写新人、培养新人并提,开始着手建设新人理论,这是对马列主义的一个丰富发展。

1983年11月8日,西安椒园

多维背景中的特性研究

——关于电视剧的两点思考

一、关于建立电视剧艺术理论体系及其他

处在青春期的电视剧创作,这几年通过荧屏万花筒般在受众眼里掠过,有那么多的好作品在我们心头留下了自己风姿绰约的倩影。多样化的创作实践需要多样化的理论阐释,不同美学追求的作品需要不同审美坐标来观照。理论的概括和归纳永远无法避免对复杂、多变的创作现象的牺牲,但是我们要力求避免牺牲有生命力的艺术现象,力求反映创作实践的丰富和活跃。否则,只能导致理论自身的苍白。

创作的活力需要理论的能力。理论体系的建立是必要的,而且终将建立,但现在还不成熟。即便建立体系也应该是一个包容性很大的系统,应该是"宰相肚里能撑船"的那种天地。核心观点的清晰不排斥边缘的模糊,常常是这种模糊,这种"测不准",维护了理论的坚定和准确。水至清则无鱼。

谈电视剧无疑离不开它的大众化,而哲理的、美学的深层探索同样不能缺少,这个领域是艺术生产的试验田、研究所,它暂时的曲高和寡有利于带动整个电视剧的大面积丰收和平均亩产的提高。但又不能说,深化才是电视剧发展的华山一条路。尤小刚同志在《电视剧》编辑部和视协陕西分会召开的电视剧艺术理论研讨会上谈到了电视剧发展的四个交汇趋势,对近年创作实践总体感受准确,表述精辟。我想他也只是对电视剧艺术实践从一个特定角度的观照,绝没有唯交汇才能创新和提高的意思。事实上,交汇是一条路子,不着眼于交汇,只就传统叙事和现代叙事、宏观展示和微观刻画的某一

方面有独到的继承，未必不能搞出好作品。

艺术反映生活的形态和层面是不同的，作品的生活形象和思想意蕴，即意和象，在不同的艺术样式中以不同的形态、在不同的层面结合和感应，传输给受众。文学通过文字的符号引发读者心中画面的复现，从而引发意蕴的感悟；音乐通过音符引发读者情绪的感应和画面的联想，从而引发意蕴的感悟。这里是以间接的象（象的符号）引发意，是一种异态结合。而影视戏剧直接给观众提供生活画面，以直接的象去引发意，是意象的同态结合。在同态结合的艺术中，意象的结合常常又在不同时空、不同层面进行。有的作品，哲理情绪之意蕴含在作品可见的生活形象中，如《西游记》《凯旋在子夜》等实写、写实的作品，就是意象同步同态结合。观众看了"象"同时理解了"意"。有的作品所要表现的哲理情绪常常在作品的象征暗喻甚至相似的结构中埋伏着，如《车站》《绝对信号》和一些写意、意写的作品，这是意与象的异步同态结合。即在看"象"的同时还不能完全了解深层的"意"，必须经过思考、再体会才能了解其中的"意"。还有的作品则同时存在着意象的同步同态和异步同态两种结合方式，观众从生活故事之象中感受到一层意，又从结构的和情绪的效应中感受到一层更深的意蕴，如《黄土地》《红高粱》《希波克拉底誓言》等等。

从欣赏的角度看，前者更俗，后者更雅，却都不排斥它们可以达到相当的深度。近年来，更多的作品是同步同态和异步同态相结合，产生综合美的效果。综合美是近代以来艺术发展的一种世界性趋势。艺术创作在经历了样式的综合（如影视、戏剧融文学、绘画、音乐、表演为一体）、风格的综合（由悲剧、喜剧、正剧、闹剧的风格规范，到超越风格类型的规范，以悲、喜、正、闹的综合来反映生活的复杂）、性格的综合（以性格的复调和多元组合再现复杂的人生与人心，而不简单地追求鲜明、统一；重视在社会关系和社会氛围中表现人物）之后，进入意象传输形态的综合的新阶段。因此我以为，电视剧创作的意象表述传输上，应该鼓励多种形态，尤其应该注意提倡追求综合美的作品。

社会和受众对艺术作品的需求是多方面、多层次的。艺术作品的功能也是多方面、多层次的。既有我们通常说的认识作用、教育作用、审美作用，也有娱乐休息、陶冶情操的功能，还有宣泄人的各种内心欲求，在作品中模拟实现自我等功能。因此，衡量电视剧，深度并不是唯一的尺子。有深度的作品自然好。深度稍差，娱乐性、知识性强，也不能说不好。两者能结合起来，也好。电视剧创作在适应各种需求中，不妨更注意大众性的作品，这和它作为大众传播媒介的特性分不开。

审美热点总是处在不断变化之中、不断转移之中的。审美热点持续到它的极限，便是审美疲劳的出现。"文革"时期，在"左"的风暴的磨砺下，社会感情和艺术感情的粗糙，使观众渴望细致的感情和艺术，于是写文化环境中的文化人的作品乍然增加。但过分的文质彬彬和纤弱细巧，却又引导出对粗犷（而不是粗糙）的呼唤，于是生命寻根、土地寻根、原始寻根的作品（这些实际上是反文化趋向）便大受青睐。直面现实的欣赏要求固然是对假大空的惩罚，但当一味揭露现实阴暗面（哪怕这阴暗是真实的）的作品将我们淹没得太久太深的时候，欣赏心理的疲劳又带来新的逆反：希望从作品中看到更多的亮色，听到更振奋的音响，于是改革文艺大兴。浅露使人怀念哲理的思路，一窝蜂的、愈来愈深不可测的哲理片又使人视欣赏为畏途，反激起了观众对娱乐片、通俗片的空前热情。这种审美生态的不断破坏、不断平衡，是审美需求呈波浪形发展的必然，并不完全是作品的高下优劣所致，因而不能简单地认为今是而昨非。

"不以成败论英雄""时势造英雄"这两句话在这里很有参考价值。当代创作的多变化、多转移，在年轻而可塑性很大的电视剧艺术中，表现得更为突出。从这个角度看，理论在注意艺术创作一定阶段质的规定性的总结的基础上，要更多地鼓励变化，并将变化作为电视剧艺术发展的自然现象。

二、关于电视剧的特性

研究电视剧的特性，扬长避短，无疑对繁荣提高电视剧创作大有裨益，只是不能陷于对特性孤立的研究之中。促进艺术生产的发展，有着比样式和特性更为重要的各种因素，如作者的生活艺术素养、社会欣赏需要等等。

关于电视剧的特性，说法很多，在各自的论述环境中，都有道理，都有助于我们对这个问题更深刻全面地把握。我想提供一个自己的思路。这只是众多思路之一，而且是在我国目前电视剧传播方式的背景中提出来的。

在我国，电视剧目前主要是由电视台编排进各类新闻、专题品种之中向社会传播的。在某种意义上说，它是插进新闻电视荧屏中的一个艺术大板块，属于新闻文艺或大众传播文艺之列。这样特定的组合和传播方式，那就要影响到观众的欣赏心理并反映为对电视剧创作的特定要求。因此，在美学价值之外，新闻价值也构成目前我国电视剧的一个内在品格。这种双重的内在品格，是大家谈到的许多电视剧具体特性的重要内在原因之一。

它表现在：

第一，进入舆论的共时性。

通过电视台传播的电视剧，不但社会覆盖面达到了其他艺术无法比拟的广度，而且它是共时全面覆盖的。中央电视台播出一部电视剧，全国数亿受众在同一时间里欣赏，可以在最短的时间达到最大的空间。不像电影、戏剧和文学作品，常常是在不同时间里由这个局部到那个局部渐次传播开来，它们只能在较长的时间里达到较大的空间，姑称为异时局部传播。电视剧的共时全面传播方式，使它能够以最快的速度转化为覆盖面很大的社会舆论。回想一下《新星》和《凯旋在子夜》播出时的反响就可以看出它们的新闻舆论性还是很强的。电视剧进入舆论有着空前的速度、广度、深度。这是它的优势，同时给它带来了更大的社会责任。一部电视剧可能得到空前的社会褒扬，也可能受到罕见的社会批评。

进入舆论的共时性，使电视剧在描绘具有强烈现实感（在新闻学中亦称为时新性、时效和新闻性）的题材方面，在反映社会面很宽的重大题材方面，具有别的艺术部类不可比拟的优势。《新星》在长篇小说出版后，未能引起多大的反响，电视剧放映后才家喻户晓，并反过来促进小说的发行，原因就在这里。

进入舆论的共时性还使电视剧在创作欣赏过程中能够发挥参与性的优势。这就是马歇尔·麦克卢汉在《理解媒介》一书中讲的，电视剧是一种"须由观众来完成某些过程"的艺术。在选材、构思以及表导演和画面中，都更重视观众的要求，重视和观众交流，也给观众参与欣赏中的再创造留有余地。西方有些电视剧甚至留下空白，现场将观众组合进剧情中（如让观众来设计悬念的不同解法或剧情的不同结尾）。这种让观众直接参与节目制作的特殊做法，很可能像冲突律之对于戏剧、蒙太奇之对于电影一样，会使电视剧艺术成为颇具特色的独立艺术门类。

第二，充分强化了的纪实性。

纪实性也是当代世界美学潮流的一个重要走向。随着文化传播渠道的增多，文化渗透到人类生活的各个领域，现代人直接接触自然和社会的机会正在一点一点被剥夺，他们愈来愈多地通过文化传播媒介（电视、广播、电影、报纸、书籍以及各种信息）间接地接触社会。文化传播不同程度的失真，正在人类与真实的社会、自然之间插上一块毛玻璃。我们所感到的世界，其实在相当程度上是映在这毛玻璃中的世界，即文化传播中半真实的世界。现代观众愈来愈希望突破各种文化传播新造成的第二自然对自己的包围，去拥抱全真的现实世界。在这种社会心理背景之下，再加上现代人文明水平和独立把握现实生活的能力大幅度提高，他们不喜欢在欣赏时吃别人嚼过的馍或由别人来喂馈，而更希望艺术能提供真实度很大的甚至是原始的材料，由自己做出独立的判断和感应。这一切，使观众对艺术真实性的要求愈来愈苛刻，以致过分的戏剧性情节、过分的表演化妆、过分讲究的蒙太奇组接、过分浓烈的色彩、过分旋律化的音乐，并不受他们欢迎。

这股纪实性的美学潮流，在电视剧中得到了充分的强化。原因有三：一是因为电视剧是组合在以真实为生命的新闻和专题节目中的；二是因为电视剧家庭的、日常的欣赏环境，观众没有处在剧场和影院集中精力的艺术欣赏环境中，接受假定性的心理阻力较大，总是自觉不自觉地要求剧中生活和欣赏环境的日常性、随意性基本相应；三是电视剧的小屏幕大量采用中近景和特写，而随着电子信息技术的提高，荧屏清晰度的提高，演员在观众面前纤毫毕露，表演中哪怕极细微的动作都清晰可见。空间距离的缩小，强化了真实性的要求。

第三，欣赏主客体的接近性。

新闻传播媒介和受众的关系，其接近性远远超出一般文艺作品和欣赏者之间的距离。接近性是新闻价值的一个要素。这个要素自然会在电视剧欣赏的主客体关系中体现出来。欣赏主客体在电视剧中的空前接近，表现为题材内容、艺术角度和表现手法在时空、功利、心理感情与受众的贴近。譬如，写新近发生的身边事，写日常生活中的凡人小事，写与大家的利益和心情相关的事，用通俗而不是深奥、流畅而不是艰涩的构思和手法来写，在内容和形式上体现面对面交流的特点——采用第一人称或准第一人称的引叙人方式。电视剧的整个创作和编辑过程，所受到的欣赏者和社会欣赏趣味的制约，比文学、电影更大。文学家说，"我只对历史和人类负责"，而不愿屈从于特定社区和时代读者的需求，也许还可以，电视剧作者则必须说："我对历史、人类负责，更要让当时当地观众欢迎。"

第四，选择的非市场性。

任何文学艺术都要接受观众的选择，这种选择主要是通过市场，在商品流通领域实现的。从宏观上看，它体现为上座率（电影和各类表演艺术）、销售量（文学、美术、摄影、书法印刷品）和价格指标（书画原作）。这就是有价选择。只有电视剧，在中国目前是唯一无价选择的艺术。有价选择，欣赏者的选择主要体现在欣赏之前，即买不买票，买票进场之后，固然也有退场的，总是少数。大多数经过慎重选择、付出了代价的观众，都会欣赏到底。如果要调换另一个电影或另一个节目，起码要受到双重的经济制约：浪费这一场的票钱，再付出另一场的票钱。这种经济制约，对目前大多数中国观众来说，不可小视，会转化为心理制约。它在相当程度上维护了有价选择艺术在欣赏过程中的相对稳定性，也可以说，它是以欣赏前的有价选择相对地维护了欣赏中的非选择状况。电视剧观众则不用转换空间，一按键钮即可在瞬间实现新的选择。这种选择的无价和便捷，使它的收视率面临着更严酷的考验，处在更随意的不稳定状态。观众随时可以关机或转换频道。耐人寻味的是，电视剧在欣赏中缺乏经济制约的保障这种状态，却又处在整个电视艺术服从于更大的经济制约的背景之中——在无价选择中越有竞争力的电视剧，广告的价格愈高，广告承载量愈大，经济收入愈多。这就逼迫着电视剧的制作者千方百计为争取更大更稳定的收视率而努力。这一点，正在对电视剧创作的各个环节起着深刻的影响。局部和暂时地看，它迫使电视剧更多地考虑迎合观众，不利于电视剧艺术质量的提高。这是艺术作品审美属性和商品属性的矛盾。全面和长远地看，它推动着电视剧思想艺术质量从根本上改观。因为说到底，总是高质量的作品具有最普遍、最长久的吸引力。这又是艺术作品审美属性和商品属性的统一。

正像开头说的，特性的研究尽管非常必要，但促进电视剧的创新发展还有更重要的问题，例如创作者的思想、生活、艺术素养这样一个老问题。在当前，作者的生活氛围和创作心态问题，尤其值得注意。当电视剧的编导、演员等主创人员,一部接一部或者几部交叉地拍戏,成年累月过着摄制组的生活(这是一种艺术创作人员独有的非常态的生活),而很少过常人常态的生活,久而久之,也就容易失去普通人的心态,而难于写出、演出普通人的生活和性格来。在创作者和群众及现实存在着相当隔膜的情况下,在创作者的第一自我(本色的我)和第二自我(人物的我)距离越来越大的情况下,虚伪、讳饰、造作将会蔓延开来。不彻底改变自己的生活氛围和创作心态,这种病态的蔓延将难以遏止。

这才是提高电视剧的第一要素。

1987年6月,咸阳秦都宾馆

评论是有生命的学问

——《文艺报》访谈

"真理越辩越明"本应是文学创作和文学评论之间良性循环的应有形态,但不可否认,近年来,文学评论界有时也会呈现为"一团和气"的状态。习近平总书记在文艺工作座谈会上曾引用鲁迅的话,提醒文艺工作者不仅要发现"好苹果",更要做"剜烂苹果"的工作,"把烂的剜掉,把好的留下来吃",这引起了文艺工作者的共鸣。

1940年出生的肖云儒从事文学评论五十余年,他用自己的经历告诉我们,"评论是有生命的学问","评论家人格的提升是最关键的"。

行超:在去年10月的文艺工作座谈会上,习近平总书记提出了当前文艺创作中的一些问题,对我们的文艺批评也有很好的启示意义。最近,中央提出要加强文艺批评的针对性和有效性,不要光说好话,要有好说好、有坏说坏,鼓励文学批评要敢于批评,等等,这些对我们的文学批评都起到了指导作用。您是有几十年经验的文学批评工作者,您觉得现在我们的文学批评出现了什么问题?

肖云儒:当下的文学批评当然有很好的一面,但它的主要问题我想用八个字来概括:"外围沦陷,主体内闭"。所谓"外围沦陷",因为我们的文艺批评话语在最近十多年到二十多年的时间里是被市场的需求、读者的需求所包围的,这就使得主体话语难免会被碎片化、边缘化,那样,文艺批评就失去民众对它的信任。这其中有很复杂的原因,文艺批评家如果跟当下鲜活的文学现象无法交流,就会形成"主体内闭"的局面。现在的青年人、网络作家以及广大读者的趣味、心理，很多批评家是不清楚的，所以跟他们无法交流。这样就使得文学批评成了自言自语、自说自话，不可能对当下生活有针对性。

作为一个老评论工作者，我觉得文学界现在要认真思考当下的文艺评论体系，要思考构建文艺评论的中国体系。我们古代文艺评论是东方审美体系的，五四以后，特别是改革开放以来，中国文学界开始大量借鉴西方思潮，这让我们的批评反而没有体系了，把传统东西丢了，又没有很好地糅合西方的体系。现在要认真构建文艺评论的当代中国的体系，这就需要我们在现代语境下恢复东方审美传统，打通传统跟现代的关系。同时还要处理好主旋律和多样化的关系。所谓主旋律不是指社会主旋律，而是文学主旋律。文学主旋律是真善美，而真善美的表现方式是多样化的。

所以这两者是不矛盾的，要在不同中找到和谐的部分。其次还要处理好精英批评和公众批评的关系。评论必须是面向大众、面向读者的，是要跟民间话语能够接通的。还有就是要跟作家、读者有心灵的交流，发掘作者的内心世界、读者的内心世界，评论文章才能有生命的温度。

行超：那么您认为，文学批评到底应该怎样引领创作，引领阅读？

肖云儒：我们当下的评论对公众的引领是不够的。我认为这其中的原因并不是文学评论家的理论素养不够，更重要的是他们的思考能力有待提高。评论家人格的提升是最关键的，评论家必须有非常成熟的人格，有充盈的生命激情、丰富的人生经验。从这个角度来看，评论家跟作家是一样的，只是表述方式不一样，作家是用形象去表达，评论家是用理性话语来表达。

理论是可以学科化的，而评论不能学科化，评论从来都是生命化的，评论是有生命的学问。要解决这个问题最根本的是要重新建构评论家的主体性，这里面除了理论建构、价值建构、文体建构等等之外，最重要的就是内心的建构、人格的建构、人生体验的提炼和升华。只有这样，评论家才能以一种充满激情的审美姿态投入到欣赏和解读过程中去，才可能感动作者、感动读者。

目前的文艺评论需要一批懂得生活的人，要一代一代地培养懂得时代变迁、生活变化的作家，评论家也一样。一代人有一代人的经验，一代人有一代人的审美，年龄差距过大的评论家和作家之间一定是有隔膜的，这个不能苛求。所以我们目前需要培养年轻的评论家，他们更了解最新的生活，了解民众情绪、时代情绪，更能与读者和作者产生经验的共鸣、生命的感应。

行超：您提到了要加强青年评论家的队伍建设，这个问题现在很重要。事实上，现在的年轻人与您和其他老一辈评论家相比，享受的是好得多的条件，平台也更大了，应该说，他们具有很好的理论修养和学术背景，但似乎与老一辈评论家相比，他们真正的"批判"精神变得微弱了，让人觉得刚出生就已经老了。您对这个问题有什么看法？

肖云儒：现在很多青年评论家都是从高校走出来的，生活经历比较简单，这是一个问题。第二个原因，其实跟评论家的人格建构有关。评论家首先要防止各种社会无良精神的腐蚀，不能只是为市场服务、为大众传媒服务、为某个小圈子服务，评论家的人格力量应该足以震慑住各种各样不良社会思潮的影响。

对于文学评论来说，发现缺点跟发现优点一样困难，甚至更困难。我认为，评论家要想做到"有好说好，有坏说坏"，就必须尊重自己的第一感觉。对我来说，一部作品如果感动了我，影响了我对生活、对人生、对生命的看法，或者引发了我思考的动力，这就是好作品，其他艺术手法上的问题是另外的事，起码总体上是好的。文艺批评要敢于批评，要真正发现、扶持一两篇非常有质量的批评文章，这样才能整体提高批评的风气。同时更要借助媒体的力量养成这种风气，维护这种风气。

行超：您在20世纪60年代初最早提出了散文"形散神不散"这一说法，

至今对我们的散文研究和创作都具有非常重要的意义。我认为，批评家要想写出锐利的、敏锐的作品，要想在文学评论上有所建树，需要敢于打破一些旧的东西。但是同时，批评家在另外一个层面上，是否还要具备一定的包容性？

肖云儒：批评是对事不对人的，批评要有容乃大、与人为善，这是很重要的。"老三届"的评论家，你看他们的文章，真的能够看到他们的人生积累和生命体验，那就是因为他们经历过基层生活，经历过社会的风浪。他们的评论不是从书本里走出来的，而是从生活和生命中走出来的。我跟雷锋同年出生，头脑中始终有一种"螺丝钉精神"，这也许恰恰是我们这代人幸福的地方。我是人大毕业的，毕业后把我分配到陕西，于是我的一辈子都扎根在了这里，我对这块土地的了解比较深，有很多切身的体验。我当过农业部的记者，"文革"时被下放修铁路，现在回过头来看，这些都是财富。但是现在很多年轻人可能没有这个经历。文学是审美记忆，人生的最初记忆是最珍贵的，年轻时的经历和记忆，会影响你的一生。

2015 年 8 月 7 日，陕西宾馆

人民，文艺的第一主题词

学习习近平同志在文艺工作座谈会上的讲话精神，我最深刻的感受，若用一句话表达，那就是"社会主义文艺，就本质上讲，就是人民的文艺"。现场有人统计，习近平在讲话中二十多次提到"人民"两个字，可见"人民"在他心中千钧的分量，"人民"是他思考文艺问题最重要的主题词、第一主题词。

"文艺为什么人服务"，是社会主义文艺发轫之初就遇到的一个老问题，在不同的历史阶段，我们却一次又一次以新的姿态来面对它。

毛泽东同志在《新民主主义论》和《在延安文艺座谈会上的讲话》中首先提出了文艺为人民服务的问题，指出"我们的文艺应当为千千万万劳动人民服务"，"为全民族中百分之九十以上的工农劳苦民众服务"。延安时期的文艺在为人民服务上取得了显著的成绩和鲜活的经验。但后来逐渐出现偏差，"为人民服务"常常被"为政治服务""为中心工作服务"冲击，到"文革"的十年浩劫，文艺甚至沦为以人民之名行反人民之实的工具、愚弄人民的工具。

改革开放之初，邓小平同志在全国第四次文代会上的祝词中，拨乱反正，代表党中央明确提出"不再提文艺为政治服务"，重新确立了"文艺为人民服务"、社会主义文艺是人民文艺的理念。它像春风一样催生了新时期一批又一批优秀的作品和优秀的作家艺术家的涌现，文学艺术的春天来到了。但20世纪90年代以来，受到一些西方思潮，尤其是拜金主义的影响，文艺和文艺家的价值观又一次受到冲击，再度出现了偏离人民文艺道路的趋势。

习近平同志正是在这样的大背景上，再一次明确、响亮地指出："社会主义文艺，就本质上讲，就是人民的文艺"。他很宽厚地指出了文艺创作的一些不足，如"存在着有数量缺质量，有'高原'缺'高峰'的现象，存在着抄袭模仿、千篇一律的问题，存在着机械化生产、快餐式消费的问题"，并指出，这些不足从根子上来看，其原因都在于"人民文艺观"树立得还不牢靠。所以他接着说，"文艺不能在市场经济大潮中迷失方向，不能在为什么人的问题上发生偏差，否则文艺就没有生命力。低俗不是通俗、欲望不代表希望，单纯的感官娱乐不等于精神快乐"。

习近平同志的讲话对于人民文艺思想的方方面面，都有明晰、系统而又深刻的论述，可以说是提出了新世纪"社会主义人民文艺论"的一个总纲。这是历史性的。

为什么社会主义文艺是人民的文艺？讲话指出，因为人民是文艺源泉的主体，人民是文艺表现对象的主体，人民是文艺欣赏和评判的主体，人民也是文艺现实传播和历史积淀的主体。

人民是文艺源泉的主体。讲话强调"人民是文艺创作的源头活水"。人民群众活着的、长青的生活，包括物质、实践生活和精神、情绪生活，是文艺归根结底的源泉。"一旦离开人民，文艺就会变成无根的浮萍、无病的呻吟、无魂的躯壳。"是的，文艺有时的确可能是一种私人叙事，而一切私人叙事难道不是一定群体经验、一定社会心绪的个人化表达吗？在所有的"我"背后，都有"我们"的影子在徘徊。纯粹意义下的私人写作，到哪里去找？是的，文艺创作需要想象和虚构，但倘若没有了老百姓家常的、鲜活的日子，你哪里又有虚构的资源？有的只是"为赋新诗强说愁"的苍白。习近平同志说得好："艺术可以放飞想象的翅膀，但一定要脚踏坚实的大地。文艺创作方法有一千条、一万条，最根本、最关键、最牢靠的办法是扎根人民、扎根生活。"

人民是文艺表现对象的主体。文艺作品可以描绘、表现社会生活的林林总总、人物内心的方方面面，但文艺作品的第一主角，从总体上看，永远是创造生活和历史的第一主角——人民群众。所以讲话要求"文艺要反映人民的心声"，"要把满足人民精神文化需求作为文艺和文艺工作的出发点和落脚点，把人民作为文艺表现的主体，把人民作为文艺审美的鉴赏家和评判者，把为人民服务作为文艺工作者的天职"。

人民也是文艺欣赏和评判的主体，文化现实传播和历史积淀的主体。这方面，传媒界、评论界和文艺史论界，虽然能够起到相当的作用，其实最终的决定因素还在人民，在民众的口碑，在历代老百姓的筛选。而文艺的最终作用不是别的，也正是体现在是否以真善美营养了人民，是否点亮、凝聚了民心。

人民文艺的道路应该怎样走，又怎样在实践中不断创新？总书记也有精到的论述。他指出，实践人民文艺，首先要求文艺家"自觉与人民同呼吸、共命运、心连心，欢乐着人民的欢乐，忧患着人民的忧患，做人民的孺子牛"。"从人民的伟大实践和丰富多彩的生活中汲取营养，不断进行生活和艺术的积累，不断进行美的发现和美的创造。始终把人民的冷暖、人民的幸福放在心中，把人民的喜怒哀乐倾注在自己的笔端。"是的，满腔热忱、满怀真诚地投身于人民的伟大实践之中，才可能有美的发现和美的创造。

人民文艺是开放的、有活力的文艺，因而在实践过程中我们"要坚持百花齐放、百家争鸣方针，坚持学术民主和艺术民主，营造积极健康、宽松和谐的氛围，提倡不同观点和学派充分讨论，提倡体裁、题材、形式、手段充分发展，推动观念、内容、风格流派切磋互鉴"。营造自由、包容、争鸣、探索的良好风气，并以这种风气去影响整个社会的风气。正像讲话指出的，"文艺最能代表一个时代的风貌，最能引领一个时代的风气"。参加座谈会的七十二位文艺家中，有两位青年网络作家特别引人关注，我想，这其中也包含着提倡探索互联网时代人民文艺新的实践的良好用意吧。

人民文艺是一部大书，习近平同志提出了这部书的总纲，作为文艺队伍的一名老兵，我要与大家一道，以自己艰辛的艺术劳动和终生的艺术实践，写好这部书的各章各节，同心同德完成创建人民文艺的历史任务。

2014 年 10 月 18 日，西安不散居

文艺评论不是什么？

　　这大半生，我曾给作家、艺术家写过好几百篇评论文章，有的也产生过一星半点影响，近些年是愈写愈少了。年纪大，精力不济，思考乏力，知识老化，当然都是原因。其实还有一个隐匿深处的缘故，说出来不怕人笑话，那就是我越来越弄不明白这个被称为"文艺评论"的行当应该是什么、又不是什么了。

　　连行当的初衷和职能都弄不清，还写什么呢？或者虽然心里清楚却无法实行，三年五载下来，也就没有了兴趣。于是开始"跨界"，把牛吆到邻家的地里，吆到那些自己感兴趣、又更能释放创造力的土地上去耕耘。劳作领域的模糊导致身份的模糊，老了老了，最后倒成了个"不明飞行物"。

　　文艺评论当然不是粉丝团和啦啦队，不是秀友情的舞台。作者没有功劳有苦劳，希望你说点好话、肯定他的艺术劳动，本在情理之中。但评论家终是亲友中的诤友，是那些专施逆耳之言而利创作的人，专施苦口之药而疗身心的人。肥料越好越不好闻，有给自家花园浇香水的吗？假话总是比真话中听，但真话永远比假话管用，说错了的真话也比好听的假话值钱。能给你说真话而且把真话说得很深刻的人，才是真朋友、真哥们。

　　文艺评论当然不是在舆论场上炫名和在市场上促销的手段，不是广告，软广告、硬广告都不是。作品进入市场，就成为商品，当然需要适当地促销，但那是出版图书市场的事，于文艺评论无涉。因而文艺富豪榜和相当多的文艺排行榜不属于评论范畴。文艺评论确有扬播作品的功能，但扬播的目的，一是面向读者，给他们推荐、解读作品，促进社会审美和精神文明水平的提升。二是面向作者，给他们提供客观理性的坐标，助力作者对自己的创作有正确的理性的认识，促进创作水平的提高。三是面向文学史，通过评论、评奖逐级遴选，为文艺史乃至文化史做积淀。所有这些都与市场促销是两回事。

文艺评论当然不是评奖的"托儿"，不是找几个评论家和媒体联手预热一下，或者干脆直接去找某奖项的评委说几句带"理论色彩"的好话，就可以影响投票结果的。慢说此事为评论家所不屑，即便因此而有了结果，是好是坏、是祸是福还很难说。君不见为此类事文坛已经闹得风生水起吗？创作是复杂的精神劳动，得奖与否并不能一榜定终生。真正优秀的作品需要经过历史和广大读者（也包括评论家）长期而广泛的汰选，才能水落石出。

文艺评论当然也不能只是评论家圈内自言自语的咖啡厅，不能只是文艺界范儿自娱自乐的KTV，或者再扩大一点，只是高校文科师生学位和职称评审的论文T台。这些功能，应该说评论或多或少都有一点，却未必是最重要的。最重要的是，文艺评论应该大幅度走进民间，汇集社会各方面对文艺作品、文艺走向的感受和看法，提升到科学理性层面，再反馈到文艺界，促进创作循着人民和时代的期冀不断提升。同时，也应该让文艺评论科学的、创造性的审美思维成果，不断弥散、辐射到乡间坊间，融入时代文化生活之中，转化为全社会的精神财富。这样，文艺评论才能真正成为社会文明的有机构成和积极力量。

…………

其实这些话谁不明白？道理本来清楚到几近常识，话也一直在这么说着，实际却不是那么回事。作者、出版者也好，评论活动的组织者也好，媒体和社会舆论也好，乃至于评论家自己，嘴头上、纸面上都在倡导文艺评论神圣的本体功能，而行为上、心底里又都有另外一套说辞、另外一套规矩。

现在的情况是，每当以世俗的功利、感情为背景的文化氛围，"围剿"以职业信仰为背景的评论真义时，前者总是得手，恐怕还会得手下去。结果方方面面全受伤害。伤害最深的，一是广大读者和欣赏者，因为从评论渠道很难得到真实的、美学的、思辨性的信息，而无所适从，只好跟着啦啦队走，或是背弃啦啦队自行选择——无论哪种情况，都是评论的悲哀。二是文艺评论本身，导致评论的骨质疏松和功能萎缩，评论由此边缘化、空壳化。

故而我以为疗救文艺评论的沉疴，先应该"功夫在'评'外"，"功夫在'文'外"。既要从评论界、文艺界做起，其实更重要的是扭转急功近利、炫名炫利的社会风气和价值追求，扭转庸俗的、乡愿的小市民心理，扭转各方面对文艺评论未见得正确的看法，包括有意无意甚至好心好意的误解。水源清了，河海自然洁净，雾霾除了，眼前怎能不亮起来？

2015年1月14日，西安不散居

保存生命记忆

一

人实在应该感谢电影电视，尤其是现代人，又尤其是现代知识人。

我不是指影视给人提供了一个了解世界的窗口，它把人生、社会、历史、整个世界，制作成微缩景观，推到我们这些足不出户的现代人眼前，让这一群其实什么都没有经历过的人好像什么都经历了。这点大家都有感受，我不是指这个。

我是指影视给人提供了一个保存生命记忆的容器和仓储，它把人对自然生命种种鲜活的记忆，制成拷贝保存下来。这种保存是以和生命、生活几乎完全一样的形态来完成的。老奶奶讲的故事，只能用语言的描绘唤起遥远的人生在想象中复活。《梁山伯与祝英台》只能用小提琴和乐队在旋律中的对诉，诱发你对那段惊心动魄的爱情在想象中的感受。舞蹈是无言的，我们只能从乌兰诺娃沉默的形体动作中转换出天鹅在死前那生理的和感情的痛苦。文学更有一层文字符号的隔膜。黛玉一缕幽魂飘散于潇湘馆时，怡红院里传来似有若无的喜庆乐声，那令人窒息的悲哀，我们只能通过和这些画面毫无关系的文字符号所构成的条件反射，引发内心想象和感情共鸣去感知。没有多年文化教育所形成的对文字——画面、符号——意义之间的条件反射，无法感受到宝黛的历史悲剧和曹雪芹的苦心经营。

几乎所有的艺术在保存生活和记录生命时都不是全维度的，都需要做形态不同、程度不同的转换。如音乐有音无像，旋律须经由联想才能再现生命之画；美术有像无音，画面须经由联想复活生命之音。文学则更需要经由二次转换，作者将生活画面转换为文字符号，读者又将文字符号转换成艺术画面。只有电视，只有电影，才能对人类的生命记忆和情绪经历做全维的、鲜活的保存。它是一个"热冰箱"，原生态的生活无须冷冻，便可保存。影视可以在常温甚至加热的状态下长期保存你的形象记忆，任何时候取出来都是鲜活如初。

由于有了影视，生命和历史再也不会消逝，永远环绕在我们身边。

二

电影、电视又实在应该拜生命为师，尤其是拜人的生命能力为师，拜人的记忆能力为师。

我曾为电影暗暗称奇，不是因为电影能用科技手段复现动态的生活，而是对电影能把人的一长段生命故事，甚至整整一生、整整几代的故事，压到几个钟头中再现，而依然显得流水般和谐顺畅、合理合情、浑然天成，毫无间断、零碎之感。这种把人生故事由第一时空（自然时空）凝缩为第二时空（艺术时空）的奥秘在哪里？

其实每个人、每时每刻都在做这样的时空转换。在现实人生刚刚逝去的那一刻，便转换成一种精神人生，转换成美。在这种转换中，原始而冗长的现实时空转换成浓缩而精练的精神时空。在这种转换中，一直有一位秘不显身的编导和剪辑在工作，这便是你生命自身，是与你生命俱来的记忆能力。这都是记忆的影子，可视为记忆的另一种功能，即筛选。记住一些东西，又忘却一些东西，并将忘却造成的空隙衔接起来，这便是在编导、剪辑了。我们每个人一生的实践，都是在为一部或者多部影视片提供素材。我们每个人一生的记忆，又都是在为一部或者多部影视片提供最初的编导、剪辑方案。

三

以此故，影视创作便很可以向记忆和忘却这两位编导、剪辑生命的老师学点东西。比如——

一是记忆那种天然简洁、浓缩的特点。人总是记住需要记住的，而忘却可以忘却的。什么都不忘却，结果便什么都无法记住。人在回视自己人生经历和感情经历时，会自然地关注那些命运的重点、难点、疑点、关节点和动情点。简约使记忆清晰、强化，烦冗反倒淹没、干扰记忆。事无巨细就不知所云。这样恐怕是那些带有纪实性的历史和现实故事片，那些动辄几十集的长篇连续剧需要考虑的。

二是记忆那种天然偏重感情化的色彩。难以忘怀的是感动过你的。孙犁说过，他几乎很少记生活笔记，感动过他的他都能记住，记不住的常常是没有必要写的，写出来读者也记不住。以人物命运或事件的流水账去填充、堵塞感情所需要的空白，是创作的下策，也是欣赏的大忌。这道理作者都知道，常常不是不去做，而是做不到。如果创作者本身在生活中感情体验不多，感情记忆的库存空空如也，不拿具体事情去填空间又有什么办法呢？

三是记忆天然的个人性和独特色彩。真正个人的经历和独特的体验是难以忘怀的。每一个人独特的经历和体验，对观众来说，是对人生认识的一种发现和拓展，不但具有认识上的信息性，而且构成一种异质、新质的精神因子，触发观众新的生活思考和感受。新异，往往导向深刻。

四是记忆天然的泛幻感和朦胧色彩。记忆是在脑海里运行的东西，主体确定而边沿模糊，如阴天的月色泛幻着毛边。记忆中的事物如月色下的景物，最清晰时也显得迷蒙，因敷着一层银妆而有些异态。记忆作为一种精神现象，天然地有一种意境，如林海音的《城南旧事》。这恰是我们影视最缺少的。兴趣盎然地讲着通俗故事，却不善于也不关注内在的神韵情致，弥散为全片的艺术氛围,在叙述故事之外创造一种真善美的意境。实在得可爱,也可叹。写过《红旗谱》的梁斌说,想个故事不难,把它讲出来也不难,最难的是作品能创造一个读者可以进入的天地。观众的记忆最接纳艺术意境和艺术天地。许多作品的故事,甚至主要人物的名字,都忘了,但某个意境,某种气氛,某种整体的印象感觉,却会长久地萦绕于观众心头。

还有,是记忆在筛选中的中断,和中断中情绪的自然衔接。记忆是由各种片断缀连的,行于当所行,止于当所止。记忆很少收纳那些无谓的连接段和灰色的内容。现实的时空是一个常数,回忆的时空则极具弹性。当粗则粗,可以做大幅度跳跃过渡;当细则细,也可以做大幅度的延展。记忆的跳跃所造成的中断,记忆会很巧妙地以泛幻的情绪去融连贯连,让你看不到碎片和裂痕。影视片其实不怕情节跳跃,有情绪和感情的贯连、烘托,观众的记忆就是流畅、完整的。

生活不但是艺术内容的源泉,也是艺术形式和手法的源泉。人类生活的动势、动律和内在结构,人类心理的种种特质和功能,就这样给艺术结构和手法提供启示。

2010 年秋

戏剧当代性 ABC

《当代戏剧》无疑要比较集中地议论戏剧的当代性，因为这个问题对戏剧、对社会已是那么需要议论，需要到不能再等待了。君不见有人窃窃私议：在声光化电、影视音像驰骋的马蹄声中，戏剧艺术是不是快要更名为"黄昏艺术"了？真是令人寒心、焦心。可是，夕阳和朝霞有时景致那么相似，不如换一颗热心，请有识者们快来做一番验证。

A

每一部具体的戏剧作品，都是作者思考社会生活的一份答卷。但戏剧思考自身，思考自身和社会的关系，却那么不够。许多具体创作中的问题，根源其实都在这个"不够"上。不在这个层次上来解决创作中的问题，是治标而不能治本。

当代戏剧要和当代生活同步。如果我们不只从题材，而从时代精神和审美关系的深度去理解这句话，那可以说，就是当代剧作家创作的历史题材作品，也要体现出这种同步性来。这种同步性表现为：戏剧创作与现实生活的并驾齐驱，戏剧观念与社会意识形态的谐和相行，戏剧艺术和时代审美格调的应和默契。故而我们思考戏剧的当代性问题，需要从一个宽阔的领域展开思路，比如戏剧与现实关系的变化，戏剧与姊妹艺术关系的变化，戏剧本身各元素之间关系的变化，以及这些变化所引起的戏剧艺术总体上的变化，等等。

现实生活在更新换代。党的十一届三中全会以来，对内搞活和对外开放的政策使我国的社会主义进入一个新的历史阶段。物质生活和精神生活进程日新又日新。信息在生产中新的地位，标志着精神活动更深更广地进入物质生产过程；工具的现代化使达到文明目的的手段愈来愈多元而不是单一；生活节奏加速，精神领域对传统的因袭正在减弱，对新观念的容受正在增加。价值观念，幸福观念，消费观念，对权力和金钱、权力和真理的观念，城乡观念，工农观念，脑力劳动和体力劳动的观念，爱情婚姻和家庭的观念，以及审美观念，都在变化之中。这些无一不在影响着戏剧观的变化。譬如，复杂的多维多向的生活，使各具个性的普通人形象成为舞台注意的中心，过分浓缩的、煽情的构思，以及建立在古典戏剧冲突律基础上的种种模式化的结构方法开始受到冷淡。

观众在更新换代。高台教化耳提面命的灌输，已经不堪忍受；由作者替观众做出结论的办法开始不灵；当代观众喜欢从舞台画面的叠替中得出自己的感受和思考。演戏的是"疯子"，看戏的是"傻子"——而现在，"疯子"和"傻子"都由忘情而有了更多的理智，他们需要相互间更多的交流，并且从不同角度感到适当的间离效果的必要性。填鸭式的唠叨叫人腻味，启发式的思考和感染受到欢迎。观众从戏剧编导那里要求更多的平等自由，更大程度的松绑放权，而欣赏中的强制已为人不屑一顾。在影视屏幕前成长起来的新一代观众，视觉感受能力极其敏锐，些微的虚假已难以逃过他们审美目光的嘲弄。

戏剧和姊妹艺术的关系也发生了变化。文艺大家族中各成员之间在思想和艺术、内容和形式、表现方法和技巧上的相互影响和渗透千变万化。电影早期曾是戏剧的脱影，而现在直闹着要和戏剧"离婚"。一面闹离婚，一面又献殷勤，并以自己新兴的美学观念和蒙太奇结构引诱着戏剧，使稍显古板的舞台露出了现代人轻灵的笑容。现代美术对舞台的影响已经为人瞩目。当电视进入家庭，现代观众有了享受"房间包厢"的福分，戏剧也便出现了小剧场演出的成功尝试。通俗的音乐、歌舞、话剧的出现，乐舞不失时机地利用现代观众放松了的欣赏观,扩大自己在戏剧舞台的领地。而散文式的结构在剧界之引起重视,安知不是文学对戏剧又一次叩门?……

当我们的思路在这条辐射状的轨道上疾行,真是移步换景,眼前渐次出现的风景线是怎样的新鲜!

B

戏剧的当代性问题是一座大厦,有许多层楼,许多房间,够我们跑一阵子的。不妨先看看这么"几间房"吧:

戏剧所反映的生活内容的当代性。我们的戏剧要更多地反映当代生活,描绘改革时期的人物、人情和世相。这主要是指题材而言,又不仅是指题材。比如,还涉及情节的选择:是不是找到了最富有当代生活特征的情节、细节?在话剧《昨天、今天和明天》中,城里的个体科技户张庆和乡里的个体养鸡户寡妇陈雪艳,在浓重的习惯势力和对改革的偏见中能公开地追求、结合,是只有80年代才能发生的。涉及主题的提炼:《红白喜事》抓住农村实行责任制后物质生活和精神生活的不平衡做文章,写一个为民族民主革命奋斗过的妇女,几十年后又如何重新缩回到封建思想的阴影里。这是号准了当代生活之脉的。

戏剧所描写的人物性格气质和所含纳的内在精神情绪的当代性。近几年来,许多现代戏不约而同地出现了硬汉子形象,歌颂了昂奋坚忍的强者精神,就是一种当代精神的凝聚。身躲在生活的一隅用眼泪洗濯极左思潮造成的伤痕的时期,已经过去了。整个民族像绷紧了的弦,正向着现代化的目标引弓而发。弱者的呻吟,小家子气的诉说,已经不能传达时代的情绪。普列汉诺夫说:"一个艺术家如果看不见当代最重要的社会思潮,那末他的作品中所表达的思想实质的内在价值就会大大地降低。这些作品也就必然因此而受到损害"。① 话剧《天山深处》通过当年下乡知识青年在新时期人生态度的分化和聚合,概括了经过幻灭的那一代青年重建理想的精神历程;评剧《人生》则从现实生活中提炼出"高加林情绪"(要改变现实又暂时找不到正确方法时的躁动不安情绪)和"刘巧珍心理"(有对新生活的追求,却将这种追求完全寄托在别人的拯救上的被解放者心理)。这些作品因为将对具体人物和冲突的真切描写,升华为当代人命运和社会情绪的艺术概括,具有了强烈的当代色彩。它们的作者都显示出对于蝉蜕时期的当代生活层次的艺术综合能力,而开了戏剧传达当代生活底蕴的先河。

戏剧创作和欣赏观念以及与之相应的艺术方法、艺术语言的当代性。新时期以来,戏剧的现实主义观呈现出新变化。现实主义是唯一道路的思想已被在多样化中发展现实主义的思想所替代。现实主义本身也出现了多角、多向发展的趋势。这种文艺现象极像多弹头导弹。发射基地——生活;目标——建设社会主义精神文明。这是相同的。但弹道弧度和具体的弹着点可以是不同的。斯坦尼戏剧观、布莱希特戏剧观和梅兰芳戏剧观在新时期舞台上都找到了自己实践的园;京派海派、南腔北调以及西部之声,有的春动草萌,有的莺飞草长。在反映当代生活的现实主义戏剧中,有的理想色彩较浓(《未来在呼唤》),有的乡土色彩较浓(《红白喜事》《小井胡同》),有的思考色彩较浓(《血,总是热的》《昨天、今天和明天》),有的哲理和象征色彩较浓(《绝对信号》《车站》),感受与感情的成分也在与日俱增。归真返璞和标新立异两种追求,都赢得了观众的掌声。

艺术手法方面,当代性现象更是联袂而生。一人一事一景的点式、线式或圈式的封闭结构四面八方被突破,开放的、多维的、分切的、散点透视的、

---

① 《普列汉诺夫哲学著作选集·第五卷》,曹葆华译,生活·读书·新知三联书店1984年版,第848页。

实虚表里双层并行的、在全景上时空灵活交错的等等结构，则从四面八方登上台来。随着当代人对象征性、纪实性虚实两极要求的苛刻，抽象艺术对设计的影响和现代拟真技术在舞台上的运用，也在虚实两极得到长足的发展。继上海京剧院的尝试之后，陕西延安歌舞剧团演出的歌剧《任志贞》，采用实景摄影幻灯布景表现历史环境，揭示人物内心，使要求纪实性的眼睛得到了新的满足。

艺术观和艺术手法的当代化，既百花齐放，又呈现出一个总的趋势，这就是：力图愈来愈接近生活本来的多层结构，力图愈来愈接近观众提高了的欣赏要求，力图愈来愈深阔地将当代技术运用于舞台，力图愈来愈和小说、电影等艺术样式自由地展示人的心理空间和外部世界巨大的能力相匹敌。

戏剧艺术的各类创作人员在观念气质、审美思辨、知识结构和生活占有方面的当代化。不了解当代生活的特点，对当代社会思想和情绪的指向及吐纳方式若明若暗，对当代群众欣赏心理和审美方式的变旧和出新晦明不辨，或者虽有所了解却用旧感情去感受，用旧观念去认识，用旧方法去表现，是不行的。那无异于在当代生活之上布了一层隔夜的雾瘴。想到我们的戏剧艺术队伍思想老化、知识老化、技法老化、想象力老化的现象正随着岁月的流逝蔓延开来，大家是何等的忧心如焚。在马克思主义基本原则指导下，不断用时代最新鲜的客观存在影响自己，用人类最先进的精神成果营养自己，在头脑中坚定而及时地建立起现代化的社会观和艺术观，在作品中深刻而独到地表现出崭新的时代精神和时代感情，该是多么急切。人是最可宝贵的，对戏剧的当代性问题来说又何尝不是这样。

C

我们这里谈的戏剧当代性，和西方现代主义思潮不同。这不同的根本处在于思想基础和理论实质的深刻障碍，这障碍使二者在基本方面难以沟通。

现代派在艺术表现方面虽有其创造性的一面，某些方法技巧也能启发我们的思考，但现代派的美学原则不是表现时代，而是表现"自我"。他们创作的兴趣常常表现在离开人类群体社会活动的主体性去寻求抽象"本我"的存在。在一种茕茕孑立的孤独心理支撑点上，剧作家个人的意念和情绪固然也是社会的投影，但所能概括的时代精神毕竟是有限的，也未必准确。现代主义的哲学基础，决定了这种时代投影常常主客体倒置。这几年，我国文艺界也有尝试着用现代派手法来表现中国当代生活，有的人态度不谓不认真，而成功者却不多。理论的论证和实践的验证，都表明现代派缺乏全面实现我们戏剧当代性的可能。

我们这里所谈的戏剧当代性，也和那种趋时的功用性不同。在戏剧当代性的探索中，曾经风行的公式化、概念化，以及种种实用主义的功利观点，不是没有回潮的可能，事实上已经出现了这类现象：对反映当代生活直接性的片面追求，"跑马占荒"和"先啃一口"式地争夺某个新题材和某个新的社会问题而不惜粗制滥造；冤案加三角的公式刚刚过去，改革加三角的公式又嘤嘤破壳；而通过表态、争论来完成主题、拔高人物的现象，不论其自觉不自觉，也时有所见了。人们希望及时地通过戏剧这面镜子反照自己的生活状况和感受情绪，原是无可厚非，但愿望的良好并不等于理解的正确。如果以新闻价值代替艺术价值，以反映对象的实录代替在主体审美思辨基础上的塑造，从审美思维方式上看，这不是创造，而是一种简单的复制，和深刻地解决戏剧当代性问题相去不以道里计。我们要求的是戏剧对当代生活的哲学概括，对当代精神的历史观照，对当代社会内容的美学提炼。

我们在这里谈戏剧的当代性，更不是想给当代戏剧的发展定什么规矩方圆、条条框框，而是想在审美观念和创作思想上引起大家对这个问题的重视，以便更充分地发掘戏剧艺术样式表现能力的潜力，发掘戏剧从业者创造能力的潜力,发掘观众审美能力的潜力。或者再等而下之,只要能起到一点活跃思想的作用,也便如愿以偿了。

题名 ABC,缘由在此。

1984 年 12 月,西安椒园

陕西电视文艺发展的特点

陕西各类电视文艺节目近年来的数量、质量都有显著上升，连年在全国获得各种奖励，在观众中引起较热烈的反响，呈现出新的面貌。应该说，在观众、专家和领导各个层次，陕西电视台的文艺节目都建立起了自己的信誉。这个信誉凝聚成陕西电视文艺的新形象，使陕西电视作为传播市场上的一个品牌，知名度和含金量都越来越大。

回想陕西电视台文艺节目的长足发展，有这么四个特点给我留下了鲜明的印象：一是总体态势上，由重点突破到布成阵势；二是艺术表现上，由多向探索到文体自觉；三是内在意蕴上，由地方色彩的显示到黄河文化的追求；四是评论研究上，由被动的介绍阐释到主动的参与引导。

由重点突破到布成阵势

这几年陕西电视台文艺节目在总体上的提高，是通过许多具体节目的突破逐步实现的。其中有三个突破在观众中影响最大，对创作全局的影响最大，不能不提到：

一个是春节文艺晚会的突破。1993年陕西电视台的春节文艺晚会，几乎是以突变的形态，面目一新地将观众震了一下，在全国电视文艺评奖中获得二等奖（中央电视台春节联欢晚会获得一等奖），居全国省级电视台榜首。此后，一年一震。二是陕西台还通过每年的春节戏曲晚会，重点播出了各个品种的专业戏曲节目，收视率和影响面不在春节文艺晚会之下。还有，在十年前就开始了，到现在已经举办了十届以上的小品大赛，电视台一一予以播出，为广大观众确认、推广、熟悉这种新的艺术形式，立下了汗马功劳。由于传播面宽、节目需要量大，"以销促产"，电视对小品的重视，促进了全省业余小品艺术基地的建设，如西安铁路局、省国防工办、宝鸡和铜川地区的小品创作和演出都已不让专业，直逼专业。十几年来电视台对小品艺术的重视和经营，为我省培养了一批具有全国水平的小品艺术创作队伍，譬如吕宏强、王真、霍秉全、高钦贤、赵安、周建顺、石国庆、郭达、李琦、刘远、王培通、赵光明、由二群等等，为中央台和各地重点文艺晚会输送了不少优秀节目，譬如《产房门前》《大米与红高粱》《张三其人》等等，这不但有助于在全国树立陕西电视台的形象，而且显示了陕西文艺的整体实力。

这样我们便看到了，陕西电视台的文艺节目已经开始布设成强大的阵势。它以电视小品做试验性的探路，以春节晚会为龙头引导，以戏曲和其他各类文艺专题节目（如获得"星光奖"荣誉奖的《长青的五月》以及陕西为西部之歌、西部之舞、西部民俗拍摄的许多文艺、文化片）多面有秩序地发展，势头很猛，自成格局。

由多向探索到文体自觉

陕西电视台的文艺节目一直不甘平庸，一直处在多方面的探索之中。譬如综合晚会，如何由各类节目的录像荟萃，逐步形成总体构思并反过来渗透到具体节目中去？譬如文艺专题如何由舞台表演逐步扩展到现实社会和民俗风情，使之在具体的艺术欣赏之中，呈现出文化感来？譬如小品，如何由单一的情节性小品，逐步探索情节性、性格性（如《张三其人》）、情绪性（如《战地浪漫曲》），甚至哲理象征性小品（如《蜜蜂》）的创作，等等。这样看来，1993年以后的三次电视春节晚会，其实可以说是长期多向探索的一次新的突破和质的提高。这种提高和突破，最集中地表现在电视文艺文体意识的自觉。

就近五年的电视春节晚会来说，这种文体意识的自觉，主要表现在由原来的各类节目组接（尽管是流畅的组接），成功地转化为自觉的晚会文体意识指导下的创作。我们的编导由原来更多地看到电视有限的录播功能，转而认识了电视无限的创作功能，从而在具体创作中发挥这种功能。这种文体创作意识在一台晚会各个要素、各个节目和创作的全过程中得到贯注。这种转化，具体表现在电视创作意识、电视结构意识、电视表达意识，还有电视拍摄工作体系的变化等几个方面。

这几台春节晚会在创作意识上，相当程度地改变了过去建立在电视录播功能基础上的"就料做菜""来料加工"的创作方式，走上了录播和创作并重，以独立创作为主，量体裁衣，重做新装的新路子。

电视晚会编导总是先立晚会内容上的主线，意蕴上的主旨，艺术上的主调，然后据此重点组织新作，同时收纳改造现成的好作品为我所用。这种收纳，从创作到表演都必须做符合电视特点的改造。至于专为晚会所创作的作品，譬如小品，已经不再是原来意义上的舞台小品，而是有电视时空观念和蒙太奇分切的电视小品。有了这样明确的电视创作意识，晚会的策划和编导就由吃别人嚼过的馍的角色上升为总揽晚会各类节目的第一作者。所有的具体节目既有意蕴上的贯穿与延展，又有艺术样式的分切与缀连，还必须有情绪的分段、贯穿和辐射。在第一作者的艺术熔铸下，由节目的叠加变成一个构思完整、内容连贯、结构有机、形式在多样中统一的独立作品。

这几台晚会的结构，不是各类节目表层的连接，而是环绕整个晚会的主旨，贯穿着一条内在的律动线。这条内在的律动线，既有内容和意蕴上的贯穿与延展，又有艺术样式的分切与缀连，还必须有情绪的分段、贯穿和辐射。拿这三年的电视春节晚会来说，大体可以这样概括它的结构，即一条复合的贯穿线，几个充实的内容板块，若干有新鲜感的动情点、闪光点，全方位的信息辐射和情绪和鸣。

在电视表述上，追求镜像话语体系的运用。仔细想来，所有的电视晚会都包含着三种美，一是节目的内容和形式之美，二是穿插进来的生活花絮之美，即时代生活之美，三是蒙太奇语言独有的艺术美，这是电视表述的美。前两种美，在以往的文艺晚会中都注意到了，得到了表现。后一种美，由于受到电视的主要功能只是录播的老观念的影响，常常被忽略，或者发挥得不充分。近几年陕西电视台的文艺节目，在节目总体设计、节目创演二维创造的基础上，狠抓镜头运动和组接的三维创造。我们欣喜地看到了在舞台调度之上的推拉摇移、分切定格、旋转幻化，看到了大舞台构图之上的镜像取景的新视角、新画面，看到了舞台色彩之上的光影铺陈，光影成为重要的艺术手段。有的节目，就舞蹈创作看，稍显平实，通过编导用电视表述语汇的弥补，结果光彩焕发。有的节目本来基础好，导演在电视表述上下功夫少一些，反倒效果稍差。这里，电视表述已经成为作品质量的重要构成。

编导中心体制的确立和编导主体意识的贯注，则使以上各种电视文艺节目的文体自觉能够鲜明地体现在屏幕上。

由地方色彩的显示到黄河文化的追求

长期以来，显示三秦地方特色是我省电视文艺节目的一个关注中心。但如何将这种显示提升到追求黄河文化层次，则是近年来的事。黄河文化当然也可以说是一种外延更大的地域文化，但由于黄河流域是华夏文明首屈一指的发祥地和中国历史自古至今的闹市，也就不期而然地成为中华文明的象征。而从轩辕黄帝经十三朝都城到延安革命圣地，中国历史如此钟情地选择陕西，又使得陕西在黄河文明中的代表性成为不争的事实。看来，我们电视编导对中华—黄河—陕西的三级全息意义，有很深的感悟，他们正是通过这一全息链，将三秦地方特色升华到中华文化境界的。他们明确地将"乡音乡情普通人""黄河黄土西部情"作为晚会总的文化主旨（1994年元旦晚会《飞旋的彩虹》反映了西部十几个省的生活和艺术，折射了中华文明的半壁江山），不但通过各个节目板块从各方面来实现这个主旨，而且引入许多现代文明因子（包括现代社会面貌、建设成就和海内外华人对故土的眷恋和他们身上异质文化的反衬），来烘托这个主旨，使乡音乡情引发出历史回音和文化共鸣。

由介绍阐释到参与引导

谈近年来的陕西电视文艺，不能不提到电视评论与理论的作用。

如果说前些年我省的电视评论还处在一种跟踪介绍、宣传、阐释的状态，那么，这几年开始由被动转向主动，参与了电视文化创作的全过程。许多节目，从策划开始，创作人员就与评论界一起商讨，在这种商讨中，不但使自己构思的文野高下得到前期检验，而且往往获得某种新的艺术和思考启动力，在开拓之前实现一次完善和提高。以后，样片出来，评论界又参与审看提意见，以便修改，再度提高。正式播出之前又组织评论界观摩，在研讨中沟通认识、集思广益，组织评论，使后期的宣传评论在总体水平上比较整齐，能形成清晰的声音。

就我的记忆，不但每个大型节目都组织了类似的策划、论证和评论活动，而且在对具体节目研讨的基础上，还召开了电视文艺综合性的研讨会，由对节目切实的评论上升为较系统的、带有规律性的理性认识，这对创作就有相当的导引作用（应该指出，这方面《声屏之友》杂志做了积极的贡献）。

陕西既有了一支初具规模的电视文艺创作队伍，又有了一支初具规模的电视评论队伍。既出现了不少在全国得奖的电视文艺作品，也出版了像《电视节目评论选》《电视晚会初探》这样的评论结集和学术专著，可以说是创作评论比翼齐飞、共荣共进的结晶吧。

1996 年 12 月，西安

喜剧小品随谈录

一

小品热,或者说小品在这几年的兴盛,从社会学的角度看,是老百姓为自己参与生活、介入社会、表现自身、抒扬心情找到的一个渠道,一个手段。这个渠道是便捷的,不拘一格的;这个手段是民间的却又能直接通过传播和社会各阶层、各领域见面,省去了很多在别的情况下难于省去的中间环节。它说的是凡人小事、大白话,却又暗藏机锋,嬉笑怒骂皆成文章。老百姓的喜怒哀乐,老百姓的见解和情怀,于是找到了一个新的表达方式,一个新的讲台——舞台,小舞台,小品舞台。

喜剧小品在小品中独秀一枝,尤受宠爱,当然说明我们的生活欢乐是愈来愈多了,却也说明老百姓还希望有更多的欢乐。喜剧小品有时礼赞一些人物和事情,那是希望生活中美的闪光点能够尽快地扩展为普遍的社会水平。喜剧小品有时针砭一些人和事,你难道感觉不到这针砭的背后是热切的期冀?喜剧小品有时对一些生活现象表现出失望和遗憾,那淡淡的慨叹中,我们看到的是群众淳明和宽厚的襟怀。

在报刊、广播电视、各种会议和各种组织渠道之外,老百姓发现,他们还可以从小品的通道登上社会的舞台,在一种特殊的意义上、以一种特殊的形式,部分地实现一下自身。

二

从艺术的传播学本质来看,观众(在小品面前就是观众)对一切精神文化传播的信息密度要求愈来愈高。快节奏、高速度的现代生活，要求相应的文化传播。当现代观众发现密集的信息传播可以使他们在有限的生命长度中占有几倍于前的生活，信息可以延长生命时，他们便像珍惜生命、珍惜生活一样珍惜信息，变得分外苛求起来。文化传播和艺术欣赏中的信息空白或信息稀释，已经是那么难于容忍了。这种社会传播心理以强大的引力场影响着文艺以及一切文化精神生产。于是我们看到了出版物中的应用书热、辞书热、文摘热，文学中的社会问题纪实热和电视中的专题片热。在戏剧中，便是小品热。

精粹、简约而浓度较高的戏剧小品，常常在十几分钟的时间里给你传递一两点生活信息、心态信息、感情信息、思考信息和艺术信息，繁忙的人们见缝插针地攫取了它，便又匆匆地投到下一段生活实践中。薅草打兔子，捎带拈来的收获，何乐不为？

三

社会审美心态的变化，对戏剧小品也格外青睐。社会历史进程的平民化导致审美心态的世俗化。古典美学可以用四个字概括：仪态万方。它是经典的、恒常的、规范的、精微的。现代美也可以用四个字概括：放浪形骸。它是不拘一格的、不精雕细刻的、恒变的、放松的。四堵墙、三一律、开端—发展—高潮—结局、圈式的封闭情节框架、拟真的舞台设计、造成幻觉的艺术效果，虽然仍然有着生命力，这里那里仍在现代艺术中闪光，但作为体系性的艺术观念、内封的稳态的艺术思路，却已经像冬天的大氅，沉重地拖住了戏剧的步子，窒息着活跃的、轻灵的创作思路。

小品像惊蛰后的年轻人，毫不犹豫地甩掉了古典戏剧观念的大氅，兀地发现戏剧原来可以如此潇洒。身边的生活几乎无处不含戏剧因素，无处不可入戏。不去煞费苦心将常态的生活人物打磨成异态的生活人物，原来更像戏、更有戏。不拘格式的构思、毫无矫情的表演是那么新颖和真切。不要引导和蓄势的突然切入和无须延长余音的戛然结束，是那么痛快淋漓和干脆利索。甚至新闻的"倒金字塔"写法也在小品中获得了艺术生命。海明威的"冰山理论""站着写""用记者的电讯的精粹语言写"等等观念在文学中风行一时，小品的悬念倒置、情节的贯而不连也在舞台上不胫而走。没有大氅的严实包裹，春风四面八方纷至沓来，启迪着小品艺术家灵智的苏醒。

四

在群众性的艺术活动中，观赏要求日甚一日受到了自娱要求的挤压。人们仍然向往艺术观赏，却更倾心于艺术自娱。人们希望寻觅到那种有更大参与度的艺术形式，于是自娱性舞蹈——交谊舞、迪斯科，像雨后林子里的蘑菇冒出来，于是自娱性演唱卡拉OK宾客盈门，于是自娱性美术和塑造艺术——泥塑、剪纸、根雕作为现代人的民间美术风行一时，于是自娱性符号艺术书法成为牛仔服的青年人的古典爱好。

于是也便有了小品的不可遏止的崛起。

作为欣赏主体看别人的艺术创作，这是一种审美满足；作为创作主体自己参与艺术创作，这又是一种审美满足。前者主要是欣赏中引发的艺术共鸣、人生感悟、思想启示和对有意味形式的钦羡，后者更有自己对生活的开掘、对意蕴的发现、对有意味形式的驾驭。可以说，后者较前者创造的层次更高，对创造性艺术思维的要求更高、调动得更深刻——人是创造的动物，愈是深刻的创造，愈能得到深刻的满足；愈是难以为之的创造，愈能感到难以获得的满足。克服创造的困难，从事困难的创造，是人、是社会人的强烈欲求，是人类前进、社会发展的重要内动力，是人类追求文明、向往更高精神境界的表现。由此看来，戏剧小品的兴行，在一个方面表现出群众审美文明素质的提高，或者说表现出对提高自身审美文明素质的渴求。

五

我想正式提出一个命题：建立电视喜剧小品样式。

陕西这几年在喜剧小品这个领域，从理论到实践，都成绩斐然，可以说走在前列。电视台等单位举办的喜剧小品大赛，已经到了第五届，此外还开辟了《笑口常开》《三百六十五笑》等专题栏目。在全国性的文艺演出中，我省的喜剧小品毫无疑问是一支劲旅，多次选上春节联欢晚会和其他电视晚会。有了一批开展这项艺术活动的群众业余文艺和专业团体的基地：西铁局、国防工办系统、宝鸡和铜川的工人业余演出队，还有省人民艺术剧院、西安话剧院、铁一局文工团，并建立了专门的喜剧小品演出团（在全国大约是首屈一指）。有了一批水平不低、影响很大的小品艺术创作者、表演者：石国庆、刘远、郭达、高钦贤、吕宏强、叶勇、董洁、赵安、赵智礼、袁红、西安市郊区农民郭建民等。（我看得有限，记忆有限，不能写出更多的名字，敬请各方谅解。）有了一批有经验的干练的组织者：陈孝英、苟良、田秉毅、刘克明、乔大年，并且吸引了一批社会上知名的艺术家、理论家、活动家参与这项工作。陕西关于喜剧小品的理论讨论会迄今已开了十四次。在我个人印象中，喜剧小品的创作演出和理论研究，陕西恐怕是拿了"两连冠"的。

那么，能不能拿"三连冠"呢？创造和建立中国电视喜剧小品艺术样式！陕西的喜剧小品其实开始就一头扎在群众文艺舞台上，一头伸向了电视屏幕，才有了今天这样的社会传播面。这也许是喜剧式的机智。只是长时期里，小品和电视的关系停留在勾连，并没有进化为渗溶，好似订了婚，却不再结婚了。虽有契约，却不组成家庭。传播载体和所载之艺，没有水乳交融、血肉一体，就那样将货物装在车子上。

现在的喜剧小品，就内在品质上看，还都是舞台化的。构思、导演、表演，都从戏出。真正电视小品的喜剧几乎看不到。发挥电视的特性，使喜剧小品纪实化、生活化、动态化、内在化，那是一个多么广阔的天地，一个多么具有诱惑力的领域。大远景和特写的加入，构图焦点的瞬息万变，巧用声、光、色的语言来描绘，音画分离造成广阔的再创造空间，无对话的画面具有的感悟张力，音乐的渲染和暗示，字幕的强化和同步传输……那真是别有一番景致在眼中，另一番滋味在心头。那将是喜剧小品的第二个春天。

不是没有人尝试过这种思路，像几年前宝鸡的《战地浪漫曲》和西安的《塑像》，都令人感到影视思维的萌动，但没有形成气候。这需要喜剧小品队伍和电视艺术队伍共同的努力，从剧本开始就要面对镜头，写电视小品而不是舞台小品，一直贯通到导演、表演、音乐、美工、服饰、化妆各个方面。

小品因其小，尝试起来不难，失败了风险也不大。翘首盼望有志者一试，尤其呼吁电视制作单位出面精心组织。

六

这几年喜剧小品的成绩摆在那里，不说跑不了，今后总还需要进一步提高。为了明天，我贡献几点意见。

在表达感情、情绪方面，要在注意感情浓烈度的同时，更注意情绪的微调和微量感情的传达。人的喜怒哀乐，是色彩反差很强的感情，比较好表现，却常常不能表达十分细致复杂的内心活动。人的愠恼颦嗔，是色彩相近、很难区别的感情，比较难表现，但包含的心理性格内容却何等丰富、复杂。比如宝黛之间那被压抑在淡色中的浓强的爱，那喜、恼混杂，以愠恼表达眷恋的方式，那爱恨交错，以怨恨表达深爱的方式，是何等细腻而耐人咀嚼。小品《肉夹馍》以笑脸逢迎传达出来的悲凉心境，以对孩子夸奖"说"出来的对大人的批判，也是对两极感情的微量化处理。演员对悲与喜注意了节制，也就在悲喜两极之中找到了感情的张力。"戏"的绰号亦可称"细"，细则有戏，细则引人寻味。

有时，又感到我们在强化感情方面也有缺乏果断和勇气的时候，所谓寻找微量感情，并不是找那种"六十度微温"的不开的水，并不是感情的含混和模糊。当浓则浓，当淡则淡，要敢于起落跌宕，使十几分钟里的情绪感情形成曲线。美学上，曲线一般比直线美。

七

在塑造人物方面，要更多地注意表现人物性格的丰富性。丰富性从哪里来？横的方面看，从在一种主导性格的基础上组合各种性格因素中来。单纯的个性是鲜明的、生动的，很容易产生剧场效果。复杂的个性，常常是人物曲折的命运形成的，是在多方面生活影响下形成的，含纳的心态和感情内容比较丰富，含蓄社会生活面也较为宽阔，生活和感情的信息量更为密集。

纵的方面看，人物的丰富性从游动、变化中的性格来。处在相对静止状况的性格，界级清晰，比较好表现，却也单纯。处在转化、游动中的性格，需要在动态中把握人物的分寸。比如《警察与小偷》（陈佩斯、朱时茂表演），小偷在冒充警察后，受到路人的信任和尊重，唤起了他做人的尊严，他希望能够多帮助几个行人，甚至忘记了自己是小偷，"认真"地去抓那位撬门入室的同伙。但小偷的恶习却又使他同时"下意识地"偷了警察的怀表。他依然处在罪恶的阴影中，却又不是漆黑一团，已经朝光明迈出了一步，尽管这是在假定情境中虚拟的一步。"这一个"小偷由于性格思想处在运动之中，就显得丰富，显得耐人寻味。

我在几年前的一次小品讨论会上，曾经简明地谈到，喜剧小品的特点，就是"喜""剧""小""品"四个字。要喜，有幽默、荒诞之处；要有戏剧性；要小，精粹简约；还要有可品味之处，起码要小有可品之处。性格的丰富性，就是小品可品的重要因素。

八

比较起来，我们歌颂性小品、讽刺性小品、问题性小品都不少，但生活风情特别是乡土风情性喜剧小品则还未引起更多的关注。乡土风情喜剧小品（这里也包括城市乡土风情）少有浓缩的矛盾冲突，少有令人喷饭的笑料，少有强化了甚至畸化了的喜剧性格，少有意料中的巧合和意料外的反转，它主要以美好的生活情致、美好的人生情怀和美好的风土情致，引发你会心的开心的微笑，引发你向善向美的微笑。它依仗一种欢乐的生活氛围和感情氛围，像和煦的春风吹拂你的心田。它需要编、导、演的整体把握和综合效果。这效果很难是轰动的，搞好却并不那么容易。

九

最后，想谈谈发挥优势的问题。我们优势很多，这里只谈一点：西部喜剧优势。不妨也正式提出一个命题：创建具有中国西部特色的喜剧小品流派。和东部、中部的拉开距离，以自身特色遥领风骚。

中国西部的人民群众是豁达乐观、充满生活智慧的。这是在长期的改造自然和社会的搏斗中磨砺出来的一种昂扬奋发，是洞察人生、练达世事之后的一种超然恬适，是弱者对付强者、贫者对付富者的一种智慧优势，是和自然对峙的人最终感受到了自然与人心的互惠之后的那种"天人合一"，也是西部人在艰苦生活中的一种精神调剂和情绪松弛。达观，是西部人在漫长历史道路上艰难前行的一个重要的精神支柱。这些都常常结晶为西部文艺中浪漫气质、幽默性格的喜剧因素。

西部地区远不止一个阿凡提。这里的每个民族和大部分地区都有阿凡提式的典型人物在民间流传，其中有的已经被其他兄弟民族和地区所接受。如藏族有聂局桑布、阿古登巴，蒙古族有巴拉根仓、沙格德尔，哈萨克族有和加归斯尔、阿勒的尔、库沙，回族有依玛姻姆，等等。这个庞大的"阿凡提家庭"的共同特点，就是他们的幽默是积极参与现实的，具有当事者的热烈和热情，不是旁观者的嘲讽。他们作为社会发展积极力量的代表，既用勇敢坚毅，更用智慧幽默，承担起自己的社会责任，比如辛辣地讽刺、机智地报复统治阶级和财主老爷，敏锐地指出劳动者身上的某些缺陷，善意地甚至有意装愚卖傻地在这些缺陷面前树起一个理想形象，以引导劳动者，等等。

西部汉族地区民间的幽默人物、喜剧人物也很多。陕西出土的仰韶红陶残片，双眼及嘴巴只扼要地以三画表现一副愁苦尴尬相。还有胡人笑俑、汉代说书俑，前者满脸憨容傻笑，后者手舞足蹈而得意忘形，都令人捧腹喷饭而万斛愁消。在关中地区，"蔫怪"，即以拙钝表现出来的喜剧性格，更是极有特色。"王木犊系列"对此有了初步的尝试，但我省整个喜剧界，无论创作还是理论，对西部喜剧小品应该说还未开展自觉的、集中的探索。

这是一块可以有收获却还没有认真开垦的沃土。

1991 年 5 月 23 日，西安岚楼

陕西戏剧十年印象[①]

新时期十年陕西的戏剧创作给我的印象，始终是以现实主义为主流的。现实主义戏剧在执着而又漫长的实践中，日见其精致，日见其成熟；同时，新的生活、新的欣赏要求、新的戏剧观，也从各方面冲击、渗化着它。这两方面都出现了好作品，都成了气候，只是后者比之前者，还远不能说处于均势。

和十七年一样，这十年中作为主流的陕西现实主义戏剧创作，似乎主要是按两个路子实践着的，即戏曲方面马健翎、黄俊耀的路子，和话剧方面万一、黄悌的路子。我们用"路子"这个词，而不用"模式"，因为"模式"容易让人理解为凝固封闭的话。但戏剧创作上这两种习惯性思路的影响是存在的，且相当强烈和深刻。就是说，它已经由艺术手段、艺术语言的领域，渗透到了艺术思维并或多或少形成了一种心理的定式。说两个路子，是从戏曲和话剧的不同样式来讲的，其实大体上可以算作一个路子，即理性的现实主义传统。这种传统，基本上或主要是从理性出发，提炼生活，表现生活，用戏剧形象去唤起观众的审美感受，这种审美感受中，也常有较浓重的理性思维的影子。

这个创作路子，从历史上看，是陕西文艺工作者对延安时期革命文艺传统直接继承，而又在五六十年代生活和艺术实践中得到发扬的结果。这个路子不但表现为创作思想，而且表现为主要艺术骨干领受生活、思想和艺术的特定气质，表演团体从管理到编导的综合作风，也反过来培养了广大观众，影响着、生成着社会审美趣味。因此，理性的现实主义路子，在陕西是艺

[①] 本文是作者为《戏剧报》撰写的"戏剧十年"讨论的小结文章。

观念和艺术实践，艺术风气和艺术实体结为一体的一个体系，是通过作品将创作和欣赏主体结为一体的一个强大的存在。

它的主要特点，是不是这样表现出来的——

关注重大题材，常常正面取景。

对人物、事件的思想道德评价，和审美评价一般是合一的，又是建立在社会认同和历史认同的价值坐标之上，即符合人民群众利益和历史发展要求的，即美的、善的。

戏剧的矛盾冲突集中、强烈，往往直接导向作品主题。

根据主要矛盾的需求设置剧中人物，以人物命运为轴推动剧情发展；重视性格的刻画，但常常从理性的需要出发。

情节大都是线性的，呈波浪式或不封闭圆圈式的曲线，故事性强，结构精致。

以展示可见的生活风貌和人物面貌为主，辅之以内心状态的描绘；内心状态的描绘一般只构成人物言行的根据反应，或构成人物言行的补充和发展，即它是将焦点放在可见的生活状态上，而将不可见的心理状态作为背景，对人物微观心理的刻画，胜于重视全剧宏观意绪的传达。

戏剧语言主要用于传达情节，交代人物关系，表现人物个性，较少用于透露深层哲理和潜在心理。

在人物设置、人物命运、性格反差、场次结构以至场面调度各方面，更注意追求均衡量、对称之美；在文艺思想性、艺术性之间，审美和娱乐之间，哲理和传奇之间，寻找可以兼济各方的契合点，等等。

毋庸声明却又需要声明的是，这些特色都是从主要方面来谈的，不排斥向度不同甚至向度相反的例外。

对于陕西戏剧十年中这样一个主流派，应该如何评价？我以为可以从实践的发展中来摆一些事实，以"显示"包含在实践中的评价。

这之前，先说一点思路方面的问题。我以为，作为一种创作路子，没有重点就没有追求，没有倾斜就没有风格。对一种艺术追求求全责备，要求其截长补短，最后是这种追求的取消。在四项基本原则和"二为"方向的前提下（这方面，我以为陕西少可挑剔），只要一个艺术路子、一个艺术体系不故步自封，能在实践中或快或慢地调整、变化、发展，就应该肯定和扶持。而我们已经看到，无论是马健翎、黄俊耀的路子，还是万一、黄悌的路子，在新时期十年中都是变动不居的。其发展大体上表现在这样两个重要的方面：

一是廓清"左"的文艺路线和各种庸俗社会学的影响，向科学的社会学层次深化。新时期十年中，像《西安事变》（话剧、秦腔）、《千古一帝》、《巍巍昆仑》、《二虎守长安》等等写历史生活的作品，由于能够对古代和现代历史生活反思，又注意用史家笔法来表现特定历史时代人物质规定性和同时具有的复杂性，使这些戏既具历史感，又具生活感，达到了新的高度。像《杏花村》《酒醉杏花村》《将军巷一号》《兄弟姐妹》等描写当代生活的作品，在由生活表象的再现突进到对生活内涵，特别是生活变迁的内在动因的揭示方面，也有了一定的进展。

另一个是艺术表现上，也在向精致、成熟发展。粗糙是过去舞台上的常见病之一。当人们的注意力都被题材所包含的政治内容所吸引，对人情世态的微妙发掘和把握，对各种艺术手段和形式因素精细的推敲和发挥时，便被忽略了。感情领域中间色调的情态，更小单位的、更小幅度的、只可意会不可言传的心理微澜，各种形式因素本身的审美价值，以及沉淀于其中的生活情趣和思想启示力，被反差强烈的、大幅度的思想内容所挤压。这种状况在陕西新时期十年戏剧中有了相当程度的改观。编、导、演、音、美，在基本一致的创作思想指导下，产生了一批蜚声全国的名家，而且配合默契，在形成统一协调的理性现实主义风格方面，愈益精致圆到。这理所当然地受到了观众的欢迎。在惊呼危机的今天，陕西戏剧的上座率应该说还是差强人意的。

十年中，这条路子以其执着和成熟显示了生命力。虽然我们也希望它能更加强化内在的审美力。

因此，如果要谈不足，不是针对这个路子本身来谈，而是从一个地区戏剧艺术的宏观态势来谈。那么，应该说，马健翎、黄俊耀和万一、黄悌创作路子在显示强大力量的同时，也造成了单调。陕西新时期十年戏剧的发展，在考虑到创作、欣赏传统中固有因素的同时，对创作、欣赏中正在变化、已经变化和将要变化的那部分因素，重视的程度不能说是足够了。如何广采博取、追求多样化，在实践和认识两个层次都还有差距。缩小这种差距并不是要求马健翎、黄俊耀、万一、黄悌抛弃自身，而是要求在继续发展这条路子的同时，更多地重视，至少是不要忽略对其他路子的鼓励、促进、支持。形成多样化的局面，绝不意味着抑制原有路子，而是增强各种创作路子的竞争力，去比翼齐飞。

从新时期十年，特别是后五年的实践中，我们已经听到了多样化叩击陕西剧坛的声音。不，这已经不只是一种声波，它已经有了实践的成果和初步的理论表述。这是切切实实的冲击波。

这个冲击波主要来自三方面。

首先，来自新的生活，即出现了戏剧构思由观念化到生活化的突破。陕西剧坛一度出现了被大家戏称为"农村包围城市"的局面。那时期，省城剧团创作的好剧目比较少，倒是各地、县剧团常有好戏引起轰动，比如《六斤县长》（商洛）、《花乡风情》（周至）、《翠竹泪》（安康），以及稍后出现的《三姑娘》（富平）。接着，省城的剧团也赶上来，出现了《小长安》（西安话剧院）、《酒醉杏花村》这样的好节目。这些戏以作者熟悉生活，作品贴近时代而取胜。那破格的艺术构思和充分发挥了舞台优势的表演，叫人耳目一新。现在看来这些戏起码有三点值得一提。一点是，构思的立足点由观念转向生活，真正从独特的、作家亲身感受到的世俗生活出发，而不是有意无意地在观念的框架中来填充某种提纯了的生活样品。虽然后者未必一定不出现好作品,路子总是不一样了。作品追求写原声、原装、原色的生活,注意捕捉生活情趣,而观念、倾向从其中自然地流出。观众于自在的欣赏中获得自为的启迪,而不是相反。再一点是,对生活的社会学展示,由政治生活层次突进到伦理道德层次,又突进到追求生活全方位的立体舞台投影。有的戏,如《三姑娘》,乍看是常见的婚姻爱情戏,实际着意描绘了妇女在农村改革实践中,如何得到第二次解放——由政治上的解放到经济上的独立,到自立、自强、自主意识的确立,大幅度地超越了伦理道德范畴,综合地表现了价值观、伦理观、爱情观、土地观、人才观,亦即文化心理上的全面变化。还有,就是跳出了正面全景取材、冲突直通主题的传统路子,注意运用侧向思维,以一两个既有独特性又有辐射力的戏眼为杠杆,推动全剧的进展,由小及大,以小见大。这在一定程度上缩小了正面表现重大题材和中国戏曲有限的生活负载量之间长期存在的差距,使之同样表现现代生活,同样反映重大题材,这一类戏显得更松动通畅,而不再充塞拥挤。

其次,冲击波来自非传统艺术观。一些探索性的戏剧,这几年在陕西舞台上也找到了自己的实践园地。不过非传统戏剧观在陕西的实践,总是或多或少受到原有文化传统的渗化。从已有的艺术作品看,明显地表现出现代观念的东方化过程。从在全国产生了影响的宝鸡市话剧团的《一念之差》和《去年的中秋节》,以及新近出现的华阴的《如今村里的年轻人》等戏看,采用了不少非传统的手法来表现新一代人的生活,艺术上破格的幅度更大。不过,由于这几个戏反映的是当前人们熟知的社会生活,内容具有民族性和群众性,尽管采用了心理逻辑和事件逻辑双轨结构,强调假定性、间离效果,时空自由、中性景物、象征暗喻等等艺术手段和艺术语言,仍然为广大观众所接受,社会反响强烈。传统观念与非传统观念并非是凝固的不相联系的两极。它们既对立又衔接,在广阔的中间地带发生着各种形式的震荡,并在这种震荡中抛弃一些东西,吸收一些东西,实现着不同程度上的转化。陕西致力于创新的戏剧家,考虑到特定地区的文化限制,没有采取截然对立的方式来处理和原有路子的矛盾,也没有脱离内容去搞新形式的实验和展览,而是承认文化限制,在两个极点之间广阔地带活动,以形式的变化来催动内容的变化,又以内容相对稳定来制约形式变化的幅度。这样,不但防止了创新过程中内容和形式的断裂,也防止了创新过程中作品和观众的断裂,大体保持了在作品超前时,作品与观众能拉起手来。这样根据特定地区的文化限制来确定文化变量的创新,虽然在横向比较上可能稍逊于其他地区,却有利于此类作品的社会传播,也有利于此类手法的社会认同。

再次,来自古老戏曲艺术的现代化改造这个冲面,所以说是从理性现实主义内部发生的。马健翎、黄俊耀同志创建的陕西省戏曲研究院,近年来在振兴秦腔的热潮中,真正起到了实验、研究的带头作用。他们一方面在原有的路子上搞出了一批精品(如前所述),另一方面又励精图治,超越出新。该团的《杨贵妃》,以及新排的几台传统折子戏,尝试出了几种新途径。一是融舞、融诗、融画于戏,更注意发挥戏曲综合美,特别是表演美的功能,更重视对整体感情和意绪的表现。文学内容的相对单纯,使之有更多的精力与篇幅用于艺术审美力的增强。二是在情节结构上突破沿主要人物延展事件的线性老路子,而是多头共时并进或辐射立体交叉,以达到多层面多视点反映生活的目的。这类戏,不是全力突出主角,刻画典型,而是着意写出一组群体,一个天地。《酒醉杏花村》就是这样。这个戏目前还不能说十分成功,不过既有开垦,总会有收获。三是运用新的舞台手段、舞台技术来反激内容的更新、反激艺术的突破。在上述几个戏中,舞台美术、灯光、服装等等的大幅度创新,音乐和表演从原有唱腔和程式中的大幅度突破,激发了编导的新构思,也使新的构思因为有了新的传达手段而取得了内容和形式新的和谐。即使是内容未变的古典折子戏,由于采用了许多新的舞台技术,如激光、荧光，写意造境的灯光，以及舞蹈音乐中糅进现代语汇，等等，使传统剧目多了一层审美价值。艺术形式当然不是社会内容，但形式中确又积淀着社会内容。新形式的大胆采用，客观上使新的生活色彩和艺术观念渗透到传统剧目中，从而构成另一种冲击波。

传统艺术路子和新的艺术冲击，在陕西目前还未演化为冲突，这不是坏事；而新的艺术冲击并没有在艺苑和社会上形成热点，这又未必是好事。传统的路子产生了许多广有影响的优秀作品、优秀人才，所憾者是理论上的总结和反思不够，这影响了更炉火纯青的作品出世；新的冲击虽有了初露的势头，作品到底零散和稚嫩，如何将比较明晰的理性认识转化为丰富的实践经验，产生更广泛、深入的群众影响，是他们面前的任务。

我们不应该厚此薄彼，以白诋青，我们期望的是艺术上多元组合、百花竞发的局面在陕西第二个十年的舞台上诞生！

1986 年 3 月，西安